MIRA®

Der Preis dieses Bandes versteht sich einschließlich der gesetzlichen Mehrwertsteuer.

Umwelthinweis:
Dieses Buch wurde auf chlor- und säurefreiem Papier gedruckt.

Suzanne Brockmann

Mit jedem Herzschlag

Roman

Aus dem Amerikansichen von
Anita Sprungk

MIRA®

MIRA® TASCHENBUCH
Band 25657
1. Auflage: April 2013

MIRA® TASCHENBÜCHER
erscheinen in der Harlequin Enterprises GmbH,
Valentinskamp 24, 20354 Hamburg
Geschäftsführer: Thomas Beckmann

Titel der nordamerikanischen Originalausgabe:
A Man To Die For

erschienen bei: Silhouette Books, Toronto

Published by arrangement with
HARLEQUIN ENTERPRISES II. B.V./S.àr.l.

Konzeption/Reihengestaltung: fredebold&partner gmbh, Köln
Umschlaggestaltung: pecher und soiron, Köln
Redaktion: Daniela Peter
Titelabbildung: pecher und soiron, Köln; iStock
Autorenfoto: © Harlequin Enterprises S.A., Schweiz
Satz: GGP Media GmbH, Pößneck
Druck und Bindearbeiten: CPI – Ebner & Spiegel, Ulm
Printed in Germany
Dieses Buch wurde auf FSC®-zertifiziertem Papier gedruckt.
ISBN 978-3-86278-706-7

www.mira-taschenbuch.de

1. KAPITEL

Juli

Eine Viertelstunde nach Mitternacht fuhr Carrie Brooks ihren Computer im Büro des Sea Circus herunter. Fünf Minuten später schaltete sie das Licht aus.

Den Ausdruck ihres Umweltberichts für die Küste von Florida hatte sie in ihrem Rucksack verstaut. Jetzt brauchte sie sich nur noch das Betäubungsgewehr zu holen, das sie am nächsten Tag für ihre Exkursion in die Everglades benötigte: für eine ihrer sehr beliebten Führungen durchs Naturschutzgebiet, die eine Gruppe Collegeprofessoren aus Ohio gebucht hatte. Eigentlich brauchte sie das Gewehr dafür nicht. Jedenfalls hatte sie nicht vor, es zu benutzen. Aber es machte Eindruck. Und so ein Ding zur Hand zu haben war tatsächlich ganz beruhigend, falls ein Alligator auf dumme Gedanken kam. Oder falls ein Professor leichtsinnig wurde.

Nachdem sie die Bürotür hinter sich abgeschlossen hatte, eilte sie die wacklige Holztreppe hinunter. Als sie in die heiße feuchte Sommernacht hinaustrat, stellte sie fest: Einer der Doppelläufe war noch geladen. Vermutlich hatte wieder einmal ihr Kollege Simon die Waffe nicht entladen, als er sie ins Büro zurückgebracht hatte – und er hatte sie obendrein nicht einmal gesichert. Ob ihm gar nicht klar war, dass es sich um eine Waffe handelte? Nur weil man damit Betäubungspfeile auf Haie oder Alligatoren abschoss, war sie noch lange nicht ungefährlich für Menschen.

Carrie legte den Sicherungshebel um und machte sich auf den Weg über das Gelände des Sea Circus. Gleich musste sie ins Auto steigen, zum Tor fahren, den Sicherheitscode eingeben, rausfahren, das Tor schließen und die Alarmanlage wieder einschalten. Und wenn sie dann erst einmal den ganzen Weg zu ihrer kleinen Wohnung am anderen Ende der Stadt zurückgelegt hatte, blieben ihr wahrscheinlich noch etwa vier Stunden

Zeit zum Schlafen.

Nicht mal schlecht, dachte sie und nahm die Abkürzung über den Rasen neben dem Hauptaquarium. Sie konnte morgen Nachmittag ein wenig Schlaf nachholen. Vielleicht mit dem Boot rausfahren und es einfach treiben lassen. Die Augen schließen, die sanfte Sonnenwärme auf der Haut genießen und sich bräunen lassen …

Carrie erstarrte. Hatte sie gerade jemanden lachen gehört? Oder war das nur der Schrei eines einsamen Wasservogels oder die Brandung gewesen?

Sie lauschte angestrengt. Da war es wieder. Lachen. Lachen, gefolgt von einem Stakkato spanischer Sätze. Dann eine klagende Stimme, die sich klar verständlich beschwerte: „He, Mann, sprich so, dass ich's auch verstehe, ja?"

Teenager am Strand, dachte sie. Niemand konnte das Gelände des Sea Circus betreten haben, ohne den Alarm auszulösen. Und selbst wenn es irgendwer irgendwie geschafft hätte, hier einzudringen, ohne all die Glocken, Sirenen und blitzenden Lichter auszulösen: In dem Fall würde der absolut ausfallsichere stumme Alarm in der Polizeiwache ausgelöst werden. In wenigen Minuten wäre ein Streifenwagen hier.

Carrie bog hinter dem Hauptaquarium um die Ecke, um zum Parkplatz und zu ihrem Auto zu gelangen.

Und sah sich plötzlich einer Gruppe Männer gegenüber.

Großer Gott! Wie zum Teufel waren die hier reingekommen?

Die Wissenschaftlerin in ihr wertete blitzschnell die Fakten aus.

Vier Männer – jedenfalls konnte sie vier Männer sehen –, definitiv keine Teenager mehr. Erwachsene Männer, alle etwa Mitte zwanzig. Oder etwas älter.

Carrie war auf einer Ranch in Montana aufgewachsen und hatte dort ihre ersten achtzehn Lebensjahre verbracht. Sie beschloss, den Stier bei den Hörnern zu packen. Mit leicht gespreizten Beinen blieb sie stehen und hielt das Gewehr so, dass die Männer es nicht übersehen konnten.

„Ich glaube, die Herren sind hier widerrechtlich eingedrungen", sagte sie kühl. „Ich schlage vor, ich geleite Sie vom Gelände des Sea Circus, bevor die Polizei hier eintrifft."

Einer der Männer trug ein rotes Bandana, das er sich um den Kopf gebunden hatte. Bei näherer Betrachtung war er wohl doch schon Ende dreißig. Seine Augen lagen tief in den Höhlen, und sein Gesicht wirkte hager, ja ausgemergelt. Er reagierte mit einem Lächeln auf ihre Worte.

„Wir wollen aber noch nicht gehen", erklärte er mit starkem kubanischen Akzent.

Einer der anderen trug einen Nasenring. Er war groß, gut fünfzehn Zentimeter größer als die anderen – und damit sehr viel größer als Carrie. Seine fettigen blonden Haare hatte er unordentlich im Nacken zusammengebunden. Die Augen versteckte er hinter einer verspiegelten Sonnenbrille, obwohl es mitten in der Nacht war.

Ein dritter Mann stand leicht links von Bandana. Militärisch kurzes rotes Haar, ein mit Aknenarben übersätes Gesicht, magere Beine. Er trug ein ausgeblichenes *Nirvana*-T-Shirt und kurze Jeans. „Baby", sagte er und grinste sie anzüglich an. „Iceman möchte sich die Fischis anschauen."

„Dann sollte er morgen wiederkommen", gab Carrie knapp zurück, „wenn der Sea Circus fürs allgemeine Publikum geöffnet hat."

„Wir sind aber nicht das allgemeine Publikum", entgegnete Nasenring höhnisch.

Scheinbar unbeeindruckt von der Waffe in ihren Händen bewegten sich die Männer langsam auf Carrie zu und verteilten sich dabei. Ihr wurde bewusst, dass sie in wenigen Sekunden von ihnen eingekreist sein würde. Sie entsicherte das Betäubungsgewehr und wich ein paar Schritte zurück, bis sie mit den Schultern an die Betonwand des Hauptaquariums stieß. Mit der Wand im Rücken fühlte sie sich wohler, denn so konnte keiner dieser Typen sie von hinten überraschen.

In einer raschen Bewegung hob sie das Gewehr und zog den Abzug bis zum Druckpunkt durch. Sie kniff ein Auge zu und zielte direkt auf Bandana. Der Mann war eindeutig der Anführer. Auf diese Entfernung wäre es vermutlich tödlich für ihn, wenn sie den Betäubungspfeil direkt auf seine Stirn abfeuerte. Der Pfeil würde den Schädelknochen durchschlagen und ins Gehirn eindringen. Dann wäre der Kerl betäubt – allerdings für immer.

Offensichtlich war dem Mann dieser Umstand klar. Er gab einen kurzen Befehl auf Spanisch.

„Zurück", übersetzte nun ein anderer. Der Mann hatte im Schatten hinter Bandana gestanden, und Carrie hatte ihn bisher nicht richtig erkennen können.

Sie warf einen Blick in seine Richtung.

Als Einziger der vier sah er nicht so aus, als hätte er sich seit Wochen nicht gewaschen. Überdurchschnittlich groß – und damit fast zwanzig Zentimeter größer als Carrie –, gekleidet wie ein amerikanischer Städter. Trotz der Hitze trug er eine schwarze Leder-Motorradjacke über einem weißen T-Shirt und ausgeblichene, hauteng sitzende Jeans. Cowboystiefel aus Leder mit Schlangenprägung und silbernen Kettenbeschlägen vervollständigten sein Outfit.

Langes dichtes Haar fiel ihm in ungebändigten Locken über die Schultern. Seine breiten ausgeprägten Wangenknochen und sein weicher spanischer Akzent ließen keinen Zweifel daran, dass er ein Latino war.

Er sah gut aus. Quatsch, nein. Nicht gut. Er sieht umwerfend aus, dachte Carrie bei sich, als er ins Licht trat. Und das lag nicht an seinen Wangenknochen, seinen glänzenden Haaren und seinem perfekt proportionierten, durchtrainierten Körper.

Es lag an seinen Augen.

Einfach unglaublich. Sie waren weich und dunkel, hatten die Farbe des Nachthimmels und waren umrahmt von dichten, dunklen, beinah feminin langen Wimpern. In diesen Augen lagen die sanfte Abgeklärtheit und das gelassene Selbstvertrauen eines Priesters oder Pfarrers. Sie standen in totalem Gegensatz zu seiner äußeren Aufmachung. Und dann veränderte sich ihr Ausdruck, und etwas anderes blitzte darin auf: ein Hauch von Erregung, innerem Feuer, Macht, eine Ahnung von echter Gefahr. Vielleicht hatte er tatsächlich Züge eines Priesters, ganz sicher aber auch Züge des Teufels.

Mit diesem Mann legte man sich besser nicht an.

Er schaute Carrie direkt in die Augen, als er vor Bandana trat und damit den Älteren gegen ihre Waffe abschirmte. Aber er blieb nicht etwa stehen. Er ging weiter, kam ihr langsam immer näher.

„Wir haben nur eine Abkürzung genommen“, meinte er. „Wir verschwinden, versprochen. Aber vorher müssen Sie mir Ihre Waffe geben.“ Er lächelte sie mit strahlend weißen Zähnen an und fügte hinzu: „Bitte?“

„Oh, bitte, Süße“, schaltete sich der Typ mit dem Bürstenhaarschnitt ein und lachte hämisch auf. „Menschenskind, Carlos, du hast vergessen zu fragen: Darf ich, Mom?“

Carlos. Der Mann mit den Mitternachtsaugen hieß also Carlos.

„Keine Bewegung, Carlos“, befahl Carrie ihm und zielte genau auf seine Stirn.

Trotzdem näherte er sich ihr unbeirrt. „Geben Sie mir das Gewehr, Miss“, forderte er sie erneut auf, „damit niemand zu Schaden kommt.“

„Sie wollen nicht, dass jemand zu Schaden kommt?“, fragte sie. Ihre Wut ließ sie atemlos und verängstigt klingen. „Dann drehen Sie auf der Stelle um und verschwinden Sie.“

Bandana sagte etwas auf Spanisch.

„Iceman sagt, das werden wir tun“, übersetzte Carlos. „Aber erst, wenn wir so weit sind.“ Entdeckte sie da etwa ehrliches Bedauern in seinen Augen? Oder Belustigung?

Kaum mehr als eine Armeslänge trennte ihn noch von ihrer Waffe. Carrie ließ den Lauf sinken, sodass sie auf seinen Bauch zielte. Als er sie nun anlächelte, wurde ihr eins klar: Er hatte begriffen, dass sie ihn nicht töten konnte. Doch wenn er näher kam, würde sie auf jeden Fall abdrücken. Gott allein wusste, wie der menschliche Körper auf das schnell wirkende Betäubungsmittel reagierte, das für einen zweihundert Kilo schweren Meeressäuger dosiert war.

„Noch ein Schritt, und ich drücke ab", warnte sie ihn.

Er blieb stehen. Und lachte. „Das würden Sie tatsächlich tun, hmm?"

„Selbstverständlich."

„Und dann?" Seine Augen glitzerten im schwachen Licht der Laternen, die das Gelände beleuchteten. „Ich falle um." Er zuckte die Achseln. „Da sind aber noch drei Männer. Und ich bezweifle, dass meine Freunde geduldig abwarten werden, bis Sie Ihre Waffe neu geladen haben. Nein, wenn Sie auf mich schießen, bekommen Sie gewaltige Schwierigkeiten. Ich rate Ihnen dringend davon ab."

„Schenken wir uns einfach die Schwierigkeiten", erwiderte sie. „Ihr Jungs klettert über den Zaun zurück und verschwindet, und wir vergessen das Ganze."

„Du klingst wie aus einem Western", mischte Bürstenhaarschnitt sich ein. „Wie ein süßes kleines Cowgirl." Er lächelte und zeigte dabei eine Reihe schiefer und abgebrochener Zähne. „Komm schon, Baby, zeig uns deine Sporen und deine Peitschen."

Carrie warf dem Mann nur ganz kurz einen Blick zu, aber das reichte Carlos. Er bewegte sich flinker, als sie das einem Mann von seiner Größe je zugetraut hätte. Blitzschnell überwand er den Abstand zwischen seinen Händen und ihrer Waffe.

Sie drückte ab, aber es war zu spät. Er schlug den Lauf der Waffe nach oben, und der Betäubungspfeil schoss wirkungslos gen Himmel.

Der Rückstoß traf sie unvorbereitet, und Carrie landete im Sand. Rasch rappelte sie sich wieder auf und lauschte nach Polizeisirenen, aber nichts war zu hören.

Bandana, Bürstenhaarschnitt und Nasenring standen im Halbkreis um sie herum und betrachteten sie bloß. Carlos untersuchte ihre Waffe. Er ließ die Hülse des abgefeuerten Betäubungspfeils zu Boden fallen und überprüfte, ob der andere Lauf leer war.

„Sie hätte dich glatt erschossen, Mann", meinte Bürstenhaarschnitt zu Carlos.

Carlos lächelte nur gleichmütig.

Was jetzt? Carrie atmete immer noch schwer und versuchte, ihren rasenden Puls zu beruhigen. Die Sache sah gar nicht gut für sie aus. Sie war unbewaffnet und allein mitten in der Nacht vier Furcht einflößenden Kerlen ausgeliefert. Konnte es noch schlimmer kommen?

Bandana sagte etwas auf Spanisch.

Carlos antwortete in gelassenem Ton.

Bandana sprach erneut und zeigte dabei auf Carrie.

Carlos lächelte zuerst Bandana an, dann Carrie und nickte. „*Sí*", sagte er. Das verstand sogar sie. *Sí* hieß ja. Aber wozu hatte er Ja gesagt?

In der Ferne heulte eine Polizeisirene auf, und Carrie hielt den Atem an. Nein, der Ton entfernte sich. Er wurde immer leiser, bis sie schließlich nichts mehr hörte. Verdammt noch mal, wo blieb die Polizei?

Die auf Spanisch geführte Unterhaltung lief weiter.

Schließlich platzte Bürstenhaarschnitt der Kragen. Er gab seinem Frust mit einem Strom wilder Flüche Ausdruck. „Ich fühle mich hier ausgeschlossen", fügte er hinzu. „Wenn ihr beiden euch nicht gerade über das tolle Wetter unterhaltet, dann übersetzt es verdammt noch mal. Ich will auch verstehen, worum es geht."

„Iceman sagt, er will jetzt die Delfine anschauen", antwortete Carlos spöttisch.

Nasenring verzog das Gesicht. „Red kein Blech, Carlos."

„Zeit zu verschwinden", meinte Carlos trocken.

„Was wird mit ihr?", fragte Bürstenhaarschnitt und deutete

mit dem Kinn auf Carrie. „Wir können sie nicht einfach hier stehen lassen."

„Natürlich könnt ihr das", schwindelte sie. „Ihr verschwindet. Ich vergesse, dass ich euch je gesehen habe. Alles in Butter, richtig?"

Carlos lachte amüsiert.

„Was gibt es da zu lachen?", fragte sie. Sie sah ihm jedoch an, dass er Bescheid wusste: Wenn sie sie zurückließen, würde sie sofort ins Büro laufen und die Polizei alarmieren.

„Ich kümmere mich um sie", sagte er zu Bürstenhaarschnitt. „Ihr geht mit Iceman. Ich komme nach."

Bandana und Nasenring setzten sich in Bewegung und gingen zum anderen Ende des Parks.

„Kommt nicht infrage, Mann", gab Bürstenhaarschnitt zurück. „Warum sollte ich vorgehen und dir den ganzen Spaß allein überlassen?"

Carlos zuckte die Achseln. „Ganz, wie du willst." Er wandte sich an Carrie. „Hast du ein Auto?"

Trotz der Hitze war ihr eiskalt geworden. *Ich kümmere mich um sie.* Wie wollte Carlos sich um sie kümmern? Dennoch reckte sie trotzig das Kinn vor. „Vielleicht."

„Gib mir bitte die Autoschlüssel."

„Ich habe sie nicht bei mir."

Er lehnte das Gewehr an die Wand des Aquariums und trat vor sie. „Gib mir bitte die Schlüssel", wiederholte er. „Oder ich muss sie dir abnehmen."

„Und ich helfe dabei", ergänzte Bürstenhaarschnitt mit einem fiesen Lächeln.

Carrie verschränkte die Arme vor der Brust. „Wollt ihr jetzt auch noch meinen Wagen klauen? Reicht es nicht, dass ihr hier eingebrochen seid?"

Carlos brauchte nur einen Arm, um sie festzuhalten. Er hatte ihre Handgelenke fest im Griff. Während er ihre Taschen rasch nach den Wagenschlüsseln durchsuchte, drückte das süßlich riechende Leder seiner Jacke gegen ihr Gesicht. Wenn er nicht diese Jacke tragen würde, hätte sie ihn gebissen. Aber so verzichtete sie auf den Versuch: Er würde es sowieso nicht merken. Sie zog ein Bein an, um ihm einen Tritt zu verpassen. Doch er hatte die Schlüssel in der Vordertasche ihrer Shorts gefunden und sie längst losgelassen, bevor sie ihm vors Schienbein treten konnte.

Carrie schnappte empört nach Luft, aber Carlos blieb vollkommen ruhig.

„Danke", meinte er so höflich, als hätte sie ihm die Schlüssel bereitwillig gegeben. Er steckte sie ein.

Eine Strähne ihres langen blonden Haares hatte sich aus Carries Pferdeschwanz gelöst. Sie strich sie sich aus dem Gesicht und hinters Ohr. „Ich habe den Wagen noch nicht ganz abbezahlt. Drei Monatsraten fehlen noch", fauchte sie. „Wenn ihr glaubt, ich sehe einfach zu, wie ihr ihn klaut ..."

„Niemand will deinen Wagen klauen", fiel Carlos ihr ins Wort.

„He, Moment mal." Bürstenhaarschnitt sah Carrie an. „Was für'n Wagen isses denn?"

Jetzt reagierte sogar Carlos verärgert. „Hau ab, Mann", sagte er. „Du gehst mir auf den Geist, weißt du das?"

Aber Bürstenhaarschnitt blieb stur. „Wenn bloß du deinen Spaß hast", beharrte er, „dann will ich wenigstens zusehen."

Zusehen? Zusehen wobei? Die Angst war wieder da, die Angst um ihre Sicherheit, um ihr Leben. Aber die Angst brachte auch eine neue Welle des Zorns mit sich. Zorn darüber, dass ihr Vater und ihre Brüder recht behalten würden. Carrie kam also tatsächlich nicht allein zurecht. Sie hätte niemals die Sicherheit ihrer abgelegenen Ranch in Montana verlassen dürfen und in eine Stadt in Florida ziehen, in der das Verbrechen blühte. Verdammt, sie sah sie vor sich, wie sie sich missmutig im Leichenschauhaus von St. Simone drängten, um sie zu identifizieren. Und dabei flüsterten sie sich gegenseitig zu: „Wir haben's ihr ja gesagt."

Jetzt nahm Carlos sie sanft am Arm.

Carrie riss sich los und funkelte ihn an. „Wohin bringt ihr mich?"

Ohne darauf einzugehen, fragte er: „Wo steht dein Wagen?"

Sie schwieg.

„Wenn er auf dem Parkplatz vorm Tor stehen würde", beantwortete Carlos seine eigene Frage, „hätte ich ihn sehen müssen. Also hast du ihn irgendwo hier auf dem Gelände abgestellt, richtig?"

Sie starrte ihn wortlos an. Wenn er sie anrührte, würde sie ihn vollkotzen. Das wurde jedenfalls jeder Frau empfohlen, die sexuell belästigt wurde. Und es würde ihr wahrlich leichtfallen, denn ihr war sowieso schon übel.

„Willst du selbst gehen", fragte Carlos geduldig weiter, „oder soll ich dich tragen?"

„Gute Idee, Carlos, ich trage sie", warf Bürstenhaarschnitt eifrig ein.

„Ich gehe selbst", widersprach Carrie hastig.

„Oh Mann!", jammerte Bürstenhaarschnitt. „Ich glaube, sie mag mich nicht." Er tat so, als schmollte er. „Aber, weißt du, Baby, ich mag dich …"

Sie wich aus, als er die Hand nach ihr ausstreckte. „Kommt mir ja nicht näher", warnte sie die beiden Männer und funkelte sie an.

Aber was konnte sie überhaupt tun? Sie konnte passiv bleiben. Einfach dastehen und abwarten, was die beiden mit ihr anstellen würden. Oder sie konnte abhauen. Sie konnte versuchen, in den Schatten zu flüchten und sich dort zu verstecken. Sie konnte in das Becken mit den Seehunden springen und in den kleinen Pferch hineintauchen, der nur einen Unterwassereingang hatte.

Sie warf einen Blick hinüber zum Seehundbecken. Bis dorthin waren es rund hundert Meter. Am klügsten wäre es, zuerst in eine andere Richtung zu rennen. In den Schatten unter der Tribüne des Hauptaquariums könnte sie diese Kerle abschütteln, um danach zum Seehundbecken zurückzulaufen. Wenn sie erst einmal unter Wasser war, würden die beiden sie nicht mehr finden. Niemals.

„Denk nicht mal dran“, murmelte Carlos, als hätte er ihre Gedanken gelesen.

„An was soll ich nicht denken?“, fragte sie scheinheilig – und rannte los in Richtung Tribüne.

Sieben Schritte. Sie kam nur sieben Schritte weit. Dann hatte Carlos sie eingeholt und stürzte sich auf sie. Beide landeten unsanft im festgetretenen Sand. Er drückte sie mit seinem ganzen Körpergewicht zu Boden, hielt ihre Handgelenke über ihrem Kopf fest in seinem Griff.

Carrie wehrte sich, wollte sich befreien, wollte ihn treten, aber sie konnte sich nicht rühren. Vor Panik schlug ihr das Herz bis zum Hals.

„*Madre de Dios*“, sagte Carlos. „Du bist aber auch ein schwieriger Fall.“ Er beugte sich über sie und flüsterte ihr leise ins Ohr: „Hör zu, ich tu dir nichts. Ich bin ein …“

Carrie biss zu. Sie erwischte ihn an einer Stelle zwischen Schulter und Hals und bohrte die Zähne durch sein weißes T-Shirt.

Er stieß einen heftigen Fluch aus und zuckte zurück. Eilig setzte sie sich auf und versuchte, von ihm abzurücken, doch er packte sie am Fußgelenk. Mit der anderen Hand rieb er sich den Hals.

„Die Kleine beißt, hmm?“, meinte Bürstenhaarschnitt und ging neben ihnen in die Hocke. „Oh, Baby, mich darfst du beißen. Jederzeit.“

Carrie zitterte am ganzen Körper. Gleich würde sie anfangen zu weinen, und sie konnte nichts dagegen tun. Schnell wischte sie eine Träne fort, die ihr über die Wange lief. Kam gar nicht infrage, dass sie diesen Mistkerlen das Vergnügen bereitete, vor ihnen zu weinen.

Carlos murmelte etwas auf Spanisch und strich sich die Haare aus dem Gesicht. Eine lange dunkle Locke verfing sich in seinen Wimpern, aber er schien das nicht zu merken. Der

Priester in ihm war zurück, und in seinen Augen leuchteten Wärme, Mitgefühl und echtes Bedauern. Würde er sie immer noch so anschauen, wenn der Teufel wieder die Herrschaft übernommen hatte? Nachdem er sie vergewaltigt hatte?

Carrie spuckte ihn an. Er schloss die Augen, als die Spucke ihn im Gesicht traf.

„Igitt, wie eklig!“, rief Bürstenhaarschnitt. „Lang ihr eine, Mann. Lass dieser Schlampe so etwas nicht durchgehen. Verdammt noch mal, ich mach das für dich. Ich hau ihr eine runter.“

„Nein danke.“

„Ach, komm schon.“

„Ich sagte Nein.“ Erst nachdem Carlos sich das Gesicht abgewischt hatte, öffnete er die Augen wieder. In seinem Blick lag kein Zorn, nur Geduld. Er lächelte Carrie entschuldigend an. „Es tut mir leid“, sagte er. „Ich wollte dir keine Angst einjagen.“

„Wie bitte? *Du* entschuldigst dich bei ihr?“ Bürstenhaarschnitt war entgeistert. „*Sie* müsste sich bei dir entschuldigen.“

Carlos ließ Carries Bein los, ergriff ihren Arm und stand auf. Als er sie ebenfalls hochzog, wollte sie sich losreißen. Keine Chance.

„Wenn ich dich loslasse, versuchst du nur wieder wegzulaufen“, erklärte er. „Also lasse ich bestimmt nicht los.“

„Du tust mir weh.“

„Hör auf, dich zu wehren. Dann muss ich nicht so fest zupacken.“

Er führte sie um das Hauptaquarium herum, und schon standen sie vor ihrem kleinen roten, blitzblank geputzten Sportwagen.

Bürstenhaarschnitt pfiff anerkennend durch die Zähne. „Hübsche Karre.“

Der Kofferraum stand offen. Sie hatte ihn geöffnet, als sie am Abend zur Arbeit gekommen war. Dadurch sollte der Wagen auslüften, damit der leicht fischige Geruch verschwand, der ihm anhaftete.

„Sieht so aus, als bräuchte ich die Schlüssel gar nicht", meinte Carlos und zog sie zur Heckklappe des Wagens. Während er sie weiterhin festhielt, deutete er mit der freien Hand auf den offenen Kofferraum. „Rein da."

Verständnislos starrte Carrie ihn an. *Was* wollte er von ihr?

„Das ist alles?", beschwerte Bürstenhaarschnitt sich. Er war sichtlich enttäuscht. „Du willst sie einfach nur im Kofferraum einschließen? Mann, wenn es nach mir ginge, würde ich sie nehmen. Gleich hier, auf dem Vordersitz ihres Autos."

Carlos wollte sie einsperren. Er wollte sie nicht vergewaltigen, sondern bloß dafür sorgen, dass sie nicht die Polizei alarmierte. Er wollte ihr nicht wehtun. Ihr würde nichts passieren. Wenn man davon absah, dass der Kofferraum winzig war. Bei geschlossener Klappe wäre es allerdings stockdunkel. Sicherlich würde es darin außerdem unglaublich heiß werden und …

Bürstenhaarschnitt strich Carrie mit einem schmuddeligen Finger über die Wange. Sie zuckte zurück und schlug nach seiner Hand. Seine Berührung ließ Ekel in ihr aufsteigen. Bei näherer Betrachtung war es vielleicht doch keine so schlechte Idee, sich im Kofferraum einsperren zu lassen.

Bürstenhaarschnitt holte aus, um sie zu schlagen.

Carlos packte ihn rechtzeitig am Handgelenk. „Man sagt", meinte er trocken, „dass Sex viel schöner ist, wenn die Frau bereitwillig mitmacht."

„Pff … Das mag ja sein. Aber wenn sie nicht will, ist unfreiwillig immer noch besser als nichts." Achselzuckend riss Bürstenhaarschnitt sich von ihm los.

„Nein", widersprach Carlos fest. „In so einem Fall ist nichts das Allerbeste."

„Ach, komm schon, Mann. Die Puppe gefällt mir. Sie ist so eine Süße. Klein, niedlich, hübsch. Schau dir nur die blonde Mähne an."

Carries Haare hatten sich aus ihrem Pferdeschwanz gelöst und umrahmten ihr Gesicht wie ein weicher blonder Schleier.

Als Bürstenhaarschnitt danach griff, wich Carrie heftig zurück. Beinah wäre sie gestürzt, wenn Carlos sie nicht gehalten hätte. Überrascht wurde ihr klar, dass sie dankbar für seine Anwesenheit war. Dankbar für die Wärme seines Körpers in ihrem Rücken. Vor Bürstenhaarschnitt hatte sie Angst. Carlos hingegen wollte ihr nicht wehtun. Jedenfalls hoffte sie, dass das stimmte.

„Komm schon", drängelte Bürstenhaarschnitt weiter. „Ich brauche nur fünf Minuten, höchstens zehn. Wetten, dass sie schreien wird?" Er grinste Carrie anzüglich an. „Bestimmt würdest du gern deine scharfen kleinen Zähne an mir erproben, was, Baby?"

„Wenn du mich anrührst", zischte Carrie, „trete ich dir so in deine Familienjuwelen, dass sie dir zu den Ohren rauskommen."

„Und zwar, nachdem *ich* dir in die Familienjuwelen getreten habe", warf Carlos freundlich ein. „Zisch ab, T. J."

„Warum? Du willst sie doch gar nicht …"

„Das habe ich nicht gesagt", berichtigte Carlos ihn. „Im Gegenteil. Du hast recht. Sie ist sehr hübsch. Und mir gefällt ihr Temperament. Sehr sogar. Nein, ich habe nicht gesagt, dass ich sie nicht will."

Erschrocken betrachtete Carrie ihn. Ihr Herz hämmerte so laut, dass es alle anderen Geräusche übertönte. Sie schaute ihm prüfend in die Augen. Meinte er das ernst? Oder machte er nur Witze? Oder hatte er die ganze Zeit nur Witze gemacht – wollte er sich in Wirklichkeit an ihr vergreifen und danach seinen widerlichen Freund ranlassen?

„Pssst", meinte er sanft, als hätte er ihr den plötzlichen Anflug von Panik angesehen. „Dir wird nichts geschehen."

Sie konnte seine Miene nicht deuten, aber entdeckte darin eine seltsame Mischung aus Hitze, Erregung und … Freundlichkeit? Carrie war verwirrt und wieder schrecklich verängstigt. Wenn Carlos hier irgendwelche Psychospielchen mit ihr trieb, dann hatte er längst gewonnen – und zwar mit links.

„Nimm sie doch einfach, Mann“, beschwor Bürstenhaarschnitt ihn. „Du willst es doch.“

„Schon, aber die entscheidende Frage lautet: Will sie es auch?“

„Wenn du es versuchst, bring ich dich um“, flüsterte Carrie.

„Im Gegensatz zu dir“, meinte Carlos zu Bürstenhaarschnitt, „erkenne ich ein Nein, wenn ich ein Nein höre. Und das klang mir ganz entschieden nach einem Nein.“ Er wandte sich an Carrie: „Steig jetzt bitte in den Kofferraum.“

Aber das konnte sie nicht. Sie konnte sich nicht rühren. Sosehr sie sich auch wünschte, Bürstenhaarschnitt und Carlos endlich loszuwerden: Carrie konnte sich nicht dazu überwinden, in diesen winzigen, dunklen, stickigen Kofferraum zu steigen. Schuld daran war noch nicht einmal in erster Linie ihre Klaustrophobie. Seit Kindertagen hatte sie Angst davor, in einem Schrank oder in der winzigen Toilette des Campingwagens ihrer Eltern eingesperrt zu sein. Himmel noch mal, in ein paar Stunden ging die Sonne auf – und spätestens dann wurde dieser Kofferraum zu einem Backofen. Sie würde darin gegart werden. Dehydrieren. Ihre Körpertemperatur würde in die Höhe schnellen, und in wenigen Stunden wäre sie tot.

Carlos hob sie hoch – ein Arm befand sich unter ihren Schultern, der andere in ihren Kniekehlen. Mit spielerischer Leichtigkeit verfrachtete er sie in den Kofferraum.

„Nein!“ Verzweifelt klammerte sie sich an seinen Hals. Sie hatte Angst, ihn loszulassen. Angst davor, dass sein Gesicht das Letzte sein würde, das sie in ihrem Leben erblickte. Angst, dass der Kofferraumdeckel sich über ihr schließen und sie in der Falle sitzen würde. Wie lebendig begraben.

„Du bist hier drin am sichersten aufgehoben, *querida*“, murmelte Carlos und löste ihre Finger von seinem Hals. „Vertrau mir.“ Seine dunkelbraunen Augen wirkten so sanft, so freundlich. „Du musst mir vertrauen.“

Dann wurde der Kofferraumdeckel mit erschreckender Endgültigkeit zugeschlagen, und sie war allein. Allein im Dunkeln.

„Nun komm endlich, Mann. Wir sind spät dran“, meinte T. J., strich sich unruhig über das kurz geschorene Haar und blickte sich nervös im dunklen Meerespark um. „Iceman fängt die Besprechung sonst ohne uns an.“

„Ich bin noch nicht so weit“, gab der Mann, der Carlos genannt wurde, ruhig zurück. Er blieb vor einem der öffentlichen Telefone stehen, die neben dem geschlossenen und verriegelten Imbiss standen.

„Jetzt ist nicht der richtige Moment, deine Freundin anzurufen“, nörgelte T. J. und beobachtete, wie Carlos eine Nummer wählte. „Sag mal, spinnst du? Der Notruf …?“

„Irgendwer muss die Kleine aus dem Kofferraum holen, bevor die Sonne aufgeht“, erläuterte Carlos.

„Stimmt. Das können wir auf dem Rückweg erledigen.“ T. J. grinste. „*Ich* werde mich darum kümmern und …“

„Ja“, sagte Carlos in den Hörer. „Ich möchte eine Meldung machen. Eine Frau ist im Kofferraum eines roten Mazda MX-5 eingeschlossen, der auf dem Gelände des Sea Circus geparkt ist. Ja, genau, der Sea Circus – an der Ecke Ocean und Florida Street. Nein, der Wagen steht auf dem Gelände, nicht draußen auf dem Parkplatz.“

T. J. schüttelte den Kopf. „Du Hornochse …“

„Nein, ich möchte meinen Namen nicht nennen“, fuhr Carlos fort.

„Wir müssen weiter!“, knurrte T. J.

Carlos hielt sich das freie Ohr zu, um das störende Genörgel auszublenden. „Woher ich weiß, dass eine Frau im Kofferraum eines roten Mazda MX-5 liegt?“ Er lachte. „Weil ich sie darin eingesperrt habe. Schicken Sie einfach einen Streifenwagen vorbei und holen Sie sie da raus. Okay?“ Kurzes Schweigen. „Gut.“ Nachdem er aufgelegt hatte, lächelte er T. J. an. „Jetzt können wir meinetwegen losgehen.“

2. KAPITEL

Januar – ein halbes Jahr später

Felipe Salazar stand vor dem Spiegel seiner möblierten Wohnung im noblen Apartmentkomplex Harbor's Gate. Er rückte seine Fliege zurecht und schnippte ein unsichtbares Staubkörnchen von der Schulter seines Smokings.

Es war ein sehr schöner Smoking. Maßgeschneidert und so perfekt, dass das Schulterholster und die Waffe unter dem Jackett kein bisschen auffielen.

Auch sein Penthouse war sehr schön. Es war viermal so groß wie seine winzige, schlecht belüftete Einzimmerwohnung am anderen Ende der Stadt. Natürlich war die monatliche Miete auch viermal so hoch. Aber zum Glück war nicht er derjenige, der dafür zahlen musste.

Tatsächlich bezahlte er zurzeit überhaupt nichts. Für alles – die Wohnung, die teuren Kleidungsstücke, seine Mahlzeiten, die zweitausend Dollar Taschengeld, die er in Fünfzigern und Hundertern mit sich herumtrug – kam die Polizei in St. Simone auf.

Das war einer der Vorteile eines gefährlichen Vierundzwanzig-Stunden-Jobs. Und wenn man die Leute auf der Straße gefragt hätte, würden sie dies vermutlich als einzigen Vorteil seines Jobs betrachten. Die meisten würden kaum die Gefahr, das Risiko, den Nervenkitzel bei der Arbeit als verdeckter Ermittler als Vorteil sehen.

Aber Felipe Salazar war nicht die meisten.

Und heute Abend war er nicht einmal Felipe Salazar.

Heute war er wie schon in den letzten fünf Monaten Raoul Tomás García Vasquez. Und Raoul Tomás García Vasquez kleidete sich äußerst geschmackvoll. Er trug teure Anzüge, italienische Schuhe und Unterwäsche, die mehr kostete, als ein Polizeibeamter am Tag verdiente.

Felipe musterte sich noch einmal im Spiegel. Ja, der Smoking saß hervorragend. Kein Vergleich zu der Lederjacke und den ausgeblichenen Jeans, die er bei seinem letzten Einsatz getragen hatte. Dafür hatte er den Namen Carlos angenommen und sich in eine brüchige Allianz von Anführern verschiedener Straßengangs eingeschlichen, die ein Vermögen mit illegalen Drogen verdienten. Als Carlos war er im Sea Circus Caroline Brooks begegnet, einer äußerst faszinierenden Blondine, und …

A. D. Er schüttelte den Kopf. Jetzt war nicht der geeignete Moment, an Blondinen zu denken. Und schon gar nicht an *diese* Blondine. Leider kam der geeignete Moment nie. Er hatte übergangslos die Identität gewechselt: heute noch Carlos, am nächsten Tag schon Raoul Vasquez. Wann hatte jemand ihn zum letzten Mal Felipe genannt? Er konnte sich nicht erinnern. Aber so war das nun mal in seinem Job. Felipe warf einen letzten Blick in den Spiegel, und Raoul Vasquez schaute ihn daraus an.

Raoul war gerade aus dem Gefängnis entlassen worden, bereit für einen Neuanfang. Der offiziellen Version nach war er nach St. Simone gekommen, nachdem er ein paar Freunde besucht hatte, die ihm den einen oder anderen Gefallen geschuldet hatten. Sehr große Gefallen. Sein ehemaliger Boss Joseph Halstead, das Oberhaupt eines kleineren Verbrechersyndikats in Washington, D. C., hatte ihm seinen alten Job angeboten. Aber Raoul hatte komplett neu anfangen wollen – und zwar irgendwo, wo ihn die Polizisten nicht sofort erkennen würden.

Also hatte Halstead bei Lawrence Richter angerufen, der Nummer eins im organisierten Verbrechen von Westflorida. Richter war wiederum Halstead einen Gefallen schuldig gewesen.

Natürlich hatte Richter eins nicht gewusst: Halsteads Anruf hatte auf einem Deal mit dem Washingtoner Staatsanwalt beruht, der ihn wegen diverser Straftaten am Haken hatte.

Und Richter würde das auch nicht erfahren. Jedenfalls nicht, bevor Felipe alle nötigen Beweise beisammenhatte, um seine Ermittlungen abzuschließen und Richter mitsamt seinen Komplizen für sehr lange Zeit hinter Gitter zu bringen.

Nach fünf Monaten war Felipe tief genug in Richters Organisation eingedrungen, um ihn und viele seiner Genossen aus dem Verkehr zu ziehen. Überraschenderweise würden dem Verbrecherboss weder Drogen- und Waffengeschäfte noch Prostitution, Glücksspiel oder andere Straftaten das Genick brechen, die typisch für organisierte Kriminalität waren – obwohl er natürlich in solche Geschäfte verwickelt war. Nein, womit sie ihn kriegen würden, war das Einschleusen illegaler Einwanderer.

Oberflächlich betrachtet wirkte das Ganze recht unschuldig, ja sogar wohltätig. Der Menschenfreund Lawrence Richter half Armen und Benachteiligten dabei, in die Vereinigten Staaten zu kommen. Er half ihnen beim Neuanfang, half ihnen bei der Verwirklichung des amerikanischen Traums.

Felipe wusste alles über den amerikanischen Traum. Seine eigenen Eltern waren auf der Suche nach einem besseren Leben für sich und ihre Kinder von Puerto Rico nach Miami gekommen. Aber Miami hatte sich als heiß und feindselig erwiesen, und deshalb waren sie weitergezogen, in das Städtchen St. Simone an der Westküste von Florida.

Toller amerikanischer Traum.

Felipes Vater hatte sich bei dem Versuch totgearbeitet, seine kränkelnde Autowerkstatt am Laufen zu halten. Felipes älterer Bruder Raphael war in schlechte Gesellschaft geraten, fast an einer Überdosis gestorben und schließlich im Hochsicherheitstrakt eines Staatsgefängnisses gelandet. Seine älteste Schwester Catalina hatte geheiratet. Ihr Mann war bei einem Autounfall gestorben, den ein Betrunkener verursacht hatte. Seitdem war sie mit den zwei kleinen Kindern allein. Seine zweite Schwester Marisela hatte ihren Traum von einem Collegeabschluss aufgegeben und die Autowerkstatt ihres Vaters übernommen. Ihr jüngster Bruder Roberto half dort aus, wann immer er konnte. Er ging noch zur Highschool.

Und Felipe? Felipe war Polizist geworden.

Er schenkte seinem Spiegelbild ein schiefes Lächeln. Sein Vater, der Träumer, war von Felipes Berufswahl enttäuscht gewesen. Und doch war Felipe seinem alten Herrn am ähnlichsten. Er war als Einziger der Geschwister ein Idealist. Ausgerechnet Felipe glaubte noch an Gut und Böse, an Richtig und Falsch. Ausgerechnet Felipe glaubte noch an das Rechtssystem und die Macht der Gesetze. Ausgerechnet Felipe hielt am amerikanischen Traum fest.

Und deshalb musste er Lawrence Richter ausschalten, der ganze Familien illegaler Einwanderer ins Land schaffte und zu seinen Sklaven machte. Als Vergütung für die sichere Einreise in das Land der unbegrenzten Möglichkeiten dienten ihm diese Leute in jahrelanger Schuldknechtschaft. Er verlieh sie an Fabriken und Ausbeuterbetriebe zu Löhnen, die weit unter dem gesetzlichen Mindestlohn lagen. Dann behielt er noch einen Großteil ihres Geldes ein und ließ ihnen nur gerade genug zum Überleben. Wer sich beschwerte, wurde der Einwanderungsbehörde ausgeliefert. Da diese Menschen nur die falschen Namen der Männer kannten, die sie ins Land gebracht hatten, ging Richter damit kein Risiko ein.

Felipe hatte viele dieser Leute gesehen. Sie saßen in der Falle, arbeiteten sechzig Stunden in der Woche für einen Lohn, den sie nie in die Finger bekamen. Für Geld, das in Richters Taschen floss. Felipe hatte ihnen in die Augen gesehen und darin Verzweiflung und Verzagtheit entdeckt – und völlige Hoffnungslosigkeit.

Für sie war der amerikanische Traum zum Albtraum geworden.

Viele von ihnen würden abgeschoben werden, wenn Richters Geschäfte aufflogen. Aber einigen würde es gelingen, sich rechtzeitig abzusetzen. Dann waren sie frei, dem trügerischen amerikanischen Traum nachzujagen.

Obwohl Felipe bereits nah dran war, Richter festzunageln, musste er zunächst warten. Denn in der letzten Woche war aus einem schon lange gehegten Verdacht Gewissheit geworden: Richter hatte einen Partner, genannt Captain Ratte.

Dieser Partner saß irgendwo ziemlich weit oben in der Verwaltung von St. Simone. Wer immer es war, er besaß Macht und Einfluss. Er konnte nötigenfalls dafür sorgen, dass sämtliche Polizeikräfte die Augen abwendeten und in eine andere Richtung schauten.

Felipe Salazar stand nach wie vor treu auf der Seite des Rechts und verteidigte stur den amerikanischen Traum seines Vaters. Bevor er sich Richter schnappte, wollte er deshalb sicherstellen, dass dessen Partner ebenfalls überführt wurde. Dazu musste er jedoch zuerst herausfinden, wer Captain Ratte war.

Bobby Penfield III. war der langweiligste Mann, der Carrie Brooks je über den Weg gelaufen war.

Trotzdem saß sie mit ihm an einem Tisch im elegantesten Restaurant von St. Simone, dem im Erdgeschoss des noblen Reef Hotel gelegenen Schroedinger. Bemüht lächelte sie ihn an. Jetzt wusste sie wieder, warum sie sich normalerweise nicht auf solche Verabredungen einließ. Beim nächsten Mal würde sie sich eine Ausrede einfallen lassen und absagen, wenn sie von einem verhältnismäßig nett wirkenden Mann eingeladen wurde, den sie nicht kannte.

Wahrscheinlich gab es Frauen, die sowohl Bobby Penfield III. als auch seine endlosen Geschichten über Ränkespiele und Machtkämpfe in seiner Werbeagentur aufregend fanden. Aber um es offen zu sagen: Carrie konnte sich einfach nicht vorstellen, dass es sich spürbar auf die Verkaufszahlen irgendwelcher Papierhandtücher auswirkte, wenn das Produkt im Fernsehen von einem Mann statt von einer Frau beworben wurde. Und die Frage war es definitiv nicht wert, das Tischgespräch eine geschlagene Stunde lang zu beherrschen. Außerdem war sie eine engagierte Umweltschützerin. Ihrer Meinung nach hätten Papierhandtücher nie auf den Markt kommen dürfen. Stoffhandtücher waren definitiv die bessere Wahl.

Carrie wünschte sich, dass der Mann endlich das Thema wechseln würde. Verdammt noch mal, sie würde zum Beispiel viel lieber über die sogenannten Spielplatzmorde reden. Die Medien hatten groß über die in der Woche zuvor verübten Morde im Dunstkreis des organisierten Verbrechens berichtet. Alle sprachen darüber – nicht nur in Florida, sondern in den gesamten Vereinigten Staaten. Zwei Mafiosi, Tony Mareidas und Steve Dupree, waren auf einem unbebauten Grundstück in der Innenstadt hingerichtet worden. Das Grundstück grenzte zufällig unmittelbar an den Pausenhof einer Grundschule an. Kinder hatten die Leichen entdeckt, und die Stadt war seitdem in Aufruhr. Fieberhaft wurde nach den Männern gesucht, die dieses blutige Verbrechen verübt hatten.

Aber Bobby Penfield III. laberte weiter über seine Papierprodukte, und Carrie war gezwungen, ihn höflich anzulächeln. Sie war hier, weil Bobbys Werbeagentur an einer Reihe von TV- und Printanzeigen über den Sea Circus arbeitete. Und die Agentur hatte sich auf einen stark reduzierten Preis eingelassen. So hatte es ihr jedenfalls Hal Tompkins erzählt, der Geschäftsführer des Aquariums. Als Hal mit Bobby bei Carries Nachmittagstraining mit den Delfinen aufgekreuzt war, hatte Bobby sie gleich zum Essen eingeladen. Mit flehenden Blicken hatte Hal sie gebeten, Ja zu sagen. Und Carrie war dumm genug gewesen, die Einladung anzunehmen.

Jetzt saß sie hier in ihrer ganz privaten kleinen Hölle, in einem viel zu feinen Restaurant und bei Weitem nicht schick genug angezogen – das schlichte blau geblümte, ärmellose Kleid mit dem kurzen weiten Rock war allerdings das Eleganteste, was sie besaß. Und ihr gegenüber befand sich ein Mann, mit dem sie nichts, aber auch gar nichts gemein hatte. Vielleicht davon abgesehen, dass ihnen offenbar beiden der neue Tankini gefiel, den Carrie beim Nachmittagstraining getragen hatte.

Carrie ließ den Blick durchs Restaurant schweifen. Am anderen Ende des Speisesaals war ein langer Tisch für eine größere Gesellschaft gedeckt. Daran saßen Männer im Smoking mit ihren schönen Frauen. Oder Geliebten. Ganz sicher Geliebte, entschied Carrie zynisch. Die Ehefrauen hockten vermutlich alle mit ihren Kindern zu Hause.

Ein Mann mit silbergrauem Haar lächelte seine Gäste vom Kopfende des Tisches aus wohlwollend an. Ja, das hier ist seine Party, dachte Carrie bei sich. Silberhaar war mit Sicherheit der Mann, der heute Abend für die Rechnung aufkam.

Bobby Penfield redete und redete. Inzwischen war er bei Wegwerfwindeln angelangt und bemerkte nicht einmal, dass Carrie ihm längst nicht mehr zuhörte. Stattdessen beobachtete sie, wie Silberhaar aufstand und einen Toast ausbrachte. Ein anderer Mann, der mit dem Rücken zu ihr gesessen hatte, erhob sich daraufhin ebenfalls und verneigte sich dankend zu höflichem Applaus.

Carrie beugte sich vor, um genauer hinzuschauen. Irgendetwas kam ihr an dem Mann seltsam bekannt vor. Vielleicht waren es seine Schultern – oder die Art, wie wunderbar der Smoking diese breiten Schultern betonte. Sie musterte seinen Hinterkopf und wünschte sich schweigend, er würde sich umdrehen.

Er tat ihr den Gefallen nicht. Stattdessen setzte er sich wieder, ohne ihr Gelegenheit zu geben, sein Gesicht zu sehen. Wer immer er auch war, er trug sein langes dunkles Haar im Nacken zusammengebunden. Aber keiner der Männer, die sie kannte, hatte je einen Smoking getragen. Geschweige denn einen maßgeschneiderten Smoking, der so sündhaft gut saß.

Überrascht sah Carrie auf, als ihr plötzlich bewusst wurde, dass Bobby nichts mehr sagte. Er schaute sie fragend an und schien auf eine Antwort zu warten.

Sie tat das Einzige, was sie tun konnte. Sie lächelte. Und fragte ihn, welches College er besucht hatte.

Bobby nahm dankbar die Gelegenheit wahr, weiter über sich zu reden. Er merkte gar nicht, dass sie seine Frage nicht beantwortet hatte. Carrie war sich nicht sicher, ob er überhaupt irgendetwas von dem gehört hatte, was sie im Laufe des Abends gesagt hatte – abgesehen von den Fragen zu seiner Person.

Himmelherrgott noch mal, irgendwo auf der Welt musste es doch einen Mann geben, der anderen tatsächlich zuhörte! Aber wo immer dieser Jemand war und wer er auch sein mochte, er hieß keinesfalls Bobby Penfield III.

Natürlich hörte sie ihm auch nicht unbedingt zu. Sie seufzte. Schon als sie in seinen Wagen gestiegen war, hatte sie gewusst, dass der Abend eine einzige Katastrophe werden würde. Ihr war bereits von Anfang an klar gewesen, dass sie überhaupt nicht zueinanderpassten. Jetzt wünschte sie sich im Stillen, sie hätte den Mumm besessen, sich der Einladung elegant zu entziehen.

Bobby hingegen schien immer noch die Hoffnung zu hegen, dass Carrie ihn nach dem Essen nach Hause begleitete. Sie sah es in seinen Augen und in der Art, wie er auf ihre Brüste und auf ihren Mund schaute.

Sie seufzte erneut. Was für ein scheußlicher Abend.

Obwohl es zumindest nicht so schlimm war wie jene Nacht im Juli, in der sie zwei endlose albtraumhafte Stunden im Kofferraum ihres Wagens eingesperrt gewesen war.

Selbst nach so vielen Monaten verfolgte die Erinnerung daran sie immer noch.

Diese zwei Stunden waren ihr eher wie zwei Jahre vorgekommen.

Zuerst war sie regelrecht durchgedreht. Im Geiste hatte sie sich in ihre Kindheit zurückversetzt gefühlt: Mit neun Jahren war sie einmal im winzigen Waschraum des Wohnwagens ihrer Eltern eingeschlossen gewesen. Genau wie damals hatte sie geweint, als ob die Welt untergehen würde. Sie hatte geweint und geweint, bis sie sich irgendwann etwas beruhigt hatte. Dann hatte sie nach der alten Signallampe getastet, die sie für Notfälle im Kofferraum mit sich führte. Die weiße Birne für Dauerlicht war durchgebrannt gewesen, aber das rote Notfall-Blinklicht hatte noch funktioniert.

Im roten Blinklicht der Signallampe wirkte der Kofferraum absurd winzig und erschreckend eng. Aber wenigstens umfing sie nicht mehr totale Dunkelheit und nahm ihr den Atem. Frische Luft gab es auch – jedenfalls, nachdem sie das Dichtungsgummi von der Heckklappe abgezogen hatte. Ihr Kofferraum würde vermutlich nie wieder regendicht sein, aber frische Luft zu bekommen war ihr wesentlich wichtiger.

Und dann sang sie, während sie auf dem Rücken dalag, die Beine angezogen und das Gesicht nur Zentimeter vom Kofferraumdeckel entfernt. Sie sang, um nicht den Verstand zu verlieren. Sie sang jedes Lied, das sie jemals gelernt hatte – und dazu noch ein paar andere, die sie nicht auswendig kannte. Sie sang sämtliche Titel, die in den Top Forty gewesen waren, als sie die achte Klasse besucht hatte. Sie hatte sämtliche der nervigen Musicalstücke gesungen, die ihre Mutter so sehr geliebt hatte. Sie hatte jeden einzelnen Titel der beiden neuesten CDs von Patty Loveless gesungen. Sie hatte gesungen, bis sie völlig heiser gewesen war.

Das war wirklich die Hölle gewesen: dort zu liegen, zu schwitzen, gegen die aufkommende Panik anzukämpfen, zu spüren, wie die Kofferraumwände immer näher kamen …

Carlos.

Sogar nach so langer Zeit musste sie immer wieder an diesen Mann denken. In den ersten paar Wochen, nachdem er sie im Kofferraum ihres Autos eingesperrt hatte, war er ihr nicht aus dem Kopf gegangen.

Und seltsamerweise tauchte er nach wie vor gelegentlich in ihren Träumen auf. Noch seltsamer war jedoch, dass es sich um schwüle, erotische Träume handelte. Um Träume von miteinander verschlungenen Beinen, von kühler glatter Haut auf festen Muskeln. Von langem dunklen Haar, das ihm ins Gesicht hing, während er sich langsam über sie beugte und sie küsste. Während er sich in einem sinnlichen, trägen, unglaublich erregenden Rhythmus in ihr bewegte …

Aus diesen Träumen schreckte sie jedes Mal hoch, überrascht und manchmal ein wenig enttäuscht, dass es nur ein Traum gewesen war.

Vor sechs Monaten war sie zur Polizei gegangen und hatte Anzeige erstattet, aber der Mann namens Carlos und seine drei Komplizen waren nie gefasst worden.

Zu ihrem Glück, dachte sie. Denn wenn sie auch nur einen dieser Mistkerle je wieder zu sehen bekommen würde …

Am anderen Ende des Restaurants standen Silberhaars Gäste auf. Die Frauen eilten beinah geschlossen zur Damentoilette. Die Männer schüttelten einander die Hände und …

Nein.

Das konnte nicht sein.

Oder doch?

Carrie hatte nur einen ganz kurzen Blick auf das Gesicht des Mannes erhascht. Aber diese exotischen Wangenknochen waren unverwechselbar.

Trotzdem konnte sie sich nicht sicher sein, bevor sie seine Augen sah. Entweder wurde sie allmählich verrückt – oder der Mann mit dem langen Pferdeschwanz, der Mann in dem maßgeschneiderten Smoking war tatsächlich Carlos.

Natürlich war es durchaus möglich, dass sie allmählich verrückt wurde.

Das Ganze war jetzt ein halbes Jahr her, und Carrie sah Carlos immer noch an jeder Ecke: in der Einkaufspassage, im Lebensmittelladen, im Kino, sogar in der Besuchermenge im Sea Circus. Wann immer sie einen hochgewachsenen Mann mit langem, dunklem Haar entdeckte, schaute sie ganz genau hin. Doch wann immer der Mann den Kopf drehte, musste sie es erkennen: Nein, das war nicht Carlos. Der Typ ähnelte ihm nur ein kleines bisschen.

Dieser Mann jedoch drehte sich nicht um und gab ihr keine zweite Gelegenheit, ihm ins Gesicht zu blicken. Er schaute hinüber zur Lobby und wandte ihr den Rücken zu.

„Entschuldige mich bitte“, sagte Carrie zu Bobby Penfield, als er einen Moment seinen Redefluss unterbrach und Luft holte. Sie faltete ihre Serviette zusammen und legte sie neben ihren Salatteller. „Es dauert nur eine Minute. Ich bin gleich wieder da.“ Damit schob sie ihren Stuhl zurück und eilte den Männern im Smoking hinterher, die das Restaurant verließen.

Die Lobby des Schroedinger war eine Pracht: Hier standen

jede Menge Grünpflanzen, von den hohen Decken hingen Kronleuchter. Die verspiegelten Wände ließen den Raum viel größer erscheinen, als er war. Der Mann, der eventuell Carlos sein mochte, stand an der Garderobe und war in ein Gespräch mit Silberhaar vertieft. Etliche der anderen Gäste standen in der Nähe.

Carrie blieb abrupt stehen, als sie das Gesicht des Langhaarigen in einem der Spiegel sehen konnte.

Es war Carlos. Herr im Himmel, er war es wirklich.

Silberhaar sagte etwas zu ihm, und er lächelte. Zeigte jenes sanfte, priesterhafte Lächeln, das Carrie kannte. Als Silberhaar etwas hinzufügte, wurde aus dem Lächeln ein teuflisches Lachen, und vollkommene weiße Zähne blitzten auf.

Trotz all ihrer Träume und der vielen Falschsichtungen dieses Mannes hatte Carrie vergessen, wie gut er aussah.

Im selben Moment schweifte sein Blick in ihre Richtung und blieb auf ihrem Gesicht ruhen. Für einen winzigen Moment schien Carlos zu erstarren, und etwas blitzte in seinen Augen auf. Er hatte sie offenbar wiedererkannt.

Vor sechs Monaten waren sie sich nur für etwa eine halbe Stunde begegnet. Damals hatte sie jedoch nie etwas anderes als Selbstbeherrschung und Selbstvertrauen in seinem Blick gesehen – selbst als sie mit der Waffe auf ihn gezielt hatte. Aber jetzt entdeckte sie plötzliche Panik darin. Reine, wilde Panik. Sie leuchtete nur für eine Sekunde auf, dann war nichts mehr davon zu sehen. Sein Gesicht und seine Augen zeigten überhaupt keine Regung mehr.

Er hatte Angst vor etwas. Wahrscheinlich vor ihr.

Nun, dazu hatte er auch allen Grund. Er hatte sie im Kofferraum ihres Autos eingesperrt, verdammt noch mal. Jetzt brauchte sie nur mit dem Finger auf ihn zu zeigen und laut genug zu schreien, um ihm die gesamte Polizeitruppe von St. Simone auf den Hals zu hetzen.

Langsam und bedächtig ging Carrie auf ihn zu.

3. KAPITEL

Er sah auf sich zukommen, was ihn umbringen würde. Felipe Salazar stand in der Lobby des Schroedinger und blickte dem Tod ins Auge.

Es war die Frau aus dem Sea Circus, die mit den Delfinen schwamm. Sie kam direkt auf ihn zu, ein leichtes angespanntes Lächeln auf ihren vollkommenen Lippen. In ihren hübschen meergrünen Augen loderte das Feuer der Hölle.

Statt der schweren Stiefel trug sie ein Paar braune Ledersandalen, anstelle der schäbigen Shorts und des ausgeleierten T-Shirts ein ärmelloses, blau geblümtes kurzes Kleid, das ihm den Atem verschlagen hätte – wenn das nicht schon aus einem ganz anderen Grund der Fall gewesen wäre.

Ihr blondes Haar war länger als vor sechs Monaten. Heute trug sie es offen, sodass es ihr über die Schultern fiel wie ein glatter goldener Schleier, der im Licht der Kronleuchter seidig schimmerte.

Sie hatte nicht viel Make-up aufgelegt, nur ein wenig Lidschatten und Lippenstift, vielleicht einen Hauch Rouge. Jedenfalls hatte sie nicht versucht, die entzückenden Sommersprossen zu verstecken, die ihre feine Nase und die weich gerundeten Wangenknochen sprenkelten.

Madre de Dios! Sie war noch hübscher, als er sie in Erinnerung hatte. Und dabei hatte er in jenen ersten paar Wochen nach dem Showdown mit Iceman und seinen Komplizen fast an nichts anderes gedacht als an sie. Felipe hatte sogar den Sea Circus besucht, nur um sich zu vergewissern, dass es dem Mädchen gut ging.

Sie hieß Caroline Brooks und wurde von allen Carrie genannt.

Er hatte sich den Großteil ihrer Delfinschau angesehen. Hatte gesehen, wie sie zu den großen Meeressäugern ins Becken gesprungen, wie sie auf ihren Rücken geritten war. Hatte gesehen, wie sanft sie mit den Tieren umgegangen war. Hatte sie lächeln und lachen gesehen, ohne dass auch nur ein Hauch von Panik auf ihrem hübschen Gesicht aufgeblitzt war. Hatte natürlich auch ihren umwerfenden roten Schwimmanzug gesehen, der ihre Figur so unglaublich betonte, dass er sie beinah angesprochen hätte. Beinah wäre er zu ihr gegangen und hätte den Satz zu Ende gebracht, den er damals begonnen hatte. Jenen Satz, den sie mit einem Biss ihrer scharfen Zähne unterbrochen hatte.

Ich bin Polizist.

Also, warum hatte er es ihr nicht gesagt?

Weil sie ihm viel zu sehr gefallen hatte. Weil er in seinem Herzen gewusst hatte: Selbst wenn es ihm gelang, sie zu verführen, würden ihm ein oder zwei Nächte einfach nicht ausreichen. Und weil ihm allzu klar gewesen war, dass er in wenigen Tagen bereits wieder verschwunden sein und er sich als verdeckter Ermittler unter dem Namen Raoul Tomás García Vasquez in das Verbrechersyndikat von Lawrence Richter einschleichen würde. Und vor allem weil er gewusst hatte, dass eine romantische Beziehung zu ihm sie nur in Gefahr bringen würde.

Also hatte er sie vergessen.

Nun ja, zumindest hatte er *versucht*, sie zu vergessen.

Wenigstens hatte er einen weiten Bogen um den Sea Circus und die hübsche Caroline Brooks gemacht.

Und nun würde ihm genau das – dass er sie *nicht* angesprochen hatte, dass er ihr *nicht* gesagt hatte, dass er Polizist war, dass er ihr *nicht* offenbart hatte, wer er wirklich war – zum Verhängnis werden. Und sehr wahrscheinlich auch ihr.

Denn als sie jetzt auf ihn zukam, erkannte er in ihrem Blick das Verlangen nach Gerechtigkeit und Vergeltung. Wenn sie die Chance erhielt, irgendetwas zu sagen, würde sie zweifellos seine Tarnung auffliegen lassen.

Und wenn Lawrence Richter auch nur den geringsten Grund zu der Annahme hatte, dass Felipe ein Polizist war – dann war er sehr, sehr bald schon ein toter Polizist. Auf keinen

Fall würde Richter ihn am Leben lassen. Dafür wusste er einfach viel zu viel.

Seit mehr als vier Wochen hatte Felipe nicht mehr mit seinem besten Freund Jim Keegan gesprochen. Dieser Gedanke schoss ihm plötzlich durch den Kopf. Für einen Moment fragte er sich, wie Jim – oder Diego, wie Felipe ihn auf Spanisch nannte – wohl die Nachricht vom Tod seines Freundes aufnehmen würde.

Angriff ist die beste Verteidigung. Das war Jims Lieblingsspruch, als sie noch Partner gewesen waren und beide bei der Sitte gearbeitet hatten. Bevor Jim eine heiß umkämpfte Stelle im Morddezernat angenommen hatte. *Es gibt immer einen Ausweg, du musst ihn nur finden.* Und *Keegans Regel Nummer eins: Nichts ist unmöglich.*

Wenn es überhaupt einen Ausweg aus diesem Schlamassel gab, dann nur diesen: Er musste Caroline daran hindern, den Mund aufzumachen.

Das würde nicht leicht werden.

„Entschuldige mich bitte“, murmelte Felipe an Lawrence Richter gewandt. „Ich muss eine … alte Liebschaft abwimmeln.“

Wenn dem älteren Mann aufgefallen war, wie Felipe der Schweiß ausbrach, dann gab er das jedenfalls nicht zu erkennen. Richter schaute nur kurz von ihm zu Caroline und wieder zurück zu ihm – und lächelte.

„Selbstverständlich“, sagte Richter.

Felipe bewegte sich schnell und fing Caroline Brooks gut drei Meter von Richter entfernt ab. Vielleicht – nur vielleicht – reichte diese Entfernung, damit er ihr Gespräch nicht belauschen konnte …

„Sieh mal einer an“, meinte die zierliche blonde Frau und schaute ihm kühl ins Gesicht, als wäre sie diejenige, die fast zwanzig Zentimeter größer war. „So trifft man sich wieder, C…“

Carlos. Sie wollte ihn Carlos nennen – und zwar laut genug,

sodass die ganze Lobby es hören würde. Aber im Moment war er nicht Carlos. Er war Raoul Vasquez.

Felipe brachte sie auf die einzige Weise zum Schweigen, die ihm blieb.

Er drückte seinen Mund auf ihre Lippen und küsste sie.

Sie schmeckte wie das Hausdressing: frisch, würzig, lecker. Sie zog scharf die Luft ein, zuckte zurück und sah ihm in die Augen. Und schlagartig wurde Felipe eins klar: Er hatte sich nicht eingebildet, dass an jenem Abend im Sea Circus die Funken zwischen ihnen gesprüht hatten. Die gegenseitige Anziehungskraft war immer noch da, loderte immer noch mächtig und heiß. Und er wusste auch zweifelsfrei: Wenn er zu ihr gegangen wäre, wie er es am liebsten getan hätte, wenn er ihr die Wahrheit gesagt hätte, sich ihr als Polizist zu erkennen gegeben und um Verzeihung für die grobe Behandlung gebeten hätte, dann hätte er sie verführen können. Oder vielleicht, *Madre de Dios*, hätte sie ihn verführt.

Bedauern machte sich in ihm breit. Bedauern, die Chance verpasst zu haben. Bedauern, vermutlich nie wieder Gelegenheit zu bekommen, Caroline Brooks zu küssen, geschweige denn mit ihr zu schlafen. Denn wenn er sie nicht sofort beim Arm packte und sie von Lawrence Richter sowie seiner rechten Hand und seinem Henker Tommy Walsh wegzog, war sein Leben zu Ende.

„Darling“, sagte er aalglatt und nutzte ihre vorübergehende Sprachlosigkeit, „wie schön, dich wiederzusehen. Komm, lass uns rausgehen. Dort können wir uns ungestört unterhalten.“

Er fasste nach ihrem Arm und zog sie zum Hauptausgang. Aber sie spielte nicht mit. Sie riss sich von ihm los und lachte. „Du bist verrückter, als ich dachte, wenn du glaubst, dass ich mit dir irgendwohin gehe“, erklärte sie kalt.

Felipe spürte Richters Blick im Nacken. Der Mann beobachtete ihn. Das tat er immer. Er nahm jede Kleinigkeit wahr, die um ihn herum geschah. Das war einer der Gründe für seinen Erfolg. Und es war einer der Gründe, warum er bisher noch nie eines Verbrechens hatte überführt werden können.

„Ich weiß, dass du mich vermisst hast", erwiderte Felipe laut genug, damit Richter es hören konnte. „Und es tut mir leid, dass ich nicht angerufen habe. Aber ich hatte so viel zu tun. Sei mir bitte nicht böse …"

„Dich *vermisst*?" Sie lachte ungläubig. „Du hast mich in den Koff…"

Der Verzweiflung nahe, küsste Felipe sie noch einmal. Er würde alles tun – wirklich alles –, damit sie endlich den Mund hielt. Und diesmal war der Kuss noch intensiver. Felipe zog sie ganz eng an sich und hielt sie fest in den Armen.

Wieder brachte er sie damit kurz zum Schweigen, und er nutzte die wenigen kostbaren Sekunden aus.

„Bitte", flehte er sie laut an, damit Richter es mitbekam. „Ich weiß, du wirst es mir kaum glauben. Aber ich habe mich von dir ferngehalten, weil ich dich so sehr mag und …"

Dann schlug sie zu. Sie riss ihren rechten Arm los, holte aus und rammte ihm die Faust mit Wucht in den Magen. Felipe hatte es kommen sehen und die Bauchmuskeln angespannt. Wahrscheinlich schmerzte der Schlag sie mehr als ihn, aber er lenkte die Aufmerksamkeit des Restaurantpersonals auf sie beide.

„Was bist du doch für ein Mistkerl", fauchte Carrie. Ihre Gelassenheit war endgültig dahin, sie kochte vor Wut.

„Gibt es hier irgendein Problem?" Der Oberkellner stand plötzlich neben ihnen.

„Nein, nein", wehrte Felipe verzweifelt ab. „Es ist alles in Ordnung …"

„Oh doch, es gibt ganz sicher ein Problem", unterbrach Carrie ihn. „Dieser … dieser … Betrüger tut so, als würden wir uns länger kennen als die dreißig Minuten, die wir gemeinsam im …"

„Caroline", fiel Felipe ihr rasch ins Wort. *Betrüger.* Okay, das war besser als Polizist, allerdings nicht sehr viel. Ein Blick hinüber zu Richter genügte, um zu erkennen, dass der Ältere ihn immer noch beobachtete. Beobachtete und zuhörte. „Ich schätze, dieser Herr sähe es gern, wenn wir unsere Diskussion draußen weiterführen und …"

Carrie kniff die Augen zusammen. „Woher kennst du meinen Namen?"

„So ist sie manchmal", meinte Felipe leise zum Oberkellner. „Sie trinkt zu viel. Helfen Sie mir, sie nach draußen zu schaffen?"

„Fass mich noch einmal an, und ich schreie", warnte sie ihn und funkelte beide Männer böse an.

Der Kellner wich zurück. Ihm ging es nur darum, zu verhindern, dass diese junge Dame in der Lobby seines Viersternerestaurants ausrastete.

Richter nickte einmal, und Tommy Walsh trat zu ihnen. In seinen blauen Augen entdeckte Felipe emotionslose Langeweile. „Raoul", sagte Richters Gehilfe, „brauchst du vielleicht irgendwie Hilfe?"

Carrie starrte Felipe an. *„Raoul?"*, fragte sie ungläubig, bevor sie sich empört Tommy zuwandte: „Seltsam, vor sechs Monaten kannte ich ihn als Carlos."

Vor sechs Monaten hätte Raoul Vasquez im Gefängnis sitzen müssen.

„Ach, wirklich?", erkundigte Tommy sich. „Stimmt das?"

„Das war im August", erklärte Felipe hastig und leise. „Ich war auf Bewährung draußen. Verdammt, ich hab achtzehn Monate gesessen und war nicht scharf darauf, zu heiraten. Ich brauchte nur ein bisschen Entspannung, verstehst du? Deshalb habe ich ihr erzählt, mein Name sei Carlos, und …"

„Es war nicht im August, sondern im Juli", widersprach Carrie scharf. „Und du hast mich nicht angerührt. Du hast mich im Kofferraum meines Autos eingesperrt. Erinnerst du dich?"

Sie klang wie eine Verrückte. Aus ihrem Mund klang es, als hätte Felipe – beziehungsweise Raoul oder Carlos oder wie er sich auch genannt haben mochte – eine Gelegenheit ausgeschlagen, die Nacht mit ihr zu verbringen. Ihr aufregend schlichtes blau geblümtes Kleid betonte ihre nahezu vollkommene Figur, ihre Arme waren schlank und gebräunt, ihre Beine wohlgeformt, ihr goldenes Haar glänzte, ihre Augen leuchteten in der Farbe des Ozeans. So wie sie dastand mit ihrem süßen hübschen Gesicht, würde ihr sicherlich kein Mann, der bei klarem Verstand war, einen Korb geben.

Also lachte Felipe und hoffte inständig, dass Tommy den Witz verstand.

Er tat es. Tommys fleischiges Boxergesicht verzog sich zu einem angespannten Lächeln, das seine Augen nicht erreichte. Aber Felipe hatte ihn noch nie wirklich lächeln sehen.

„Sie ist verrückt, Mann", sagte er zu Tommy, dankbar für das halbe Lächeln, und wandte sich wieder an Carrie: „Süße, du bist bestimmt sauer gewesen, als du am Morgen aufgewacht bist und ich weg war. Aber …"

Carrie verschränkte die Arme vor der Brust und sah den Oberkellner an. „Rufen Sie die Polizei. Ich will, dass dieser Mann verhaftet wird."

„Du musst mich mit jemandem verwechseln", meinte Felipe in einem letzten schwachen Versuch, seine Enttarnung zu verhindern. Aber er wusste: Es war zu spät. Ja, Tommy lächelte. Doch das tat er nur, weil Felipe der Angeschmierte war.

„Oh nein", erklärte Carrie voller Überzeugung. „Du bist Carlos. Ganz sicher. Und es war nicht im August. Es war im Juli. Genauer gesagt, am 22. Juli. Du warst mit diesem anderen Mistkerl zusammen, diesem T. J. Und mit dem Typen, den du Iceman genannt hast, und …"

Carrie redete weiter, aber Felipe hörte nicht mehr zu. Er hörte gar nichts mehr, denn gerade hatte sie Richter so deutlich wie nur irgend möglich zu verstehen gegeben, dass er Polizist war.

Iceman. Dieser Name hatte ihn verraten.

Iceman war einer der eifrigsten Drogendealer von St. Simone gewesen.

Und zur Stunde seines Todes hatte Iceman Richter eine Viertelmillion Dollar geschuldet. Er hatte sich das Geld geliehen, um das vermutlich größte Drogengeschäft unter Kleinkriminellen an der Westküste Floridas abzuwickeln. Er hatte sich das Geld geliehen und es nie zurückgezahlt. Denn als Iceman, T. J. Cerrone und der große Randall Page mit dem Nasenring die Kokainlieferung entgegennehmen wollten, war die Polizei auch zur Stelle gewesen.

Sie waren umzingelt und hoffnungslos unterlegen gewesen. Trotzdem hatte Iceman seine Waffe gezogen und eine Schießerei begonnen, bei der fünf Polizisten verletzt worden und er selbst sowie seine beiden Geschäftspartner ums Leben gekommen waren.

Das war im letzten Sommer geschehen. Genauer gesagt am Abend des 22. Juli. Und wenn Felipe am Abend des 22. Juli kurz vor dessen Tod mit Iceman zusammen gewesen war, dann konnte das nur eins bedeuten.

Richter war ein kluger Mann. Tommy Walsh war – obwohl er aussah wie ein alternder Boxer – ebenfalls ein kluger Mann. Beide konnten eins und eins zusammenzählen, und in diesem Fall lautete das Ergebnis: Bulle.

Richter sah Tommy an, Tommy sah Richter an, und Felipe war klar, dass sie zu der offensichtlichen Schlussfolgerung gelangt waren.

„Du warst gut“, sagte Tommy leise zu Felipe. *Du warst.* Vergangenheit. Als wäre Felipe bereits tot. „Du hattest nur nicht genug Glück.“

Mit seinen blassblauen Augen schaute Tommy kurz zu Caroline hinüber, und Felipe wusste eins mit grausamer Sicherheit. Richters rechte Hand würde die kleine Blonde benutzen, um sicherzugehen, dass Felipe spurte. Tommy würde damit drohen, Caroline eine Kugel in den Kopf zu jagen, wenn Felipe nicht unauffällig mitging. Wenn er nicht nach draußen auf den Parkplatz mitkam, wo Richters Limousine wartete.

Aber wenn Felipe einstieg, wäre es seine letzte Fahrt. Er

zweifelte keine Sekunde daran, dass Tommy ihn in die Everglades bringen und dort töten würde. Und danach würde er auch Caroline töten, denn auch sie hatte zu viel gesehen und gehört. Großer Gott, wahrscheinlich hatte sie in Tommys Augen jetzt schon genug mitbekommen, um sich ihr Todesurteil einzuhandeln.

Aus dem Augenwinkel konnte Felipe die großen Glastüren sehen, die nach draußen führten. Vor dem Restaurant parkte soeben ein Hotelangestellter einen teuren Wagen unter dem Vordach.

Wie in Zeitlupe griff Tommy unter seine Jacke nach seiner Waffe.

Der Hotelangestellte stieg aus dem Wagen und ließ die Fahrertür offen. Er umrundete den Wagen und öffnete die Beifahrertür, als die Eigentümer des Autos, ein Paar mittleren Alters, in die Abendluft hinaustraten.

Jetzt oder nie.

Felipe drehte sich um, schnappte sich Caroline und rannte zur Tür.

Sie schrie wütend auf, genau, wie er es erwartet hatte. Er hoffte, dass sie damit genug Aufmerksamkeit auf sich lenkten, um Tommy daran zu hindern, gleich hier in der Lobby die Pistole zu ziehen und ihm in den Rücken zu schießen.

Er hörte den gedämpften Knall eines Pistolenschusses, eine Kugel pfiff an seinem linken Ohr vorbei. Tommys Wunsch, ihn tot zu sehen, war offenbar groß genug, um das Risiko einer Verhaftung einzugehen. Felipe schützte Caroline Brooks mit seinem Körper und rannte noch schneller in der verzweifelten Hoffnung, Tommy würde ihn noch einmal verfehlen. Aber Tommy war ein sehr sicherer Schütze. Felipe wusste nur zu gut, dass der nächste Schuss ihn treffen würde.

Der Wagenbesitzer hielt seiner Frau noch die Glastür auf, als Felipe beide grob zur Seite stieß. Hoffentlich gerieten sie nicht in den Kugelhagel.

Tommy benutzte einen Schalldämpfer. Die meisten Leute

hatten noch gar nicht bemerkt, dass geschossen wurde und dass sie in Gefahr waren.

„Runter mit euch!“, rief Felipe, klemmte sich Caroline mit Leichtigkeit unter einen Arm und zog seine eigene Waffe. „Auf den Boden! Alle!“

Die Restaurantangestellten rannten davon.

Als Felipe seine lebende Fracht auf den Beifahrersitz warf und die Tür hinter ihr zuschlug, fühlte er einen Schlag an seinem Bein. Er sprang über die Motorhaube des Wagens und rutschte auf den Fahrersitz. Der Zündschlüssel steckte, der Motor lief, er knallte den ersten Gang rein und schoss mit quietschenden Reifen davon.

Felipe wusste, dass er getroffen war. Er wusste, dass er blutete, aber noch spürte er keinen Schmerz. Noch wurde der Schmerz von dem Adrenalin überdeckt, das durch seine Adern pumpte. Außerdem war eine Kugel im Bein harmlos, verglichen mit dem, was hätte passieren können.

Er lebte. Noch lebte er.

Normalerweise war Tommy absolut treffsicher. Es war lediglich Glück gewesen, dass Felipe nicht zuerst in den Kopf und dann in den Rücken getroffen worden war. Oder vielleicht erhörte auch jemand seine Gebete.

Doch dieser Jemand erhörte nicht alle seine Gebete.

Im Rückspiegel konnte Felipe sehen, wie Richters Limousine den Parkplatz verließ. Sie machte einen Hüpfer, weil der Fahrer die Ausfahrt viel zu schnell nahm. Tommy war ihnen auf den Fersen. Die Sache war noch nicht überstanden.

Neben ihm hatte Caroline Brooks aufgehört zu schreien. Ein kurzer Blick zu ihr ließ ihn erkennen, dass sie ihn anstarrte. Sie war blass geworden, und ihre Augen wirkten riesig. Das und ihr schneller Atem waren deutliche Hinweise auf die Angst, die zu verbergen sie sich so bemühte.

„Schnall dich an“, forderte er sie kurz und knapp auf.

„Lass mich aussteigen“, bat sie ihn. Sie sprach leise und sehr schnell, gab sich Mühe, nicht ängstlich zu klingen. „Ich weiß nicht, worum es in diesem Spiel geht, Mister. Aber ich glaube, mich brauchst du dafür nicht.“

„Ich brauche dich nicht“, stimmte er zu und bog scharf rechts ab. Die Reifen quietschten erneut. Caroline verlor das Gleichgewicht und wurde fast auf seinen Schoß geschleudert. Er fügte hinzu: „Aber du brauchst mich.“

„Aber klar doch.“ Sie rutschte zurück auf ihren Platz, rückte so weit wie möglich von ihm ab und schnallte sich eilig an.

Sechzig Meilen pro Stunde. Er fuhr mit sechzig Meilen pro Stunde durch schwach beleuchtete Nebenstraßen. Seine Gedanken rasten jedoch noch viel schneller.

Tommy war direkt hinter ihnen. Er musste sich schnellstens etwas einfallen lassen und brauchte unglaubliches Glück, um ihn abzuhängen. Tommy Walsh war einer der Besten, wenn es um Verfolgungsjagden ging. Und selbst wenn er ihn abhängte, konnte Felipe sich seines Erfolges nicht sicher sein. Vielleicht würde Tommy nur außer Sichtweite bleiben, ihm auflauern und ihn wegpusten, sobald er aus dem Auto stieg.

Auch wenn Felipe direkt zur nächsten Polizeiwache fuhr, würde Tommy ihn und Caroline auf dem Parkplatz abknallen.

Felipe blieben nicht allzu viele Möglichkeiten. Es sei denn, er steuerte diesen teuren Wagen über die Eingangstreppe und durch die Doppeltür direkt in die Polizeiwache des Vierten Bezirks von St. Simone.

Nein, er hatte nur eine Chance. Er musste Tommy irgendwo hinlotsen, wo er sich wenigstens verteidigen konnte.

Jetzt überfuhr er eine rote Ampel und wich dabei mit knapper Not einem Lastwagen aus. Caroline schrie erschrocken auf.

„Hör mal“, sagte sie, „fahr einfach rechts ran und lass mich raus.“

„Das geht nicht.“

„Ich weiß ja nicht, weshalb du gesucht wirst. Aber durch meine Entführung machst du alles bloß schlimmer.“

Felipe bog scharf links in die Ocean Street ab, und wieder quietschten die Reifen protestierend. In diesem Teil der Stadt war der Verkehr dichter. Er hielt den Blick auf die Straße gerichtet und betete im Stillen, dass vor ihm kein Auto einbog.

„Ich werde wegen gar nichts gesucht", erklärte er sachlich. „Ich bin Polizist."

Carrie starrte den Mann an, der so ruhig neben ihr saß.

Er war Polizist?

Er hatte ein Auto gestohlen, sie entführt, fuhr wie ein Verrückter und brach dabei sämtliche nur denkbaren Verkehrsregeln. Und sie sollte ihm glauben, dass er Polizist war?

Sie lachte. Mit Humor hatte das allerdings nichts zu tun. „Lass dir was Besseres einfallen, Carlos. Oder Raoul. Oder wie immer du heißt."

„Felipe", gab er zurück und sprach dabei gerade laut genug, um den Motorenlärm zu übertönen. „Salazar. Ich bin verdeckter Ermittler im Vierten Bezirk. Du hast meine Tarnung auffliegen lassen, Caroline Brooks. Die Männer, mit denen ich zusammen war, sind sehr gefährlich. Wir können von Glück sagen, dass wir noch leben."

Carrie starrte ihn an und stützte sich am Armaturenbrett ab. „Fahr rechts ran und lass mich raus", wiederholte sie gepresst. „Dann kannst du sofort in deine nette kleine Fantasiewelt zurückkehren. Einverstanden?"

Er warf ihr einen kurzen Blick aus seinen schokoladenbraunen Augen zu. Aus diesen dunklen, alles durchschauenden Augen, die sie so oft im Traum gesehen hatte. Danach schaute er wieder auf die Straße vor ihnen. Auf seinem Gesicht glänzte ein Schweißfilm. Einige Haarsträhnen hatten sich aus seinem Pferdeschwanz gelöst und klebten in feuchten Locken auf seiner Haut. Eine Schweißperle lief an seinem Ohr vorbei und tropfte auf den Aufschlag seiner Smokingjacke.

„Es tut mir leid", sagte er entschuldigend und blickte rasch in den Rückspiegel. „Aber das geht nicht. Ich kann nicht anhalten. Da ist ein Mann hinter uns her. Tommy Walsh. Er ist kein besonders netter Mann. Er will mich umbringen, und ich glaube, er wird auch versuchen, dich zu töten."

Carrie stieß sich vom Armaturenbrett ab, an das sie sich geklammert hatte, und drehte sich um. Über die Rückenlehne des lederbezogenen Sitzes spähte sie durch das Rückfenster.

Ihnen folgte tatsächlich ein Wagen. Er fuhr ebenfalls mit halsbrecherischem Tempo. Tommy Walsh. Das musste der Mann mit der beginnenden Glatze, den blassblauen Augen, dem Narbengesicht eines Boxers und dem muskulösen Körperbau sein, der sie vorhin in der Lobby angesprochen hatte.

„Nun, ich glaube, er ist der Polizist, und du bist der Böse", meinte sie. „Normalerweise läuft das doch so bei Verfolgungsjagden, oder?"

„Diesmal nicht", entgegnete Felipe. „Ich arbeite seit fünf Monaten als verdeckter Ermittler in dieser Sache, und ich habe ein paar Dinge gesehen, die Walsh – und seinen Boss – für Jahre hinter Gitter bringen können. Sie werden mich nicht kampflos ziehen lassen."

Carrie sah wieder zu dem Wagen, der sie verfolgte, schaute zu dem Muskelprotz darin und dann zu Felipe. Wie kam er nur darauf, dass sie ihm noch irgendetwas glauben konnte?

„In Ordnung", meinte sie abrupt. „Zeig mir deinen Ausweis. Wenn du Polizist bist, beweise es."

Er schüttelte den Kopf, ohne die Augen von der Straße abzuwenden. „Weißt du, was ein Einsatz als verdeckter Ermittler bedeutet?"

Sie näherten sich mit großer Geschwindigkeit einer roten Ampel. Carrie konnte den kreuzenden Verkehr vor ihnen sehen, aber Felipe bremste nicht ab.

„Herr im Himmel!", keuchte sie. „Fahr langsamer!"

„Festhalten", antwortete er und trat das Gaspedal noch weiter durch.

Sie würden sterben. Auch ohne den Muskelprotz hinter ihnen, von dem Carlos – oder Felipe oder wie auch immer er heißen mochte – behauptete, er wolle sie töten. Den brauchten sie dafür nicht. Sie würden sich selbst umbringen, ganz ohne das Nachhelfen irgendeines anderen.

Carrie schrie auf und krallte sich fest, als sie über die rote Ampel brausten. Ihr Schrei ging unter, als um sie herum gebremst und wild gehupt wurde, während erst ein und dann noch ein Wagen auswich. Ein weiteres Auto geriet ins Schleudern und krachte seitlich in sie hinein. Metall schrammte an Metall entlang, und das grässliche Kreischen, das dabei entstand, ging ihr durch Mark und Bein.

Dann war es vorbei. Sie hatten die Kreuzung hinter sich und jagten wieder mit sechzig Meilen pro Stunde die Ocean Street hinunter.

Carrie sah nach hinten. Unglaublich. Die große schwarze Limousine war immer noch hinter ihnen.

„Wenn ein Detective verdeckt ermittelt“, setzte der dunkeläugige Mann ruhig an, so als wäre alles in Ordnung. So als wären sie nicht gerade beinah bei einem Autounfall ums Leben gekommen, so als hätte er nicht gerade den Lack auf der gesamten Fahrerseite dieses teuren – gestohlenen – Wagens bei einem Zusammenstoß zerkratzt. „Wenn ein Detective ein Gangstersyndikat infiltrieren möchte, dann nimmt er keinen Polizeiausweis mit. Noch mal festhalten, bitte.“

Felipe riss das Lenkrad hart nach links, schnitt dabei den Gegenverkehr und bog in eine schmale Seitenstraße ein. Der Wagen rutschte über losen Kies, knallte gegen eine Mülltonne aus Metall, die in die Luft flog und ihren Inhalt – gammlige Gemüseabfälle – auf ihrer Windschutzscheibe verteilte.

„Oh Gott“, hauchte Carrie und schaute zu Felipe. Zum ersten Mal, seit sie im Restaurant die Panik in seinen Augen gesehen hatte, schien der Mann verunsichert.

Er murmelte etwas auf Spanisch, suchte abwechselnd nach dem Hebel für den Scheibenwischer und spähte durch das winzige Guckloch, das die Abfälle frei gelassen hatten.

Carrie entdeckte den Schalter zuerst. Sie ließ das Armaturenbrett los, beugte sich über das Lenkrad und betätigte den Scheibenwischer.

„*Gracias*“, sagte Felipe. „Danke.“

„Keine Ursache“, gab sie bissig zurück. „Das ist nur mein Selbsterhaltungstrieb.“

„Es tut mir leid, dass du in diese Sache hineingezogen worden bist“, erklärte Felipe, sah sie an und dann erneut in den Rückspiegel. Der Verfolger war immer noch hinter ihnen. „Es war ein unglücklicher Zufall, dass wir im selben Restaurant gewesen sind.“

Das Viertel, durch das sie hindurchrasten, war ziemlich heruntergekommen: Wohnhäuser mit bröckelnden Fassaden und verrotteten Holzveranden. Auch die Straße selbst hatte schon bessere Tage gesehen. Carrie hätte sich fast auf die Zunge gebissen, als sie wieder in ein Schlagloch krachten.

„Mit hineingezogen?“, fragte sie skeptisch. „Willst du mir allen Ernstes weismachen, dass Mr Muskelprotz mich töten will, nur weil ich im Schroedinger mit dir gesprochen habe?“

„Du bist eine Zeugin“, gab er zurück.

„Eine Zeugin wofür? Für eine Unterhaltung?“

„Wenn ich umgebracht werde oder auf der Vermisstenliste erscheine“, erläuterte Felipe und bog rechts ab, „wird das eine Menge Aufmerksamkeit erregen. Du bist die Einzige, die mich in dem Restaurant mit Tommy Walsh gesehen hat – oder Mr Muskelprotz, wie du ihn nennst. Und mit Lawrence Richter. Das reicht natürlich nicht für eine Mordanklage, aber Tommy Walsh ist ein äußerst vorsichtiger Mensch.“

Carrie funkelte ihn an. „In der Lobby waren noch mindestens zwanzig andere Leute. Wird Muskelprotz die auch umbringen? Vorausgesetzt, dass er dich wirklich töten will.“

„Festhalten.“

„Himmel, ich hasse es, wenn du das sagst“, murmelte sie und stützte sich mit Händen und Füßen am Armaturenbrett ab.

Sie näherten sich dem Ende der Seitenstraße. Felipe konnte hier nur rechts oder links in die Clark Road einbiegen. Wenigstens zeigte die Ampel diesmal grün.

Felipe bog links ab, dann gleich wieder rechts und jagte in

falscher Richtung eine Einbahnstraße hinunter.

Carrie unterdrückte ihren Schrei. Es hatte keinen Sinn, ihn auf seinen Fehler aufmerksam zu machen, denn es war ja kein Fehler. Er wusste ganz genau, was er tat.

„Mit Ausnahme des Oberkellners“, fuhr er ruhig fort, als wäre ihr Gespräch nie unterbrochen worden, „der wahrscheinlich auf Richters Gehaltsliste steht, warst du die einzige Person in der Lobby, die mich gut genug kennt und mich identifizieren kann.“

„Ich kenne dich?“, fragte sie. „Ich kenne dich überhaupt nicht. Und niemand hat Grund zu glauben, dass ich dich kenne.“

„Aber du irrst dich“, konterte er.

Erneut sah er zu ihr herüber, und schlagartig fielen Carrie wieder die Küsse ein. Er hatte sie geküsst – zweimal – in der Lobby des Schroedinger, und sie merkte ihm an, dass er sich ebenfalls daran erinnerte. Er ließ den Blick zu ihren Beinen schweifen. Der ohnehin kurze Rock ihres Kleides war ihr im Laufe der wilden Fahrt sehr weit die Oberschenkel hinaufgerutscht.

Sie jagten also gerade mit sechzig Meilen pro Stunde in falscher Richtung durch eine Einbahnstraße – und er starrte ihr heimlich auf die Beine?

Nein, nicht heimlich. An der Art und Weise, wie er sie betrachtete, war absolut nichts Heimliches oder Verstohlenes. Sein Blick wirkte beinah bedächtig, genießerisch und äußerst männlich. Er schaute auf und sah ihr in die Augen. Anscheinend wollte er sichergehen, dass sie bemerkt hatte, wie er ihre Beine bewunderte.

Im selben Moment entdeckte sie das Autotelefon. Es befand sich in einer speziellen Halterung zwischen den Vordersitzen. Carrie deutete auf das Gerät. „Wenn du Polizist bist, warum bittest du nicht deine Kollegen um Unterstützung?“

„Weil ich den Zugangscode nicht kenne. Ich habe das schon überprüft. Das Telefon ist gesperrt. Vermutlich, damit die Restaurantangestellten keine Unsummen mit Auslandsgesprächen vertelefonieren können, während der Autohalter beim Essen sitzt."

„Du hast aber auch echt auf alles eine Antwort!"

„Leider nein. Ich weiß zum Beispiel immer noch nicht, wie ich Tommy Walsh loswerden soll, ohne dich ernstlich in Gefahr zu bringen."

Ernstlich in Gefahr? Ernstlich? Sollte das heißen, dass sie zurzeit nicht ernstlich in Gefahr war? Wenn ihre jetzige Situation nicht ernstlich gefährlich war, was dann?

Das Rückfenster zersprang mit einem Knall.

„Runter mit dir!", schrie Felipe, packte zu und drückte Carrie tief in den Sitz.

Die Fensterscheibe der Beifahrertür zerbarst.

Auf sie wurde geschossen.

Der Typ im Wagen hinter ihnen – Muskelprotz, Tommy Walsh oder wie er auch heißen mochte – schoss auf sie.

Mit einer Pistole.

Mit Kugeln. Richtigen Kugeln. Mit Munition, die töten konnte.

„Festhalten!", rief Felipe zum x-ten Mal, und zum ersten Mal war Carrie froh über die Aufforderung. Zum ersten Mal wollte sie selbst, dass er noch schneller fuhr.

Allerdings konnte sie sich so, wie sie auf dem Beifahrersitz kauerte, unmöglich sicher irgendwo festhalten. Die Reifen quietschten, als Felipe um eine Ecke raste, und Carrie geriet ins Rutschen.

Mit einer Hand griff Felipe nach ihr, zog sie dichter an sich heran und hielt sie fest.

„Er hat jetzt einen zweiten Mann im Wagen. Einen Scharfschützen", erklärte er. „Ich habe gesehen, wie er langsamer wurde. Aber dass er angehalten hat, habe ich nicht bemerkt."

Eine weitere Kugel durchschlug die Windschutzscheibe, und Felipe duckte sich.

Dann klingelte das Autotelefon.

4. KAPITEL

Caroline Brooks lag mit dem Gesicht nach unten quer über Felipes Beinen. Sie drehte sich, um von ihrer recht würdelosen Position zu ihm hochzuschauen. Unter normalen Umständen hätte der Anblick ihrer langen blonden Haare auf seinem Schoß machtvolle erotische Fantasien in ihm ausgelöst. Aber im Moment konnte Felipe kaum einen Gedanken an solches Vergnügen verschwenden. Selbst wenn er sich gestattet hätte, über eventuelle Möglichkeiten nachzudenken: Die Angst und der Schrecken in Carolines blaugrünen Augen hätten ihn schnell in die Realität zurückgeholt.

Irgendwo unter der schönen Frau klingelte das Autotelefon weiter, und Felipe wusste genau, wer dran war.

Caroline krabbelte von seinen Beinen und blieb dabei in Deckung, so gut es ging. Während er auf über siebzig Meilen beschleunigte, griff er nach dem Telefon.

„Hola, Tomás", meldete er sich.

Einen Moment blieb es still in der Leitung. Schließlich antwortete Tommy Walsh. „Gib auf, Vasquez", sagte er. „Oder sollte ich dich lieber Detective Salazar nennen?"

Felipes Hand krampfte sich um das Telefon. Am liebsten hätte er laut und ausgiebig geflucht, aber er hielt den Mund. Nachdem Tommy Walsh nun seine echte Identität kannte, war er ihm einen gewaltigen Schritt voraus. Wenn Felipe seinen Frust mit wilden Flüchen abreagierte, wäre das nur ein sicherer Hinweis für Walsh, wie sehr er ihn aus der Fassung gebracht hatte.

Die Stille dehnte sich unangenehm aus. Felipe zwang sich zu einem Lachen.

„Sehr gut, Tomás", sagte er, bog auf die Einfahrt zur Interstate ab und gab noch mehr Gas. Fünfundsiebzig Meilen. Achtzig. „Meinen Glückwunsch auch an Mr Richter. Seine Effizienz ist wie immer äußerst bemerkenswert. Natürlich ist ein Maulwurf bei der Polizei ganz hilfreich, nicht wahr?"

Diesmal herrschte auf der anderen Seite langes Schweigen. „Pass auf, wir machen das so", eröffnete Walsh schließlich. „Du gibst auf und fährst rechts ran, und ich mache es kurz und schmerzlos. Eine Kugel in den Kopf der Kleinen, eine angenehme, saubere Lösung."

Felipe sah kurz zu Carrie. Sie beobachtete ihn mit großen Augen. Hören konnte sie nur, was er sagte.

„Ich empfehle dir einen kurzen Stopp, um dir ein Wörterbuch zu besorgen", meinte Felipe, „und die Bedeutung der Begriffe ‚angenehm' und ‚sauber' nachzuschlagen. Eine Kugel in den Kopf ist nichts dergleichen. Im Gegenteil: Sie ist eine hässliche Sauerei."

„Nicht doch", entgegnete Walsh. „Eine hässliche Sauerei wird es, wenn ich dich weiter kreuz und quer durch die Gegend jagen muss. Eine hässliche Sauerei wird es, wenn ich dich die letzten Stunden deines Lebens zuhören lasse, wie deine kleine Freundin sich die Seele aus dem Leib schreit."

Fünfundachtzig Meilen. Felipe zog an einer Reihe von Sattelschleppern vorbei, die selbst deutlich schneller fuhren als die erlaubten fünfundsechzig.

„Das ist also meine Wahl?", fragte er. „Option A oder Option B?"

„Darauf läuft es hinaus", gab Walsh zurück.

Neunzig.

„Weißt du, Mann, es gibt immer eine Option C. Du ergibst dich mir und lässt dich auf einen Handel ein: deine Freiheit gegen deine Aussage gegen Richter …"

„Noch drei Meilen", fiel Walsh ihm ins Wort. „Wenn du an der nächsten Ausfahrt vorbeifährst, machen wir es auf die hässliche Weise." Damit legte er auf.

Felipe bemerkte, dass Carrie ihn immer noch musterte. Er lächelte. „Ich glaube nicht, dass ihm Option C gefallen hat", sagte er und hängte das Autotelefon wieder ein.

„Ich will aussteigen", sagte sie. „Fahr an den Straßenrand und lass mich raus. Ich versuche mein Glück lieber mit ihm."

Sie deutete kurz mit dem Kinn auf das Auto, das sie verfolgte.

Hundert. Welche Höchstgeschwindigkeit hatte dieser Wagen? Oder – viel entscheidender: Welche Höchstgeschwindigkeit konnte die Limousine erreichen, die Walsh fuhr?

„Darüber würde ich noch mal nachdenken“, meinte er. „Er hat gerade angeboten, dir eine Kugel in den Kopf zu jagen.“

„Sagst *du*. Und wir wissen beide, dass ich absolut keinen Grund habe, dir zu vertrauen.“

Er nickte. „Richtig. Hast du nicht. Aber an deiner Stelle würde ich für einen Glaubwürdigkeitstest etwas Kleineres, Unwichtigeres als dein Leben riskieren.“

Hundertfünf. Hundertzehn. Sie näherten sich der Ausfahrt. Das Hinweisschild leuchtete im Licht der Scheinwerfer auf. Von diesem Punkt an gab es kein Zurück mehr. *Madre de Dios*, hoffentlich würde er das nicht bereuen. Die Vorstellung, zusehen und zuhören zu müssen, wie Caroline Brooks gefoltert wurde, war ihm unerträglich. Aber einfach rechts ranfahren und aufgeben … Nein. Wenn sie schon sterben mussten, dann nicht ohne Gegenwehr.

Sie rasten an der Ausfahrt vorbei, und tatsächlich eröffnete der Scharfschütze hinter ihnen das Feuer. Er zielte auf die Reifen.

Bei fast hundertzwanzig Meilen pro Stunde würde es sie komplett zerlegen, wenn ein Reifen platzte. Bei diesem Tempo hatte ihr Verfolger jedoch deutlich Mühe, mitzuhalten. Wenn bloß dieser Wagen ein wenig schneller fahren könnte, könnten sie Walsh abhängen. Leider hatte aber auch Felipe die Höchstgeschwindigkeit erreicht. Das Gaspedal war bis zum Boden durchgetreten, das Auto wurde nicht mehr schneller, und er konnte nur noch beten.

Beten und das Licht ausschalten. Warum sollte er den Verfolgern auch noch ein beleuchtetes Ziel bieten?

Also rasten sie in völliger Dunkelheit dahin. Einzig die Lichter der anderen Autos und Lastwagen erhellten ihnen den Weg.

Und ganz plötzlich hörte das Schießen auf.

Felipe warf einen Blick in das, was vom Rückspiegel übrig war.

Er konnte das Innere der Limousine hinter ihnen sehen. Die Innenbeleuchtung war eingeschaltet, und Tommy Walsh hing wieder am Telefon. Dann legte er auf, wurde langsamer, wechselte auf die rechte Spur. Während sie einen Hügel hinaufjagten, schaute Felipe nach hinten. Er sah, wie die Scheinwerfer nach rechts schwenkten, als die Limousine den Highway verließ.

Was zum Teufel …? Gab Tommy Walsh etwa auf? Verdammt, was war jetzt passiert?

Felipe hatte kein gutes Gefühl, als er den Fuß vom Gaspedal nahm und der Wagen allmählich langsamer wurde. Irgendetwas stimmte nicht. Irgendetwas stank ganz gewaltig. Bisher hatte Tommy Walsh nur aufgegeben, wenn seine Beute tot war. Und das hieß, dass Tommy Walsh sie beide als so gut wie tot betrachtete.

Trotzdem bremste Felipe weiter ab und schaltete die Scheinwerfer wieder ein. Er spürte Carries Blick, als er im Rückspiegel nach den Verfolgern suchte und Ausschau nach einer Falle hielt. Aber da war nichts. Weit und breit war nichts von der Limousine zu sehen, nichts von einem anderen Fahrzeug, das sie verfolgte.

An einem Rastplatz verließ er den Highway, wobei er in letzter Sekunde in die Ausfahrt einbog, ohne den Blinker zu betätigen.

Vorsichtig lugte Carrie über ihre Rückenlehne nach hinten. „Haben wir sie abgehängt?“

„Nein. Sie haben die Verfolgung aufgegeben. Irgendwas stimmt nicht.“

„Irgendwas stimmt nicht?“, wiederholte sie ungläubig. „Sie schießen nicht mehr auf uns. Das ist doch eine gute Sache.“

„Tommy Walsh hätte nicht einfach so aufgeben dürfen“, erwiderte er und sah kurz zu ihr hinüber. Er musste einen Anruf tätigen, herausfinden, was zum Teufel los war.

Schließlich entdeckte er eine Reihe öffentlicher Telefone, an die er herankommen konnte, ohne auszusteigen. Das war gut, denn nachdem die unmittelbare Gefahr nun überstanden war, begann sein Bein höllisch zu schmerzen. Er hielt direkt neben einem der Telefone und ließ den Motor laufen.

Noch bevor der Wagen zum Stehen kam, sprang Carrie aus dem Auto.

Felipe fluchte. Er war extra nah an die Telefone herangefahren, um nicht aussteigen zu müssen. Seine Hose war blutgetränkt, und sein Bein schmerzte ganz gemein. Trotz der Schmerzen rutschte er über die Sitzbank, hinterließ dabei eine Blutspur auf den teuren lederbezogenen Polstern. Carrie hatte die Tür nicht zugeschlagen. Er hechtete aus dem Auto und rannte wie der Teufel hinter ihr her. Verdammt! Sein Bein quälte ihn entsetzlich, aber er behielt das Tempo trotzdem bei. Wenn er sie nicht erreichte, war sie so gut wie tot. Nein, schlimmer. Ihm fielen Tommys Drohungen wieder ein.

Der Parkplatz war nahezu leer. Es standen zwar ein paar Autos herum, aber weit und breit war niemand zu sehen. Carrie lief auf ein hell erleuchtetes Schnellrestaurant zu.

„Caroline, warte!“, rief Felipe, aber sie rannte nur noch schneller.

Sie war schnell, aber sie war eben auch klein. Ihre Schritte waren deutlich kürzer als seine – trotz der Kugel, die er im Bein hatte.

Kurz vor der Rollstuhlrampe, die zum Eingang des Restaurants führte, erwischte er sie und riss sie mit sich zu Boden. Sie landeten im weichen Gras neben dem Gehweg.

„Nein!“, schrie sie. „Lass mich los!“

Sie holte tief Luft, um zu schreien. Rasch hielt er ihr den Mund zu und versuchte dabei verzweifelt, den Schmerz zu ignorieren, der in seinem Bein wütete.

„Lass das!“, zischte er ihr ins Ohr. „Ich werde dir nichts tun. Tommy Walsh dagegen schon. Inzwischen wissen er und Richter, wer du bist und wo du wohnst. Wenn du nach Hause gehst, bist du *tot*."

Als sie zu ihm aufschaute, entdeckte er Furcht in ihren Augen. Hatten seine Worte das bewirkt, oder machte er selbst ihr Angst? Schlagartig wurde ihm bewusst, dass er mit seinem ganzen Körpergewicht auf ihr lag. *Madre de Dios*, sie war so weiblich, so zierlich und weich. Er erdrückte sie ja regelrecht.

Ohne ihren Arm loszulassen, rollte er sich von ihr herunter. „Es tut mir leid", sagte er. „Ich wollte nicht ..."

Aber jetzt sah sie ihn mit neuem Schrecken an. „Blutest du etwa?", hauchte sie. „Mein Gott, du blutest ja!"

Ihr Kleid und ihr Bein waren blutbeschmiert.

Felipe hielt sie mit einer Hand fest und stemmte sich mühsam hoch, bevor er ihr aufhalf. „Ich muss telefonieren", erklärte er, „und dann müssen wir hier weg. Wir sind noch nicht außer Gefahr, Caroline."

Als er das Gewicht auf das verletzte Bein verlagerte, zuckte er zusammen. Er bemühte sich, nicht zu humpeln, während er sie über den Parkplatz zurück zum Auto führte. Nur für den Fall, dass irgendwer sie beobachtete. Er wollte nicht, dass jemandem seine Verletzung auffiel.

„Großer Gott, du bist angeschossen worden!", sagte Carrie.

Er betrachtete sie. Ihre Miene verriet, dass sie am liebsten das Gegenteil von ihm gehört hätte, aber Felipe nickte. „Ja." Jetzt endlich hatte er ihre volle Aufmerksamkeit, und er nutzte die Gelegenheit. „Wir spielen hier kein Spiel. Die Kugeln sind echt, und Tommy Walsh hat eine oder zwei nur für dich reserviert. Verstehst du?"

Aufmerksam musterte er sie und erkannte die Zweifel und das Misstrauen in ihrem Gesicht. Was hätte er dafür gegeben, dass sie ihm einfach vertraute. Aber sie glaubte ihm nicht. Sie nahm ihm nicht ab, was er ihr erzählte. Und trotzdem, trotz ihres Misstrauens, war sie offensichtlich besorgt um ihn.

Sie hielt ihn für den Feind, und doch machte sie sich Gedanken um seine Gesundheit. Felipe stellte fest, dass er sie anlächelte. Unter ihrer harten Schale verbarg sich ein weiches Herz.

Sie war genauso süß, wie sie aussah. Himmel noch mal, trotz des zerknitterten fleckigen Kleides, trotz der zerzausten Haare sah sie unglaublich süß aus.

„Du solltest etwas unternehmen, um die Blutung zu stoppen“, meinte sie. Für eine Sekunde blickte sie ihm in die Augen, schaute aber schnell wieder weg. Doch Felipe entging nicht, dass sie sich von ihm genauso angezogen fühlte wie er von ihr. Vielleicht war süß doch nicht das richtige Wort …

„Weißt du“, erklärte er sanft, „instinktiv möchtest du mir trauen, Caroline. Instinktiv fühlen wir uns mächtig zueinander hingezogen …“

Carrie lachte. „Ich würde darauf wetten, dass sich jede Frau auf Erden instinktiv mächtig zu dir hingezogen fühlt“, sagte sie, wich aber dabei seinem Blick aus.

Er lächelte wieder. „Nicht so. Niemals so.“ Er schloss die Wagentür und führte sie um das Auto herum. Danach öffnete er die andere Tür und schlüpfte aus seiner Smokingjacke, ohne Carrie loszulassen. Er reichte ihr die Jacke. „Wisch damit bitte den Sitz ab, und dann steig ein.“

Zu seiner Überraschung nahm sie die Jacke und zerriss sie in zwei Teile. Die eine Hälfte reichte sie ihm. „Binde dir das ums Bein, um die Blutung zu stoppen“, forderte sie ihn auf. „Du hast doch eine Schussverletzung am Bein, oder?“

Felipe nickte, berührt von ihrer Sorge um ihn. „Ja. Danke.“ Trotzdem sah sie ihn immer noch nicht direkt an, und er war nicht bereit, ihr Handgelenk loszulassen, um sich zu verbinden.

„Ich laufe nicht weg“, sagte Carrie.

Felipe lachte nur.

Frustriert nahm sie ihm den zerrissenen Stoff wieder ab und verband die tiefe Wunde an seinem Oberschenkel selbst. Sie faltete einen Teil des Ärmels so zusammen, dass sie einen Druckverband anlegen konnte. Verdammt, tat das weh. Er musste die Zähne zusammenbeißen, um nicht aufzuschreien. Vermutlich hatte er aber doch einen Laut von sich gegeben, denn sie schaute zu ihm hoch.

„Tut mir leid“, flüsterte sie.

Es tat ihr wirklich leid. Sie versorgte seine Wunde mit ebenso viel Mitgefühl, wie sie es einer verletzten Seekuh hätte angedeihen lassen. Oder einem verletzten Hai. Oh ja, Felipe konnte sich durchaus vorstellen, dass ihr Mitgefühl sie dazu bringen konnte, einem verwundeten Hai zu helfen – ohne an seine scharfen tödlichen Zähne zu denken.

Sie ging zwar ganz sachte vor, aber in seinem Bein war ein Loch, in dem eine Kugel steckte. Und das tat weh. Höllisch weh.

Wenn ihr der plötzliche Schweiß auf seiner Stirn aufgefallen war, erwähnte sie es zumindest nicht. „Ich wurde noch nie angeschossen“, sagte sie, während sie ihm den Verband anlegte, „aber mein Bruder hat das schon mal erlebt. Bei einem Jagdunfall. Er hatte eigentlich nur eine Schramme, aber meine anderen Brüder mussten ihn auf einer Bahre aus den Bergen ins Tal tragen.“

Brüder. Blitzartig fiel Felipe ein, wo sie sich verstecken konnten. Bei seinem Bruder. Natürlich. Er hatte jeden Kontakt zu Raphael abgebrochen. Niemand bei der Polizei – nicht einmal Jim Keegan – wusste, dass er überhaupt einen älteren Bruder hatte. Selbst Richter würde ihn nicht dort aufspüren können.

Das Schlimmste war nun vorbei. Aus einem heftigen Stechen und Brennen wurde ein dumpfer, klopfender Schmerz. Felipe entspannte bewusst seine Züge und schaffte es sogar, Caroline anzulächeln. „Tja, meine Brüder sind gerade nicht hier“, gab er zurück. „Also muss ich mich selbst tragen.“

„Du gehörst ins Krankenhaus“, stellte sie fest. „Ich konnte mir deine Wunde nicht richtig ansehen. Das Licht ist viel zu schwach dafür. Ich habe keine Ahnung, ob die Kugel noch in deinem Bein steckt. Falls es so ist, riskierst du eine gefährliche Infektion. Und falls nicht, muss die Wunde trotzdem wenigstens genäht werden.“

„Kein Arzt darf eine Schussverletzung behandeln, ohne sie

der Polizei zu melden", erwiderte Felipe. „Ich kann noch nicht ins Krankenhaus. Erst muss ich wissen, ob das für uns beide sicher ist."

„Bitte", flehte sie ihn an, „stell dich einfach. Du bist doch eindeutig ein rechtschaffener Mann ..."

„Ich freue mich wirklich, dass du das begriffen hast", unterbrach Felipe sie mit ironischem Lachen.

„Ich komme mit. Ich sorge dafür, dass dir niemand etwas tut. Ich helfe dir, einen Rechtsanwalt zu finden ..."

„Caroline, ich bin Polizist. Ich brauche keinen Anwalt."

„Wenn du mich jetzt laufen lässt", fuhr Carrie fort, ohne auf seine Worte einzugehen, „werde ich dafür sorgen, dass keine Anklage wegen Entführung gegen dich erhoben wird."

„Ich bin Polizist, Bulle, ein Detective", wiederholte er. „Niemand wird mich wegen einer Entführung anklagen. Ich wünschte, du würdest mir glauben."

„Wenn du ein Polizist bist, dann lass uns zur Polizei gehen", bat sie ihn eindringlich. „Jetzt gleich. Lass uns in den Wagen steigen und losfahren ..."

„Das kann ich nicht."

Sie stand auf. „Weil du kein Polizist bist."

Er schüttelte den Kopf. „Nein, sondern weil wir es hier mit organisiertem Verbrechen zu tun haben. Das Syndikat hat jemanden von ganz oben gekauft. Keiner von uns würde auch nur einen Tag überleben, wenn man uns in Schutzhaft nähme. Richter würde über jeden unserer Schritte informiert werden und würde uns einen Profikiller auf den Hals schicken. Und Gott allein weiß, wie viele gute Männer und Frauen bei dem Versuch, uns zu schützen, ums Leben kämen."

Caroline kaufte es ihm nicht ab, das konnte er ihrem Gesichtsausdruck ansehen. „Was für eine praktische Ausrede."

„Ich sage die Wahrheit."

Sie lachte nur. „Bist du sicher, dass du überhaupt noch weißt, was die Wahrheit ist? Oder wechselst du sie so schnell wie deine Namen, Carlos? Oder sollte ich dich Raoul nennen? Ach nein, du heißt ja Felipe, richtig? Felipe Salazar, verdeckter Ermittler."

„Steig bitte in den Wagen und setz dich hin", forderte er sie auf. Allmählich riss ihm der Geduldsfaden. „Dann könnte ich mich auch endlich hinsetzen, und das täte ich im Moment wirklich ausgesprochen gern."

Sie stieg ein. Er folgte ihr, ohne für eine Sekunde ihr Handgelenk loszulassen, und zog die Tür hinter sich zu.

Im Wageninneren war es kühl. Da der Motor lief, arbeitete auch die Klimaanlage. Caroline schwieg, während Felipe die Fensterscheibe herunterließ und nach dem öffentlichen Telefon griff. Er wählte Jims Durchwahlnummer und schaute Carrie dabei an.

Es war so leicht, sich vorzustellen, wie diese Frau in seinem Kleinwagen neben ihm saß und ihn anlächelte, statt ihn mit dieser Mischung aus Vorsicht und Misstrauen zu beobachten. Er konnte förmlich ihr Lachen hören, konnte die Belustigung in ihren schönen Augen aufblitzen sehen. Und er konnte sich ausmalen, wie er sich über sie beugte und ihren lächelnden Mund küsste. Wie sich diese wunderschönen Lippen erwartungsvoll öffneten …

„Jim Keegan, Mordkommission", meldete sich eine vertraute, leicht heisere Stimme am Telefon.

Felipe löste seinen Blick von Carolines Gesicht. „Diego, ich bin's."

„Phil! Gott sei Dank – du bist am Leben."

„Hör zu, Mann, ich brauche …"

„Ich bin sicher, du bist dir im Klaren darüber, dass diese Leitung abgehört wird", fiel Jim ihm hastig ins Wort. „Ich habe Order, dich so lange wie möglich in der Leitung zu halten, damit wir den Anruf zurückverfolgen können."

„Natürlich", erwiderte Felipe. Oh Gott, er hatte keine Ahnung gehabt. Ihm sank der Mut. Offensichtlich konnte Jim ihm nicht helfen.

„Du bist vor wenigen Minuten zur Fahndung ausgeschrieben worden", fuhr Jim fort. „Jeder Polizist, der irgendwie abkömmlich ist, sucht nach dir und einem gestohlenen Auto. New Yorker Nummernschild. HTD-761."

Mit anderen Worten: Sieh zu, dass du den Wagen loswirst.

Jim Keegan wusste als einer der wenigen Bescheid über Felipes verdeckte Ermittlungen in Richters Syndikat. Warum gab er ihm versteckte Warnungen, sich vom Revier fernzuhalten, zu fliehen und in Deckung zu bleiben?

„Du wirst wegen der Spielplatzmorde gesucht, Kumpel", sagte Jim. „Es ist nicht mein Fall. Aber es heißt, es gäbe Beweise, dass du darin verwickelt seist."

Die Spielplatzmorde? Das war gerade mal eine knappe Woche her. Zwei Gangster mit Verbindungen zum organisierten Verbrechen waren regelrecht hingerichtet worden, nachdem sie wegen eines Verfahrensfehlers auf freien Fuß gesetzt worden waren. Es kursierte das Gerücht, dass sie einen Deal mit dem Staatsanwalt hatten eingehen wollen. Jetzt waren sie tot und dienten als sehr offensichtliche Warnung der Syndikatsbosse an alle „Mitarbeiter", die mit ähnlichen Gedanken spielen mochten.

Die Medien hatten sich auf den Fall gestürzt, weil die Morde auf einem unbebauten Grundstück neben einer innerstädtischen Grundschule verübt worden waren. Die Kinder waren traumatisiert, die Eltern aufgebracht, und die Zeitungen und Fernsehsender suchten seitdem nach einem Schuldigen.

Der Killer konnte einer der vielen Auftragskiller sein, die es gab. Der Fall stand im Mittelpunkt der öffentlichen Aufmerksamkeit und würde vermutlich nie gelöst werden.

Und war perfekt dazu geeignet, um ihm etwas anzuhängen. Richters Mann bei der Polizei – sein Partner Captain Ratte – hatte anscheinend schnell und gründlich gearbeitet, um Felipe fertigzumachen. Die Falle war so offensichtlich, dass es beinah zum Lachen war.

Beinah.

Aber vielleicht würde Felipe als Letzter lachen. Wenn er es

schaffte, lange genug am Leben zu bleiben. Noch hatte er zwar keine Ahnung, wer Captain Ratte war. Aber er wusste, dass zwischen diesem Mann und Richter in weniger als drei Tagen um halb vier am Nachmittag ein Treffen geplant war. Leider konnte er das Jim nicht mitteilen. Nicht über eine angezapfte Leitung, wenn sonst wer mithören konnte.

„Ich soll dich überreden, dich zu stellen", fügte Keegan hinzu. „Bleib einfach, wo du bist. Bleib in der Leitung, und wir kommen zu dir, hörst du?"

Mit anderen Worten: Sieh zu, dass du wegkommst.

„Ich höre dich, Mann", antwortete Felipe. „Laut und deutlich." Damit legte er auf.

Caroline Brooks musterte ihn schweigend.

„Diego kann uns nicht helfen", sagte er, obwohl sie Diego ja gar nicht kannte.

Diego konnte ihm nicht helfen, aber vielleicht konnte es Raphael.

Es wurde Zeit für ein Familientreffen.

5. KAPITEL

Sie nahmen beide im selben Moment die Sirenen in der Ferne wahr.

Aber statt den Wagen zu starten, wie Carrie es erwartet hätte, öffnete Felipe die Tür.

„Du trägst Sandalen, keine Absatzschuhe, richtig?", fragte er und schaute an ihren Beinen hinab auf ihre Füße. „Gut", fügte er hinzu, ohne ihre Antwort abzuwarten. „Komm mit."

Er hielt immer noch ihr Handgelenk fest und zog sie sanft aus dem Auto.

„Wohin gehen wir?", wollte sie wissen.

„Die Polizei sucht nach diesem Auto", antwortete er und führte sie über den Parkplatz zu einer Baumgruppe, durch deren Zweige die Lichter einer Vorstadtstraße schimmerten. „Zu Fuß sind wir sicherer."

„Die Polizei? Ich dachte, du bist bei der Polizei?"

„Richtig."

„Und warum wird dann nach diesem Auto gefahndet? Und nach dir vermutlich auch?"

„Weil die Polizei nicht weiß, dass ich einer der Guten bin und dass einer der Bösen in der Verwaltung sitzt."

Seine Haare hatten sich aus dem Pferdeschwanz gelöst und fielen in dunklen Locken auf die Schultern seines schneeweißen Smokinghemdes. Die Fliege hatte er abgelegt, und die obersten Knöpfe des Hemdes standen offen. Außerdem beeinträchtigten die Blutflecken seine gepflegte Erscheinung. Dennoch sah er immer noch erschreckend gut aus – trotz der Schmerzen, die sich auf seinem Gesicht zeigten.

Seine Augen waren dunkel wie die Nacht um sie herum und wirkten genauso geheimnisvoll. Wenn sie ihre Skepsis außer Acht lassen könnte, würde es ihr leichtfallen, in ihm einen der Guten zu sehen. In einer vollkommeneren Welt hätte kein Verbrecher so freundliche warme Augen haben können. Wenn Carrie ihn zu lang anschaute, hatte sie das Gefühl, in einen Strudel gesogen zu werden – darin herumgewirbelt und schließlich davon gefangen und verschluckt zu werden.

Sie sah weg, und aus dem Augenwinkel nahm sie wahr, dass er über ihre Verwirrung lächelte.

„Du bist wirklich fest entschlossen, nichts Liebenswertes an mir zu finden, richtig?", fragte er, während er sie in den Schutz der Bäume führte. „Pass auf, wohin du trittst."

Es war dunkel zwischen den Bäumen. Die Parkplatzbeleuchtung reichte nicht bis hierher. Der Boden war nass. Schlamm quoll über die Sohlen von Carries Sandalen und zwischen ihre Zehen.

Mittlerweile hielt er nicht mehr ihr Handgelenk fest, sondern ihre Hand. Ihre Finger waren ineinander verschlungen, so als wären sie Liebende und nicht Entführer und Geisel.

In der Dunkelheit konnte sie sein Gesicht nicht sehen, dafür hörte sie seinen keuchenden Atem. Er stolperte. Sein Griff wurde fester, und sie bemerkte, wie er scharf die Luft einzog. Keine Frage, er hatte starke Schmerzen.

Doch als er sprach, war seiner Stimme nichts anzumerken. „Ich kann dich nicht gehen lassen, Caroline. Es tut mir leid."

„Dann können wir keine Freunde sein."

„Zu schade", murmelte er.

Ja, seltsamerweise war sie da seiner Meinung.

Die Sirenen klangen inzwischen sehr viel lauter, und trotz seiner Verletzung wurde Felipe schneller. Zusammen rannten und schlitterten sie die Böschung hinab zur Straße.

Eine schwache Straßenlaterne beleuchtete eine Reihe schäbiger Häuser. Hinter den meisten Fensterscheiben flackerte das bläuliche Licht von Fernsehern. In einem der Häuser war der Ton viel zu laut aufgedreht. Gelächter aus der Konserve hallte zwischen den am Straßenrand geparkten Autos wider. Etwas weiter weg bellte ein Hund, ansonsten rührte sich nichts.

Hier im Dunkeln versuchte Felipe nicht länger, sein Humpeln zu verbergen. Dennoch bewegte er sich recht schnell an den abgestellten Autos entlang.

„Wonach suchst du?“, wollte Carrie wissen.

Er drehte sich zu ihr um und legte einen Finger an die Lippen: „Schhh.“ Dann beugte er sich vor und flüsterte ihr ins Ohr: „Wir brauchen ein Transportmittel. Ich fürchte, ich kann nicht nach St. Simone zurücklaufen.“

Sie zuckte zurück und starrte ihn an. „Du willst ein Auto stehlen?“

„Schhh. Nicht stehlen. Ausleihen.“

Carrie nickte. „Klar. Erklär das dem Eigentümer des Wagens.“

Felipe strich sich mit einer Hand übers Gesicht. „Wenn ich eine andere Wahl hätte, würde ich das nicht tun. Aber ich glaube, dass ein Leben – *dein* Leben – mehr wert ist als ein alter Subaru. Du nicht?“

Er zog an ihrem Arm, und sie kniete sich neben ihn, als er die Fahrertür öffnete und hastig die Innenbeleuchtung ausschaltete. Anschließend schob er sie zwischen das Auto und seinen Körper, um sie festhalten zu können und zugleich beide Hände frei zu haben.

„Ich bin mindestens ein Ford Mustang Cabrio wert. Am liebsten eins von 1966 in Kirschrot“, erklärte Carrie.

Er warf ihr einen kurzen Blick zu und lächelte. Seine Zähne blitzten in der Dunkelheit hell auf. „Schön, dass du deinen Humor wiedergefunden hast“, sagte er und löste die Verkleidung von der Lenksäule.

„Es fällt mir schwer, meinen Humor zu bewahren, wenn man mich als Geisel nimmt.“

Es fiel ihr auch schwer, ihren Humor zu bewahren, wenn er sich so an sie drückte wie jetzt. Während er damit beschäftigt war, das Auto kurzzuschließen, hielt er sie praktisch mit den Armen umfangen. Carrie spürte seinen Körper in ihrem Rücken und wollte von ihm abrücken, erreichte damit allerdings eher das Gegenteil.

Er löste sich leicht von ihr, um sie anzuschauen. „Du bist keine Geisel“, erklärte er.

„Sicher?“

Die Antwort kam ohne Zögern. „Ja. Ich habe dich in Schutzhaft genommen."

„Vorausgesetzt, du bist der, als der du dich ausgibst, Carlos-Raoul-Felipe."

Felipe verlagerte sein Gewicht und zuckte zusammen, als er sein verletztes Bein stärker belastete. Er wischte sich den Schweiß von der Oberlippe. „Ich bin stark versucht, dich in meine Wohnung in St. Simone mitzunehmen, um dir meinen Polizeiausweis zu zeigen", meinte er.

„Zweifellos hast du eine dramatische Ausrede parat, warum wir nicht dorthin fahren können", gab Carrie zurück. Sein Gesicht war nur Zentimeter von ihrem entfernt, und sie hatte Mühe, das zu ignorieren. Wenn er sich nur ein bisschen vorbeugte, würde er sie küssen.

„Man sucht nach mir. Meine Wohnung wird garantiert überwacht. Das ist keine dramatische Ausrede, sondern eine Tatsache."

„Man? Wer ist man? Die Polizei?"

„Die Polizei und Richters Leute. Beide Seiten werden meine Wohnung observieren – für den Fall, dass ich so blöd bin, mich dort blicken zu lassen." Der Wagen sprang dröhnend an. „Schnell, steig ein."

Carrie kletterte über den Schalthebel auf den Beifahrersitz. Sie griff nach der Beifahrertür und wollte sie gerade aufstoßen, als Felipe seine Hand fest um ihr linkes Knie schloss.

„Gib mir eine Chance", bat er.

„Lass mich gehen."

„Hast du auch nur ein Wort von dem gehört, was ich dir erzählt habe? Leg bitte den ersten Gang ein."

Mit der Linken umfasste Carrie den Schalthebel und kam seiner Aufforderung nach.

Felipe fuhr an und gab Gas. „Wenn ich dich gehen lasse", bemerkte er in einem bemüht geduldigen Tonfall, „bist du tot. Zweiter Gang, bitte."

Sie schaltete in den zweiten Gang, als Felipe auf eine Nebenstraße bog, die in südlicher Richtung nach St. Simone führte.

„Ich will nicht, dass du ums Leben kommst", fuhr er fort. „Deshalb lasse ich dich nicht gehen. Solange du bei mir bist, werde ich dich beschützen. Dritter Gang, bitte."

Carrie schnaubte und schaltete. „Oh ja, bis jetzt fühle ich mich auch total von dir beschützt."

Felipe wandte sich ihr zu und schaute sie todernst an. „Wir hatten eine Menge Glück", stellte er fest, „aber ja, bis jetzt habe ich dich gut beschützt."

Seine Finger lagen immer noch auf ihrem Knie. Sie schaute demonstrativ darauf. „Du kannst deine Hand wiederhaben. Ich springe nicht bei vierzig Meilen aus einem fahrenden Auto."

Für einen Moment musterte er sie und grinste. „Bei fünfunddreißig Meilen würdest du dein Glück versuchen, aber nicht bei vierzig, hmm?" Er drückte leicht ihr Knie, griff dann nach dem Schalthebel und wechselte in den vierten Gang. „Abgesehen von einem Abstecher ins Polizeirevier oder in meine Wohnung, um dir meinen Dienstausweis zu zeigen: Was kann ich tun, damit du mir glaubst, Caroline?"

Nichts. Carrie schüttelte den Kopf. „Wenn Silberhaar – ich meine diesen Richter – eine solche Bedrohung darstellt, warum habe ich dann noch nie von ihm gehört?"

„Er hält sich sehr zurück", erklärte Felipe. „Manche Syndikatsbosse wollen die Leute wissen lassen, wer sie sind und wie viel Macht sie haben. Sie genießen das, weißt du. Nicht so Lawrence Richter. Statt sich in den Stadtrat wählen zu lassen oder irgendein anderes hohes Amt anzustreben, bei dem die Medien seinen Hintergrund durchleuchten würden, engagiert Richter sich ehrenamtlich im Verwaltungsrat der öffentlichen Bibliothek. Zeitungs- und Fernsehreporter achten nicht auf ihn – schließlich wird er für seine Arbeit nicht bezahlt. Und dank der Kontakte, die er geknüpft hat, hören einige der mächtigsten Politiker von St. Simone auf ihn."

„Lawrence Richter", sinnierte Carrie. „Das klingt so gar nicht nach Mafia."

„Das, was man die Mafia nennt, kontrolliert nur einen Teil des organisierten Verbrechens. Heutzutage sind Gangstersyndikate keine Familienunternehmen mehr."

Mit dem Handrücken wischte er sich den Schweiß von der Stirn. Die Klimaanlage des alten Autos hatte schon bessere Tage gesehen. Felipe warf Carrie einen Blick zu und versuchte zu lächeln. Es war jedoch nicht zu übersehen, dass es ihm immer schwerer fiel, seine Schmerzen zu überspielen. Er war blass. Im Scheinwerferlicht der entgegenkommenden Autos wirkte seine Haut beinah grau, und sie fragte sich, wie viel Blut er verloren haben mochte.

„Soll ich fahren?", schlug sie vor.

Er musterte sie überrascht. „Nein. Mir geht es gut. Danke."

Sie betrachtete ihn im schwachen Licht der Armaturenbeleuchtung. Mit seinen breiten Wangenknochen, den leuchtenden braunen Augen, den fein geschwungenen Lippen und dem schlanken durchtrainierten Körper könnte er ein Vermögen als Model für Herrenparfum, Jeans oder Unterwäsche verdienen. Besonders als Model für Unterwäsche. Wenn er ein bisschen tanzen konnte, könnte er Abend für Abend im Chippendale's Club an der Ecke Gulf und Garden Street ordentlich absahnen. Aber ihm schien nicht einmal bewusst zu sein, wie verdammt gut er aussah. Abgesehen davon, dass er offenbar begriffen hatte, wie Frauen auf sein Lächeln reagierten, und das zu nutzen wusste. Vielleicht aber auch nicht. Vielleicht handelte er rein instinktiv.

Er hätte ein angenehmes Leben haben können. Dieses Lächeln und seine warmen, ausdrucksvollen Augen hätten es ihm leicht gemacht. Stattdessen – so behauptete er jedenfalls – hatte er sich entschieden, Polizist zu werden.

„Was hat dich dazu veranlasst, zur Polizei zu gehen?", fragte Carrie.

Wieder huschte sein Blick kurz zu ihr herüber. „Ist das ein Test? Wenn mir nicht sofort eine Antwort einfällt, beweist das, dass ich lüge?"

„Du schindest Zeit“, gab sie zurück. „Musst du erst nachdenken, um dir eine Geschichte einfallen zu lassen?“

„Ich wurde Polizist“, erklärte Felipe ohne weiteres Zögern, „wegen meines Bruders Rafe. Raphael. Er war ein Straßenräuber. Ich dachte, einer von uns müsste als Gegengewicht fungieren, um die Familie auszubalancieren.“

„Das ist der Grund? Du bist einfach eines Morgens aufgewacht und hast beschlossen, Wyatt Earp zu werden, weil dein Bruder Jesse James war?“

Er schaute zu ihr hinüber. „Möchtest du wirklich die ganze Geschichte hören?“

Sie strich sich die Haare hinter die Ohren. „Ja.“ Seltsamerweise entsprach das der Wahrheit. „Ist Rafe älter oder jünger als du?“

„Fünf Jahre älter. Er fing mit vierzehn an, Drogen zu nehmen. Ich war damals neun.“ Felipe starrte auf die Straße, und Carrie merkte ihm seine plötzliche Anspannung an.

„Wir teilten uns ein Zimmer“, fuhr er fort. „Er kam immer häufiger total zugedröhnt nach Hause. Ich sollte den Eltern nichts erzählen. Er war mein Held. Natürlich hätte ich ihnen nie etwas verraten. Außerdem war es zunächst ganz lustig. Er alberte herum, wenn er getrunken oder Drogen genommen hatte. Aber als er dann zu harten Drogen griff, war es nicht mehr lustig … Es ging sehr schnell. Mit fünfzehn war er bereits abhängig. Als ich endlich begriff, was da geschah, konnte ich ihn nicht mehr davon abhalten. Ich weiß nicht, wie oft ich versucht habe, ihn zur Vernunft zu bringen. Aber mit einem Süchtigen kann man nicht vernünftig reden.“

Er seufzte und fügte hinzu: „Ich konnte ihn nur von der Straße aufsammeln und nach Hause tragen, wenn er zugekifft war und sich nicht mehr auf den Beinen halten konnte. Ich konnte nur seine Drogenvorräte vor unserem Vater verstecken. Ich konnte ihm nur das Geld geben, das ich als Zeitungsausträger verdiente, wenn er wieder mal pleite war. Wenn er Schmerzen hatte und unbedingt neuen Stoff brauchte, um seine

Qualen zu lindern. Und ich konnte nur meinen Mund halten, als er begann zu stehlen.“

Carrie sagte kein Wort. Sie wartete einfach ab, dass er weiterredete.

„Rafe wusste nichts davon“, sagte er, „aber ich habe das meiste, was er gestohlen hat, zurückgegeben. Er glaubte, die Typen in der Nachbarschaft würden ihn beklauen, doch in Wirklichkeit war ich das. Ich tat das, um ihm den Arsch zu retten.“ Er lachte, aber ohne jeden Humor. „Oh Mann, ich war der vollkommene kleine Helfer und Co-Abhängige. Damals kannte ich diesen Begriff nicht einmal. Ich war Rafes schlimmster Feind – von ihm selbst einmal abgesehen.“ Er wandte sich ihr wieder zu. „Sicher, dass du noch mehr hören willst?“

Carrie nickte. In seinen Worten meinte sie, die bittere Wahrheit zu hören. Sie wollte ihm tatsächlich glauben.

„Rafe und ich haben acht Jahre so durchgehalten. Abhängiger und Co-Abhängiger“, setzte Felipe hinzu. „Dann, in dem Sommer, in dem ich siebzehn wurde, rief einer der Detectives der örtlichen Polizeistation ein soziales Projekt ins Leben, das Kindern wie mir helfen sollte. Und indirekt damit auch Kindern wie Rafe.

Zu der Zeit hatte Rafe schon eine kleine Polizeiakte. Nichts wirklich Großes. Er hatte ein paar Verwarnungen kassiert, sonst nichts. Trotzdem zählte dieser Detective, Jorge Gamos, eins und eins zusammen: Rafes Polizeiakte und das, was offensichtlich im Viertel geschah. Gamos ging tatsächlich auf die Straße und verbrachte seine Freizeit mit den Kindern. Er lernte uns kennen. Er erkannte, dass Rafe Drogen nahm, und er sah auch, unter welchem Druck ich stand. Der Druck war damals ganz schön hoch. Ich war siebzehn – und benahm mich wie ein Fünfundvierzigjähriger. Seitdem Rafe das erste Mal Crack genommen hatte, war ich kein Kind mehr gewesen. Jedenfalls verstand Jorge Gamos, was los war, und schloss völlig richtig, dass mein Bruder ohne meine Unterstützung nicht so lange auf der Straße überlebt hätte.

Gamos brauchte fast ein Jahr. Doch schließlich brachte er mich dazu, zu einer Selbsthilfegruppe zu gehen, bei der er mitarbeitete. Eine Selbsthilfe- und Beratungsgruppe für Kinder, die einen Bruder oder eine Schwester durch Drogen verloren hatten. Das war … Es hat mir die Augen geöffnet. Besonders als er mir sagte, dass ich am Ende genau dort landen würde. Bei diesen Kindern. Und über meinen Bruder Rafe sprechen würde. Meinen *toten* Bruder Rafe."

Carrie wünschte sich nichts sehnlicher, als ihm vertrauen zu können. Aber vermutlich hatte er sich die Geschichte nur ausgedacht. Eine gute Geschichte war es allemal. „Ist Rafe gestorben?", hörte Carrie sich fragen, als gäbe es ihn wirklich. Als hätte Felipe wirklich wegen der Drogen seine Kindheit verloren.

Ein flüchtiges Lächeln huschte über seine Lippen. „Noch nicht. Ich habe ihn de facto an die Polizei ausgeliefert. Irgendwann kam er zu mir und brauchte ein Alibi, aber ich war nicht länger bereit, für ihn zu lügen. Er wurde verurteilt, musste acht Monate absitzen und machte in der Zeit einen Entzug. Als ich ihn im Gefängnis besuchte, dankte er mir für meine Hilfe. Er schwor, nie wieder Crack anzurühren. Er war clean und wollte es auch bleiben. Damals besuchte ich die Polizeischule. Ich wollte Polizist werden. Gemeinsam mit Jorge Gamos gelang es mir, für Rafe eine vorzeitige Haftentlassung zu erreichen."

Felipe schüttelte den Kopf. „Raphael landete praktisch sofort auf der Straße, und schon nach wenigen Wochen nahm er wieder Drogen. Das brach mir fast das Herz. Er hatte mich reingelegt, um schneller aus dem Gefängnis zu kommen. Seine Entschuldigung, alles, was er zu mir gesagt hatte, war nichts als ein Haufen Scheiße gewesen. Nichts davon hatte er ernst und ehrlich gemeint. Nichts." Er lachte bitter auf. „Natürlich landete er wieder im Knast. Aber nachdem er mich so betrogen hatte, war ich nicht mehr bereit, Verantwortung für ihn zu übernehmen. Ich habe ihn seit Jahren nicht mehr gesehen. Soweit ich weiß, ist er bereits eine ganze Weile draußen. Jorge behauptet, er sei jetzt wirklich clean. Er leitet ein Rehabilitationszentrum und arbeitet als Berater für Abhängige und ehemalige Häftlinge. Ich habe gehört, dass Berater, die selbst abhängig waren und im Knast saßen, besonders mitfühlend sein sollen. Oh Mann, wahrscheinlich ist er der Beste in dem Job, weil er das Ganze gleich zweimal durchgemacht hat." Felipe beugte sich vor und wollte die Klimaanlage höher drehen. „Wir sind übrigens auf dem Weg zu ihm."

Carrie blinzelte überrascht. „Du meinst … jetzt?"

„Ja. Wir fahren zu Raphaels Rehazentrum." Felipe musterte sie aus geheimnisvoll dunklen Augen. „Mein Bruder schuldet mir noch den einen oder anderen Gefallen."

Als Felipe vor dem Rehazentrum anhielt, schmerzte sein linkes Bein höllisch. Er hätte einen Wagen mit Automatikgetriebe klauen sollen. Nein, ausleihen, korrigierte er sich im Stillen. Das Auto war ja bloß geliehen. Er prägte sich das Nummernschild ein. Wenn diese Sache überstanden war, konnte er den Wagenhalter ausfindig machen und ihm oder ihr Geld als Entschädigung für die gefahrenen Kilometer, das verbrauchte Benzin und den ganzen Ärger geben.

Wenn er dann noch am Leben war …

Er schaute hinüber zu Caroline Brooks, die still auf dem Beifahrersitz saß und seinen Blick erwiderte. Offenbar war ihr gar nicht bewusst, dass sie im heruntergekommensten und gefährlichsten Viertel der Stadt gelandet waren.

„Geht es dir gut?", fragte sie leise.

Ihre blaugrünen Augen wirkten in der Dunkelheit farblos. Ihre Haare glänzten wie Silber. Sie reflektierten das wenige Licht, das in den Wagen fiel. Er konnte ihr Parfum riechen. Halt, nein, sie trug kein Parfum. Das war ein Sonnenschutzmittel. Carrie war nicht der Typ, der Parfum trug. Der frische Hauch der Sonnenlotion passte viel besser zu ihr, als irgendein blumiger Duft das je konnte. Sie roch nach blauem Himmel, weißem Sand, warmem Meerwasser. Einfach paradiesisch.

Bei den Küssen im Restaurant hatte er ihren Duft sehr viel deutlicher wahrgenommen. Ihm fiel ein, wie sie sich an ihn geschmiegt hatte. Wie sich ihr schlanker zierlicher Körper angefühlt hatte … Oh ja, einfach paradiesisch. Was hätte er darum gegeben, sie noch einmal küssen zu können.

„Es muss mir gut gehen", beantwortete er schließlich ihre Frage. „Die Gedanken, die mir durch den Kopf gehen, sind die eines gesunden Mannes."

Sie wandte sich ab. Es war zu dunkel, um die Röte auf ihren Wangen tatsächlich erkennen zu können. Trotzdem wusste er, dass sie rot geworden war.

Wie widersprüchlich diese Caroline Brooks doch war. Einerseits war sie scharfzüngig und hatte keine Probleme damit, jemanden mit einer Waffe zu bedrohen. Eine sachliche Kämpferin. Andererseits errötete sie, wenn man ihr Komplimente machte.

Als Felipe nach ihrer Hand griff, zuckte sie heftig zusammen.

„Ich weiß, es ist unbequem, über den Schalthebel zu klettern", sagte er. „Aber es geht nicht anders. Du musst auf dieser Seite aussteigen. Ich kann nicht riskieren, dir wieder nachrennen zu müssen."

Ihre Hand fest im Griff, öffnete er die Fahrertür und kämpfte sich steif auf die Beine. Die heftigen Schmerzen drohten ihn zu überwältigen, und einen Moment glaubte er schon, gleich umzukippen. Aber Caroline war direkt hinter ihm. Sie hielt ihn aufrecht, legte sich seinen Arm um den Nacken und stützte einen Großteil seines Körpergewichts.

„Schaffst du den Weg ins Haus?", fragte sie. „Oder soll ich Hilfe holen?"

Felipe versuchte sich aufzurichten. „Kommt gar nicht infrage, dass ich meinem Bruder anders gegenübertrete als auf meinen eigenen zwei Beinen", erklärte er. Erst dann wurde ihm bewusst, dass er es auf Spanisch gesagt hatte. Oh Gott, er war nicht mehr ganz klar. Die Besorgtheit in Carolines Blick verstärkte sich. „Ich schaffe das", sagte er, diesmal so, dass sie ihn verstehen konnte. Er zwang sich zu einem Lächeln und fügte hinzu: „Danke, dass du nicht weggelaufen bist."

Bedauern flackerte in ihren Augen auf. „Ja, hmm, ich hätte es tun sollen", erwiderte sie und half ihm um den Wagen herum auf den rissigen Bürgersteig. „Ich verschwinde, sobald du sicher im Haus bist."

„Nein, das tust du nicht. Das kann ich nicht zulassen."

„Vorsicht, Freundchen", gab sie scharf zurück, „oder ich lass dich einfach fallen und bin weg!"

„Wenn du das tust, werde ich irgendwie die Kraft finden, dir zu folgen."

Sie wandte sich ihm zu und schaute ihn an. Da wusste er, dass sie ihm glaubte. Vielleicht nahm sie ihm die Geschichte mit seinem Bruder nicht ab. Vielleicht nahm sie ihm nicht ab, dass er verdeckt gegen Lawrence Richter ermittelte. Vielleicht nahm sie ihm nicht ab, dass Tommy Walsh sie töten würde, ohne mit der Wimper zu zucken. Aber sie nahm ihm ab, dass er ihr folgen würde.

Das war immerhin ein Anfang.

6. KAPITEL

Raphael Salazar war älter, härter, schlanker – man konnte ihn auch als drahtig bezeichnen – und etliche Zentimeter größer als sein Bruder. Die Haare trug er nicht ganz so lang, aber genauso straff im Nacken zusammengebunden. Der entscheidende Unterschied jedoch lag in den Augen: Rafes Augen wirkten flach, kalt und ausdruckslos.

Er hielt sich nicht damit auf, seinen Bruder zu begrüßen, sondern betrat einfach das mit Linoleum ausgelegte Wartezimmer. Die zwei anderen Männer, die die Tür geöffnet hatten, blieben leicht hinter ihm stehen. Der eine war fast so breit wie hoch, und sein *Bugs-Bunny*-T-Shirt spannte über seinem Bauch. Der andere war noch fast ein Kind. Er schien kaum achtzehn Jahre alt zu sein.

Rafe rührte sich nicht, ja er blinzelte nicht einmal. Er starrte Felipe nur an, der neben Carrie auf der harten Bank an der Wand saß.

„Ja", sagte Felipe. „Du siehst richtig, Mann. Ich bin es."

Rafe musterte ihn, registrierte die Blutflecken und den notdürftig angelegten Verband an seinem Bein. Er ließ seinen Blick kurz zu Carrie hinüberschweifen. Dann sprach er leise, aber in schnellem Spanisch.

„Nicht auf Spanisch, bitte", unterbrach Felipe ihn. „Sie versteht dich sonst nicht."

„Das passt zu dir: eine Gringa als Freundin." Rafes Stimme war rauer, schroffer als Felipes. „Unsere Leute sind dir wohl nicht gut genug, kleiner Bruder."

„Für mich sind alle Menschen meine Leute", gab Felipe knapp zurück. „Außerdem ist sie nicht meine Freundin. Ich habe sie in Schutzhaft genommen."

„Hat *sie* auch einen Namen?", fragte Rafe und schaute wieder hinüber zu Carrie.

Sein Gesicht hatte eine ähnliche Form wie Felipes. Aber weil er älter oder vielleicht weil er dünner war, wirkten seine Wangenknochen eckig, und seine Nase war scharf geschnitten. Er sah gefährlich aus, wie ein Wolf oder ein Kampfhund.

„Sie hat einen Namen", erwiderte Felipe freundlich, „aber den brauchst du nicht zu erfahren. Je weniger Menschen ihren Namen kennen, desto weniger können erzählen, dass sie hier gewesen ist, nicht wahr?"

Carrie schaute von einem zum anderen. „Hört mal, Jungs: *Sie* mag es nicht, wenn andere über sie reden, als wäre sie gar nicht da."

Rafe sagte etwas auf Spanisch zu Felipe.

Der schüttelte den Kopf. „Stopp", sagte er leise.

Daraufhin wandte Rafe sich an Carrie. „Auch wenn du nicht zu unseren Leuten gehörst, habe ich meinen kleinen Bruder auf deine offensichtlichen körperlichen Eigenschaften hingewiesen", erklärte er. „Manchmal vergisst er über seinem Supermann-Gehabe, dass er es mit Menschen aus Fleisch und Blut zu tun hat."

Carrie blickte Felipe an, aber der sah auf den Boden. Obwohl die Klimaanlage in diesem Haus arbeitete, schwitzte er immer noch. Sein Gesicht zeigte keinerlei Regung, doch die Kiefermuskeln waren angespannt. Carrie konnte nicht feststellen, ob das eine Reaktion auf die harten Worte seines Bruders war oder ob ihn seine Schusswunde so sehr schmerzte.

Als könnte er ihren Blick spüren, schaute Felipe auf. Traurigkeit lag in seinen Augen. Er versuchte sich an einem Lächeln – und scheiterte kläglich.

„Ich glaube nicht, dass ich ihn schon mal mit so langem Haar gesehen habe", fuhr Rafe fort. „Normalerweise trägt er es viel kürzer, weißt du? Und ich bin ganz sicher, dass ich ihn noch nie ohne Jackett und mit zerrissener Hose gesehen habe. Was ist los mit meinem kleinen Bruder? Verdeckte Ermittlungen?"

„Keine Ahnung." Carrie stand auf. „Ich möchte jetzt gehen." Sie reckte das Kinn vor und starrte direkt in Rafes seltsam leblose Augen.

Felipe griff nach ihrem Arm und hielt sie fest. Natürlich entging Rafe diese Geste nicht.

„Aber du bist in Schutzhaft, richtig?“, meinte er. „Vielleicht hältst du das nicht für nötig? Ach ja, Felipe – der weiß ja immer, was für alle anderen das Beste ist. Felipe hat immer recht. Außer …“ Rafe musterte kurz den Verband an Felipes Bein, danach die blutgetränkten Überreste seines Smokings. „Vielleicht hat er diesmal ein bisschen zu sehr recht gehabt, hmm? Und vielleicht gefällt es irgendeinem Typen mit ’ner Knarre nicht, unrecht zu haben. War das jemand, den ich kenne, Kleiner? Vielleicht eins unserer Geschwister? Vielleicht hast du kürzlich einen von ihnen verraten, so wie du mich verraten hast, hmm?“

Das tat weh. Obwohl Felipe keine Miene verzog, verkrampften sich seine Finger um ihr Handgelenk. Carrie wusste, dass Rafes sarkastische Bemerkungen ihn hart trafen.

Trotzdem klang seine Stimme gleichmütig, als er antwortete: „Du kennst den Mann nicht, der mich angeschossen hat. Aber du hast vermutlich von ihm gehört.“

Rafe lachte, ein Lachen ohne jeden Funken von Humor. „Mir fällt mindestens ein halbes Dutzend Männer ein, die dich oder einen deiner uniformierten Kollegen liebend gern abknallen würden. Und das, ohne dass ich lange darüber nachdenken müsste.“

„Mit diesem ist gar nicht zu spaßen“, meinte Felipe.

Er sprach ruhig, aber irgendetwas an seinem Tonfall ließ Rafe aufmerken. Er wandte sich an die beiden Männer, die hinter ihm standen, und sagte etwas auf Spanisch. Daraufhin verließen die beiden den Raum und schlossen die Tür hinter sich.

„Tommy Walsh“, sagte Felipe und sah zu Carrie. „Er will uns beide umbringen.“

„Walsh.“ Leise wiederholte Rafe den Namen. Argwohn und noch größere Zurückhaltung stahlen sich in seinen Blick.

Carrie spürte, wie Angst in ihr aufstieg. Diese Reaktion auf den Namen Walsh zeigte ihr mehr, als jeder Schreckenslaut das hätte tun können.

„Ich brauche Hilfe“, fuhr Felipe fort. „Ich sitze ganz tief in der Tinte. Ich bin angeschossen worden, Walsh ist hinter uns her, und Richter hat einen seiner Männer in meine Abteilung eingeschleust. Der räumt mich aus dem Weg, sobald ich mich in der Dienststelle blicken lasse.“

„Deshalb kommst du also zu mir“, entgegnete Rafe sanft und fügte voller Sarkasmus hinzu: „Ich bin gerührt.“

„Ich möchte mich nur waschen und umziehen“, meinte Felipe. „Ich brauche eine Dusche und vielleicht saubere Kleidung für mich und …“ Ein Blick hinüber zu Carrie. „… für sie.“

Rafe lächelte bitter, aber der Versuch misslang, seine Verärgerung zu verbergen. „Du traust nicht mal mir so weit, mir ihren Namen zu verraten, hmm?“

„Es tut mir leid. Nein, tue ich nicht.“

Rafe explodierte. „Es tut dir leid? Oh nein, du selbstgerechter, eingebildeter kleiner Mistkerl, es tut dir nicht leid …“

„Du irrst dich“, fiel Felipe ihm ins Wort. Jetzt verlor auch er die Fassung. Seine Stimme zitterte, weil er so aufgewühlt war. Schwerfällig erhob er sich. „Es tut mir leid. Seit viel mehr Jahren, als du dir auch nur vorstellen kannst, quäle ich mich mit Selbstvorwürfen. Mit Selbstvorwürfen wegen deiner Fehler, wegen deiner Leiden. Es tut mir leid um dich, und ja, es tut mir auch leid um mich. Denn ich habe deine Fehler und alles, was du erlitten hast, mit dir geteilt. Ich habe deine Last mitgetragen. Es tut mir leid, dass ich dir nicht vertraue, aber ich vertraue dir nun mal nicht. Das hast du selbst mir sehr effektiv beigebracht, Raphael: dass ich dir nicht völlig vertrauen kann. Dass ich dir *niemals* völlig vertrauen kann.“

„Wenn du mir nicht vertraust“, fauchte Rafe, „warum zum Teufel bist du dann zu mir gekommen? Woher willst du wissen, dass ich nicht sofort losrenne und Walsh einen Tipp gebe, dass ihr beide hier untergekrochen seid – du und die kleine Miss Namenlos?“

„Ich weiß es nicht. Ich hoffe eben, dass du das nicht tust. Ich kann nur beten, dass du dich an all das erinnerst, was ich für dich getan habe …“

„Du hast mich daran gehindert, selbst ganz unten zu landen“, gab Rafe hitzig zurück. „Bloß deinetwegen habe ich drei Jahre länger gebraucht, um clean zu werden.“

„So mancher schlägt da ganz unten so hart auf, dass er's nicht überlebt. Mir war klar, dass du mich dafür hassen würdest. Aber ich habe dich eben geliebt. Ich wollte nicht, dass du stirbst.“ Felipe schüttelte resigniert den Kopf und wandte sich an Carrie: „Komm, wir verschwinden hier. Er wird uns nicht helfen.“

„Ich hasse dich nicht.“ Plötzlich war Rafe wieder ganz ruhig.

Zu Carries Überraschung kamen ihm die Tränen. Plötzlich sahen seine Augen denen seines Bruders sehr ähnlich. Tränen und tief empfundene Gefühle verliehen ihnen Ausdruck und Lebendigkeit, die vorher nicht da gewesen waren. Aber dann blinzelte er, Tränen wie Gefühle verschwanden, und da waren wieder dieselbe Ausdruckslosigkeit und Leere wie zuvor.

„Meine Wohnung liegt im zweiten Stock“, sagte er ruhig. „Du kannst dort duschen. Im Schrank ist Kleidung. Sucht euch was raus. Highboy begleitet euch nach oben.“

Mit diesen Worten drehte Rafe sich um und verließ den Raum.

Raphael Salazars Wohnung bestand nur aus einem kleinen Zimmer mit einem winzigen Bad. Eine Schlafcouch, ein kleiner Couchtisch, ein billiger Fernseher und ein DVD-Player bildeten das Wohnzimmer. Die Wände waren kahl. Keine Bilder, keine Fotos, keine persönlichen Gegenstände.

In einer Ecke stand eine Kommode. Rasierer, Kamm und Bürste waren dort ordentlich abgelegt, darüber hing ein kleiner Spiegel an der Wand. Auf dem Couchtisch lagen die Zeitungen der letzten Tage, ebenfalls ordentlich gestapelt.

Die andere Ecke nahm eine behelfsmäßige Kochnische ein: ein winziges Spülbecken, eine ebenfalls winzige Arbeitsplatte, ein kleiner Esstisch, zwei billige Küchenstühle. Auf dem Tisch standen eine Warmhalteplatte und eine Zuckerdose aus Kunststoff, unter dem Tisch ein kleiner Kühlschrank.

Es gab nur ein Fenster, und das war von außen und innen vergittert.

Felipe verschloss die Tür hinter dem Mann mit dem *Bugs-Bunny*-T-Shirt, den Rafe Highboy genannt hatte. Dann humpelte er zum Fenster und ließ die Jalousie herunter.

„Siehst du? Es gibt ihn, meinen Bruder Rafe", sagte er zu Carrie. „Besteht jetzt die Aussicht darauf, dass du mir allmählich glaubst, was ich dir über Walsh und Richter erzählt habe?"

Carrie konnte sich selbst im Spiegel über der Kommode sehen. Ihre Haare waren zerzaust und strähnig. Blut – Felipes Blut – war auf ihrer Wange verschmiert. Fing sie an, ihm zu glauben? Sie wusste nicht mehr, was sie denken sollte.

Felipe setzte sich auf einen der Küchenstühle. Statt auf ihre Antwort zu warten, schlug er vor: „Wie wär's mit einer Dusche? Danach geht es dir bestimmt besser. Das macht den Kopf frei."

„Wir müssen … Du musst die Wunde an deinem Bein säubern", widersprach Carrie. „Du solltest zuerst duschen."

Wärme lag in seinem Blick, als er zu ihr aufschaute. „Danke." Dann musterte er sein notdürftig verbundenes Bein und verzog das Gesicht. „Ich werde eine Weile brauchen, um mich auszuziehen. Also dusch ruhig zuerst. Verbrauch nur bitte nicht das ganze heiße Wasser, okay?"

Er begann, die Perlmuttknöpfe seines Smokinghemdes zu öffnen, und Carrie wandte sich ab. Zu duschen schien ihr plötzlich eine wirklich gute Idee – zumal die Alternative darin bestand, stehen zu bleiben und Felipe dabei zuzusehen, wie er sich bis auf die Unterwäsche entkleidete. Oder vollständig.

Rasch verschwand Carrie im Bad.

Es war so spartanisch eingerichtet wie der Wohnbereich. Der weiß geflieste Boden war picobello sauber. Das Waschbecken, die Wanne und die Toilette glänzten. Der Duschvorhang wirkte ziemlich neu. Er bestand aus durchsichtigem Kunststoff, der noch nicht milchig war und keinerlei Stockflecken aufwies. Auch in diesem Raum fand sich nichts Persönliches, bis auf eine Ausgabe eines Mountainbike-Magazins auf dem Spülkasten der Toilette. In einem kleinen Wandregal lag ein ordentlicher Stapel sauberer weißer Handtücher.

Kein Fenster, durch das sie hätte nach draußen klettern und entkommen können.

Carrie war sich nicht ganz sicher, ob sie darüber enttäuscht oder erleichtert sein sollte. Denn Tatsache war, dass Rafes Reaktion auf den Namen Tommy Walsh sie zum Nachdenken gebracht hatte. Vielleicht stimmte Felipes Geschichte ja wirklich.

Herr im Himmel, vielleicht war Felipe wirklich Polizist.

Carrie verschloss die Tür und entledigte sich rasch ihrer Kleidung.

Die Dusche tat gut, und sie wusch sich die Haare mit Rafes billigem Shampoo. Währenddessen dachte sie darüber nach, ob Felipe Salazar ihr möglicherweise doch die Wahrheit gesagt hatte.

Wenn dem so war, dann hatte er ihr heute Abend mehr als einmal das Leben gerettet. Und sie hatte ihm nicht mal dafür gedankt.

Sie trat aus der Dusche und trocknete sich ab. Der Gedanke, das blutbefleckte Kleid wieder anzuziehen, gefiel ihr nicht. Allerdings blieb ihr gar nichts anderes übrig.

Da sie keinen Kamm hatte, glättete sie ihr Haar mit den Fingern, so gut es eben ging. Danach legte sie die Hand auf die Türklinke, atmete tief durch und öffnete langsam die Tür. Sie spähte vorsichtig um die Ecke, um zu sehen, ob Felipe noch auf seinem Platz in der Ecke saß.

Das tat er nicht. Er stand mit dem Rücken zu ihr vor der winzigen Küchenspüle. Bis auf ein Paar teuer aussehender Seiden-Boxershorts in dunkelblau-grünem Paisleymuster und einem weißen Unterhemd, das sich leuchtend von seiner dunkel gebräunten Haut abhob, hatte er sich ausgezogen. So trug er zwar immer noch mehr, als wenn sie ihm am Strand begegnet wäre. Doch was er da trug, war Unterwäsche, und Carrie fühlte sich unbehaglich. Wahrscheinlich lag das daran, dass sie davon geträumt hatte, ihn mit noch weniger bekleidet zu sehen …

Sein Körper war so schlank und durchtrainiert, wie sie sich das vorgestellt hatte. Geschmeidig bewegten sich die Muskeln seiner Schultern und Arme unter der Haut, während er sich auf der Arbeitsplatte abstützte. Das Wasser lief, und er hörte nicht, wie sie näher kam.

Nachdem er nun keine Hose mehr trug, konnte sie die Schussverletzung gut erkennen. Die Kugel hatte ihn seitlich am Oberschenkel getroffen, gerade unterhalb des Saums seiner Boxershorts. Er konnte von Glück sagen, dass keine Arterie verletzt worden war. Die Wunde blutete immer noch leicht. Oder vielleicht hatte sie auch wieder zu bluten angefangen, als er eingedrungene Stofffetzen herausholen wollte. Ein hellrotes Rinnsal schlängelte sich an seinem Bein hinab.

Still beobachtete sie, wie er einen Waschlappen aus dem Spülbecken fischte und ihn auswrang. Mit Blut vermischtes Wasser tropfte heraus. Felipe schwankte leicht, griff hastig nach dem Rand der Spüle, schloss die Augen und holte gleichmäßig Luft.

„Setz dich besser hin“, meinte Carrie. „Ich mach das.“

Er öffnete die Augen und drehte sich zu ihr um. „Ah, du bist fertig mit Duschen.“

„Setz dich hin“, wiederholte sie, nahm ihm den Waschlappen aus der Hand und spülte ihn gründlich aus.

Felipe rührte sich nicht. Er stand einfach nur da, Zentimeter von ihr entfernt. So nah, dass sie seine Körperwärme spüren konnte.

„Also“, sagte sie, drehte das Wasser ab und wrang den Lappen aus. „Was in aller Welt hat dich dazu getrieben, Detective bei der Sitte zu werden? Ich nehme jedenfalls an, dass du bei der Sitte bist, oder? Organisiertes Verbrechen fällt in deren Zuständigkeit, nicht wahr?“

Sie schaute ihm ruhig in die warmen braunen Augen. Er erwiderte ihren Blick, prüfend, fragend. Dann lächelte er. Es war ein echtes Lächeln trotz seiner Schmerzen. Es ließ seine Gesichtszüge weicher werden und ihn viel jünger wirken.

Er ist so jung, schoss es Carrie durch den Kopf. *Wahrscheinlich ist er nicht viel älter als ich.* Sie war fünfundzwanzig, er höchstens sechs- oder siebenundzwanzig.

„Du glaubst mir." Das war eine Feststellung, aber in seinen Augen entdeckte sie jede Menge Fragen.

„Gott steh mir bei. Ich glaube, ich fange an, dir zu glauben, aber …" Sie schüttelte den Kopf, wich der hypnotisierenden Hitze seines Blickes aus und wandte sich wieder der Spüle zu.

„Aber was?" Er berührte sie, legte ganz sachte eine Hand auf ihre Schulter. „Du willst mich etwas fragen? Ich sage dir alles, was du wissen willst, wenn ich kann."

Carrie zog sich ein Stück zurück und verschränkte die Arme vor der Brust. Ihre eigene Reaktion auf seine Berührung erschreckte sie. „Ich kann immer noch nicht glauben, dass jemand *mich* umbringen will", erklärte sie. „Ich habe diesen Muskelmann – du weißt schon, Tommy Walsh – ja nicht einmal richtig gesehen." Erneut schüttelte sie den Kopf. „Vermutlich könnte ich ihn bei einer Gegenüberstellung gar nicht identifizieren."

„Vermutlich. Aber vermutlich ist nicht gut genug für Tommy. Er würde sogar einen blinden Zeugen umbringen – für den unwahrscheinlichen Fall, dass der sein Eau de Cologne wahrgenommen hat. Versprich mir etwas, Caroline."

Sie schaute ihn an und verlor sich ein weiteres Mal in der Intensität seines Blicks.

„Versprich mir, dass du Rafe – oder irgendjemand anders hier – nach Tommy Walsh fragen wirst. Bitte, geh nicht fort von hier, bevor du weißt, was man sich über ihn erzählt. Versprich mir, dass du nicht abhaust."

Carrie schluckte. Er war so ernst, so angespannt. Seine Haare klebten ihm schweißnass im Gesicht, und er sah sie eindringlich und beinah beschwörend mit seinen dunklen Augen an.

„Versprich mir das“, wiederholte er flüsternd.

Sie nickte, ohne sich selbst darüber im Klaren zu sein, ob sie es auch so meinte oder nicht. „In Ordnung.“

Aber er glaubte ihr offenbar. Vor Erleichterung entspannte er sich – und sackte in sich zusammen. Rasch trat sie neben ihn und stützte ihn.

„Komm schon, du solltest dich wirklich hinsetzen“, forderte sie ihn auf.

„Ein Teil meines Problems“, meinte Felipe kleinlaut, „besteht darin, dass die Kugel an einer besonders ungünstigen Stelle steckt und ich nicht richtig sitzen kann.“

Das stimmte natürlich. Schließlich hatte er immer noch eine Kugel im Bein. Es gab eine Einschuss-, aber keine Austrittswunde, und das war nicht gut. Das war ganz und gar nicht gut, zumal er sich weigerte, ein Krankenhaus aufzusuchen. Carrie half ihm zu einem der Küchenstühle.

Er fluchte leise auf Spanisch. Die wenigen Schritte mussten ihm höllische Schmerzen bereitet haben. Carrie kniete sich neben ihn.

„Die Kugel muss raus“, stellte sie fest, während sie sein Bein untersuchte. „Die Wunde sieht jetzt schon heftig entzündet aus.“

Er nickte langsam. „Leider kann ich sie nicht selbst rausholen.“

„Du brauchst einen Arzt.“

„Das muss warten.“

„Bis wann? Bis du so schwach bist, dass du nicht mehr stehen kannst, oder bis du tot bist?“

Felipe stand auf. „Ich muss duschen. Dabei überlege ich mir, was zu tun ist.“

„Du brauchst auch Antibiotika“, drängte Carrie. „Woher willst du die nehmen?“

„Weiß ich nicht.“ Mit schmerzverzerrter Miene bückte er sich nach seiner Hose, die er auf den Fußboden geworfen hatte, und durchwühlte die Hosentaschen. Er zog einen Schlüssel hervor. „Weil du mir vertraust“, fügte er hinzu und reichte ihr den Schlüssel, „ist es nur fair, wenn ich dir auch vertraue. Der hier ist für den Sperrriegel an der Wohnungstür.“

Carrie schaute kurz zur Wohnungstür hinüber, dann auf den glänzenden Schlüssel in ihrer Hand.

„Du hast mir versprochen, nicht abzuhauen“, erinnerte Felipe sie.

Damit wandte er sich ab und nahm seine blutigen Kleider, sein Schulterholster und seine Waffe mit ins Bad. Er zog die Tür hinter sich heran, aber nicht ganz zu und schloss auch nicht ab.

Carrie hörte, wie er das Wasser aufdrehte. Langsam ließ sie sich auf die Couch sinken.

Felipe brauchte einen Arzt. Sie beide brauchten Schutz vor diesem Tommy Walsh. Und Felipe – wenn seine Geschichte denn stimmte – musste dringend herausfinden, wer in der Polizei auf Richters Gehaltsliste stand.

Carrie schüttelte den Kopf. Das war einfach alles zu viel für sie. Vor wenigen Stunden hatte ihr größtes Problem darin bestanden, irgendwie diesen Typen loszuwerden, der sie zum Essen eingeladen hatte, ohne seine Gefühle zu verletzen. Und jetzt steckte sie bis zum Hals in Intrigen, Mordversuchen … und verdeckten Ermittlungen durch Polizisten, die sie mit ihrem charmanten Lächeln zum Dahinschmelzen brachten.

Es fiel ihr immer schwerer, Felipe nicht zu glauben. Wurde seine Geschichte wirklich immer überzeugender, oder fiel sie nur seinem verführerischen Charme zum Opfer?

Andererseits: Wenn er sie als Geisel betrachtete, hätte er ihr wohl kaum einen Schlüssel zur Wohnungstür gegeben. Hätte nicht riskiert, dass sie ihm davonlief.

Es klopfte an der Tür, und sie schrak zusammen.

„Wer ist da?“, fragte sie. Wieder wurde ihr bewusst, dass sie nun den Schlüssel zur Tür besaß. Sie konnte tatsächlich aufschließen, wenn sie das wollte.

„Rafe“, kam die Antwort durch die Tür. „Ich bringe euch

etwas zu essen. Mach auf."

Carrie steckte den Schlüssel ins Schloss. Er passte nicht. Sie versuchte es noch einmal. Nein, das war definitiv der falsche Schlüssel. „Der Schlüssel passt nicht", sagte sie.

„Ihr habt zwei Schlüssel", gab Rafe ungeduldig zurück. „Der eine Schlüsselkopf ist rund, der andere eckig. Der mit dem runden Kopf gehört zum Sperrriegel, der mit dem eckigen Kopf zur Badezimmertür."

Carrie betrachtete den Schlüssel in ihrer Hand. Es war der mit dem eckigen Kopf. Felipe hatte ihr doch nicht den Wohnungsschlüssel gegeben.

„Das Essen steht vor der Tür", sagte Rafe, offenbar bereits im Weggehen.

So viel dazu, dass Felipe ihr vertraute …

Carrie drehte sich um und schaute zum Bad. Die Tür war nur angelehnt, und sie konnte immer noch das Wasser rauschen hören.

Verdammt, vielleicht war sie doch seine Geisel. Vielleicht war alles, was er ihr erzählt hatte, doch bloß eine einzige Riesenlüge.

Wütend marschierte sie zur Badezimmertür und stieß sie auf.

Felipe stand unter der Dusche, er hatte die Augen geschlossen. Mit den Händen stützte er sich an der Wand ab und ließ sich das Wasser auf den Kopf prasseln. Sie konnte ihn durch den Kunststoffvorhang hindurch sehen. Natürlich war er nackt. Sehr, sehr nackt.

Was ja absolut vernünftig war, denn immerhin stand er unter der Dusche.

Die Tür schwang ganz auf und prallte deutlich hörbar gegen die Wand.

Sofort blickte Felipe auf und sah Carrie geradewegs in die Augen.

Für einen winzigen Moment blieb ihr fast das Herz stehen, und die Welt um sie herum löste sich in nichts auf. Tommy

Walsh, Lawrence Richter, die Verfolgungsjagd im Auto, die Schusswechsel, ihr Zorn und ihr Misstrauen – alles verschwand zusammen mit dem blutigen Wasser im Abfluss. Nur Carrie selbst blieb zurück. Carrie und dieser unglaublich gut aussehende Mann mit seinem scheinbar vollkommenen, sanften Lächeln und den freundlich dreinschauenden braunen Augen.

Jetzt allerdings lächelte er nicht, und sein Blick konnte nicht als freundlich bezeichnet werden. Heiß, ja. Intensiv, auf jeden Fall. Leidenschaftlich, ganz und gar.

Er versuchte nicht, seine Blöße zu bedecken. Ganz offensichtlich fühlte er sich in seinem Körper wohl. Warum auch nicht? Mit einem solchen Körper? Er hatte muskulöse Beine, schmale Hüften, einen flachen Waschbrettbauch, breite Schultern und kräftige Arme.

Seine Haut war glatt, und so wie das Wasser an ihm herablief, betonte seine ausgeprägte Muskulatur das. Die gleichmäßige Bräune verriet, dass er entweder nackt in der Sonne gelegen hatte oder dass er von Natur aus so schön goldbraun war.

Felipe strich sich das Haar aus dem Gesicht und drehte den Wasserhahn zu. Mit einer Hand schob er den Duschvorhang beiseite. Dampfschwaden waberten in das winzige Badezimmer und folgten ihm, als er aus der Duschwanne stieg. Sie verliehen ihm etwas Mystisches, Wildes.

Er griff nach einem Handtuch und wickelte es sich um die Hüften, wobei er vorsichtig bemüht war, die Schussverletzung nicht zu berühren. „Gibt es ein Problem?“, fragte er.

Großer Gott, sie stand da wie eine Idiotin. Sie starrte ihn mit offenem Mund an, als hätte sie noch nie einen nackten Mann gesehen.

Nun, zumindest hatte sie noch nie jemanden wie Felipe nackt gesehen.

„Du hast mir den falschen Schlüssel gegeben“, sagte sie. Ihre Stimme ließ sie im Stich. Sie klang piepsig statt anklagend oder wütend, wie sie das eigentlich wollte.

Einige Tropfen liefen ihm von den Schultern über die Brust

und den Bauch in das Handtuch, das er sich lässig unterhalb des Bauchnabels umgebunden hatte. Er hatte einen ausnehmend süß aussehenden Nabel.

„Du hast versprochen, nicht wegzulaufen", meinte Felipe.

Mit größter Mühe wandte Carrie die Augen von seinem glatten flachen Bauch ab. „Aber ich habe nicht versprochen, deinen Bruder nicht reinzulassen", entgegnete sie. „Er hat uns was zu essen gebracht, und ich konnte ihm die Tür nicht öffnen."

„Nicht?" Überraschung schwang in seiner Stimme mit.

„Du weißt verdammt genau, dass und warum ich es nicht konnte", gab sie zurück, während er sich ein zweites Handtuch schnappte und sich die Haare frottierte. „Du hast zwei Schlüssel bekommen – und mir absichtlich den falschen gegeben."

Er musterte sie. Sein Gesichtsausdruck verriet nichts, weder Schuld noch Unschuld. „Mein Fehler", sagte er leise.

Ein Fehler? Carrie war sich dessen nicht so sicher. Sie konnte nicht glauben, dass dieser Mann jemals Fehler machte.

Felipe hatte seine zerrissene und verdreckte Hose zusammen mit dem Schulterholster und seiner Waffe an den Haken der Badezimmertür gehängt. Er griff in die Hosentasche und förderte einen zweiten Schlüssel zutage.

„Es tut mir leid", sagte er und gab ihn Carrie. „Bitte misstrau mir deswegen nicht."

Der Schlüssel in ihrer Hand hatte einen runden Kopf. Damit konnte sie den Sperrriegel aufschließen und aus Rafes Wohnung gelangen.

„Du lässt mich hier rausgehen?", fragte sie.

„Du hast versprochen, nicht abzuhauen. Du bist eine kluge Frau, Caroline. Ich denke nicht, dass du abhauen wirst – nicht, nachdem du dir angehört hast, was mein Bruder und seine Freunde über Tommy Walsh erzählen können. Vielleicht kommst du trotzdem zu dem Schluss, hier verschwinden zu wollen. Aber dann hoffe ich wenigstens, dass du klug genug bist, nach Hause nach Montana zu gehen."

„Woher weißt du, dass ich aus Montana stamme?", fragte sie misstrauisch.

Er schlang sich das zweite Handtuch um den Hals und setzte sich vorsichtig auf den Toilettendeckel. Trotz seiner Schmerzen lächelte er sie an. „Nach unserer ersten Begegnung im Sea Circus war ich ... Wie soll ich sagen? Fasziniert. Ich kam zurück. Nicht nur, um mich zu vergewissern, dass es dir gut geht. Deshalb natürlich auch."

„Wenn du wirklich bei der Polizei bist", meinte Carrie, „warum hast du dann nichts gesagt?" Forschend musterte sie ihn und suchte nach irgendeinem Zeichen dafür, dass er die Wahrheit sagte. „Warum hast du dich nicht vorgestellt?"

„Das hätte ich tun sollen", antwortete er schlicht.

Mit diesen wenigen Worten drückte er unendlich viel mehr aus. Sein Blick wirkte plötzlich wie eine echte Liebkosung, und Carrie musste wegschauen.

„Ich habe dir unheimlich gern bei der Arbeit mit den Delfinen zugesehen", fuhr er fort. „Ich wollte selbst schon immer mal mit Delfinen schwimmen. Aber ich würde es nie wagen, in das Becken zu den Orcas zu steigen. Wie heißen sie doch gleich? Biffy und Louise?"

Sie schaute ihn wieder an. „Du warst also tatsächlich da. Oder?"

Felipe nickte. „Mehr als einmal. Eigentlich wollte ich es gar nicht. Ich dachte, es würde dich nur in Gefahr bringen, wenn du mich kennenlernst." Ein kleines Lächeln huschte über sein Gesicht. „Sieht ganz so aus, als hätte ich damit recht behalten."

„Im Sea Circus kannst du nicht erfahren haben, dass ich aus Montana stamme. Hast du geraten?"

„Nein. Sei mir nicht böse, aber ich habe im Polizeicomputer nach dir gesucht. Dabei habe ich herausgefunden, dass du auf der Interstate 75 gern mal zu schnell unterwegs bist. Gleich zwei Strafzettel wegen zu schnellen Fahrens in einer Woche. Am einen Tag einundachtzig Meilen, am nächsten Tag neunundsiebzig." Er schüttelte missbilligend den Kopf. „Du solltest dich schämen, Caroline Brooks."

Er wollte sein Lächeln verbergen, doch das gelang ihm nur kurz. Carrie stellte fest, dass sie ihn ebenfalls anlächelte.

„Ich habe keine Entschuldigung", erwiderte sie, „und offensichtlich habe ich nichts daraus gelernt, nicht wahr? Beim zweiten Mal war ich langsamer, aber nur ein bisschen."

„Ich habe mich um die Strafzettel gekümmert. Das war das Mindeste, was ich tun konnte, nachdem ich dich in den Kofferraum gesperrt hatte."

Carries Lächeln erstarb. „War das unbedingt nötig? Ich meine, wenn ich davon ausgehe, dass du wirklich Polizist bist und an jenem Abend im Sea Circus wirklich verdeckt ermittelt hast. Was wäre denn deiner Meinung nach geschehen, wenn du mich nicht im Kofferraum meines Autos eingeschlossen hättest?"

Felipe seufzte. „Ich bin Polizist", sagte er und war offensichtlich enttäuscht darüber, dass sie immer noch daran zweifelte. „Ich habe an jenem Abend verdeckt ermittelt. Und wenn ich dich nicht in den Kofferraum gesperrt hätte, wo du in Sicherheit gewesen bist … Die Männer, mit denen ich zusammen war – das waren keine besonders netten Männer. Ich hätte ihnen wehtun müssen. Oder Schlimmeres. Denn ich hätte niemals zugelassen, dass sie dir wehtun."

So wie er dasaß und sie anschaute, war es sehr schwer, ihm nicht zu vertrauen. Sein Beschützerdrang war unübersehbar.

Ich hätte niemals zugelassen, dass sie dir wehtun.

Carrie konnte ihm fast glauben. Sie wollte ihm glauben.

„Sprich mit Rafe", fuhr Felipe fort. „Sprich mit den anderen, die hier leben. Frag sie nach Tommy Walsh. Und dann komm zurück und sprich mit mir. Einverstanden?"

Carrie nickte. *Einverstanden.*

Sie drehte sich um und verließ das Badezimmer. Auf dem Weg zur Wohnungstür spürte sie, wie er sie beobachtete. Spürte seinen Blick im Rücken, als sie den Schlüssel ins Schloss steckte, ihn umdrehte und den Sperrriegel zurückschob. Sie drehte sich noch einmal zu ihm um, bevor sie hinausging.

Felipe eilte ins Wohnzimmer und suchte hastig nach einer Uhr. Da, auf dem DVD-Player gab es eine Zeitanzeige. Es war 21:36 Uhr.

Gott sei Dank.

Das Rehazentrum wurde jede Nacht von halb zehn am Abend bis sechs Uhr am Morgen verrammelt und verriegelt.

Selbst wenn sie es wollte, konnte Carrie das Gebäude nicht verlassen. Jedenfalls nicht ohne größeren Aufwand. Sie konnte zumindest nicht einfach verschwinden.

Und das war gut, denn Felipe konnte sie nicht gehen lassen. Er konnte nicht zulassen, dass sie umgebracht wurde – auch wenn das bedeutete, dass er sie einsperren und gefangen halten musste. Auch wenn das bedeutete, dass sie ihn dafür hassen würde.

Es war besser, wenn sie ihn hasste und am Leben blieb, als wenn sie ihn liebte und deshalb starb.

7. KAPITEL

Bei ihrer Ankunft war es Carrie gar nicht aufgefallen. Erst jetzt bemerkte sie, dass das ganze Rehazentrum so makellos sauber und aufgeräumt war wie Rafes Wohnung. Die Flure und das Treppenhaus waren gefegt und hell erleuchtet, die Wände frisch gestrichen.

Sie ging an dem großen Aufenthaltsraum vorbei in die Küche. Highboy war dabei, den Herd zu reinigen. Rafe saß am Küchentisch und trank eine Diätcola direkt aus der Flasche. Er blickte auf, als Carrie im Türrahmen stehen blieb.

„Alles in Ordnung mit ihm?“, erkundigte er sich ohne Gruß. Sie wussten beide, wen er meinte. Felipe.

Carrie schüttelte den Kopf. „Er hat eine Kugel im Bein. Das bereitet ihm nicht nur Schmerzen. Sie wird ihn auch krank machen.“

Rafe blinzelte. „Ich weiß, was eine Kugel anrichtet. Was sie anrichten kann.“

Dann sagte er etwas auf Spanisch zu Highboy. Der Mann nickte, ließ seine Arbeit liegen und drückte sich an Carrie vorbei, um die Küche zu verlassen.

„*Gracias*“, rief Rafe ihm nach und wandte sich anschließend an Carrie: „Wir haben einen ehemaligen Arzt hier. Er ist ungefähr vier Jahre als Militärarzt im Einsatz gewesen. Er wird wissen, wie man eine Schusswunde behandelt. Und er schuldet mir einen Gefallen, einen großen Gefallen. Damit sind wir quitt.“

„Darf ich mich setzen?“, fragte Carrie.

Rafe zuckte die Achseln. „Wir leben hier in einem freien Land. Setz dich, wohin du magst.“

Sie betrat die Küche und nahm ihm gegenüber am Tisch Platz. Die Küche war so makellos sauber wie das gesamte Haus. Vielleicht sogar noch sauberer. Irgendwo, wahrscheinlich im Aufenthaltsraum am Ende des Flurs, lief ein Fernseher.

„Schön gemütlich hier“, stellte sie fest.

Rafe lachte spöttisch. „Und das überrascht dich", sagte er. „Nein, streite es nicht ab. Ich weiß, dass es so ist. Du denkst an Exknackis, Drogensüchtige und Alkoholiker auf Entzug, und dir fällt automatisch dazu ein: vermüllte Bruchbude. Richtig? Na klar." Er lachte wieder. „Das Problem ist, manchmal hast du recht. Aber nicht in diesem Fall."

Er beugte sich vor, lehnte sich über den Tisch, und so etwas wie Lebendigkeit trat in seine braunen Augen. „Wenn du drogenabhängig bist, musst du unter anderem eines lernen: Selbstachtung. Glaubst du, dass irgendjemand, der sich selbst achtet, sich irgendwelchen Mist in die Adern jagt? Niemals. Also, wie lernst du Selbstachtung? Eine Möglichkeit ist, stolz darauf sein zu können, wo du lebst. Du lebst nicht in einer vermüllten Bruchbude. Du hältst deine Wohnung sauber. Und dann schaust du dich um und sagst dir: ‚Hey, ich lebe in dieser hübschen Wohnung, also bin ich vielleicht doch etwas wert. Wer weiß?'"

Carrie schwieg. Sie wusste nicht, was sie sagen sollte. Rafe musterte sie eindringlich, und sie spürte seinen Blick.

„Achtundvierzig Stunden", sagte er plötzlich.

Verwirrt schaute sie auf. „Wie bitte?"

„Das ist meine Vorhersage." Ein wölfisches Grinsen breitete sich auf seinem Gesicht aus. „Mein kleiner Bruder bringt dich binnen achtundvierzig Stunden dazu, mit ihm ins Bett zu steigen."

Ihr schoss das Blut ins Gesicht, dennoch reckte sie das Kinn vor und sah Rafe fest in die Augen. „Du irrst dich", entgegnete sie. „Aber egal, ob du recht behältst oder nicht: Ich glaube nicht, dass dich das was angeht."

„Du siehst aus wie einer der kleinen blonden Engel, die wir früher an den Weihnachtsbaum gehängt haben", sinnierte Rafe. „Schon als Kind mochte Felipe die kleinen blonden Engel. Er wird dir nicht widerstehen können, Engelchen. Wenn du ihn nicht in deinem Bett haben willst, wirst du dich sehr anstrengen müssen, Abstand zu halten."

„Danke für den Tipp. Hast du vielleicht noch ein paar Weisheiten für mich bezüglich dieses Tommy Walsh?“

„Warum ist er hinter dir her?“

Gute Frage. „Ich war dabei, als Felipes Tarnung aufgeflogen ist. Ich glaube, dein Bruder hat sich in die Organisation irgendeines Gangsterbosses eingeschlichen …“

„Lawrence Richter“, fiel Rafe ihr ins Wort und lieferte damit schon mal den richtigen Namen.

„Genau. Felipe behauptet, genug Informationen gesammelt zu haben, um sowohl Walsh als auch Richter hinter Gitter zu bringen.“

„Und du warst dabei, als seine Tarnung aufflog? Wie sehr dabei?“

Sie zwang sich, ihn anzusehen, als sie zugab: „Ich habe … ähm … seine Tarnung auffliegen lassen.“

Eine ganze Weile erwiderte Rafe nichts. Er nahm einen Schluck von seiner Cola, stellte die Flasche zurück auf den Tisch und drehte sie dabei so, dass er das Etikett lesen konnte. „Tja, Engelchen“, meinte er schließlich. „An deiner Stelle würde ich darüber nachdenken, meine persönlichen Angelegenheiten zu regeln und mein Testament zu machen.“

Sie hatte den Atem angehalten. Jetzt ließ sie ihn hörbar entweichen. „So schlimm?“

„Du hast zwei Möglichkeiten. Du kannst eine andere Identität annehmen und verschwinden oder … Walsh findet dich, und du bist tot.“

„Obwohl ich nicht mal sicher weiß, ob ich ihn identifizieren könnte?“

„Walsh hat einen Sechsjährigen umgebracht, weil der einen Auftragsmord beobachtet hat. Er muss Felipe erledigen. Er hat gar keine andere Wahl, wenn Felipe seinen Boss Richter ins Gefängnis bringen kann. Aber mein kleiner Bruder ist ein Cop. Wenn Walsh ihn umbringt, droht ihm die Todesstrafe. Nein, die ist ihm sicher. Du könntest ihn mit Felipes Tod in Verbindung bringen. Walsh wird der Gedanke an den elektrischen

Stuhl nicht sonderlich behagen. Also muss er dich auch beseitigen."

„Aber Felipe ist nicht tot", protestierte sie.

„Noch nicht", gab er finster zurück. „Ich wusste, dass dieser *estúpido* Mistkerl sich irgendwann in so eine Lage bringen würde. Ich schwöre bei Gott ..." Er unterbrach sich abrupt und sah sie an. „Es gibt da etwas, was du über meinen kleinen Bruder wissen solltest."

Carrie schwieg, wartete darauf, dass er fortfuhr.

„Er erwartet von all seinen Mitmenschen, dass sie ebensolche Heilige sind wie er selbst. Es ist unmöglich, seinen Erwartungen gerecht zu werden." Er lächelte, aber diesem Lächeln fehlte jede Spur von Humor. „Zweifellos wirst auch du ihn enttäuschen, Engelchen, wenn er herausfindet, dass du nur ein Mensch bist. Eine Normalsterbliche wie wir alle."

„Kannst du es ihm verübeln, dass er von dir enttäuscht ist und dir misstraut?", fragte sie ruhig.

Ihre Worte trafen ihn. Das konnte sie ihm ansehen. Dennoch schüttelte er den Kopf. „Er verachtet mich, weil ich drogenabhängig bin. Clean zwar, aber trotzdem abhängig. Aber weißt du, was? Felipe ist ebenfalls abhängig. Er ist süchtig nach einem Leben am Abgrund. Süchtig nach dem Risiko. Entweder das, oder er hegt eine krankhafte Todessehnsucht. Was meinst du? Was für ein Mann muss man sein, um zu versuchen, Richter und Walsh zu erledigen? Was für ein Mann muss man sein, um sich in solche Gefahr zu begeben?"

„Ein tapferer Mann. Ein Mann, der Unschuldigen helfen und sie beschützen will", platzte sie heraus. Kaum hatte sie die Worte zu Felipes Verteidigung ausgesprochen, begriff Carrie, dass sie ihm tatsächlich glaubte. Sie glaubte, dass er Polizist war. Sie glaubte, was er ihr über Richter und Walsh gesagt hatte. Ja, sie glaubte alles, was er ihr erzählt hatte.

Rafe brach in schallendes Gelächter aus. „Ach, Engelchen. Du kaufst ihm ja längst ab, dass er ein Heiliger ist."

Irgendwie war sie erleichtert darüber, dass sie Felipe glaubte.

So konnte sie sich darauf verlassen, dass er sie vor Tommy Walsh beschützen würde. Konnte aufhören, sich gegen ihn zu wehren und nach Mitteln und Wegen zu suchen, ihm zu entkommen. Sie konnte es sich erlauben, ihm zu vertrauen. Und aufhören, sich den Kopf über die machtvolle Anziehungskraft zu zerbrechen, die sich bei jedem Blick zwischen ihnen bemerkbar machte …

„Du bist gar nicht so viel anders als dein Bruder", bemerkte sie. „Auch du hilfst anderen Menschen."

„Felipe sieht das allerdings nicht so. Für ihn bin ich ein Blindgänger, der jederzeit hochgehen kann. Er kann nicht über das hinaussehen, was ich früher gewesen bin."

„Das liegt daran, dass du ihm wehgetan und ihn enttäuscht hast. Und damals ist er noch ein Kind gewesen. Du kannst nicht erwarten, dass er das einfach so vergisst."

„Er wird es nie vergessen. Und mir nie vergeben." Bitterkeit schwang in seiner Stimme mit.

Verärgert stand Carrie auf, sodass der Stuhl quietschend über den Boden schrammte. „Wenn er dir wirklich vergeben soll, solltest du erst mal ein bisschen netter zu ihm sein", stieß sie scharf hervor. „Großer Gott, Felipe kommt hier mit einer Kugel im Bein rein, braucht Hilfe – und du beleidigst ihn, streitest mit ihm und bist richtig gemein zu ihm. Vielleicht bist du derjenige, der nicht vergeben und vergessen will."

Sie schob den Stuhl zurück unter den Tisch und verließ die Küche.

Rafes schroffes Gelächter folgte ihr durch den Flur. „Ein Engel für den Heiligen", hörte sie ihn sagen. „Wie absolut passend. Sagte ich achtundvierzig Stunden? Ich korrigiere mich: vierundzwanzig Stunden."

Carrie zog es vor, diese Bemerkungen zu ignorieren, und eilte die Treppe hinauf.

In Felipes Bein pochte und hämmerte es schmerzhaft. Ihm war so übel, dass er vermutlich grün im Gesicht war. Immerhin steckte die Kugel nicht mehr in seinem Bein. Dafür hatte ein großer, kräftig gebauter Mann gesorgt, der sich Doc Bird nannte.

Er hatte Felipe etwas gegeben, auf das er beißen konnte, während er nach der Kugel suchte. Zwei grässliche Minuten hatte es gedauert, *nur* zwei Minuten. Einhundertzwanzig Sekunden Höllenqualen. Es hätte schlimmer sein können.

Wieder einmal war Felipe schweißgebadet. Aber er war einfach nicht in der Lage, aufzustehen und sich noch einmal zu duschen. Nachdem er die Wunde genäht hatte, hatte Doc Bird außerdem ausdrücklich gesagt, sie dürfe mindestens ein oder zwei Tage nicht mit Wasser in Berührung kommen.

Felipe strich sich die Haare aus den Augen und schaute zur Zeitanzeige auf dem DVD-Player. Beinah zehn Uhr. Wo steckte Caroline?

Zehn Minuten gab er ihr noch. Dann würde er sie suchen – Schmerz und Übelkeit hin oder her. Bis dahin musste er sich mit irgendetwas ablenken.

Er durchstöberte den Stapel Zeitungen auf dem Couchtisch. Obenauf lag eine Ausgabe mit einem Artikel über St. Simones neuen Polizeichef, einen Mann namens Earley.

Felipe kannte ihn. Er war ihm mindestens ein halbes Dutzend Mal begegnet, wenn nicht öfter. Für seine Begriffe war der Mann ein wenig zu konservativ, zu altmodisch und vermutlich genau der Richtige für diesen Job in dieser Stadt.

Er schnappte sich die Zeitung, aber die Schrift war so klein, dass sie ihm vor den Augen verschwamm. Also legte er das Blatt zurück, griff nach der Fernbedienung und schaltete den Fernseher ein.

Der Lokalsender brachte um zehn Uhr Nachrichten. Da Felipe wissen wollte, ob seine angebliche Verwicklung in die Spielplatzmorde es bereits in die Fernsehnachrichten geschafft hatte, wählte er diesen Sender.

Die Nachrichten hatten gerade begonnen. Der erste Beitrag handelte vom Ausbruch einer Salmonelleninfektion in einem städtischen Altenpflegeheim. Drei Bewohner des Pflegeheims waren bereits gestorben, Dutzende weitere erkrankt.

Als Nächstes kam ein Bericht über den neuen Polizeichef. Felipe war überrascht. Er hatte fest damit gerechnet, dass die Medien bereits Wind davon bekommen haben müssten: Schließlich stand er unter Verdacht, die Spielplatzmorde begangen zu haben. Aber da kam keine Meldung, nicht ein Wort.

Es gab ein kurzes Interview mit Earley, dann ein paar Hintergrundinformationen zu seinem Werdegang. Der Polizeichef war als Sprengstoffexperte im Vietnamkrieg eingesetzt worden. Das war Felipe neu. Offenbar hatte Earley Sprengfallen in dem Labyrinth unterirdischer Tunnel entschärfen müssen, in denen sich die Vietcong-Kämpfer tagsüber versteckt hatten. Einer der gefährlichsten und erschreckendsten Jobs jenes Krieges und definitiv nichts für Ängstliche und Klaustrophobiker.

Felipe hörte ein Geräusch im Flur und schaltete den Fernseher stumm. Die Wohnungstür ging auf, und … Gott sei Dank: Es war Caroline.

Sie trat ein und zog die Tür hinter sich zu.

Sie wirkte verlegen, beinah schüchtern, und Felipe wurde bewusst, dass er nur seine Boxershorts trug. Er hatte nicht die Kraft, sich aus Rafes Schrank Jeans und ein T-Shirt zu holen.

Langsam kam sie näher und schaute ihn an. „Du siehst furchtbar aus“, sagte sie.

Sein Versuch eines Lächelns scheiterte kläglich. „*Gracias.* Ich fühle mich auch furchtbar. Aber ich bin die Kugel los. Mein Bruder hat jemanden raufgeschickt. Jemanden, der wohl mal als Arzt gearbeitet haben muss.“

Carrie nickte. „Ich weiß.“ Sie kniete sich neben der Couch auf den Fußboden. „Das muss scheußlich wehtun. Es tut mir leid.“

„Mir nicht“, antwortete er. Er atmete einmal tief durch und stellte fest, dass er sie jetzt anlächeln konnte. „Der Schmerz macht mir nichts aus. Im Gegenteil, ich genieße ihn. Er beweist mir, dass ich am Leben bin. Und ich lebe wirklich gern – vor allem nach einem Abend wie diesem."

Zaghaft erwiderte sie sein Lächeln. Wie schön sie doch war. Felipe umklammerte fest die Fernbedienung und kämpfte die Versuchung nieder, die Arme nach ihr auszustrecken und sie fest an sich zu ziehen. In diesem Moment hätte er sonst was für eine unschuldige tröstende Umarmung gegeben – obwohl ihm klar war, dass eine solche Berührung zwischen ihnen beiden nicht lange unschuldig und tröstend bleiben würde.

„Ich glaube nicht, dass dir das klar ist. Wir sind heute Abend beide nur ganz knapp dem Tod von der Schippe gesprungen", erklärte er leise und schaute ihr dabei forschend in die meergrünen Augen.

Erstaunlicherweise sah sie nicht weg. Sie wandte sich nicht ab, wies ihn nicht von sich. Stattdessen nickte sie.

„Doch, das ist mir klar", antwortete sie. „Ich habe mit deinem Bruder über Walsh gesprochen."

„Und?"

„Ich glaube dir."

„In Bezug auf Walsh?"

„In Bezug auf alles."

Wärme durchflutete ihn, als er das hörte. Sie glaubte ihm tatsächlich. Obwohl er wusste, dass er das besser nicht tun sollte, legte er nun die Fernbedienung weg. Er streckte die Hand nach Carrie aus und strich sanft über ihre Wange. Ihre Haut war so glatt und weich. Und Carrie wich ihm nicht aus.

Die Ader an ihrem Hals pulsierte leicht, und ihr Brustkorb hob und senkte sich mit jedem Atemzug. Ganz leicht öffnete sie die Lippen, fuhr mit der Zungenspitze darüber – und wich ihm immer noch nicht aus.

Sie sah ganz so aus, wie er sich fühlte: wie hypnotisiert.

Und wider besseres Wissen konnte er sich nicht länger beherrschen. Er beugte sich vor, um sie zu küssen. Nichts wünschte er sich sehnlicher, als sie zu küssen. Nein, ihm blieb gar keine andere Wahl.

Sein Mund streifte den ihren nur ganz sachte, sanft und zärtlich.

Ihre Lider flatterten, und sie betrachtete ihn. Sie wirkte zu Tode erschrocken, wich ihm aber immer noch nicht aus.

Also küsste er sie noch einmal – wohl wissend, dass er das nicht durfte. Wohl wissend, dass es ein gewaltiger Fehler war, diese Frau zu küssen. Er mochte sie viel zu sehr. Eine Beziehung zu ihr konnte er sich einfach nicht leisten. Er konnte es nicht ertragen, dass schon die bloße Bekanntschaft mit ihm sie in Gefahr brachte. Und vielleicht zum allerersten Mal in seinem Leben wusste er eins genau: Er würde den körperlichen Teil einer Affäre mit ihr nicht genießen können, ohne dass Gefühle ins Spiel kamen. Nicht mit dieser Frau. Und das machte ihm Angst.

Nein, nicht nur Caroline fürchtete sich zu Tode. Trotzdem konnte er sich nicht zurückhalten, und dieses Mal kam sie ihm entgegen. Sie schlang die Arme um seinen Nacken und küsste ihn, als gäbe es kein Morgen.

Und vielleicht, nur vielleicht, hatte sie damit sogar recht.

Doch die Gefahr, in der sie sich befanden – das Risiko, umgebracht zu werden –, war nicht der wahre Grund, warum Felipe sie noch enger an sich heranzog und den Kuss vertiefte. Er tat es nur aus einem einzigen Grund: Weil er es unbedingt wollte. Er hätte Caroline Brooks genauso wenig widerstehen können wie dem Drang zu atmen.

Ihr Mund war so süß, ihre Lippen waren so einladend. Ihr Haar fühlte sich an wie Seide, als er mit den Fingern hindurchstrich. Und ihr weicher, zerbrechlicher Körper war weder wirklich weich noch wirklich zerbrechlich. Sie war klein und schlank, ja, aber zugleich auch durchaus kräftig. Er ließ die Finger über ihren Rücken bis zum Po gleiten und drückte sie an sich.

Oh Mann, erst vor fünf Minuten hatte er hier auf der Couch gelegen und sich wie der Tod auf Latschen gefühlt. Er hatte nicht einmal gewusst, ob er aufstehen konnte. Schon seltsam, was sexuelles Verlangen mit einem Mann anstellen konnte. Denn jetzt wusste er zweifelsfrei, dass er aufstehen konnte. Er konnte stehen. Er konnte gehen. Ach was, er konnte mehrere Runden laufen, wenn es sein musste.

Mit den Fingern fand er den Saum ihres Kleides und darunter die weiche, glatte Wärme ihres Oberschenkels. Felipe hörte sich aufstöhnen, und sie zuckte erschrocken zurück.

„Habe ich dir wehgetan?“, flüsterte sie heiser. Ihre Haare waren zerzaust, ihre Wangen zart gerötet. Es kostete ihn nicht viel Fantasie, sich auszumalen, wie sie in einem zerwühlten Bett lag …

„Oh ja“, sagte er und konnte ein Lächeln kaum unterdrücken. „Du kannst dir nicht vorstellen, wie weh. Aber das hat nichts mit meinem Bein zu tun.“

Sie wurde rot und lachte. Dann beugte sie sich vor, um ihn erneut zu küssen.

Im selben Moment wurde die Tür aufgerissen.

Felipe reagierte. Beinah instinktiv fand er seine Waffe, wusste sofort, wo er das Holster abgelegt hatte. Er griff danach, zog seine Pistole, rutschte vom Sofa und schirmte Carrie mit seinem Körper ab.

„Großer Gott, ich bin es nur“, sagte Rafe. „Steck das Ding weg, Superman. Lois Lane ist vollkommen sicher.“

Erleichterung überwältigte Felipe. Es war nur sein Bruder. Und die Erleichterung verwandelte sich in Verärgerung. „Hat Mutter dir nicht beigebracht, anzuklopfen?“, fragte er und setzte sich mühsam wieder auf die Couch.

Rafe lächelte ihn humorlos an. Demonstrativ sah er zu Carrie hinüber, die mit den Fingern ihr Haar ordnete. „Doch“, gab er zurück. „Sie hat uns übrigens auch beigebracht, nicht mit dem Feuer zu spielen. Eine Regel, die du offensichtlich vergessen hast, Brüderchen.“

Felipe streckte die Hand aus, um Carrie vom Boden aufzuhelfen. Er zog sie neben sich auf das Sofa und legte den Arm um sie, sodass seine Finger leicht ihre Schultern berührten. Sie warf ihm einen Blick zu, der ihn beinah verbrannte. Rafe hatte recht. Er spielte hier mit dem Feuer. Aber das Risiko war es wert.

Er schaute zu seinem Bruder. „Brauchst du irgendwas?"

Rafe wandte sich dem Fernseher zu, der ohne Ton vor sich hin flimmerte. Gerade lief ein Werbespot für ein Spülmittel. „Hast du die Nachrichten gesehen? Nein, offenbar nicht", fragte Rafe und beantwortete seine Frage gleich selbst.

Felipe setzte sich aufrechter hin. „Warum?"

„Ich glaube, du weißt, warum." Rafe bückte sich nach der Fernbedienung. Als der Werbespot zu Ende war, schaltete er den Ton wieder ein.

„Zurück zu der Meldung, die eben reinkam", sagte die Nachrichtensprecherin mit ernstem Gesicht. „Aus Polizeiquellen verlautet, dass nach einem Verdächtigen im Fall der Spielplatzmorde gefahndet wird."

Ein ziemlich körniges Foto von Felipe wurde in der rechten oberen Ecke des Bildschirms eingeblendet, darunter stand: *Gefährlicher Polizist.*

„Police Detective Felipe Salazar", fuhr die Sprecherin fort, „wird von seinen Vorgesetzten als abtrünniger Polizist bezeichnet."

„Großer Gott!", rief Carrie und beugte sich vor, um das Fernsehbild besser zu sehen. Felipes Hand glitt von ihrer Schulter.

„Nach ihm wird nun im Zusammenhang mit dem Doppelmord gefahndet, der letzte Woche auf einem leer stehenden Grundstück in der Stadt verübt wurde, gleich neben der Grundschule 43. Straße Ost. Salazar, laut Fahndungsmeldung ein fünfundzwanzigjähriger Latino, ist etwa einen Meter achtzig groß. Er wiegt ungefähr fünfundachtzig Kilo, hat dunkle Haare und dunkle Augen. Er gilt als bewaffnet und äußerst gefährlich."

Caroline starrte auf die Mattscheibe. Sie war eindeutig entsetzt. Als sie sich Felipe zuwandte, erkannte er sofort, dass ihre Zweifel aufs Neue geweckt waren.

„Sie versuchen mir das anzuhängen", erklärte Felipe, aber ihre Aufmerksamkeit galt schon wieder der Nachrichtensendung.

„Wir schalten um zum Vierten Bezirk, wo einer unserer Reporter steht", fügte die Nachrichtensprecherin hinzu. „Hallo, Walt, kannst du mich hören?"

Das Bild wechselte. Jetzt zeigte es einen Mann, der in der hell erleuchteten Eingangshalle der Polizeiwache stand.

„Hier ist Walter Myers. Ich bin in der Polizeiwache des Vierten Bezirks, in der Felipe Salazar arbeitet", sagte der Mann und schaute in die Kamera. „In Kürze erwarten wir hier den neu ernannten Polizeichef Jack Earley, der eine Pressekonferenz angekündigt hat. Wir werden das laufende Programm unterbrechen, um live zu berichten."

Die Kamera folgte Walter Myers durch den Gang.

Ein Mann trat ins Bild. „Meine Herren, ich muss Sie bitten, das Gebäude zu verlassen", sagte dieser.

„Das ist Diego", meinte Felipe. Sein Freund und ehemaliger Partner hatte sich seit ihrer letzten Begegnung die Haare schneiden lassen, aber ansonsten sah Jim Keegan aus wie immer. Er trug, was er für gewöhnlich auch trug: Jeans, ein zerknittertes Hemd und dazu eine lose gebundene Krawatte, damit das Ganze einen offizielleren Anstrich bekam.

Carrie sah zu Felipe. „Ist das der Mann, den du angerufen hast?"

„Ja."

„Und Sie sind?", fragte nun der Reporter.

„Detective James Keegan", antwortete Jim geduldig. „Ich fürchte, Sie müssen draußen weitermachen, Sir."

„Er heißt James. Nicht Diego", sagte Carrie, den Blick immer noch auf den Bildschirm geheftet.

„Diego ist die spanische Form von James", erklärte Rafe.

„Können Sie uns etwas zu dem Verdächtigen im Fall der Spielplatzmorde sagen?", fragte der Reporter jetzt.

„Nein, kann ich nicht", gab Jim fest zurück und führte den

Reporter mit seinem Kamerateam zurück zum Ausgang.

„Kennen Sie Salazar?“, wollte der Reporter wissen.

„Ja, ich kenne ihn.“

„Glauben Sie, dass er dieses Verbrechen begangen hat?“

Jim war drauf und dran zu antworten, dann schaute er kurz in die Kamera. Es sah fast so aus, als hätte er sich seine Antwort noch einmal anders überlegt. „Man kann nie wissen“, sagte er zu dem Reporter. „Das ist etwas, was ich in all meinen Jahren bei der Polizei gelernt habe. Man kann nie wissen.“

Der Reporter wandte sich wieder der Kamera zu. „Ich gebe zurück ins Studio.“

Die Nachrichtensprecherin verlas die nächste Meldung, und Rafe beugte sich vor und schaltete den Fernseher aus.

Carrie rührte sich nicht. „Du scheinst mir nicht sehr überrascht zu sein“, meinte sie mit gepresster Stimme zu Felipe.

„Das ist ein abgekartetes Spiel“, konterte er. „Man versucht mir etwas anzuhängen. Und ja, du hast recht. Es überrascht mich nicht. Ich wusste, dass sie alles tun würden, um mir diese Morde in die Schuhe zu schieben.“

Sie drehte sich um und sah ihn an. Die Wut in ihren Augen war deutlich zu erkennen. Wut und Schmerz. „Du wusstest das und hast es mir nicht gesagt. Das ist also der Grund, warum du nicht zur Polizei gehen kannst, nicht wahr? Weil du wegen Mordes gesucht wirst.“

„Ich habe niemanden umgebracht“, entgegnete Felipe. Wie konnte sie nur glauben, dass er kaltblütig jemanden ermorden konnte? „Ich würde nie jemanden töten.“

„Niemanden, der es nicht verdient hat“, warf Rafe ein. „Aber eine Hinrichtung wie diese? Vielleicht doch.“

„Lass das“, wehrte Felipe schroff ab. „Du weißt verdammt genau …“

„Ich weiß nur, dass du ein Gerechtigkeitsfanatiker bist“, unterbrach Rafe ihn. „Du hast deinen eigenen Bruder ins Gefängnis zurückgeschickt. Zwei Jahre Strafarbeit. Du bist vermutlich durchaus fähig, auf diese Weise der Gerechtigkeit

Genüge zu tun."

Carrie starrte Felipe an, als hätte man ihn eben beschuldigt, ein Kindermörder zu sein. „Nicht einmal dein Freund – wie heißt er noch gleich? Nicht einmal dieser Keegan hat sich zu dir bekannt", stellte sie fest.

Felipe griff nach ihrer Hand. Sie zog sie nicht schnell genug zurück, also hielt er sie fest. Dabei wünschte er sich inständig, sie könne irgendwie seine Gedanken lesen und so selbst feststellen, dass er die Wahrheit sagte.

„Caroline, verstehst du denn nicht?", beschwor er sie. „Genau deshalb hat Walsh die Verfolgung aufgegeben. Richters Mann bei der Polizei hat mir das angehängt. Irgendwie hat er dafür gesorgt, dass der Verdacht in diesem Mordfall auf mich fällt. Möglicherweise haben sie nicht die geringsten Beweise gegen mich in der Hand. Ich weiß es nicht. Und wenn es Beweise gibt, dann sind sie verdreht oder gefälscht. Aber es wird nie zu einer Gerichtsverhandlung kommen. Denn sobald man mich findet und verhaftet, wird Walsh es sofort erfahren. Er wird den Gefangenentransport abpassen und mir eine Kugel in den Kopf jagen. Alle Welt wird glauben, ich wäre einem Racheakt in einem Bandenkrieg zum Opfer gefallen. Und damit wird die Akte geschlossen."

Carrie wirkte nicht überzeugt. Sie starrte auf ihre Finger, die Felipe immer noch festhielt.

„Ihr müsst hier verschwinden", sagte Rafe. „Eure Anwesenheit bringt alles in Gefahr, wofür ich hart gearbeitet habe. Einschließlich meiner eigenen Freiheit. Ich gehe nicht wegen Beihilfe ins Gefängnis. Nicht einmal für dich, kleiner Bruder."

Caroline entzog ihm ihre Hand.

Felipe sah zu Rafe hoch. „Meinst du nicht eher: erst recht nicht für mich?", fragte er bitter und fuhr sich durchs Haar. „Es tut mir leid. Entschuldige. Ich habe das nicht so gemeint."

„Doch, hast du", erwiderte Rafe und seufzte. „Hör mal. Ich habe einen meiner Leute darum gebeten, das Auto verschwinden zu lassen, mit dem du gekommen bist. Ich kann es nicht riskieren, dir einen unserer Lieferwagen zu geben. Aber ich werde dir verraten, wo die Schlüssel sind. Verstehst du?“

Felipe nickte.

„Sie liegen in der Küche, im obersten Schrank links von der Mikrowelle. Ich gebe dir zweiundsiebzig Stunden. Danach melde ich den Lieferwagen als gestohlen“, fuhr Rafe fort.

„Hast du eventuell auch einen Kassettenrekorder, den ich mir ausleihen kann?“, fragte Felipe.

„Im Wagen ist ein Kassettenrekorder. Jetzt ist allerdings kaum der richtige Zeitpunkt, um an Musik zu denken, kleiner Bruder.“

Erneut strich Felipe sich übers Haar. „Nein“, erläuterte er. „Ich muss etwas aufnehmen. Ich muss aufnehmen, was ich über Richter und Walsh weiß. Du weißt schon. Für den Fall, dass ...“

Rafe nickte knapp. „Ich such dir ein Gerät. Wenn der Kerl dich schon umlegt, kannst du dann wenigstens Beweise hinterlegen, oder?“

„Falsch. Das wären keine Beweise. Eine Bandaufnahme hat vor Gericht keinerlei Beweiskraft. Nein, das wären nur Informationen für den Nächsten, der Richter zu überführen versucht.“

„Du meinst ...“ Rafe starrte ihn fassungslos an. „Wenn du tot bist, war's das? Es gibt keinen Prozess gegen Richter?“

„Deshalb ist er ja so wild hinter mir her.“

„Großer Gott. Du hast nicht die geringste Chance.“

Carrie schwieg. Sie betrachtete mit leerem Blick den Fußboden.

Rafe ging zum Schrank und zog Jeans sowie ein Paar alte schwarze Lederstiefel hervor. „Hier“, sagte er und gab sie Felipe. Anschließend nahm er ein T-Shirt und saubere Socken aus der Kommode und warf sie auf die Couch. Er deutete kurz auf Carrie. „Ich habe nichts Passendes für sie. Aber sie könnte ein Hemd über das Kleid ziehen. Und du, du brauchst vermutlich etwas, um dein Holster und deine Waffe zu verstecken.“

Er holte eine Motorradjacke aus schwarzem Leder aus dem Schrank.

Felipe schüttelte den Kopf. „Das kann ich nicht annehmen. Das ist deine Jacke, Mann."

Rafe betrachtete das Kleidungsstück in seinen Händen. Als er wieder aufschaute, erschienen die Linien in seinem Gesicht tiefer, sein Mund wirkte noch angespannter als sonst. „Ich habe nichts, was ich dir sonst geben könnte, Felipe", meinte er. Und zum ersten Mal schwang kein Sarkasmus in seiner Stimme mit. „Es tut mir leid, dass ich dich nicht hierbehalten kann. Weißt du, wohin du gehen kannst?"

Felipe nickte. „Ja, ich habe da was im Kopf. Einen Ort, an dem ich mich ein oder zwei Tage verstecken kann, bis ich mich wieder einigermaßen fit fühle."

„Und dann?"

„Dann finde ich heraus, wer Richters geheimnisvoller Partner ist. Richter nennt ihn Captain Ratte. Ich dachte, es gäbe vielleicht eine Verbindung zum Hafen, zur Zollbehörde oder vielleicht zur Küstenwache. Mittlerweile glaube ich allerdings, dass dieser Captain Ratte bei der Polizei ist. Wer sonst hätte mir so schnell eine solche Sache anhängen können?"

Steif und vorsichtig zog Felipe die Hose an. Die Jeans waren ein bisschen zu weit, denn sein Bruder war größer als er. Doch dadurch konnte er sie gut über das verbundene Bein ziehen. Er schlüpfte in das T-Shirt, legte sein Schulterholster an.

Das reichte bereits, um ihn zu schwächen. Er musste innehalten und Kräfte sammeln. Nur Gott konnte ihnen helfen, wenn Walsh jetzt ihre Spur aufnahm.

Felipe öffnete die Augen und stellte fest, dass Caroline ihn beobachtete. Misstrauen stand deutlich in ihrem Gesicht geschrieben. Sie wandte den Blick ab, konnte ihm nicht in die Augen sehen.

Sie vertraute ihm nicht. Glaubte ihm nicht mehr.

Sie waren wieder ganz am Anfang.

8. KAPITEL

Carrie stand mit Rafe im Flur. Sie warteten, während Felipe in die Küche humpelte. Dort wollte er sich den Schlüssel zu einem der Lieferwagen des Rehazentrums holen – angeblich ohne Wissen seines Bruders.

Sie konnte immer noch nicht fassen, was sie gerade im Fernsehen gesehen und gehört hatte.

Der Mann, in dessen Begleitung sie war, hieß tatsächlich Felipe Salazar. Das stand jetzt zweifelsfrei fest. Er war tatsächlich Police Detective im Vierten Bezirk von St. Simone. Auch das entsprach der Wahrheit. Und er konnte genauso küssen, wie sie es sich in ihren Träumen ausgemalt hatte. Nein, sogar besser.

Grundgütiger, ein Kuss, und sie war bereit gewesen … Nun ja, ganz sicher war sie sich nicht, wozu sie eigentlich bereit gewesen war. Aber auf eines war sie jedenfalls nicht vorbereitet gewesen: nämlich zu erfahren, dass dieser gut aussehende, charismatische Mann, der traumhaft küssen konnte, wegen Mordes gesucht wurde.

Felipe wurde wegen *Mordes* gesucht.

Er behauptete, dass er unschuldig war. Dass das Ganze ein abgekartetes Spiel war und dass jemand versuchte, ihm die Sache anzuhängen. Carrie hätte ihm nur zu gern geglaubt, aber sie konnte nicht die Augen davor verschließen: Wenn er tatsächlich ein kaltblütiger Killer war, dann war er ganz sicher auch ein eiskalter Lügner.

Rafe beobachtete sie mit seinen seltsam ausdruckslosen Augen, musterte prüfend ihr Gesicht.

„Glaubst du Felipe?“, fragte sie ihn.

Er zuckte die Achseln und breitete die Arme aus. „Ich weiß es nicht. Früher konnte mein Bruder nicht einmal flunkern oder übertreiben. Er war der ehrlichste Junge, den man sich vorstellen konnte. Wenn er irgendwas kaputt gemacht hatte, stand er auch dafür gerade. Er ist nie weggelaufen oder hat sich versteckt.“ Rafe sah zur Küchentür. Nichts von Felipe zu sehen. „Aber seit er als verdeckter Ermittler arbeitet, muss er das Lügen gelernt haben. Wenn man mal darüber nachdenkt, tut ein verdeckter Ermittler ja nichts anderes, als zu lügen, hmm?"

Sie nickte.

„Glaubst du ihm?", fragte er.

Sie blieb Rafe die Antwort schuldig, denn Felipe kam aus der Küche zurück.

Ein Teil von ihr glaubte ihm. Es hatte sehr überzeugend geklungen, als er beteuert hatte, dass man ihm nur etwas anhängen wollte. Und in seinen Augen hatte sie die flehentliche Bitte gesehen, ihm zu vertrauen. Eigentlich sollte sie ihm vertrauen, wenn man bedachte, was für eine enge Verbindung sie zueinander hatten. Eine wahrlich enge Verbindung – das bewies der Kuss, den sie miteinander geteilt hatten.

Oh Mann, was für ein Kuss …

Aber sollte sie ihm wirklich trauen, bloß weil er die Macht hatte, sie mit einem Kuss völlig außer Fassung zu bringen? Nein. Denn Tatsache war auch, dass ihr Glaube an ihn nur auf Instinkt beruhte, auf einem Bauchgefühl. Mit Logik oder beweisbaren Fakten hatte das nichts zu tun.

Und das machte ihr Angst. Wie konnte sie ihm glauben, wenn es nicht den kleinsten Beweis dafür gab, dass er die Wahrheit sagte? Wie konnte sie ihm vertrauen, wenn alles darauf hindeutete, dass er nicht vertrauenswürdig war?

Sie konnte es nicht. Trotz ihres Bauchgefühls, trotz der Anziehungskraft, die zwischen ihnen herrschte: Sie konnte sich nicht erlauben, ihm zu vertrauen. So einfach war das.

„Hast du, was du brauchst?", fragte Rafe seinen Bruder, als er sie zur Haustür begleitete.

Felipe nickte. Er trug eine ähnlich ausdruckslose Miene wie Rafe zur Schau. Zunächst vermutete Carrie, dass er auf diese Weise die Schmerzen in seinem Bein kaschieren wollte. Doch dann sah er sie kurz an – und sie erkannte, dass ihn weniger die Schussverletzung schmerzte als vielmehr seine Enttäuschung.

Er war enttäuscht. Von ihr.

Rafe blieb im Flur vor der Eingangstür stehen. Er hatte einen Schlüssel, machte jedoch keine Anstalten, aufzuschließen.

Felipe sah unglaublich aus in diesen Jeans und der schwarzen Lederjacke. Die langen Haare fielen ihm offen über die Schultern. Er wirkte so ganz anders als in seinem Smoking, aber kein bisschen weniger souverän.

„Highboy hat den anderen Schlüssel“, erklärte Rafe. „Ich kann euch erst rauslassen, wenn er runterkommt. Bis dahin sind wir eingesperrt.“

Eingesperrt?

Angelegentlich musterte Felipe die Spitzen seiner geborgten Stiefel. Die Hände tief in den Hosentaschen vergraben, lehnte er sich an die Wand.

„Eingesperrt?“, wiederholte Carrie.

Felipe schaute nicht auf, also wandte sie sich mit fragendem Blick an seinen Bruder.

„Ja“, antwortete Rafe. „So läuft das im Rehazentrum. Die Tür lässt sich nur öffnen, wenn beide Schlüsselinhaber überzeugt werden können, aufzuschließen. Weißt du, die Nacht kann für manche Abhängige die schlimmste Zeit überhaupt sein. Ich weiß, dass das für mich immer so war – und manchmal heute noch ist. Wenn abgeschlossen ist und du nicht aus dem Haus kannst, kann der Teufel dir zusetzen, so viel er will. Du kannst der Versuchung nicht nachgeben. Wir schließen von halb zehn Uhr abends bis morgens um sechs ab. Das hilft allen, clean zu bleiben. Außer im Notfall kommt niemand rein oder raus. Und Notfall heißt Notfall: Das bedeutet, es muss schon um Leben oder Tod gehen.“

Das Haus wurde also nach halb zehn abgeschlossen. Carrie sah Felipe an, der immer noch seine Stiefelspitzen betrachtete, als Highboy mit dem zweiten Schlüssel die Treppe runterkam.

Felipe hatte ihr den Schlüssel gegeben, mit dem sie Rafes Wohnung verlassen konnte – aber erst nach halb zehn. Sie hatte geglaubt, er habe sie damit freigelassen. In Wirklichkeit war sie immer noch eine Gefangene gewesen, ohne es zu ahnen.

Highboy öffnete das obere Schloss, Rafe das untere, und die Tür schwang auf. Felipe und Carrie traten hinaus.

In Carries Kopf drehte sich alles. Sie atmete durch, um einen klaren Gedanken fassen zu können. Die Nachtluft war jedoch unangenehm warm und roch nach Müll.

„Raphael", sagte Felipe und drehte sich zu seinem Bruder um. „*Gracias.*" Er streckte ihm die Hand entgegen, aber Rafe wandte sich ab.

„*Déjame*", sagte er schroff und knallte Felipe die Tür vor der Nase zu.

Der Schmerz, der plötzlich in seinen Augen lag, brach ihr fast das Herz. Carrie hatte jedoch keine Zeit für Mitleid. Dies war die Gelegenheit, abzuhauen – und die musste sie ergreifen.

Schnellen Schrittes ging sie den Bürgersteig hinunter und hoffte, Felipe würde nicht einmal merken, dass sie fortging. Allerdings holte er sie schon nach wenigen Metern ein und hielt sie am Arm fest. „Der Wagen steht in einer Seitengasse", meinte er. „Wir müssen in die andere Richtung."

„Gut zu wissen", gab sie zurück, „aber ich gehe nicht mit dir dorthin."

„Doch, das tust du." Sein Geduldsfaden drohte zu reißen, das konnte sie ihm anhören. Er führte sie um das Haus herum in die Gasse, in der der Lieferwagen stand.

„Ich bin also doch deine Geisel", stellte sie fest, schaute ihn ganz direkt an und verschloss sich gegen die verführerische Hitze, die sie in seinem Blick entdeckte. „Ich bin es die ganze Zeit gewesen, nicht wahr?"

„Caroline, du bist keine Geisel."

Sie blickte demonstrativ auf die Hand, mit der er ihren Arm umklammerte. „Beinah hättest du mich reingelegt."

Irgendetwas in ihm zerbrach. Sie sah es an seiner Miene, an seinen angespannten Kiefermuskeln.

„Vor einer halben Stunde hast du mir geglaubt", erklärte er.

„Du hättest mir erzählen müssen, dass du wegen Mordes gesucht wirst."

„Ich habe nicht wirklich damit gerechnet, dass sie mir so was Großes anhängen können – nicht, bevor ich es in den Nachrichten gesehen habe." Er lachte bitter auf. „Ach ja, die Macht der Medien. Du glaubst lieber, was du im Fernseher siehst, als mir, richtig?"

„Wie soll ich dir denn glauben?", fragte sie. „Ich kenne dich doch gar nicht!"

„Du kennst mich." Seine Stimme klang auf einmal sehr weich, und seine Augen glitzerten im Mondlicht. „Ich denke, du kennst mich sogar sehr gut. Hör auf dein Herz, Caroline."

Sie schloss die Augen. Aus Angst vor der hypnotisierenden Wirkung seines Blicks und der magnetischen Anziehungskraft dieses Mannes. Aus Angst vor seinem Griff, mit dem er sie festhielt und der sich mit einem Mal anfühlte wie eine Liebkosung.

Aber dann ließ er sie los. „Okay", sagte er, immer noch ruhig. „Du kannst gehen, wohin du willst."

Überrascht schlug sie die Augen auf, als er den Wagenschlüssel in ihre Hand fallen ließ.

„Unter einer Bedingung", fuhr er fort. „Du begibst dich direkt auf die Interstate Richtung Norden. Du fährst ohne Umwege zu deinen Eltern nach Montana. Du berichtest deinem Vater und deinen Brüdern, was heute Nacht geschehen ist, und bittest sie um ihren Schutz. Wenn du mir nicht erlaubst, dich zu schützen, müssen sie es tun."

„Ich soll dich einfach hier stehen lassen?", fragte sie ungläubig. „Mit einer Schusswunde im Bein?"

Er schüttelte den Kopf. „Ich habe keine Zeit für Diskussionen. Schon gar nicht hier auf offener Straße, wo mich jeder sehen kann. Ich habe heute Nacht eine Unmenge zu erledigen. Am wichtigsten ist mir deine Sicherheit. Am zweitwichtigsten ist mir, am Leben zu bleiben, damit ich morgen das Drittwichtigste in Angriff nehmen kann: meinen Namen reinzuwaschen. Also gib mir einen Abschiedskuss und sieh zu, dass du wegkommst."

Carrie betrachtete den Schlüssel in ihrer Hand, dann den Lieferwagen, dann wieder Felipe. Ihre Sicherheit hatte bei ihm oberste Priorität. Er war sogar bereit, seinen Fluchtwagen für sie aufzugeben. Ohne das Auto blieben ihm nur öffentliche Verkehrsmittel. Und damit riskierte er, von einem aufmerksamen Mitbürger erkannt zu werden, der die Abendnachrichten gesehen hatte. Natürlich konnte er auch versuchen, zu Fuß zu fliehen. Wie weit er es mit seinem verletzten Bein schaffen würde, stand allerdings in den Sternen.

Im Mondlicht wirkte er blass, und sie sah, dass er schon wieder schweißgebadet war. Die Schusswunde musste ihm quälende Schmerzen bereiten. Er konnte sich kaum auf den Beinen halten. Wie konnte sie da einfach wegfahren und ihn stehen lassen?

In seiner Miene lag kein Vorwurf, keine Schuldzuweisung. Sie entdeckte darin nur Güte und Wärme.

„Geh schon", flüsterte er. „Leb wohl, Caroline Brooks."

Aber sie wollte nicht gehen. Sie wollte bleiben. Sie wollte sich nicht auf den Schutz ihrer Familie verlassen müssen. Nicht, wenn ihr hier in St. Simone der bestmögliche Schutz geboten wurde.

Ihre Gefühle waren alles andere als wissenschaftlich begründet. Sie beruhten nicht auf Fakten, Daten oder irgendwelchen Beweisen. Zum ersten Mal seit Jahren entschied Carrie sich gegen das Offensichtliche und vertraute ihrem Herzen.

Sie trat ein paar Schritte vor, bis sie direkt vor ihm stand. Dann stellte sie sich auf die Zehenspitzen und küsste ihn.

Sein Erstaunen war deutlich zu spüren. Trotzdem zog er sie an sich und erwiderte ihre Zärtlichkeiten. Es war ein langer, langsamer, intensiver Kuss. Ein süßer Kuss, vielleicht der süßeste, den sie je bekommen hatte. Doch schlagartig wurde ihr klar, dass es ein Abschiedskuss war. Ein Kuss, der sie ein Leben lang begleiten sollte, ein Kuss, der sie für immer an ihn erinnerte.

Er hielt sie fest an sich gedrückt, als sammelte er Kraft, um sie von sich zu schieben. „Halt nicht an, bis du über die Landesgrenze bist. Unter keinen Umständen“, sagte er mit rauer Stimme.

Als sie ihn ansah, entdeckte sie Tränen in seinen Augen.

„Wenn du aus Florida raus bist“, fuhr er fort, „sieh zu, dass du den Lieferwagen loswirst. Stell ihn in irgendeinem Wohngebiet am Straßenrand ab. Steig in den nächsten Bus. Bezahle in bar und sag niemandem, wie du heißt.“ Er ließ sie los und angelte seine Geldbörse aus der Gesäßtasche seiner Hose. „Ich gebe dir ein bisschen Geld …“

„Nein“, unterbrach sie ihn. Jetzt fühlte auch sie, wie ihr die Tränen kamen. Er überließ ihr nicht nur den Lieferwagen, sondern gab ihr obendrein noch Geld? Mit dem Handrücken wischte sie sich über die Augen.

Felipe schüttelte den Kopf. „Caroline, du wirst es brauchen …“

„Steig ein“, fiel sie ihm ins Wort und schloss die Beifahrertür auf. „Ich fahre.“

Sachte strich er ihr über die Wange. „So gern ich das auch täte, ich kann nicht mit dir nach Montana fahren.“

„Ich fahre nicht nach Montana.“ Als sie die Hoffnung in seinen Zügen aufleuchten sah, musste sie lächeln. Anscheinend versuchte er sich zu beherrschen und nicht zu vorschnellen Schlüssen zu gelangen. „Bei dir bin ich sicherer“, fügte sie hinzu. „Meine Brüder sind lausige Schützen.“

Er nickte langsam, als nähme er ihre Worte sehr ernst. „Du hast dich also entschlossen, mir zu glauben?“

„Gibt es noch irgendetwas, das du vergessen hast, mir zu erzählen? Noch irgendwelche sensationellen Morde oder vielleicht ein oder zwei entführte Kinder in deinem Keller? Oder irgendwas, was deine Gesundheit betrifft – ein Hirntumor oder eine tödliche Krankheit, die du mir verheimlichst?“

Lächelnd schüttelte er den Kopf. „Nichts von solcher Bedeutung."

„Dann steig endlich ein", forderte sie ihn auf. *Hoffentlich muss ich das nie bereuen!*

Felipe war auf dem Beifahrersitz des Lieferwagens so weit nach unten gerutscht, dass er von außen nicht zu sehen war. Es missfiel ihm, nicht selbst am Steuer zu sitzen. Er konnte sich nicht einmal mehr daran erinnern, wann er zum letzten Mal ein Auto nicht selbst gelenkt hatte. Natürlich abgesehen von Fahrten in Richters Limousine.

Er beobachtete Carrie. Sie hatte den Fahrersitz ganz nach vorn schieben müssen, aber sie steuerte das übergroße Fahrzeug mit der Selbstsicherheit und der Übung eines erfahrenen Lkw-Fahrers.

Das war ganz was anderes als der kleine rote Sportflitzer, den sie damals im Sea Circus gehabt hatte, als sie einander zum ersten Mal begegnet waren. Trotzdem musste jemand, der einen solchen Sportwagen sein Eigen nannte, ihn sehr gut pflegen. Nach Felipes Erfahrung konnten Leute, die ihr Auto gut pflegten, im Allgemeinen auch gut fahren. Und sie fuhren schnell. Dafür sprachen ihre beiden Strafzettel wegen Geschwindigkeitsüberschreitung. Im Moment allerdings fuhr sie ständig ein wenig langsamer als erlaubt. Durch höheres Tempo würden sie zwar Zeit sparen. Doch es war das Risiko nicht wert, von der Polizei angehalten zu werden.

Carrie schaute zu ihm hinüber. Er versuchte zu lächeln, aber seine Gesichtsmuskeln wollten ihm nicht recht gehorchen.

„Alles in Ordnung?", erkundigte sie sich besorgt. Ihre von Natur aus leicht raue Stimme betonte ihren kaum hörbaren nordwestlichen Akzent. So klang sie ein wenig – ein ganz klein wenig – wie Lauren Bacall beim Versuch, John Wayne zu imitieren. Bei einer Frau mit ihrer alles andere als imponierenden Statur, ihren seidigen blonden Haaren und den riesigen blaugrünen Augen war der Effekt einfach umwerfend.

„Mein Bein tut weh“, gab Felipe zu. Dass es wehtat, war die Untertreibung des Jahres. In dem verdammten Ding pulsierte ein stetiger stechender Schmerz. Obendrein war ihm übel von dem Antibiotikum, das Doc Bird ihm verabreicht hatte. Er sollte viermal täglich eine der Kapseln nehmen, damit die Wunde sich nicht infizierte. Doc Bird hatte ihm eine Packung mitgegeben, die für zehn Tage reichen sollte.

Zehn Tage. Hoffentlich überlebte er so lange.

Junge, war er erschöpft.

„Kann ich irgendwas für dich tun?“, fragte Carrie leise.

Diesmal gelang ihm ein Lächeln. „Das tust du schon.“

„Wohin soll es gehen? Also abgesehen davon, dass wir Richtung Süden fahren?“

„Sanibel Island. Diegos Schwiegereltern haben dort ein Strandhaus. Um diese Jahreszeit steht es leer. Wir können dort unterkriechen. Wenigstens für eine Nacht.“

Sie nickte, den Blick fest auf die Fahrbahn gerichtet.

Er kramte den Kassettenrekorder hervor, den Rafe ihm gegeben hatte. Ein kleines billiges Gerät, das mindestens fünfundzwanzig Jahre alt war. Aber für seine Zwecke genügte es.

„Wenn es dich nicht stört“, meinte er, „würde ich gern die Informationen aufsprechen, die ich über Richters Unternehmungen gesammelt habe.“

„Für den Fall, dass du deinen Bericht nicht mehr persönlich abliefern kannst?“, fragte Carrie und sah ihn kurz an.

Er nickte. „Richtig.“

„Aber das wirst du.“

„Ja.“ Er legte mehr Überzeugung in seine Stimme, als er empfand. „Trotzdem – für den Fall, dass ich mich irre. Ich würde es mir nie verzeihen, meine Informationen nicht aufgenommen zu haben.“

„Rafe denkt, dass wir keine Chance haben, nicht wahr?“

Wir. Das Wörtchen gefiel Felipe. Es bewies ihm, dass sie auf seiner Seite stand. „Mein Bruder ist ein Pessimist“, entgegnete er.

„Aber du nicht."

„Wir sind noch am Leben, oder? Gegen jede Wahrscheinlichkeit schlagen unsere Herzen noch. Entweder wir haben viel Glück, oder Gott hat einen guten Grund, uns am Leben zu halten."

„Gott?" Sie drehte sich fragend zu ihm um.

„Glaubst du nicht an Gott? Irgendeinen Gott? Eine höhere Macht, die über uns steht?"

Sie wandte sich wieder der Straße zu, als wäre sie peinlich berührt. „Oh – ich weiß nicht."

„Wirklich schade." Felipe musterte ihr Profil. Er mochte es, wie ihre Nase an der Spitze leicht nach oben zeigte. „Ich habe meinen Glauben in Zeiten wie diesen immer als hilfreich empfunden."

Erneut warf sie ihm einen Blick zu. „Ich bin … überrascht."

Felipe lächelte. „Gut. Es gefiele mir gar nicht, dich zu langweilen."

Caroline lachte. Der tiefe raue Klang löste eine Hitzewelle in seinem Bauch aus, die sich blitzschnell bis in die Finger und Zehen ausbreitete. Oh Mann. Schusswunde hin oder her: Er hätte in diesem Moment seine Seele für eine Chance verkauft, das zu Ende zu bringen, was sie mit dem Kuss in Rafes Wohnung begonnen hatten. Seine geborgten Jeans wurden ihm immer enger und unbequemer, aber immerhin lenkte ihn das von den Schmerzen in seinem Bein ab.

„Glaub mir", sagte sie, „du bist alles andere als langweilig." Sie schaute kurz zu ihm hinüber, konzentrierte sich aber gleich wieder auf die Straße. Vielleicht hatte sie ihm irgendwie sein Verlangen angesehen. Nein, höchstwahrscheinlich hatte sie es ihm angesehen. Er hatte so etwas noch nie gut verbergen können.

„Fang schon an", fügte sie hinzu. „Nimm deine Informationen auf. Ich wüsste gern, warum jemand versucht, dich umzubringen. Und mich gleich noch dazu."

Felipe schaute auf den Rekorder hinunter und warf das Band

aus, das sein Bruder eingelegt hatte. Die Kassette musste zurückgespult werden. Also schob er sie wieder in das Gerät und drückte auf den Rückspulknopf. Anschließend drückte er den Aufnahmeknopf und zählte in Gedanken bis fünf.

„Mein Name ist Felipe Ricardo Salazar, und ich bin Police Detective im Vierten Bezirk von St. Simone", sagte er deutlich in das eingebaute Mikrofon. Während er weitersprach, beobachtete er Carrie. „Heute ist der 17. Januar. Es ist 23:45 Uhr. Anfang August letzten Jahres habe ich als verdeckter Ermittler das Verbrechersyndikat von Lawrence Richter infiltriert. Unter dem Namen Raoul Tomás García Vasquez habe ich mich in den letzten fünf Monaten bemüht, Tommy Walshs und Lawrence Richters Vertrauen zu gewinnen."

Felipe holte tief Atem. „Vor zwei Monaten erfuhr ich von einem betrügerischen Unternehmen, das meiner Einschätzung nach schon seit fast zehn Jahren hier in Florida betrieben wird. Richter holt illegale Einwanderer aus Kuba, Haiti und von anderen karibischen Inseln sowie aus Mexiko, verlangt von ihnen enorme Summen für eine sogenannte sichere Überfahrt und Einreise in die Vereinigten Staaten. Wenn sie hier sind, haben sie all ihre Ersparnisse bereits ausgegeben. Dann erzählt man ihnen, sie müssten weitere ebenso exorbitant überhöhte Gebühren für gefälschte Greencards zahlen, um das Aufenthaltsrecht zu bekommen. Richters Leute schließen Verträge mit diesen Menschen ab, in denen Letztere die begehrten – aber gefälschten und deshalb wertlosen – Greencards mit ihren künftigen Löhnen bezahlen."

Carrie zog scharf die Luft ein und musterte Felipe flüchtig.

„Kurz gesagt", fügte er hinzu und nickte ihr dabei finster zu, „handelt es sich um eine Art Schuldknechtschaft. Man könnte es auch Sklaverei nennen. Richter verfügt zurzeit über ein Arbeiterheer von über zweitausendzweihundert illegalen Einwanderern, darunter auch Kinder. Die Gesetze über Kinderarbeit greifen nicht bei Kindern, die es aus technischer Sicht gar nicht gibt."

„Das ist ja furchtbar“, murmelte sie.

„Ich habe gesehen, unter welchen Bedingungen diese Leute leben – tief unterhalb der Armutsgrenze“, fuhr er fort und beobachtete zugleich, wie Carrie auf seine Worte reagierte. Ihr Gesichtsausdruck sprach Bände. „Die meisten von ihnen sind in heruntergekommenen Gebäuden untergebracht, die Richter in den schlimmsten Vierteln der Stadt gekauft hat. Es gibt dort kein fließendes Wasser, keinen Strom und keine Hoffnung auf Sanierungsmaßnahmen. Die Häuser sind allesamt zum Abriss vorgesehen, aber Richter zögert das mit diversen rechtlichen Winkelzügen immer wieder hinaus. Es kann noch Jahre dauern, bis sie endlich abgerissen werden. Und bis dahin wird Richter längst zu einem Spottpreis ähnlich heruntergekommene Ersatzgebäude gekauft haben.“

Er seufzte. „Die meisten dieser Wohnhäuser befinden sich zwischen Howard und Stern Street auf der First und Second Avenue. Allerdings werden sie vermutlich längst geräumt worden sein, wenn Sie sich dieses Band anhören.

Garrett Hedford und Stuart Tiffler sind zwei von Richters Leuten, die mit Einschüchterungsmethoden dafür sorgen, dass niemand aus der Reihe tanzt. Sie kümmern sich auch um die Terminplanung für weitere Anlandungen von Illegalen. In den letzten zwei Monaten wurde ich Zeuge, wie solche Einwandererschiffe in Miami und Fort Myers anlegten.“ Rasch nannte er die Namen der Schiffe und ihre Heimathäfen.

„Ich habe Kopien von Richters Buchführung gesehen“, erklärte er weiter. Gleichzeitig versuchte er, eine andere Sitzhaltung einzunehmen, um die Schmerzen in seinem Bein ein wenig zu lindern. „Er verdient über zweihunderttausend Dollar monatlich allein an diesen Leuten, seinen Sklaven. Ich wurde Zeuge, wie er Hedford, Tiffler und auch Tommy Walsh Befehle erteilte. Ich habe selbst beobachtet, wie die gefälschten Greencards produziert und an die illegalen Einwanderer ausgegeben werden. Ich war Zeuge, als Verträge unterschrieben wurden, die diese Leute zu Schuldknechten Richters machen. Sie laufen allerdings nicht unter seinem Namen. Stattdessen fungiert eine Firma namens L&R Company als Vertragspartner. Eine Verbindung zu Lawrence Richter lässt sich nicht nachweisen – jedenfalls nicht ohne mich. Ich war Zeuge, wie Richter Gelder vom Firmenkonto auf sein Schweizer Bankkonto transferiert hat."

„Felipe."

Er schaltete den Kassettenrekorder ab und schaute Caroline an. „Ja?"

„Wenn du das alles weißt, worauf hast du noch gewartet? Du hast genug gesehen, um Richter zu überführen."

„Es geht um seinen Partner. Ich habe herausgefunden, dass Richter nicht allein arbeitet. Und je mehr ich entdeckt habe, desto wichtiger ist es mir geworden, auch diesen anderen Mann zu schnappen." Er lächelte reumütig. „Je mehr ich entdeckt habe, desto deutlicher wurde mir klar, dass ich ihn unbedingt schnappen *muss*. Ich weiß, dass es sich um jemanden in der höheren Verwaltung von St. Simone handelt. Jemanden, der Zugang zu Informationen über meinen Aufenthaltsort hat, wenn ich während der Wartezeit auf den Prozess gegen Richter untertauche. Denn ich wäre der Hauptbelastungszeuge gegen Richter – der einzige Zeuge. Wenn ich diesem Insider nichts nachweisen kann, bin ich so gut wie tot. Ich kann mich schon glücklich schätzen, von diesem Captain Ratte Wind bekommen zu haben. Hätte ich das nicht, hätte es mich vermutlich eiskalt erwischt."

Sie schluckte. „Du sagst das so gelassen."

„Das ist mein Job."

„Ein grässlicher Job."

„Nein, ganz und gar nicht", gab er freundlich zurück.

„Meiner Meinung nach doch." Sie sah ihn an. „Und ich habe ein Recht auf eine eigene Meinung."

Felipe lehnte sich zurück und betrachtete sie einfach. Sie glaubte ihm. Oh, sie glaubte ihm vielleicht nicht hundertprozentig. Aber sie schenkte ihm genug Glauben, um bei ihm zu bleiben. Das allein zählte.

Gibt es noch irgendetwas, das du vergessen hast, mir zu erzählen? Ihre Frage ging ihm wieder und wieder durch den Kopf, während er sie beobachtete.

Nichts von solcher Bedeutung.

So hatte er geantwortet, aber diese Antwort war eine Lüge. Nicht nur, weil es da tatsächlich etwas gab, das er für sich behalten hatte. Es stimmte: Da war eine Sache, von der er ihr jedoch unmöglich erzählen konnte. Er war sich allerdings selbst noch nicht im Klaren darüber, was es eigentlich war. Denn sie waren schwer zu bestimmen und noch schwerer in Worte zu fassen – die Empfindungen und die intensiven Gefühle, die ihn durchströmten. Die ihn in ein ebenso wunderbares wie schreckliches Chaos stürzten, wann immer er diese Frau ansah. Wann immer ihre Blicke sich trafen.

Was war das? Er wusste es nicht. Ja, er wollte es nicht einmal wissen.

Was immer es sein mochte: Irgendetwas sagte ihm, dass es von größerer Bedeutung war, als er sich vorstellen konnte.

„Ich möchte dir erklären … warum ich nicht zurückgekommen bin und dir erklärt habe, wer ich bin und was ich an jenem Abend im Sea Circus gemacht habe“, sagte Felipe leise.

Überrascht sah Carrie zu ihm hinüber. Er hatte zuvor lange geschwiegen. Sie war schon davon ausgegangen, er wäre eingeschlafen.

„Du weißt, dass ich im Zuge der Ermittlungen gegen Richter im August eine neue Identität angenommen habe“, erklärte er. „In der einen Woche gab ich mich als Carlos aus und zog mit den Anführern der mächtigsten Gangs von St. Simone umher. In der nächsten Woche war ich Raoul, fuhr einen Jaguar und lebte in einem Penthouse im Harbor’s-Gate-Apartmentkomplex. Zwischen den beiden Einsätzen lagen gerade mal drei Tage. Die Zeit war … einfach zu kurz.“

„Zu kurz wofür?“, fragte sie. „Sie hätte doch ganz sicher gereicht, um mich aufzusuchen und dich zu entschuldigen."

Unruhig rutschte er auf seinem Sitz umher. „Sie war zu kurz für das, was ich wollte", gab er unverblümt zurück. „Und ich war der Meinung, dass du für einen One-Night-Stand viel zu schade bist."

Carrie lachte. Und sie wagte es nicht, ihn anzusehen. Sie wusste, was sie in seinen Augen entdecken würde: Verlangen. Genau davor hatte sie Angst. Er versuchte nicht länger, sein Begehren zu verbergen, seit sie sich geküsst hatten. „Wie ritterlich von dir", erwiderte sie. „Du hast mich also vor meinem eigenen Mangel an Selbstbeherrschung bewahrt?"

„Auch wenn es überheblich klingt: Du hättest mir nicht widerstehen können."

Aus dem Mund eines anderen Mannes wäre diese Aussage eine Unverschämtheit gewesen und widerlich egomanisch. Aber aus Felipes Mund war sie einfach nur eine Tatsachenfeststellung.

Das machte sie allerdings nicht weniger beunruhigend.

„Dein Bruder glaubt, dass ich innerhalb der nächsten vierundzwanzig Stunden mit dir ins Bett steige", sagte sie und bemerkte selbst, wie angespannt sie klang. „Aber deshalb bin ich nicht hier. Und ich habe die Absicht, ihm zu beweisen, dass er sich irrt. Ich finde, wir sollten diese ... diese ... körperliche Anziehungskraft zwischen uns ignorieren. Zumindest, bis du deinen Namen reingewaschen hast und Lawrence Richter und Tommy Walsh im Gefängnis sitzen."

Felipe schwieg. Sie legten eine Meile zurück, dann noch eine, bevor er den Mund aufmachte und ihr zustimmte: „Das ist vermutlich am besten."

Das war es. Es war am besten. Trotzdem konnte Carrie sich nicht dagegen wehren. Wieder und wieder musste sie daran denken, welche Wirkung seine Küsse auf sie gehabt hatten. Wenn Rafe nicht hereingeplatzt wäre, hätte sie sehr wahrscheinlich gleich dort auf dem Sofa mit Felipe geschlafen. Vierundzwanzig Stunden? *Vergiss es.* Es wären wohl eher gerade mal vier Stunden geworden. Nur vier Stunden nach ihrer ersten Begegnung – wenn man mal die halbe Stunde im Sea Circus vor sechs Monaten außer Acht ließ und die vielen Dutzend Male, die sie von ihm geträumt hatte. Sie fragte sich, ob er eine besondere Macht über sie hatte oder ob jede Frau, der er begegnete, dieses Phänomen erlebte.

„Es tut mir leid, wenn Rafe dich damit beleidigt hat", meinte er nun und schüttelte den Kopf. „Das hätte er nicht zu dir sagen dürfen." Seine dunklen Augen blitzten vor Zorn und Verlegenheit. „Es tut mir leid, Caroline."

„Schon gut. Er wollte mich bloß aus der Fassung bringen." Sie lachte. „Das ist ihm auch gelungen."

„Ich verstehe ihn nicht." Erneut schüttelte Felipe den Kopf. Er rieb sich die Stirn und drückte die Fingerspitzen auf die Schläfen, als hätte er Kopfschmerzen. „Manchmal glaube ich, dass ich ihn nie verstehen werde. Es ist ja nicht so, dass er nicht gewusst hätte, dass Crack süchtig macht. Dass er nicht gewusst hätte, dass das Zeug ihn umbringen würde. Also, warum zum Teufel hat er es trotzdem genommen? Was hat ihn dazu gebracht, seinen Verstand auszuschalten? Und was für ein Mensch muss man sein, um einen kurzfristigen Rausch so viel wichtiger zu nehmen als sein Leben?"

„Rafe scheint den Eindruck zu haben, dass deine Arbeit als verdeckter Ermittler dich in einen ähnlichen Rausch versetzt."

Er horchte auf. „Ihr habt euch über mich unterhalten?"

„Nur kurz. Er möchte, dass du ihm verzeihst."

„Er hat eine sehr seltsame Art, mir das zu zeigen", brummte Felipe. „Und ich verzeihe ihm ja. Ich traue ihm nur nicht. Woher soll ich wissen, dass er clean bleibt? Wie kann ich sicher sein, dass er nicht wieder zu Drogen greift?"

All sein Frust, sein Zorn, sein Schmerz – sein tief sitzender Schmerz – standen in seinem Gesicht geschrieben. Er hatte ihr sein Herz geöffnet, offenbarte ihr gerade seine schlimmsten Befürchtungen und finstersten Geheimnisse.

Schlagartig begriff Carrie, dass sie ihn mochte. In ihm steckte so viel Überraschendes. Nein, er hatte viel mehr zu bieten als einen tollen Körper, ein hübsches Gesicht, exotische Wangenknochen und lange dunkle Locken.

Wer hätte gedacht, dass ein so energiegeladener, unabhängiger, eigenständiger Mann so fest an einen Gott glaubte? Noch dazu in einer Zeit, in der die meisten Leute viel zu beschäftigt waren und Religion in ihrem Leben kaum eine Rolle spielte.

Wer hätte gedacht, dass ein Gespräch über seinen Bruder den kleinen Jungen in ihm wecken würde, der er einmal gewesen war – zutiefst verletzt und voller Angst, erneut verletzt zu werden?

Und wer hätte gedacht, dass er ihr seinen Schmerz offen zeigen würde? Dass er nicht versuchen würde, ihn vor ihr zu verbergen?

Ja, sie mochte ihn – obwohl er sie im Kofferraum ihres Wagens eingesperrt hatte. Obwohl er ihr Leben in Gefahr brachte.

Offenbar wartete er darauf, dass sie etwas sagte. Er beobachtete sie.

„Manchmal", sagte Carrie leise, ohne den Blick von der Straße zu nehmen, „muss man einfach glauben." Sie bezog sich damit nicht nur auf Rafe. Ganz und gar nicht nur auf Rafe.

9. KAPITEL

Dreimal lenkte Carrie den Lieferwagen an dem unbeleuchteten Strandhaus vorbei, bevor Felipe schließlich nickte.

„Okay, es ist niemand da“, sagte er in seinem samtweichen spanischen Akzent. „Wir parken in der nächsten Querstraße. Ich will nicht, dass das Auto vor dem Haus oder in der Einfahrt steht.“

„Soll ich dich hier absetzen? Dann musst du nicht so weit zurücklaufen.“

Er antwortete nicht, sah sie nur mit leicht gerunzelter Stirn an.

„Keine gute Idee?“, fragte sie.

„Keine gute Idee. Ich kann dich nicht schützen, wenn ich hier bin und du eine Straße weiter.“

Du kannst uns beide nicht schützen, wenn du zu müde und erschöpft bist und vor Schmerzen kaum laufen kannst, hätte sie am liebsten erwidert. Aber dann fiel ihr ein, wie er ihr nachgerannt war, als er bei der Telefonzelle angehalten hatte. Er hatte sie eingeholt und zu Boden geworfen, ohne einen Gedanken an seine Verletzung zu verschwenden.

Ja, ihn hier abzusetzen war wirklich keine gute Idee. Wenn Gangster mit Kanonen sie umbringen wollten, sollte sie besser rund um die Uhr in Felipes Nähe bleiben – ob er nun gesund oder verletzt war, ob er wachte oder schlief.

Wachte oder …

Mit Macht schob sich ihr ein Bild vor Augen: Felipe, schlafend neben ihr in den sauberen weißen Laken eines gemütlichen Doppelbettes. Die dunklen Locken ausgebreitet auf einem schneeweißen Kissen. Die Augen geschlossen, die langen dunklen Wimpern wie Fächer auf den sonnengebräunten Wangen. Der Körper entspannt, die Muskeln dennoch wunderbar fest unter der seidigen weichen Haut …

Solche Träumereien halfen ihr kein bisschen weiter. Und mit ihm zu schlafen wäre leichtsinnig und unverantwortlich.

Und obendrein möglicherweise eine Spontanreaktion auf die Gefahr, in der sie sich befanden. Ja, er war umwerfend begehrenswert. Ja, er war empfindsam, mitfühlend und wusste nach einem Blick in ihr Gesicht anscheinend immer, was sie dachte. Ja, er war möglicherweise der komplizierteste, interessanteste und aufregendste Mann, dem sie je begegnet war.

Doch was würde geschehen, wenn sie – der Himmel bewahre – sich in diesen Mann verliebte? Konnte sie sich überhaupt vorstellen, dass sie zusammenlebten und jeden Morgen gemeinsam frühstückten bis ans Ende ihrer Tage?

Tatsächlich konnte sie sich das sehr viel leichter vorstellen, als sie geglaubt hatte. Es war ein schönes Bild, angenehm und gemütlich: Er saß am Küchentisch, trank ein Glas Orangensaft, aß sein Müsli. Sie saß ihm gegenüber und bestrich ihren Toast mit Konfitüre. Er schaute auf, ihre Blicke trafen sich, er lächelte und …

Carrie schüttelte den Kopf und wollte so das Gefühl von Wärme verscheuchen, das sich irgendwie in ihrem Körper ausgebreitet hatte. Na schön, jeden Morgen mit Felipe Salazar am Frühstückstisch zu sitzen – das kam ihr gar nicht so weit hergeholt vor.

Doch was würde geschehen, wenn sie ihn mit nach Hause nahm und ihn ihrem Vater vorstellte? Felipe Salazar in den Bergen von Montana. Hmm, nein, so seltsam war auch dieses Bild nicht. Sie malte sich aus, wie sie ihm das Reiten beibrachte. Vermutlich würde es ihm gefallen. Sie würden zu der Wiese oberhalb ihres Elternhauses reiten, dort eine Decke ausbreiten und picknicken. Picknicken und noch viel mehr …

Was ihren Vater anging – nun ja, Felipes Akzent, seine langen Haare und der Diamantohrstecker in seinem linken Ohr würden ihn zunächst abschrecken. Aber er war ein fairer Mann. Er würde schnell begreifen, dass Felipe alles war, was er sich für seine einzige Tochter nur wünschen konnte …

Großer Gott. Was tat sie da eigentlich? Ein Kuss, und sie hing Tagträumereien vom Glück bis ans selige Ende nach.

Wobei sie beide ihr seliges Ende sehr schnell und endgültig schon innerhalb weniger Tage finden könnten – angesichts der Gefahr, in der sie sich befanden. Und selbst wenn nicht, selbst wenn Walsh sie nicht fand und umbrachte: Felipe Salazar war irgendwie nicht ganz der Typ für so ein ewiges Glück.

Zwar legte er eine gewisse Beständigkeit an den Tag. Er strahlte eine innere Ruhe aus, die nicht so recht zu den Risiken passen wollte, die er einging. Aber er ging diese Risiken eben ein, und es war klar ersichtlich, dass er die Gefahr und die Aufregung liebte. Was hatte Rafe noch gleich gesagt? Er hatte gemeint, Felipe sei süchtig nach Gefahr.

Nein, sie hatte ja beschlossen, die Finger von diesem Mann zu lassen. Und wenn irgendeine Fantasie sie in diesem Beschluss bestärken sollte, dann sollte sie sich besser ausmalen, wie er in Handschellen abgeführt wurde. Das war ein viel wahrscheinlicheres Szenario als alles andere, das ihr durch den Kopf gegangen war. Ja, sie zweifelte nicht daran, dass er ein Liebhaber mit besonderen Qualitäten wäre. Es würde unglaublich aufregend und erregend sein. Logisch, denn ihre Adrenalinspiegel waren jetzt schon ziemlich hoch. Aber Tatsache war: Dieser Mann wurde von der Polizei gesucht. Wegen Mordes.

Er behauptete, das Verbrechen nicht begangen zu haben.

Sie wollte ihm glauben. Nein, sie glaubte ihm.

Doch was war, wenn sie sich irrte? Wenn er wirklich ein kaltblütiger Mörder war? Was, wenn er sie tatsächlich nur als Geisel brauchte? Wenn er sie nicht bei sich haben wollte, um sie zu beschützen? Was, wenn …?

Carrie stellte den Wagen ab und schaltete den Motor aus. Felipe beobachtete sie, als könnte er ihre Gedanken lesen. Als wüsste er ganz genau, was in ihr vorging. Sie gab ihm den Schlüssel, und er steckte ihn ein.

Sie räusperte sich. „Wie kommen wir ins Haus?“

„Ich weiß, wo ein Schlüssel deponiert ist“, antwortete Felipe, öffnete die Beifahrertür und schwang seine Beine aus dem Wagen.

Er zuckte zusammen, als er mit den Füßen auf dem Boden aufkam. Carrie stieg rasch aus dem Lieferwagen aus und eilte auf seine Seite, um ihm zu helfen.

„Es geht schon", wehrte er ab, aber er schwankte leicht, und sie legte seinen Arm über ihre Schultern.

Er wog mindestens dreißig Kilo mehr als sie. Hinzu kam die schwere Lederjacke. Doch Carrie war ja kräftig. Außerdem wollte sie ihn nicht tragen, sondern bloß stützen.

Langsam bewegten sie sich die Straße hinunter, um die Ecke und auf das Strandhaus zu.

Carrie verschwand beinah unter Felipes Arm, und sie selbst hatte ihren Arm unter der Jacke um seine Taille gelegt. Beim Gehen berührten sich ihre Oberschenkel.

Sie versuchte, die Hitze zu ignorieren, die unwillkürlich in ihr aufstieg. Immerhin hatte *sie* den Vorschlag gemacht, der körperlichen Anziehungskraft zwischen ihnen zu widerstehen. *Er* schien damit keine Probleme zu haben.

Aber mit einem Mal stolperte sie. Sofort griff er nach ihr, fing sie auf, um einen Sturz zu verhindern. Dabei rutschte sein T-Shirt hoch, und plötzlich berührten ihre Finger nackte Haut. Er zog scharf den Atem ein. Blitzschnell zog sie die Hand zurück.

„Tut mir leid", sagte sie. Ihr war selbst nicht klar, wofür sie sich eigentlich entschuldigte. Dafür, dass sie gestolpert war und ihn beinah zu Boden gerissen hätte? Oder dafür, dass sie ihn so berührt hatte?

Er sagte kein Wort, sah sie einfach an. Das Mondlicht beleuchtete sein Gesicht, seine Augen lagen im Schatten. Freilich hätte sie ihnen ihre Geheimnisse auch nicht entlocken können, wenn Licht darauf gefallen wäre. Eins war jedoch sonnenklar: Ihm fiel es auch nicht leicht, Abstand zu ihr zu halten. Er konnte das nur besser verbergen.

Jetzt allerdings verbarg er es nicht. Sie konnte seinen Atem hören, seinen warmen männlichen Duft riechen, seinen Herzschlag spüren. Sein Herz raste.

Ihr eigener Puls hämmerte genauso hart und schnell. Schon bald würden sie das Strandhaus betreten. Schon bald würden sie sich hinter geschlossenen Türen befinden. Allein. Zu zweit. Und die Welt mit all ihren Bedrohungen, Gefahren und Realitäten würde draußen bleiben.

Sie könnte tun, was sie wollte. Alles, was sie wollte. Niemand würde je davon erfahren. Nur sie selbst würde wissen, was geschehen war. Sie könnte mit diesem Mann schlafen, dem sie so sehr vertrauen und glauben wollte. Doch dann müsste sie gegen jede Wahrscheinlichkeit hoffen, dass er nicht der von der Polizei gesuchte Verbrecher war.

Wenn er es aber doch war …

Den Arm immer noch fest um Felipes Taille gelegt, ging Carrie die Einfahrt hinauf zur Rückseite des Hauses. Er blieb vor der Treppe stehen, die auf die rückwärtige Veranda führte, und zog sie in seine Arme. Und so wurde aus der harmlosen Hilfestellung auf einmal unleugbar eine Umarmung.

„Caroline.“ Seine Lippen waren nur wenige Zentimeter von ihren entfernt. Er berührte ihr Haar, strich es ihr mit einer rührend zärtlichen Geste aus dem Gesicht.

Carrie stand einfach da, starrte ihn wie gebannt an. Sie konnte sich nicht rühren, brachte kein Wort heraus. Er würde sie küssen. Er würde …

Aber nein, er löste sich von ihr und hielt sich am Treppengeländer fest.

„Der Schlüssel liegt unter dem Blumentopf neben der Hintertür“, sagte er, die Stimme kaum mehr als ein heiseres Flüstern. Er räusperte sich. „Denk dran: Wir dürfen kein Licht anschalten. Wir wollen die Nachbarn nicht auf uns aufmerksam machen.“ Mit Mühe stieg er daraufhin die Stufen hinauf.

Der Schlüssel lag exakt an der Stelle, die er genannt hatte. Gleich darauf schloss er die Tür auf. Er gab ihr ein Zeichen, leise zu sein, und trat als Erster ein.

Sie folgte ihm hinein und blieb schweigend in der Kühle des Hauses stehen. Er befand sich etwa zwei Meter vor ihr und lauschte angespannt ins Dunkel. Wegen seiner schwarzen Jacke und der dunklen Jeans war er nur als Schatten zu erkennen. Carrie ertappte sich dabei, dass sie ebenfalls lauschte.

Irgendwo tickte eine Uhr. Das Geräusch wirkte in der Stille unnatürlich laut. Durch die geschlossenen Fenster drang das Rauschen der Meeresbrandung herein. Sonst war nichts zu hören.

Summend sprang nun die Klimaanlage an. Carrie fuhr erschrocken zusammen.

Felipe verschwand. Sein Schatten bewegte sich aus dem Zimmer hinaus, in dem sie sich befanden – die Küche, wie Carrie feststellte, als ihre Augen sich allmählich an die Dunkelheit gewöhnten. Kurze Zeit später war Felipe wieder da.

„Alles in Ordnung", flüsterte er, obwohl er eigentlich nicht zu flüstern brauchte. „Niemand da."

Er öffnete eine Schublade und kramte darin herum, bis er fand, was er suchte: eine Schachtel Streichhölzer. Als er eins davon anzündete, kam ihr das winzige Licht beinah schon grell vor.

Das Strandhaus war ein Traum. Zumindest die Küche war es. Helle Kiefernholzschränke schimmerten im schwachen Licht des Streichholzes. Der Fußboden und die Arbeitsflächen waren mit weiß-blauen mexikanischen Kacheln ausgelegt.

Auf der Fensterbank stand eine Kerze, und Felipe zündete sie an. „Komm", forderte er Carrie auf und ging voran ins Wohnzimmer, während er sorgfältig die Flamme mit der Hand abschirmte.

Das Wohnzimmer war genauso ein Traum wie die Küche. Nein, noch mehr. Ein großer Ventilator hing an der hohen Balkendecke. Eine Wand bestand fast vollständig aus großen Glasfenstern und -schiebetüren, in einer Ecke war ein riesiger steinerner Kamin. Weiße Korbmöbel ließen den Raum luftig und großzügig erscheinen.

Perfekt. Das Strandhaus, das Kerzenlicht – das alles war unglaublich romantisch.

Absolut perfekt.

Aber Felipe blieb nicht stehen. Er führte Carrie durch einen Flur zu drei Schlafzimmern. Vor einem davon blieb er stehen. „Schau bitte nach, ob die Jalousien heruntergelassen sind", sagte er immer noch sehr leise in der gedämpften Stille des leeren Hauses.

Carrie betrat den Raum und ging zum Fenster. Sie ließ erst die eine, dann die andere Jalousie herunter.

„Diese Fenster liegen dem Nachbarhaus gegenüber", erklärte Felipe.

Carrie nickte. Sie wagte es nicht, ihm in die Augen zu sehen, und schaute sich deshalb lieber im Zimmer um.

Es war das Hauptschlafzimmer – groß, mit der gleichen hohen Decke wie das Wohnzimmer. Ein riesiges Bett aus schwerem Eichenholz stand an einer Wand. An der Wand gegenüber der Eingangstür gab es zwei Türen. Die eine gehörte zu einem offenen begehbaren Wandschrank, der fast so groß war wie ihre gesamte Wohnung in St. Simone. Die andere führte ins angrenzende Bad. Blitzsaubere glänzende Kacheln und Spiegel reflektierten den Schein der Kerze.

Die dritte Wand verschwand hinter einem zugezogenen Vorhang. Es war dieselbe Wand, die im Wohnzimmer fast nur aus Glas bestand. Carrie hätte darauf wetten können, dass dahinter Glasschiebetüren verborgen waren, die auf eine abgeschiedene Veranda hinausführten. Vielleicht gab es dort sogar einen Whirlpool, von dem aus man freien Blick auf den Hinterhof hatte. Einen Hinterhof, der tatsächlich der mondbeschienene Strand war.

Das war zu viel. Viel zu viel.

So würde sie ihm niemals widerstehen können. Sie würde sich umdrehen, und er würde sie ansehen mit seinen samtigen dunklen Augen. Und dann würde sie von Verlangen und Begehren überwältigt werden. Es wäre so, als würde sie kopfüber von einer schwindelerregenden Klippe stürzen – ohne die Chance, auf den Füßen zu landen.

Sie drehte sich zu Felipe um. Er stand in der Tür, die Kerze in der Hand, und hielt sie ihr hin.

Carrie ging zu ihm und nahm sie entgegen. Dabei berührten sich ihre Fingerspitzen ganz leicht. Rasch zog sie die Hand zurück, so als hätte sie sich verbrannt.

Ohne die Augen von ihr abzuwenden, ging er nun in den Flur zurück. „Gute Nacht", sagte er und schloss die Tür.

Er war fort.

Carrie stand da, starrte auf das wunderschön gemaserte Holz der Tür.

Er war fort.

Offensichtlich hatte er ihre Bitte, ihre Beziehung platonisch zu halten, ernst genommen.

Carrie sah sich im Zimmer um, betrachtete das gewaltige Bett, den luxuriösen weichen Teppich, den schweren Vorhangstoff.

Felipe hätte sich nicht sonderlich anstrengen müssen, um sie umzustimmen. Tatsächlich hätte schon ein einziger seiner machtvollen Küsse genügt.

Aber er hatte es nicht versucht. Er respektierte ihre Entscheidung. Und Carrie wusste nicht, ob sie sich darüber freuen oder traurig sein sollte.

Freu dich, ermahnte sie sich eindringlich und ging ins Bad. *Ich bin glücklich darüber.*

Glücklich wusch sie sich das Gesicht, putzte sich die Zähne mit ein wenig Zahncreme auf dem Finger, kroch ganz allein in das riesige Bett und blies die Kerze aus.

Und dann lag sie da.

Felipe starrte an die Decke und lauschte in die Stille des Hauses. Wenn er bloß endlich einschlafen könnte.

Er hörte Wasser laufen. Caroline Brooks ließ sich ein Bad ein. Um ein Uhr morgens. Eine Weile war in ihrem Schlafzimmer alles still gewesen, aber jetzt war sie auf und rumorte herum. Wahrscheinlich konnte sie genauso wenig schlafen wie er.

Es fiel ihm nicht schwer, sich vorzustellen, wie sie in der Wanne lag und das heiße Bad genoss. Er war schon öfter zu Besuch im Strandhaus gewesen und hatte im Hauptschlafzimmer übernachtet. Er hatte selbst schon in der Wanne gelegen.

Damals war er allein gewesen. Bei näherer Betrachtung fiel ihm auf, dass er noch nie eine seiner Freundinnen mit nach Sanibel Island genommen hatte. Er war nie bereit gewesen, die friedvolle Einsamkeit mit einer Frau zu teilen, wenn er allein hier war. Und genauso wenig die freundschaftliche Atmosphäre im Haus, wenn auch Diego und Emily Keegan hier waren.

Jewel Hays und ihren kleinen Jungen dagegen hatte er einoder zweimal mit hierher genommen. Aber Jewel war für ihn so etwas wie eine kleine Schwester. Sie waren Freunde, sehr gute Freunde, aber nicht mehr.

Caroline dagegen …

Er schloss die Augen und rief sich in Erinnerung, wie sie schmeckte. Wie sie sich in seinen Armen anfühlte, wie ihre Finger seinen Hals berührten und in seinen Haaren wühlten. Wenn er ehrlich war, dann pochte es nicht nur in seinem verletzten Bein.

Er konnte zu ihr gehen. Sofort und auf der Stelle. Er konnte aufstehen, die paar Meter über den Flur gehen und ihr Schlafzimmer betreten, die Badezimmertür aufstoßen. Und sie würde im Kerzenlicht zu ihm hochschauen, die riesigen blaugrünen Augen überrascht geweitet.

Er trat näher und sah ihren wunderschönen Körper an, der im klaren warmen Badewasser lag. Dann setzte sie sich auf. Das Wasser perlte von ihr ab, ihre kleinen festen Brüste lockten wie exotische Früchte und machten ihm den Mund wässrig.

Bitte, sagte er.

Mehr würde es nicht brauchen, und schon würde sie ihm die Arme entgegenstrecken. Er würde seine Shorts abstreifen und zu ihr in die Wanne steigen …

Jetzt öffnete Felipe die Augen. Nein, das nicht. Die Wundnaht durfte nicht nass werden. Schnell zu duschen konnte er sich vielleicht leisten, aber ein langes Wannenbad auf keinen Fall.

Die Fantasie war mit ihm durchgegangen, und er musste lächeln. Wie konnte er sich nur ausmalen, dass sie die Arme nach ihm ausstreckte und ihn an sich zog? Auf keinen Fall würde sie die Initiative ergreifen, um mit ihm zu schlafen. Schließlich hatte sie ihm klipp und klar erklärt, dass sie keine sexuelle Beziehung zu ihm wollte.

Klar, er könnte sie verführen. Dessen war er sich sicher: Er hatte es an diesem Abend in ihren Augen gelesen. Es war klar, die Atmosphäre zwischen ihnen war spannungsgeladen. Er könnte Carrie küssen und dadurch die Funken zwischen ihnen zünden. Die ohrenbetäubende Explosion würde ihren Protest übertönen. Noch ein Kuss, und dieser Protest würde endgültig verstummen. Es würde nicht lang dauern, und sie würde ihm dabei helfen, sie auszuziehen. Danach würde sie ihn ausziehen – und alle Zurückhaltung fahren lassen.

Jedenfalls vorübergehend.

Und genau das war der Grund, warum er nicht aufstand und in ihr Schlafzimmer hinüberging. Erneut musste er lächeln. Caroline hatte ihn ausdrücklich gebeten, sie in Ruhe zu lassen. Sie hatte Nein gesagt. Sehr deutlich und direkt, auch wenn er die Frage nicht ausgesprochen hatte. Sie hatte Nein gesagt zu seinem fragenden Blick, den sie bemerkt haben musste. Nein. Und nein bedeutete nun mal nicht „vielleicht“. Nein bedeutete nicht: *Versuch es später noch mal, wenn ich verwundbarer bin.* Nein hieß nein.

Im Nebenzimmer, gleich hinter der Wand, hörte er leises Plätschern. Danach dröhnte es in den Rohren kurz auf, als der Wasserhahn ein weiteres Mal aufgedreht wurde. Caroline ließ heißes Wasser nachlaufen. Zu dumm. Felipe fielen mindestens ein Dutzend Möglichkeiten ein, sie zu wärmen. Schlaflos wälzte er sich im Bett hin und her, suchte vergeblich nach einer bequemen Lage.

Er konnte es ihr nicht verübeln, dass sie ihn nicht an sich heranlassen wollte. Bis vor wenigen Stunden hatte sie ihn noch für einen Verbrecher gehalten, für einen Bandenchef namens Carlos, der sich mit üblen Kumpanen herumtrieb. Schließlich hatte sie ihm endlich abgenommen, dass er derjenige war, als der er sich ausgab. Und genau in dem Moment hatte sie herausgefunden, dass er wegen Mordes gesucht wurde. Nein, er konnte es ihr wirklich nicht verübeln.

Um ehrlich zu sein, wunderte es Felipe, dass sie mit hierhergekommen war. Er war dankbar und erleichtert, dass sie es getan hatte. Denn als er sich die Fernsehnachrichten angesehen und dabei ihr Gesicht beobachtet hatte, war er sicher gewesen, dass sie ihm nie wieder vertrauen würde. Und wenn er sie nicht dazu überredet hätte, nach Montana zu fahren, wäre ihm keine andere Möglichkeit geblieben: Dann hätte er sie zu seiner Gefangenen, seiner Geisel machen müssen – genau wie sie befürchtet hatte. Und das wäre eine Sauerei gewesen. Aber er konnte sie eben unter keinen Umständen schutzlos herumlaufen lassen. Unter keinen Umständen konnte er zulassen, dass Tommy Walsh sie umbrachte. Niemals. *Niemals.*

Ein wildes Chaos intensiver Gefühle überwältigte ihn. Unwillkürlich verkrampften sich seine Hände in der Bettdecke. Er hielt sich daran fest, als wäre die Decke ein Seil, das ihn vor dem Sturz in einen schrecklichen Abgrund bewahrte. Großer Gott, was war nur los mit ihm?

Er versuchte sich einzureden, dass es ihm mit jeder anderen Frau ebenso ergehen würde. Mit jedem Menschen, der in Gefahr geriet, umgebracht und zur Zielscheibe für Tommy Walsh zu werden.

Aber das stimmte nicht.

Caroline Brooks war etwas Besonderes. Wenn sie starb, würde er nicht nur um ein Menschenleben trauern. Er würde um seiner selbst willen trauern, es wäre ein persönlicher Verlust. Er würde sie verzweifelt vermissen, obwohl er sie bloß eine kurze Zeit kannte.

Sie passte zu ihm. Sie passte perfekt in seine Arme. Und sie passte in sein Herz. In *sein* Herz? Himmel, hilf! Eiskalte Furcht packte ihn, als ihm klar wurde, dass sein Herz ihm nicht mehr gehörte. Sicher, es schlug noch in seiner Brust, aber es gehörte ihr. Sie hatte es gestohlen. Schon vor Monaten in jener Nacht im Sea Circus. Warum sonst hätte er so oft dorthin gehen und ihre Vorführungen anschauen sollen? Warum sonst hatte er Diego und Emily von ihr erzählt? Warum sonst suchte sie seit Monaten Nacht für Nacht seine Träume heim?

Nein, rief er sich im Stillen zur Ordnung. Er fand sie attraktiv, nicht mehr. Schlichtes Verlangen. Na ja, vielleicht nicht ganz so schlichtes Verlangen, aber doch durch und durch körperlich, sexuell. Oder etwa nicht? Ein einfacher Fall sexueller Begierde. Genauso wie dieses … dieses seltsame Gefühl in seiner Brust einfach auf Übermüdung zurückzuführen war. Oder auf Sodbrennen, eine Nebenwirkung des Antibiotikums. Natürlich. Das war es wahrscheinlich.

Er schloss die Augen, versuchte mit aller Macht einzuschlafen. Am Morgen, bei Tageslicht, würde es ihm besser gehen, und er würde sich wieder zurechtfinden.

Im Nebenzimmer wurde das Wasser abgelassen. Mit plötzlicher Klarheit sah er erneut Caroline Brooks vor sich. Sie griff nach einem Handtuch. Ihr schlanker drahtiger Körper war nass, sie zitterte vor Kälte und …

Felipe starrte an die Decke, lauschte ins Dunkel und wünschte sich den Schlaf herbei.

10. KAPITEL

Autoreifen knirschten über den Kies in der Einfahrt. Felipe war sofort hellwach und griff nach seiner Pistole. Er setzte sich auf und schlug die Decke zurück, bevor draußen der Motor verstummte.

Inzwischen war es Morgen, und Tageslicht schimmerte durch die Jalousien. Felipe sprang aus dem Bett, während seine Gedanken sich überschlugen. Verstecken. Sie mussten sich verstecken. Aber wo? Ihm fiel der Kriechkeller unter dem Haus ein. Der Zugang lag in der begehbaren Ankleide im Hauptschlafzimmer. *Ja, das geht!*

Den plötzlich aufschießenden Schmerz in seinem verletzten Bein ignorierend, riss er seine Jeans, sein Hemd und sein Waffenholster von der Stuhllehne, über die er sie am Abend zuvor geworfen hatte. Anschließend schnappte er sich seine Stiefel, die auf dem Fußboden standen.

Draußen wurde eine Wagentür geöffnet und zugeschlagen. *Eine* Tür. Felipe eilte schnell und lautlos über den Flur zum Hauptschlafzimmer. Zu Caroline.

Er hörte Schritte auf der rückwärtigen Veranda. *Eine* Person. Zugleich stieß er die Schlafzimmertür auf.

Caroline schlief noch tief und fest. Sie lag quer in dem riesigen Bett. Ein sonnengebräuntes Bein hatte sich von der Decke befreit, und ihr Gesicht lag teilweise unter ihren langen blonden Haaren versteckt. Die Arme hatte sie weit ausgebreitet, als wollte sie die ganze Welt umarmen. Sie trug einen blauen Baumwollslip und ein altes weißes Tanktop, wahrscheinlich von Emilys Vater. Das musste sie in einer Schublade der Kommode gefunden haben.

Seine Muskeln spannten sich an – eine Sofortreaktion auf den Anblick ihres spärlich bekleideten Körpers, vielleicht auch auf ihre Gegenwart an sich. Aber er hatte keine Zeit, darüber nachzudenken. Jetzt galt es, hier herauszukommen und ein sicheres Versteck zu finden. Wer auch immer da gerade gekommen war: Sie mussten sich vor ihm verbergen.

Felipe rammte seine Waffe in das Holster, das er über die Schulter geworfen hatte. Mit einer Hand strich er Caroline die Haare aus dem Gesicht, die andere legte er fest auf ihren Mund.

Sie war augenblicklich wach. Mit vor Schreck geweiteten Augen starrte sie ihn an. Seine Finger erstickten den Schrei, der sich ihr entringen wollte.

„Alles in Ordnung", flüsterte er. „Ich bin es. Es ist jemand gekommen. Er ist schon an der Tür."

Sie begriff sofort, und er half ihr auf. Während sie sich von den Laken befreite, in denen sie sich verheddert hatte, suchte er vergebens nach ihrer Kleidung. Verdammt, er konnte sie nicht finden. Wo steckten ihr Kleid und ihre Sandalen?

Egal, er konnte jetzt nicht lange suchen. An der Hintertür drehte sich der Schlüssel im Schloss. Höchste Zeit, sich zu verstecken.

Mit seiner eigenen Kleidung über dem Arm griff Felipe nach Carries Hand und zog sie zu dem großen begehbaren Kleiderschrank. Er bedeutete ihr, still zu sein. Dann schlug er den Teppich zurück, legte den Eingang zum Kriechkeller frei und zog den eingelassenen Messingring hoch. Leise quietschend öffnete sich die kleine Falltür.

„Rein da", flüsterte er Caroline zu. „Das ist ein Kriechkeller. Nicht sehr tief, kaum mehr als einen knappen Meter. Steig einfach ein."

Aber sie rührte sich nicht, starrte nur in die Dunkelheit. Ihre Augen wirkten riesig, und ihre Haare fielen ihr wirr ins Gesicht. Als nun die Hintertür geöffnet wurde, drehte sie sich zu dem Geräusch um und schaute schließlich Felipe an.

Er warf seine Kleider und sein Holster in den Kriechkeller. Die Waffe behielt er in der Hand.

„Nun mach schon, beeil dich", drängte er. „Ich komme sofort hinterher."

Sie schüttelte wortlos den Kopf.

Die Hintertür fiel ins Schloss. Wer immer gekommen war,

er war jetzt im Haus.

Felipe packte Caroline um die Taille und zog sie mit sich in den Kriechkeller hinunter.

Dort unten war es dunkel, feucht, eng und heiß. Es gab jede Menge Spinnweben und vermutlich so manches andere, über das er lieber nicht nachdachte. Rasch schloss er die Falltür über ihnen und achtete dabei sorgsam darauf, dass der Teppich wieder seine ursprüngliche Lage einnahm.

Und dann war es wirklich dunkel.

Er hatte kaum genug Platz, sich lang auszustrecken. Auf der Seite liegend, berührte er mit einer Schulter schon die Tragbalken der Decke über ihnen. Vorsichtig rutschte Felipe herum, um es etwas bequemer zu haben. Er hatte noch immer einen Arm um Carolines Taille gelegt und richtete die Waffe in der anderen Hand auf die Falltür. Carries Rücken lag an seiner Brust, ihr Kopf drückte gegen sein Kinn. Er spürte ihr hämmerndes Herz und hörte ihren keuchenden Atem in der pechschwarzen Dunkelheit.

Und mit einem Mal … Schritte.

Caroline hielt die Luft an. Anscheinend fürchtete sie, wer immer da oben auch war, könnte sie hören.

Sie hatte Angst und zitterte am ganzen Körper. Zwar versuchte sie, das Zittern zu unterdrücken, indem sie sich mit den Beinen an ihn klammerte. Es half jedoch nicht.

Und ihm half es erst recht nicht.

Ihr kleiner fester Po drückte sich an intimster Stelle gegen ihn, und sie hatte seinen Oberschenkel zwischen ihre Beine geklemmt. Seine linke Hand lag unter ihrem Tanktop, sein Daumen berührte ihren Brustansatz.

Felipe bemerkte, wie ihm der Schweiß ausbrach. Eine einzelne Schweißperle rann ihm den Rücken hinunter, eine zweite lief an seinem Ohr vorbei, eine weitere kroch über sein Schlüsselbein.

Wieder waren Schritte zu hören. Wer immer da oben war, verhielt sich nicht unbedingt leise. Das Geräusch kam vom anderen Ende des Hauses, irgendwo aus Richtung Küche und Wohnzimmer.

Offenbar erkannte das auch Caroline, und sie ließ die angehaltene Luft ausströmen. Ihr Atem ging in raschen, kurzen Stößen, als würde sie schnell laufen – oder sich einem sexuellen Höhepunkt nähern.

Diese Vorstellung war für Felipe beinah unerträglich. Er versuchte, sich auf die Schmerzen zu konzentrieren, die in Wellen von seinem verletzten Bein ausgingen. Sicherlich würde ihn das ablenken.

Zwecklos. Trotz der unmittelbaren Gefahr, trotz der Schmerzen konnte er nichts gegen seine wachsende Erregung tun. Doch mit seinem Verlangen würde er Carolines Gefühle verletzen, und die seidenen Boxershorts würden seinen Zustand nicht verbergen. Er wollte sich deshalb von Carrie lösen und ein paar Zentimeter abrücken.

Aber sie klammerte sich an ihn. „Nein", hauchte sie beinah unhörbar in die Stille und wandte ihm das Gesicht zu. „Felipe, bitte bleib bei mir!"

In ihrer Stimme schwangen Verzweiflung, Angst und absolutes Vertrauen mit. Offenbar glaubte sie, dass allein schon seine Nähe alles in Ordnung bringen könnte. Also verzichtete er darauf, weiter auf Abstand zu gehen.

„Ich bin ja bei dir, Süße", flüsterte er. Die Gefühle, die ihn durchtosten, waren für ihn kaum durchschaubar. Beschützerdrang, ja. Er verspürte einen mächtigen, beinah wilden Beschützerdrang. Und Besitzstreben. Oh ja, auch das war unglaublich stark. Nur Gott allein würde Tommy Walsh helfen können – oder jedem anderen, der ihm diese Frau wegnehmen wollte. Dazwischen mischte sich eine seltsame Zärtlichkeit. All diese machtvollen Empfindungen ballten sich wie zu einem schmerzhaften Klumpen in seiner Brust zusammen und drückten ihm fast das Herz ab.

Das wirklich Verrückte an der ganzen Geschichte aber war: Obwohl er Carrie so heftig begehrte, hatte dieses Gefühlswirrwarr nichts mit Sex zu tun. Es hatte nichts mit der Lust zu tun, die sein Blut zum Kochen brachte.

Über ihren Köpfen klingelte das Telefon.

Schritte bewegten sich rasch in Richtung Küche.

In der absoluten Finsternis des Kriechkellers lauschte Felipe angespannt.

„Hallo?“, meldete sich kaum hörbar eine Stimme. „Wer ist da, bitte?“

Weiblich, dem Akzent nach aus den Südstaaten, ungefähr zwischen dreißig und sechzig Jahre alt. Nicht Tommy Walsh. Niemand Bedrohliches.

„Nein, tut mir leid“, fuhr die Stimme fort. „Die Marshalls sind zurzeit nicht hier. Sie kommen erst im Februar. Wenn Sie möchten, kann ich ihnen etwas ausrichten lassen und ihre Tochter anrufen. Sie und ihr Mann sind immer wieder mal hier.“ Eine kurze Pause, dann ein leises Lachen. „Nein, nein, ich bin die Nachbarin. Ich bin bloß hier, um die Pflanzen zu gießen.“ Wieder ein Lachen. „Ja, genau, so ist es. Auf Wiederhören.“

Felipe ließ die Waffe sinken. Schlagartig wurde ihm bewusst, wie sehr sein Arm schmerzte. Zu lange hatte er damit krampfhaft auf die Falltür gezielt. Er atmete ein paarmal durch und bewegte den Kopf, um die Verspannungen in seinem Nacken zu lösen.

Caroline dagegen zitterte immer noch.

„Hey“, sagte er leise, sicherte seine Waffe und legte sie weg. Danach schlang er auch den anderen Arm um Carrie und drückte sie an sich. Vielleicht hatte sie in ihrer Angst nicht mitbekommen, was am Telefon gesagt worden war. Vielleicht hatte sie nicht begriffen. „Es ist alles in Ordnung“, versicherte er ihr. „Wir sind hier in Sicherheit. Wir sind nicht in Gefahr. Selbst wenn sie die ungemachten Betten sieht oder gar die Polizei ruft, haben wir Zeit genug, um uns aus dem Staub zu machen.“

Carrie holte tief Luft und ließ sie langsam durch den Mund entweichen. Selbst das half jedoch nicht gegen das Zittern. „Es ist so dunkel“, flüsterte sie. „Ich kann nichts sehen.“

„Aber das ist gut so“, meinte Felipe beruhigend. „Wenn wir nichts sehen, kann uns auch niemand sehen, richtig?“

„Nein.“ Ihre Stimme klang erstickt, unnatürlich, und sie atmete immer noch keuchend. Großer Gott, weinte sie etwa? Felipe tastete nach ihrem Gesicht und spürte die Feuchtigkeit an seinen Fingern. Sie weinte. Sie weinte tatsächlich. Ihm zerriss es fast das Herz.

„Caroline“, flüsterte er, und vor Sorge versagte beinah seine Stimme. „*Querida*, mein Gott, bist du verletzt? Was ist denn los?“

„Es geht mir gut“, gab sie zurück. Es klang allerdings eher so, als wollte sie sich selbst ebenso davon überzeugen wie ihn. „Es ist alles in Ordnung. Ich leide an Klaustrophobie, aber sonst geht es mir gut.“

Klaustrophobie?

Himmel, für einen Klaustrophobiker mussten die letzten zehn Minuten der absolute Albtraum gewesen sein, die Hölle schlechthin. Und sie steckte immer noch mitten darin. Zusammengekauert in der Enge dieses winzigen, lichtlosen Kriechkellers …

„Mein Gott“, entfuhr es ihm. Er merkte kaum, dass er laut sprach. „Mein Gott …“

„Pssst.“ Sie wollte ihn zum Schweigen bringen, wandte sich ihm zu, versuchte ihn zu trösten. „Es ist schon gut. Es geht mir gut. Es ist alles in Ordnung. Du bist ja bei mir. Ich bin nicht allein. Wirklich, es ist gar nicht so schlimm.“

Nicht so schlimm? Sie zitterte immer noch. Ihr Herz raste, und auch jetzt flossen ihr Tränen über die Wangen und tropften auf seinen Hals.

Und – oh Gott, gib mir Kraft! Im Sea Circus hatte er sie im Kofferraum ihres Wagens eingesperrt. Er hatte sie in den engen, stickigen Kofferraum ihres kleinen Sportwagens eingesperrt, ganz allein!

Felipe wurde plötzlich übel. Sein Magen drehte sich fast um, und Tränen brannten in seinen Augen. Zwei Stunden. Sie hatte ihm erzählt, sie hätte zwei Stunden in dem Kofferraum gelegen! Er wusste, dass Notrufe häufig gefährlich stiefmütterlich abgearbeitet wurden. *Zwei Stunden!* Was er ihr angetan hatte, kam einer Folter gleich.

„Oh, Caroline", murmelte er erstickt und drückte sie an sich. „Es tut mir so leid."

Schon seit einer Weile war von oben nichts mehr zu hören, und jetzt wurde draußen ein Auto angelassen. Die Nachbarin fuhr weg.

Er tastete im Dunkeln nach seiner Waffe, nahm sie an sich und rutschte zur Falltür hinüber. Dabei achtete er darauf, den Körperkontakt zu Caroline nicht zu unterbrechen, denn augenscheinlich half ihr dieser offensichtliche Beweis seiner Nähe.

Als er sich genau darunter befand, drückte er die Falltür auf. Mit einem Mal fiel Licht auf sie – freundliches, goldenes Licht.

Caroline kämpfte sich ins Helle voran, und Felipe half ihr hoch und aus dem Kriechkeller heraus. Dann sammelte er seine Kleidung und sein Holster ein und folgte ihr steif und unbeholfen.

Sie blieb mit geschlossenen Augen auf dem Fußboden des Schlafzimmers liegen. Ihre Haare verbargen ihr Gesicht. Felipe steckte seine Waffe ins Holster, legte seine Kleider beiseite, ging in die Knie und strich Carrie das Haar hinters Ohr.

„Es tut mir leid", sagte er noch einmal. „Damals im Sea Circus, als ich dich in den Kofferraum gesperrt habe … So wahr mir Gott helfe, ich hatte ja keine Ahnung."

Sie öffnete ihre meergrünen Augen und schaute ihn an, immer noch schwer atmend. „Das weiß ich. Wie hättest du das auch wissen sollen? Außerdem hast du nur getan, was du tun musstest, um mich zu retten."

Er fühlte sich elend. Ihm war bewusst, dass sie ihm deutlich ansehen konnte, was in ihm vorging. Kein Wunder, dass sie im Schroedinger so wütend auf ihn gewesen war. Kein Wunder, dass sie so vehement darauf bestanden hatte, Abstand zu ihm zu wahren. „Kein Wunder, dass du mich so sehr hasst“, meinte er leise.

Sie richtete sich auf und berührte sacht seine Wange. „Nein“, erwiderte sie ebenso leise wie er. Sie atmete einmal tief ein und langsam wieder aus. „Nein, ich hasse dich nicht.“

Schon die ganze Zeit lauerten Tränen in Felipes Augen, und jetzt drohten sie, tatsächlich zu fließen. Er fasste nach Carries Hand, drückte sie fest an seine Wange. „Ich würde nie etwas tun, das dir schaden könnte. Das musst du mir bitte glauben.“

Sie nickte. Ihre Augen schimmerten, und die Tränen hatten Spuren in dem Staub und Schmutz auf ihrem Gesicht hinterlassen. Trotzdem sah sie wunderschön aus. Wenn er nur daran dachte, wie sehr er sie gequält hatte …

Endlich gelang es ihr, zu lächeln. „Das war eine ganz blöde Methode, mich zu wecken“, sagte sie. „Eine Hand auf meinem Mund, um mich zu Tode zu erschrecken, gefolgt von einem Abstieg in meine ganz persönliche Hölle. Morgen solltest du es mal auf eine nettere Art versuchen. Vielleicht so.“

Und damit küsste sie ihn.

Sie küsste ihn.

Die Berührung war federleicht, so als würde ihn ein Schmetterling mit seinen Flügeln streifen.

Felipe zuckte überrascht und ein bisschen verlegen zurück. Hatte sie ihn wirklich geküsst? Oder hatte er sie geküsst, obwohl er das vielleicht – nein, ganz sicher – nicht hätte tun sollen?

Aber sie beugte sich erneut zu ihm vor, und diesmal gab es kein Vertun: Sie küsste ihn.

Ihre Lippen waren warm und weich, sie öffnete sich ihm bereitwillig und … *oh ja.*

Er zog sie an sich, erwiderte ihre Zärtlichkeiten, vertiefte den Kuss. Drückte ihren Körper an sich und schlang seine Arme um sie.

Schwindelig vor Verlangen, sank Felipe zu Boden, ohne sie

loszulassen. Ihre Beine umschlangen seine, und jetzt erlaubte er sich das Vergnügen, ihre glatte, weiche Haut auf seiner zu spüren. Wieder und wieder küsste er sie und erforschte ihren Mund mit der Zunge. Er ließ sich Zeit und war völlig zufrieden damit, so mit ihr dazuliegen.

Aber dann bewegte sie sich. Er spürte ihren weichen Bauch. Mit beiden Beinen umklammerte sie seinen Oberschenkel. Mit einem Mal hörte er sich aufstöhnen.

Ihr Herz schlug genauso schnell und hart wie im Kriechkeller, ja sogar noch schneller. Sie zerrte an ihm, und er rollte herum, sodass er nun auf ihr lag.

Es war nicht so, dass er sie verführte. Oder die Gelegenheit ausnutzte. Oder etwa doch?

Felipe löste sich von ihr. „Caroline …“, setzte er an. Dann schüttelte er den Kopf und brachte kein Wort mehr heraus.

Sie schaute ihn an, musterte ihn mit feurigem Blick. Er griff nach ihrer Hand und zog sie hoch in eine sitzende Position. Verwirrung und Nervosität verdrängten das heiße Lodern in ihren meergrünen Augen.

„Du willst nicht?“, fragte sie flüsternd.

„*Du* willst nicht“, gab er zurück. Kaum zu glauben, dass er das aussprach. Kaum zu glauben, dass er sich versagte, was ganz sicher eine Reise erster Klasse direkt in den siebten Himmel sein würde. „Das hast du mir gestern selbst gesagt, *querida*. Erinnerst du dich?“

Sie betrachtete ihn, seine Erregung war offensichtlich. Da sich das sowieso nicht verstecken ließ, versuchte er es gar nicht erst. Er spürte ihren Blick auf seinem Körper, auf seinem Gesicht und schaute ihr fest in die Augen.

„Geht es in Ordnung, wenn ich sage, dass ich meine Meinung geändert habe?“, fragte sie leise, und sein Herz tat einen Sprung.

„Oh ja.“ Seine Stimme klang rau. „Das geht absolut in Ordnung.“

„Ich habe meine Meinung geändert.“

Er wollte sie am liebsten berühren. Im Moment reichte es ihm jedoch, die Gewissheit zu haben, dass er sie schon bald, sehr bald anfassen würde.

Zum ersten Mal gestattete er sich, sie in dieser lächerlichen Karikatur eines Hemdchens wirklich wahrzunehmen. Das Oberteil bestand aus dünnem Stoff und war beinah transparent, es war so weit, dass es lose um ihren schlanken Körper hing. Die Armlöcher reichten ihr fast bis zur Taille und gewährten einen freien Blick auf das Profil ihrer weich gerundeten Brüste. Das Hemdchen konnte nicht einmal ihre Brustspitzen verbergen, die dunkel und aufgerichtet durch den Stoff hindurchschimmerten. Sie sah unglaublich aufregend aus, und ihr Lächeln zeigte ihm, dass ihr das bewusst war. Anscheinend gefiel ihr sehr, dass er sie begehrte. Und das war gut. Denn selbst wenn er es gewollt hätte: Er hätte nicht verbergen können, wie sehr sie ihn anmachte.

Sie war wunderschön, und sie war sein. Dieses Wissen ließ seinen Körper vor Verlangen zittern.

„Hast du ein Kondom?“, fragte sie.

„Ich habe eins in meiner Geldbörse.“ Er lächelte. „Ich trage es ständig mit mir herum – immer in der Hoffnung, dir über den Weg zu laufen.“

Sie lachte, und ihre Augen funkelten amüsiert. „Ich weiß, dass das romantisch klingen soll. Aber ganz ehrlich, Felipe: Du redest so einen Schwachsinn …“

„Bist du ganz sicher, dass es nicht die Wahrheit ist?“, gab er zurück und ließ seinen Blick über ihren Körper gleiten. Über ihre vollkommen geformten Brüste hinunter zu ihren schlanken Beinen und wieder hinauf zu ihren Augen. „Ich bin dir in meinen Träumen verdammt oft begegnet, Caroline Brooks.“

Ihr Lächeln schwand, aber die Hitze in ihrem Blick blieb. Mit einer nervösen kleinen Bewegung ihrer Zunge befeuchtete sie ihre Lippen. „Warum nennst du mich eigentlich nicht Carrie?“

„Weil mir Caroline viel besser gefällt. Es passt zu dir."

Sie verdrehte die Augen. „Du redest Schwachsinn, Salazar. Hör auf damit, oder du riskierst, dass ich noch einmal meine Meinung ändere."

Er musterte sie gelassen. „Das ist kein Schwachsinn", meinte er. „Und du weißt, dass ich es akzeptieren würde, wenn du deine Meinung noch einmal änderst. Das ist in Ordnung."

Sie lächelte über das, was er sagte. Dann wurde ihr offenbar erst bewusst, dass er es ernst meinte. Es war in Ordnung. Alles war in Ordnung.

„Ich bin nicht nur an Sex mit dir interessiert. Da ist noch mehr, was ich empfinde", fuhr Felipe leise fort. Das entsprach der Wahrheit, aber er drückte sich bewusst vage aus. Deutlicher konnte er nicht werden. Er hatte Angst davor, seine Gefühle genauer zu hinterfragen. Die eigenen Worte machten ihm ebenso Angst wie die Gefühle, die er damit zum Ausdruck brachte. Trotzdem hatte sie das Recht, Bescheid zu wissen.

Sie schaute zu Boden, wandte den Blick von ihm ab. Betroffen stellte er fest, wie süß, jung und unschuldig sie wirkte. Sie war erst fünfundzwanzig. Genauso alt wie er. Aber sie war noch jung. Er war es nicht. Er war viel schneller und auf die harte Tour erwachsen geworden. Ihre sozialen Hintergründe waren so verschieden, wie es überhaupt möglich war. Die Berge rings um die Ranch ihres Vaters waren nicht vergleichbar mit dem unerbittlichen Gesetz der Straße, das seine Kindheit geprägt hatte. Im Grunde war er schon seit fünfzehn Jahren wie ein Fünfundzwanzigjähriger. Sie war erst am 16. Oktober des letzten Jahres fünfundzwanzig geworden. Das war jedenfalls aus den Daten auf ihrem Führerschein hervorgegangen.

Doch nun sah sie ihn unter halb gesenkten Lidern an und lächelte. Dieses Lächeln versprach ihm das Paradies und stand in umwerfendem Kontrast zu ihrer scheinbaren Schüchternheit nur Augenblicke zuvor. Sie steckte voller Überraschungen und Widersprüche, war ein lebendiges Kaleidoskop, voller überschäumender Energie und Leidenschaft. Das gefiel ihm.

Sie gefiel ihm.

Er beugte sich zu einem Kuss vor, sie kam ihm entgegen, und sie trafen sich in einer gewaltigen Explosion von Leidenschaft. Er hörte sie aufstöhnen, als er sie fest an sich drückte. Als er sie noch einmal küsste, spürte er ihre Hände an seinem Kopf, auf seinem Rücken. Sie berührte und streichelte ihn, zog ihn noch enger an sich.

Und schon waren sie wieder an dem Punkt, an dem sie bereits vor ein paar Minuten gewesen waren. Mit einem Unterschied: Als Caroline ihn mit sich herabzog, spreizte sie die Oberschenkel weit. Ihre Hitze verbrannte ihn fast.

Oh ja.

Der Schmerz in seinem Bein war vergessen. St. Simone, Lawrence Richter, Tommy Walsh, der verdammte Schlamassel, in dem sie steckten – alles war vergessen. Die Welt, das ganze Universum, existierte nicht mehr.

Es gab nur noch Caroline.

Felipe drehte sich auf den Rücken und zog sie mit sich, sodass sie rittlings auf ihm lag. Sie küsste ihn, ließ ihre Zunge mit seiner spielen und folgte dabei dem Rhythmus ihrer Körper, während sie sich langsam und mit viel Gefühl auf ihm bewegte. Die Haare fielen ihr wie ein Schleier ums Gesicht. Er umfasste ihren Po und hielt sie fest in dieser Position. Nur die Seide seiner Shorts und die Baumwolle ihres Slips trennten sie noch voneinander.

„Oh, Caroline“, raunte er. „Das ist …“ Ihm fehlten die Worte, aber er brauchte auch keine.

Für einen Moment unterbrach sie den Kuss, um ihm in die Augen zu schauen, und er wusste: Was immer er auch empfand – Euphorie, ein Gefühl von Vollkommenheit und Ganzheit –, sie empfand dasselbe.

Er fand den Saum ihres Hemdchens und streifte es ihr über den Kopf. Ihre Brüste waren klein, rund und passten perfekt zu ihrem Körper. Er nahm sie in die Hände und stöhnte auf. Das Gefühl ihrer weichen Haut war unbeschreiblich. Sie stöhnte ebenfalls und drängte sich ihm entgegen.

Mit einer schnellen Bewegung legte er sie auf den Rücken und begann, eine ihrer aufgerichteten Brustwarzen mit den Lippen zu reizen. Sanft, ganz sanft küsste er sie, streichelte sie mit der Zunge.

Sie roch frisch, sauber und ein ganz klein wenig nach Sonnenmilch. Ja, von nun an würde dieser Geruch ihn unausweichlich ans Paradies erinnern.

Felipe spürte, wie sein Herz raste. Er versuchte, die Herrschaft über sich zurückzugewinnen, seinen Atem zu beruhigen, seine Empfindungen zu dämpfen. Er glaubte, unmittelbar vor der Explosion zu stehen. Dieses Gefühl schnürte ihm die Kehle zu und schmerzte in tieferen Regionen. Er wollte ihr den Slip vom Körper reißen, seine Boxershorts loswerden und sich tief in sie versenken.

Stattdessen zwang er sich dazu, sich bedächtig und ohne Eile zu bewegen. Mit der Zunge zog er aufreizende Kreise um ihre Brustwarze, während er die Hände gemächlich über ihren flachen Bauch bis zum Bund ihres Slips und dann hinauf zu ihrer Brust gleiten ließ. Sie berührte ihn auf die gleiche Art, beinah ehrfürchtig. So als könnte sie kaum glauben, dass endlich ihr Herzenswunsch in Erfüllung ging.

Ihre Finger auf der erhitzten Haut fühlten sich kühl und leicht an. Ob sie wohl seinen Herzschlag spüren konnte? Ob sie wohl wusste, dass ihre sanften Berührungen die Macht hatten, ihn erzittern zu lassen? Er liebkoste, saugte, streichelte ihre Brustspitze mit der Zunge. Schließlich packte sie ihn mit überraschender Kraft bei den Schultern. Sie reckte sich ihm entgegen, wollte mehr. Ihre Reaktion gab ihm den Rest, stieß ihn fast über die Kante.

Nur mit reiner Willenskraft bewahrte er die Kontrolle über sich. Er schloss die Augen, zählte langsam bis zehn. Als er sie wieder öffnete, stellte er fest, dass sie ihn beobachtete. Sie lächelte, und das warf ihn geradezu um. Sengende Hitze durchschoss ihn von Kopf bis Fuß.

Mit einer liebevollen, sanften Geste strich sie ihm das Haar aus dem Gesicht. Ein Gefühl von Wärme und Zärtlichkeit machte sich in ihm breit. Er erwiderte ihr Lächeln und flüsterte ihr auf Spanisch ins Ohr, was er für sie empfand. Fasste in Worte, was er nie in einer Sprache auszusprechen gewagt hätte, die sie verstand.

Er löste sich aus dem Bann ihrer meergrünen Augen und schaute sie an. Betrachtete sie von oben bis unten, so wie sie in ihrem blauen Slip dalag.

Sie war am ganzen Körper gebräunt. Zumindest am ganzen Oberkörper. Ein weißer Streifen verriet, dass sie meistens einen Bikinislip trug. Ein nur leicht gebräunter, insgesamt etwas blasserer Bereich zeigte, wie weit ihre Shorts reichten. Aber ihre Brüste wiesen die gleiche vollkommene Sonnenbräune auf wie ihre Schultern, ihre Arme und ihr Bauch.

Noch mehr Widersprüchliches. Irgendwie konnte er sich nicht vorstellen, dass Caroline an der Küste entlang zum südlichen Tamiami Beach fuhr – das war der einzige Strand weit und breit, an dem oben ohne üblich war. Trotzdem war sie ganz offensichtlich ohne Oberteil in der Sonne gewesen. Ziemlich lange sogar.

„Nette Sonnenbräune“, murmelte er.

Sie wurde rot. Noch mehr Widersprüchliches.

Doch dann senkte er seinen Mund auf ihre andere Brust, und Carrie vergaß ihre Verlegenheit. Er spürte ihre Finger in seinen Haaren, fühlte sie durch seine Locken gleiten. Erneut strich er über ihren Bauch, und als er gerade am Bund ihres Slips umkehren wollte, hob sie die Hüften und drückte sich gegen seine Hand. Deutlicher hätte sie ihm nicht zeigen können, was sie wollte.

Also schob er seine Hand unter ihren Slip. Zugleich hob er den Kopf, um ihr in die Augen zu schauen, während er sich vorantastete: durch die seidigen Locken hindurch zur Quelle ihrer Hitze. Zu sehen, welche Lust er ihr bereitete, als er ihren intimsten Bereich erforschte, war sündhaft schön.

Verblüfft stellte er fest, dass ihm das schon reichen würde. Obwohl ihm die Boxershorts fast unangenehm eng wurden, obwohl er sich nichts sehnlicher wünschte, als sich mit dieser Frau zu vereinen: Es würde ihm reichen, ihr Vergnügen zu bereiten.

Mit geschlossenen Augen drängte sie sich an ihn, während er sie weiterhin streichelte. Ganz allmählich erhöhte er den Druck, ließ die Finger noch tiefer wandern.

Dabei murmelte er spanische Worte, erzählte ihr in seiner Sprache, was Seltsames mit seinem Herzen geschah. Schließlich ging er dazu über, sie anzufeuern, sie dem Höhepunkt entgegenzutreiben.

Caroline jedoch hatte ganz andere Vorstellungen.

Sie umfasste ihn durch die Seide seiner Shorts. „Das will ich", flüsterte sie. Als sie ihre Finger über seinen Penis gleiten ließ, konnte er nur mit Mühe einen Aufschrei der Lust unterdrücken.

Dann griff sie nach dem Bund seiner Shorts, zog sie herunter, befreite ihn aus seinem Gefängnis. Und nun berührte sie ihn, kühle Finger auf glutheißer Haut. Wieder kämpfte er um seine Selbstbeherrschung.

Aber diesmal gab sie ihm keine Chance.

Sie setzte sich auf, löste sich von ihm und kniete sich vor ihn, um ihm die Boxershorts ganz auszuziehen. Dabei achtete sie vorsichtig darauf, seinen Verband nicht zu streifen. In fieberhafter Eile schnappte er sich seine Jeans und zog die Geldbörse aus der Gesäßtasche, in der sich das Kondom befand.

Seine Hände zitterten, als er die Folie aufriss. Währenddessen entledigte sie sich ihres Slips – wie wunderschön sie war! Dann half sie ihm, das Kondom überzustreifen. Half ihm? Nein, nicht wirklich. Sie streichelte ihn, reizte ihn, liebkoste ihn, während er blind versuchte, sich das verdammte Ding überzustreifen.

All seine Sprachkenntnisse waren mit einem Mal vergessen, nicht ein einziges Wort fiel ihm ein. Er versuchte ihr zu sagen, dass er sie dieses Mal auf traditionelle Weise lieben wollte. Beim ersten Mal hatte der Mann oben zu liegen und der Frau Lust zu bereiten.

Aber sie verstand nicht. Sie deutete auf sein Bein und sagte, sie würde ihm nicht wehtun wollen. Sie würde nicht wollen, dass er sich wehtat. Und er verstand genauso wenig, denn ihm tat nichts weh. Nichts, absolut gar nichts. Sie hockte rittlings auf ihm. Sie küsste ihn und schob dabei ihre Hüften vor und zurück, sodass er ihre feuchte Hitze spürte. Oh Mann, bei diesem Tempo würde er nicht länger als sieben Sekunden durchhalten. Er hob Carrie hoch, wollte sie umdrehen und auf den Rücken legen. Er zuckte zusammen, als sich urplötzlich der Schmerz in seinem Bein zurückmeldete. Und dann …

„Nein."

Ein einzelnes Wort nur, aber es drang in sein Bewusstsein. Er erstarrte.

Nein?

Leidenschaftliches Verlangen vernebelte ihm das Gehirn. Er schaute ihr in die Augen, und sie schüttelte den Kopf.

Nein. Das hieß definitiv nein.

Jetzt aufzuhören würde ihn umbringen. Doch wenn sie ihre Meinung geändert hatte, dann würde er aufhören. Ihm wurde bewusst, dass er die Luft angehalten hatte, und er ließ sie in einem langen keuchenden Seufzer entweichen. Verzweifelt versuchte er, das innere Gleichgewicht wiederzuerlangen. Was war passiert? Hatte er etwas falsch gemacht?

Langsam ließ er sie wieder herunter. Anstatt von ihm abzurücken, kam sie jedoch näher. In einer einzigen fließenden Bewegung nahm sie ihn dann in sich auf.

Oh ja.

Das hatte sehr viel Ähnlichkeit mit einer Überraschungsparty. Sie erwischte ihn völlig unvorbereitet, aber es gelang ihm blitzschnell, sich darauf einzustellen. Und genauso schnell begriff er, wozu sie Nein gesagt hatte. Sie hatte nicht unten liegen, sondern oben sein wollen.

Das widersprach allem, was er beim Liebesspiel für gut und richtig hielt. Der Mann war der Aktive, er bereitete Lust und genoss sie. Der Mann übernahm die Kontrolle.

Und hier hatte nicht er die Kontrolle.

Er betrachtete sie, als sie sich auf ihm bewegte. Ihre Augen waren fast geschlossen, das lange blonde Haar fiel offen über ihre Schultern und verschleierte ihre Brüste fast vollständig. Und in dem Moment begriff Felipe die schreckliche Wahrheit.

Wenn es um Caroline Brooks ging, würde er niemals wirklich die Kontrolle haben.

Ihm blieb nur ein Trost: Sie hatte sie genauso wenig.

Auch er bewegte sich, erwiderte jede ihrer Regungen, drang immer wieder tief in sie ein. Ihre Augen weiteten sich, schlossen sich dann ganz. Sie warf den Kopf in den Nacken und stieß einen lustvollen Schrei aus.

Er war verloren. Beinah verging er in Leidenschaft, Lust und dem Schmerz in seinem Herzen, von dem er fürchtete, er würde nie wieder vergehen.

Die Zeit schien stillzustehen. Er zog Carrie an sich und küsste sie, während sie sich weiterhin im Einklang bewegten. Im Einklang. Er schlief nicht mit ihr, nein, sie schliefen miteinander. Sie liebten einander. Der Gedanke durchzuckte ihn so hell und klar wie ein Blitz. Plötzlich kamen ihm all seine Vorstellungen vom „richtigen" Liebesspiel altmodisch und überholt vor. Denn eins stand unumstößlich fest: Nie zuvor hatte er etwas auch nur annähernd Ähnliches empfunden wie in diesem Moment. Er empfand erlesenste Ekstase, wildeste Hingabe, reinste Lust. Und all das teilte er mit Caroline. Das war schwindelerregend, verstörend und erschreckend zugleich. Konnte man tatsächlich länger als einen Augenblick so empfinden, ohne sich in seine Moleküle aufzulösen?

Schließlich löste sie sich von seinen Lippen, um sich aufzusetzen. Sie war immer noch oben, und ihre Bewegungen trieben ihn immer härter und tiefer in sie hinein. Als sie nun die Fingernägel in seine Arme bohrte, rutschte Felipe mit ungläubigem

Staunen über den Rand der Klippe.

Er spürte, wie er den letzten Rest Selbstbeherrschung verlor und sein Körper die volle Kontrolle übernahm. In einer gewaltigen Explosion erreichte er den Gipfel der Lust – erstmalig seit seinem ersten Erlebnis im Alter von sechzehn Jahren vor seiner Geliebten.

Mit heiserer Stimme rief er ihren Namen, hörte ihren Antwortschrei. Auch sie war dem Höhepunkt nah. Und im nächsten Augenblick fühlte er, wie ihr Körper von Wellen der Leidenschaft geschüttelt wurde.

In seinen Ohren dröhnte es, als Carrie sich auf ihn sinken ließ und ihre Haare sein Gesicht bedeckten. Genüsslich atmete er den süßen Duft ihres Shampoos ein, während ihre Herzen wie im Duett schlugen.

Sein Atem beruhigte sich langsam, sein Puls ging auf beinah normale Werte zurück. Nur diese aufwühlenden Empfindungen, die seinen Verstand und sein Herz überfallen hatten und die ihn beherrschten und zu verzehren drohten – die wollten einfach nicht schwächer werden.

Vielleicht würde das niemals geschehen.

Die Vorstellung jagte ihm Todesangst ein.

Was mochte das bedeuten? Warum empfand er so?

Diese Gefühle durchtosten ihn wie ein Tornado, waren fast greifbar, bildeten Wörter und Sätze, die sich endlos in seinem Kopf wiederholten.

Te amo. Te adoro.

Ich liebe dich.

Er öffnete die Augen und starrte durch den Schleier der blonden Haare an die Decke.

Er liebte Caroline Brooks.

Nein. Das war unmöglich. Er konnte sie nicht lieben. Er konnte sich nicht erlauben, sie zu lieben. Das ging einfach nicht. Nicht jetzt. Ganz besonders nicht jetzt. Aber auch nicht später. In seinem Leben war für so etwas kein Platz.

Und in ihrem Leben war kein Platz für ihn und die Gefahr, in die er sie damit brachte. Wie viele Bandenmitglieder, Gangster und Verbrecher hatte er in den letzten Jahren gegen sich aufgebracht? Wie viele Belohnungen waren inzwischen auf ihn ausgesetzt worden? Wie viele Leute würden keine Sekunde zögern und eine unschuldige junge Frau aus Rache an dem verdeckten Ermittler büßen lassen, der sie ihrer gerechten Strafe zugeführt hatte?

Nein.

Wenn sie ihm in irgendeiner Weise wichtig war, dann musste er gehen – sobald diese Geschichte überstanden war und er sie in Sicherheit wusste. Und wenn er sie liebte, dann musste er rennen.

Te amo. Te adoro.

Nein. Das konnte nicht wahr sein. Und selbst wenn es wahr wäre, könnte er es ihr nicht sagen. Niemals konnte er es ihr sagen.

Niemals.

11. KAPITEL

Es tut mir leid", flüsterte Felipe ihr leise ins Ohr.

Carrie drehte den Kopf, um ihn anzuschauen, und strich sich die Haare aus dem Gesicht.

Seine dunklen Augen wirkten geheimnisvoll und undurchschaubar.

„Wie bitte?", fragte sie.

Sie hätte schwören können, dass sie so etwas wie Befangenheit in seinem Blick entdeckt hatte. Er wandte sich ab, zwang sich dann aber, sie wieder anzusehen und sich ihr zu stellen.

Mit der Zunge fuhr er sich über die Lippen. „Ich, ähm ..." Er räusperte sich. „Normalerweise ... bin ich nicht so ... rücksichtslos. Normalerweise ... lasse ich zuerst meine Partnerin ... ihren, ähm, Höhepunkt erreichen."

Carrie musste lächeln, als sie begriff, was er da sagte. Sie konnte ihre Belustigung nicht verbergen. „Entschuldigst du dich etwa dafür, wie du mich gerade geliebt hast?", fragte sie ungläubig.

Verlegen nickte er.

Carrie konnte nicht anders. Sie lachte. „Mister, willst du mir damit etwa sagen, dass du heute einen schlechten Tag hast? Dass du das schon *besser* hingekriegt hast?"

„Ich bin *vor* dir gekommen", meinte er. Und lachte nicht.

„War das etwa ein Rennen?", konterte sie. „Und du wolltest mich gewinnen lassen?"

Vollkommen ernst betrachtete er sie. „Das ist mir wichtig", beharrte er, und plötzlich errötete er leicht. „Das ist mir nicht passiert seit ... Nein, das ist mir eigentlich noch nie passiert."

Carries Herz schlug Purzelbäume. Die Röte, die seine Wangen überzog, war unglaublich bezaubernd – trotz der etwas machohaften und altmodischen Haltung, die in seinen Worten zum Ausdruck kam.

Er war immer noch in ihr, und sie löste sich nicht von ihm. Sie wollte es nicht. Sie wollte die Vollkommenheit ihrer Vereinigung weiterhin genießen. Dann schmiegte sie ihren Kopf an seine Schulter, sorgsam darauf bedacht, dass ihm ihre Haare nicht ins Gesicht fielen. Sie freute sich daran, wie gut sie zusammenpassten. Sogar jetzt noch. Sogar *nach* dem Liebesspiel.

Geistesabwesend streichelte er ihr den Rücken, ließ seine Finger von ihrem Nacken bis zu ihrem Po gleiten und wieder hinauf.

„Weißt du", murmelte sie, „wie sich das für mich eben angefühlt hat?"

Seine Hand blieb bewegungslos liegen. Er schluckte, schüttelte leicht den Kopf. Mit geschlossenen Augen hörte er ihr zu, nahm jedes Wort aufmerksam in sich auf.

„Weißt du …?", setzte sie an und hielt einen Moment inne, um mit ihren Lippen sein Kinn zu streifen. „Weißt du, wie aufreizend das für eine Frau ist, wenn der Mann, mit dem sie schläft, so die Kontrolle verliert?"

Erneut schüttelte er den Kopf.

„Du kannst es dir gar nicht vorstellen", fuhr sie fort. Die Erinnerung und ihre tiefen Gefühle überwältigten sie, ließen ihre Stimme heiser klingen. „Auf die Gefahr hin, deinem Ego zu schmeicheln: Ich bin noch nie so geliebt worden. Und soweit ich das beurteilen kann, sind wir zusammen gekommen. Du hast den Anfang gemacht. Na und? Ich war eine Millisekunde hinter dir. Wen interessiert's?"

Er öffnete die Augen. „Du bist so süß", sagte er und küsste sie auf die Stirn.

„Du glaubst mir nicht?" Ungeduld kam in ihr auf. Ungeduld – und noch etwas. War es Kränkung? Wie konnte er bloß glauben, das Liebesspiel, das sie gerade miteinander erlebt hatten, wäre weniger als sensationell gut gewesen? „Ich kann nicht fassen, dass wir uns über so etwas streiten. Willst du diese ganze Erfahrung allen Ernstes als Fehlschlag abstempeln – nur weil ein winziges Detail anders gelaufen ist, als du es geplant hast? Oder willst du mir sagen, dass das eben mies war? Wenn Letzteres der Fall ist, muss ich mein Sexleben einer sehr genauen Prüfung unterziehen. Denn wenn das eben mies war, habe ich all die Jahre eine Menge versäumt!"

„Caroline …"

„Und falls du so denkst, sind wir ganz und gar nicht auf einer Wellenlänge, Detective. Für dich war das lausiger Sex, und für mich …" Sie atmete tief ein und ließ die Luft langsam ausströmen. „Und für mich war es noch nie so vollkommen und so wunderschön", beendete sie den Satz kläglich.

Sie rollte von ihm herunter und wünschte sich, sie könnte sich irgendwo verkriechen und verstecken. Wie war es nur dazu gekommen? Noch vor zwei Minuten hatte er gelacht, war euphorisch gewesen. Sie hatte endlich geglaubt, diesen Mann verstehen zu lernen. Diesen Mann, der so erstaunlich mit ihr im Einklang gewesen war und all ihre intimsten Wünsche und Bedürfnisse zu kennen schien, als er mit ihr geschlafen hatte. Und plötzlich hatte sich ebendieser Mann in eine Art Höhlenmenschen verwandelt und meinte, einem extrem machohaften Regelwerk folgen zu müssen, wenn er eine Frau liebte. Hektisch sammelte sie ihre Kleidungsstücke auf.

Felipe griff nach ihrem Arm. „Bitte. Ich war so dumm." Er zog sie an sich. „Ich war wirklich dumm. Du hast recht, ich war … dumm."

„Allerdings", grummelte Carrie.

Sanft drehte er ihr Kinn, sodass sie ihn anschaute. „Ich habe es mit der Angst zu tun bekommen", murmelte er. „Die Übermacht dieser Gefühle … Das macht mir immer noch Angst. Vergib mir, Caroline."

Und dann küsste er sie.

So altmodisch seine Ansichten über die Rollen von Mann und Frau im Bett auch waren: Seine Bitte um Verzeihung klang ehrlich, und er konnte küssen wie kein anderer.

Die meisten Männer, die Carrie kannte, hatten sie geküsst, um etwas zu erreichen. Sie zu besänftigen. Sich zu entschuldigen. Sich gut mit ihr zu stellen. Sie ins Bett zu kriegen.

Aber obwohl Felipe sie gerade um Entschuldigung gebeten

hatte, war es diesmal anders. Sein Kuss hatte nichts mit seinen Worten zu tun. Er küsste sie nur um des Küssens willen, um des Vergnügens willen, das dieser Kuss ihnen beiden bereitete.

Er liebkoste sie langsam und zärtlich, ließ seine Zunge in ihren Mund eindringen. Es war eine besitzergreifende, fordernde Geste, als wollte er sein Revier abstecken.

Carrie hörte sich seufzen. Sie fühlte sich dahinschmelzen, fühlte, wie die Welt um sie herum verschwand. Vielleicht war er ein Liebhaber, der sich manchmal wie ein Höhlenmensch aufführte. Doch das war eigentlich keine so grässliche Sache. Sie wickelte seine Haare um die Finger und neigte den Kopf, um die Zärtlichkeiten zu vertiefen.

Er atmete tief ein und murmelte etwas auf Spanisch. Sie verstand nicht, was er meinte, doch es klang wie Poesie in ihren Ohren. Und wieder berührte er mit seinem Mund ihre Lippen.

In ihrem Bauch breitete sich schwindelerregende Hitze aus. Konnte es sein, dass sie ihn wieder wollte? Jetzt schon?

Er hob den Kopf, stützte sich auf den Ellenbogen und schaute sie an. „Ich liebe es, dich zu küssen“, sagte er.

Carrie schlug das Herz bis zum Hals, als sie den ersten Teil seines Satzes hörte. Einen winzigen Moment lang war sie ganz sicher, dass er ihr etwas anderes sagen wollte. *Ich liebe dich.* Doch wie hätte sie das von ihm erwarten können? Er kannte sie ja kaum.

Sie passten zweifellos gut zusammen, vor allem körperlich. Das hatte sich bereits gezeigt. Und trotz seiner überholten Vorstellungen mochte sie Felipe von Minute zu Minute lieber. Ach was, sie mochte ihn umso lieber, weil er so altmodisch dachte. Bevor sie diese Seite seiner Persönlichkeit entdeckt hatte, war er ihr viel zu vollkommen gewesen. Nachdem sie nun wusste, dass er auch nur ein Mensch mit Schwächen und Zweifeln war, gefiel er ihr noch besser.

Er streichelte sie. Seine starke warme Hand glitt über ihre Hüfte und ihre Taille. Sein Blick war verschleiert. Carrie spürte, wie ihre Brustwarzen sich unter seinen Augen aufrichteten. Er schaute sie an und lächelte.

„Fährst du wirklich raus zum Tamiami Beach?“, erkundigte er sich unvermittelt.

Tamiami ...? Wo ...? Der Nacktstrand, fiel ihr plötzlich ein. Nein, kein Nacktstrand, nur oben ohne. Er bezog sich auf ihren nahtlos gebräunten Oberkörper. Sie spürte, wie ihr das Blut ins Gesicht schoss.

„Nein.“ Sie schüttelte den Kopf. „Nein. Ich ... Für meine Forschungsarbeiten bin ich oft allein mit dem Boot draußen.“

Wollte er wirklich die ganze Geschichte hören? Offenbar lauschte er jedenfalls, schien darauf zu warten, dass sie weitersprach. Also tat sie es.

„Ich habe immer meinen Badeanzug getragen“, erzählte sie. „Aber eines Tages war ich an der Küste in der Nähe der Sümpfe. Ich hatte den Badeanzug vergessen und nicht einmal Kleidung zum Wechseln dabei. Gerade hatte ich ein Meerestier an Bord geholt, das einer Ölpest zum Opfer gefallen war, und mein T-Shirt dabei völlig mit Teer eingesaut.“ Ein wütender Alligator hatte sie in der Nähe einer illegalen Müllkippe überrascht. In ihrer Eile, wieder ins Boot zu gelangen, war sie gestolpert und gefallen.

Sie fuhr fort: „An dem Tag war es brüllend heiß, und die Sonne heizte den Teer auf meinem T-Shirt auf. Ausspülen ließ sich das Zeug nicht, und ich hatte einfach Angst, mich daran zu verbrennen. Mir blieb nur eine Wahl: T-Shirt ausziehen oder umkehren und nach Hause fahren. Und ich dachte, wenn ich ein Mann wäre, hätte ich schon vor Stunden das T-Shirt ausgezogen. Also ... habe ich es ausgezogen. So konnte ich noch fünf Stunden weiterarbeiten und bin dabei außerdem herrlich braun geworden.“

Sie lächelte ihn an. „Das war irgendwie ein Akt der Befreiung. Seitdem arbeite ich immer oben ohne, wenn ich allein mit dem Boot draußen bin. Niemand außer mir weiß das. Und jetzt weißt du es.“

Er beugte sich vor und berührte mit der Zungenspitze ihre

Brust. „Der Gedanke daran, dass du so arbeitest, ist … aufregend“, murmelte er. „Nimmst du mich irgendwann mal mit und lässt mich helfen?“ Aber dann schüttelte er den Kopf, als hätte er es sich anders überlegt. „Vielleicht ist das doch keine so gute Idee“, fügte er hinzu. „Das wäre viel zu ablenkend. Zumindest für mich.“

Er richtete sich wieder auf und wandte sich ab. Strich sich mit den Fingern durchs Haar und rieb sich die Schläfen, als hätte er Kopfschmerzen. Sein Nacken und seine Schultern, selbst die wohlgeformten Muskeln seiner Arme wirkten plötzlich angespannt. Er hatte sich keinen Zentimeter von ihr entfernt, aber im Geist war er mehrere Schritte von ihr zurückgetreten. Tat er das, weil er glaubte, dass sie es so wollte? Meinte er, dass sie immer noch Abstand wahren wollte?

„Ich würde mich freuen, wenn du eines Tages mit dem Boot mit mir rausfährst“, sagte Carrie leise und wartete, wie er darauf reagieren würde.

Felipe sah sie noch immer nicht an und schüttelte den Kopf. „Eines Tages – das gibt es nicht für uns, *querida*“, erwiderte er genauso leise. „Wir haben nur das Hier und Jetzt.“ Endlich schaute er sie wieder an. Tiefe Traurigkeit lag in seinem Blick.

„Walsh und Richter werden nicht ewig nach uns suchen“, widersprach Carrie, „und du wirst beweisen, dass du diese Morde nicht begangen hast …“

„Selbst dann“, fiel er ihr ins Wort. „Selbst wenn das hier vorbei ist und wir immer noch am Leben sind …“ Er holte tief Luft. „Ich kann dir nichts versprechen, Caroline. Wahrscheinlich hätte ich dir das sagen sollen, bevor wir miteinander geschlafen haben, aber … Ich kann mich nicht in dich verlieben.“

Was er sagte, enttäuschte sie viel mehr, als sie erwartet hatte. Und es bewies ihr, wie irreführend guter Sex sein konnte. Sie hatte seine Zärtlichkeiten und Seufzer und ganz besonders die Art, wie er sich an sie geklammert und ihren Namen gerufen hatte, als Beweis für seine tiefen Gefühle betrachtet. In Wirklichkeit zeigte all das nicht mehr, als *dass* er etwas empfand.

Allerdings waren es nur körperliche Empfindungen gewesen, nicht etwa Liebe.

Na und? dachte sie bei sich. *Du hast doch nicht etwa geglaubt, dass Felipe Salazar sich in dich verlieben würde. Oder etwa doch?*

Ja. Die Antwort kam ganz automatisch, ließ sich nicht unterdrücken.

Nein, widersprach sie im Stillen heftig. Nein, das hatte sie nicht. Und es war gut, dass er ihr reinen Wein eingeschenkt hatte. Denn nachdem sie jetzt Bescheid wusste, würde sie schon dafür sorgen, dass sie sich nicht in ihn verliebte.

Sie zwang sich zu lächeln. „Gut. Das ist gut so", erklärte sie Felipe. „Denn auch ich habe nicht die Absicht, mich in dich zu verlieben. Weißt du, ich traue dir immer noch nicht richtig."

Warum zum Teufel hatte sie das gerade gesagt? Sie sah die Betroffenheit in seiner Miene und begriff, dass sie ihn verletzt hatte. Schließlich war ihr doch klar gewesen, wie wichtig ihm seine Unschuld und ihr Vertrauen waren.

Aber sie hatte ja eigentlich nichts weiter gesagt als die Wahrheit. Er konnte durchaus diese Männer umgebracht haben. Oder vielleicht hatte er einfach nur nicht selbst abgedrückt. Vielleicht war er irgendwie in diese Sache verwickelt. Bis jetzt gab es für sie keinen Beweis, dass er nichts damit zu tun hatte. Sie hatte lediglich sein Wort.

Du hast das gesagt, weil du ihn verletzen wolltest. Du hast das gesagt, weil du willst, dass er sich in dich verliebt. Weil du dich längst in ihn verliebt hast.

„Bis zu einem gewissen Grad musst du mir vertrauen", meinte Felipe. „Sonst hättest du nicht mit mir geschlafen."

Carrie streckte die Arme über den Kopf und reckte sich. Verzweifelt bemühte sie sich, gelassen und gleichmütig zu wirken, während in ihrem Herzen und in ihrem Kopf das reinste Chaos herrschte. Er beobachtete ihre Bewegungen wie eine Katze, die einen Vogel belauerte und auf den richtigen Moment für den Sprung wartete. Erkannte sie da Verlangen in seinen Augen, oder war es Zorn?

„Ich habe darauf vertraut, dass Sex mit dir eine tolle Sache sein würde“, sagte sie leichthin. Innerlich fühlte sie sich bleiern. Sie liebte ihn nicht. Sie liebte ihn nicht! „Ich habe mich nicht geirrt, richtig?“ Sie drückte sich vom Boden ab und stand auf. „Jetzt werde ich duschen. Vielleicht nehme ich auch noch ein Vollbad.“ In der Badezimmertür blieb sie stehen und drehte sich zu ihm um. „Schade, dass deine Wundnaht noch einen oder zwei Tage nicht nass werden darf.“

Nichts als heftiges Verlangen loderte in seinen Augen. „Vielleicht kann ich …“

„Du hast es selbst gesagt: bis morgen höchstens eine schnelle Dusche“, unterbrach sie ihn. Dabei tat sie bloß so, als würde sie wollen, dass er mit ihr duschte. Als würde es ihr überhaupt nichts ausmachen, dass er sie nicht liebte und sie nie lieben würde. Als würde ihr dieses Geständnis nicht das Herz brechen. „Und wenn du mit mir unter die Dusche kommst, geht das nicht schnell. Also warte lieber hier auf mich.“

Er lächelte. Sein Lächeln versprach ihr das Paradies. Aber halt, nein. Er hatte ja gesagt, dass er ihr nichts versprechen könnte. Nichts außer sexuellem Vergnügen jedenfalls, auf gar keinen Fall das Paradies. Das Paradies war mehr als reiner, unverfälschter Sex. Das Paradies, das waren geflüsterte Liebesschwüre und Versprechen für die Ewigkeit. Er würde nicht einmal so tun, als ob er ihr das geben wollte.

Wahrscheinlich sollte sie dankbar sein, dass er nicht versuchte, sie zu betrügen. Immerhin stand er offen und ehrlich zu seinen Gefühlen. Beziehungsweise zu seinem Mangel an Gefühlen.

Er sah so unglaublich toll aus, wie er da nackt auf dem Boden lag: die langen muskulösen Beine, die schmalen Hüften, die ebenso schmale Taille, der Waschbrettbauch. Nur wenige Haare auf der Brust. Die brauchte er auch nicht, denn sie hätten seine beinah perfekt ausgebildeten Muskeln bloß versteckt. Seine Haut war glatt und goldbraun, seine Brustwarzen nur einen Ton dunkler. Vom Bauchnabel zog sich ein schmaler Streifen dunkler Haare bis hinab in das Dickicht schwarzer Locken zwischen seinen Beinen und …

Er war hochgradig erregt.

Carrie wusste, dass sie diese Wirkung auf ihn hatte. Ihr Gerede von einer gemeinsamen Dusche, von ihren Fahrten mit dem Boot, bei denen sie oben ohne war, die Art, wie sie ihn anschaute – so als wäre sie am Verhungern und er ein fünfgängiges Luxusmenü …

Er war mehr als bereit, sie zu lieben. Nein, nicht dazu, sie zu lieben. Er war nur bereit, mit ihr zu schlafen. Denn er würde sich nie gestatten, sie zu lieben.

Das schien ihr nicht fair.

Es war nicht fair.

Carrie verschwand im Badezimmer und drehte den Hahn auf. Sie trat unter den Wasserstrahl und schloss die Augen.

Er könnte ein Mörder sein, rief sie sich in Erinnerung. Vielleicht hörte sie ja auf, ihn zu lieben, wenn sie das oft genug wiederholte. Vielleicht sollte sie sich dagegen schützen, noch öfter verletzt zu werden, und nicht wieder mit Felipe schlafen.

Ja, klar doch. Und vielleicht können Alligatoren fliegen.

Voller Reue wurde ihr bewusst, dass Rafe mit seiner Prophezeiung recht behalten hatte. Nicht einmal vierundzwanzig Stunden war es her, dass sie mit Felipes Bruder in der Küche des Rehazentrums gesessen hatte. Und tatsächlich: Sie hatte mit Felipe geschlafen. Geschlafen? Was für eine seltsame Bezeichnung dafür, denn schließlich hatten sie doch beide nicht im Geringsten an Schlaf gedacht. Mit ihm ins Bett gestiegen? Auch das stimmte nicht, denn sie hatten sich auf dem dicken Teppich auf dem Fußboden im Schlafzimmer geliebt. Sich geliebt? Auch nur eine Halbwahrheit. Ihre Hälfte stimmte, seine nicht. Trotzdem war eine Halbwahrheit immer noch besser als nichts – oder?

Vorhersagen für die nächsten vierundzwanzig Stunden? Sie dachte darüber nach und ließ sich das Wasser ins Gesicht prasseln. Wo war Rafe, wenn sie ihn brauchte? Zu schade, dass er sie nicht gewarnt hatte, dass sie sich in seinen kleinen Bruder verlieben würde. Allerdings hätte sie ihn natürlich ausgelacht, wenn er diese Möglichkeit auch nur angedeutet hätte.

Das Wasser tarnte ihre Tränen. Solange sie unter der Dusche stand, konnte Carrie so tun, als ob sie nicht weinte.

Vorhersagen für die nächsten vierundzwanzig Stunden? Eine konnte sie machen. Und diese würde sich mit solcher Sicherheit als richtig erweisen, dass Nostradamus grün und gelb vor Neid geworden wäre.

Irgendwann in den nächsten vierundzwanzig Stunden – eher früher als später – würde sie erneut mit diesem Mann schlafen. Mit diesem schönen, aufregenden, charismatischen und gefährlichen Mann, in den sie sich in ihrer Dummheit und gegen alle Vernunft verliebt hatte.

12. KAPITEL

Carrie entwirrte sich die nassen Haare mit einer Bürste, die sie im Bad gefunden hatte. Sie trug zu große Shorts und ein Frackhemd, das ihr bis fast zum Knie reichte, und ging über den Flur ins Wohnzimmer. Felipe war nirgends zu sehen.

Vor den großen Glastüren blieb sie stehen und schaute hinaus aufs türkisblaue Wasser des Ozeans. Der private Strand war menschenleer – eine Postkartenidylle. Verständlich, dass jemand ausgerechnet hier ein Strandhaus gebaut hatte. Der weiße Sand reflektierte die Sonnenstrahlen, die durch die leicht getönten Fensterscheiben hereinfielen, sodass das Wohnzimmer in ein überirdisches goldenes Licht getaucht wurde.

Als sie hinter sich ein Geräusch hörte, drehte sie sich um.

Felipe stand in der Tür zur Küche. Auch seine Haare waren nass. Offenbar hatte er selbst schnell geduscht. Er fuhr sich mit den Fingern durch die dichten Locken, um sie zu entwirren und an der Luft trocknen zu lassen. In seinen Augen lag ein sanftes, weiches und ernsthaftes Leuchten, als er sie ansah. Keine Spur von dem Feuer, das sie vor gerade mal einer Stunde beinah verzehrt hätte. Aber dann betrachtete er sie eindringlich von Kopf bis Fuß und registrierte sofort, dass sie unter dem Hemd keinen BH anhatte. Ihr fiel ein, dass ihr BH und ihr Slip zum Trocknen im Bad hingen. Er ließ den Blick weiter abwärts wandern, ließ ihn auf ihren Beinen ruhen, die er bewundernd und fast liebkosend musterte – und Carrie wurde heiß.

Das Feuer war immer noch da, stellte sie fest, als er ihr wieder in die Augen blickte. Er konnte es nur sehr gut verbergen.

„Hast du Hunger?“, fragte er.

Heißes Verlangen überfiel sie, und ihr verkrampfte sich der Magen. Innerlich trat sie sich selbst in den Hintern, weil ihr Körper so überdeutlich auf diesen Mann reagierte. Hunger?

Oh ja, aber nach etwas Essbarem war ihr nicht …

Er trug lediglich knielange dunkelblaue Shorts. Sie waren ein oder zwei Nummern zu groß und saßen tief auf seinen Hüften. So sah er aus, als ob er Urlaub am Strand machte. Als ob er gerade von einem morgendlichen Bad in der Brandung zurückgekommen wäre. Carrie bemerkte das Spiel seiner Muskeln, als er sein Haar noch einmal kräftig ausschüttelte. Ihr fiel wieder ein, wie glatt seine Haut war und wie es sich angefühlt hatte, in seinen Armen zu liegen. Am liebsten wollte sie ihn wieder berühren, aber er stand immer noch im Türrahmen und kam nicht näher.

„Ich habe nicht allzu viel in der Küche gefunden, nur Tiefkühlgemüse und eine Tüte Reis“, sagte er. „Der Reis dürfte in etwa fünf Minuten fertig sein, und das Gemüse ist schon heiß.“

Er wollte also so tun, als wäre alles normal. Als hätte sich an ihrem Verhältnis zueinander nichts geändert. Er würde höflich und freundlich sein und Abstand zu ihr halten, bis die Hitze zwischen ihnen zu groß wurde und sie wieder miteinander schliefen. Keine Chance, dass er sie in den Arm nahm, nur um sie im Arm zu halten und ihr Nähe, Trost und Wärme zu spenden. Dabei brauchte sie genau das gerade ganz besonders.

Zu Carries Entsetzen schossen ihr Tränen in die Augen. Warum? Warum weinte sie jetzt? Sie weinte doch sonst nicht – na ja, so gut wie nie. Nein, kam überhaupt nicht infrage, noch einmal vor Felipe in Tränen auszubrechen. Sie blinzelte heftig, wandte sich ab und konzentrierte sich auf die Aussicht aufs Meer. Das Wasser und der Himmel verschwammen vor ihren Augen, und sie blinzelte noch heftiger, um sich unter Kontrolle zu bringen.

„Alles in Ordnung mit dir?“ Besorgnis schwang in seiner Stimme mit, und sie hörte, wie er sich humpelnd näherte.

Wenn er ihr zu nah kam, war sie verloren. Sie würde weinend in seinen Armen landen, und das war das Allerletzte, was sie wollte. Oh ja, sie wollte von ihm in den Arm genommen werden, aber nicht aus Mitleid.

Sie atmete tief durch und drehte sich zu ihm um, ein gezwungenes Lächeln auf den Lippen. Doch er ließ sich nicht täuschen – sie sah seine Reaktion in seinem Gesicht. Trotzdem blieb er vor der Couch stehen, die das Zimmer teilte.

„Der Gedanke an Reis und Gemüse verschlägt mir immer die Sprache", erwiderte sie leichthin.

Er lächelte über ihre Worte, aber seine Sorge blieb unübersehbar. Zweifellos hatte er längst begriffen, dass sie sich in ihn verliebt hatte. Zweifellos ging ihm das öfter so. Vermutlich verliebte sich jede Frau in ihn, mit der er schlief. Und zweifellos bereitete ihm lediglich die Vorstellung Sorge, wie viel Ärger sie ihm machen würde: eifersüchtige Anrufe, tränenreiche Szenen, verzweifelte Besuche auf seiner Dienststelle …

Aber er war ein Mordverdächtiger auf der Flucht. Und sie war nicht wie all die anderen Frauen, die er kannte. Sie hatte Rückgrat. Sie hatte Charakterstärke. Und sie hatte ihren Stolz.

„Was geschieht jetzt?", fragte sie mit hoch erhobenem Kopf. Er sollte sehen, dass sie nicht weinte. So ging sie an ihm vorbei in die Küche. Der Raum war groß. Hängeschränke und geflieste Arbeitsflächen an den Wänden, eine Arbeitsinsel mit Spüle mitten im Raum, ein riesiger Holztisch in einer Frühstücksecke. Auch hier waren überall Fenster und Oberlichter, die das Sonnenlicht hereinließen. Zugleich schirmten sie die Bäume und Büsche draußen gegen die Außenwelt ab. Niemand konnte hereinsehen.

„Wir essen zu Mittag." Er folgte ihr.

„Das meinte ich nicht." Auf dem blitzblanken Herd standen zwei Töpfe, und in der Luft hing der aromatische Duft von Basmatireis.

„Wir bleiben noch eine Nacht", antwortete er, ging zum Herd und schaltete die Platten aus.

Noch eine Nacht hier im Strandhaus. Allein. Bei Kerzenlicht. Der Gedanke an sie beide in dem riesigen Bett jagte eine Hitzewelle durch Carries Körper. Aber bis zum Abend war es noch sehr lange hin. Sie wollte nicht so lange warten. Oh Mann, was war sie doch schamlos.

Allerdings gab es für sie ja nur das Hier und Jetzt. Das hatte er ihr selbst gesagt.

„Und dann?“, fragte sie weiter. Ihre Stimme gehorchte ihr nicht recht, und sie räusperte sich.

„Dann versuche ich, Kontakt zu Diego aufzunehmen.“ Um sein verletztes Bein zu entlasten, beugte Felipe sich vor und stützte sich auf der Rückenlehne eines Stuhls ab. Mehrere waren um den großen Holztisch herum gruppiert. Die Muskeln in seinen Armen und Schultern spannten sich an. „Ich hoffe, dass er irgendwelche Neuigkeiten für mich hat. Irgendwas, das mir weiterhilft. Ich muss herausfinden, wer bei der Polizei mir das Ganze angehängt hat.“

„Und wenn er das nicht hat?“

„Dann müssen wir uns ein anderes Versteck suchen. Und ich muss mir selbst etwas einfallen lassen, um die Alarmanlage in Richters Villa auszutricksen und …“

„Aber das ist unglaublich gefährlich!“ Mit offenem Mund starrte Carrie ihn an. Ihr fiel wieder ein, was Rafe gesagt hatte. *Felipe ist ebenfalls abhängig. Er ist süchtig nach einem Leben am Abgrund. Süchtig nach dem Risiko.* „Das ist Wahnsinn!“

„Alles an dieser Sache ist Wahnsinn“, konterte er.

„Du willst also in das Haus dieses Mannes gehen – nein, einbrechen –, der dich umbringen will?“ Sie begann in der Küche auf und ab zu gehen. Wenn Felipe tatsächlich bei Richter einbrach: Bestand überhaupt eine Chance, dass er lebend wieder herauskam?

„Wenn nötig, ja“, gab er zurück und betrachtete sie bei ihrem ruhelosen Auf-und-ab-Gehen. „Und ich muss es bald tun. Wenn ich zu lange warte, werden sie sich darauf eingestellt haben, dass ich auftauche. Sie wissen, dass ich angeschossen worden bin. Im Wagen ist jede Menge Blut. Sie werden davon ausgehen, dass ich mich vorläufig verstecke, um mich zu erholen.“ Ein verkrampftes Lächeln huschte über sein Gesicht.

„Wahrscheinlich hoffen sie, dass ich an einer Infektion krepiere."

Sie hielt inne. „Wie geht's deinem Bein?"

„Besser."

„Ehrlich?"

„Na ja, es wird jedenfalls nicht schlimmer."

„Und du glaubst wirklich, dass du morgen so weit bist, von hier fortgehen zu können?"

„Ich muss. Wir können nicht viel länger bleiben. Es ist nur eine Frage der Zeit, bis jemand den Lieferwagen entdeckt und die Polizei die richtigen Schlüsse zieht."

„Ich könnte ihn wegfahren und irgendwo anders abstellen", schlug sie vor.

„Ohne mich? Keine gute Idee. Weißt du noch?" Er lächelte, um seinen Worten die Schärfe zu nehmen.

Keine gute Idee. Und doch immer noch eine bessere Idee, als sich in diesen Mann zu verlieben. Sich in Felipe Salazar zu verlieben war so ziemlich die dümmste Idee, die ihr in ihrem gesamten fünfundzwanzigjährigen Leben gekommen war.

Sie verschränkte die Arme vor der Brust und schaute zu Boden. „Sieht so aus, als hätte ich zurzeit nur dumme Ideen", sagte sie.

Er schwieg sehr, sehr lange. Erst als sie ihn wieder ansah, machte er den Mund auf. In seiner Miene erkannte sie tiefe Traurigkeit und Enttäuschung.

„Caroline, bereust du es?", fragte er. „Ich meine, dass du mit mir geschlafen hast?"

Sie konnte seinem Blick nicht standhalten. „Ich weiß nicht, was in mir vorgeht", gab sie zu.

„Ich hatte nie vor, dich auszunutzen. Oder unsere jetzige Lage. Ich fürchte aber, dass ich wohl doch …"

„Oh, hör auf. Du bist ja so ein Macho!", unterbrach Carrie ihn verärgert. „Bist du dir sicher, dass ich nicht dich ausgenutzt habe? Woher willst du wissen, dass ich dich nicht verführen wollte?"

„Willst du etwa behaupten, du hättest einen Plan ausgeheckt, mich zu verführen, während wir in dem Kriechkeller steckten? Netter Versuch, aber …“ Er schüttelte den Kopf. „Das nehme ich dir nicht ab.“

Das Lächeln, das er ihr nun schenkte, wirkte ansteckend. Obwohl ihr das Herz schwer war, erwiderte Carrie es unwillkürlich.

„Mit deinem verletzten Bein konntest du mir ja nicht weglaufen“, stellte sie fest und legte die Haarbürste auf das Telefontischchen.

„Ich bin gelaufen“, gab er zurück. „Gestern Abend. Hinter dir her, wenn ich mich recht entsinne.“

Sein breites Lächeln schwand. Carrie schaute schweigend zu Boden, fühlte sich plötzlich verlegen unter seiner Musterung. Sie spürte, wie er sie beobachtete und versuchte, ihre Gedanken zu ergründen.

„Ich wollte nicht, dass du etwas bereust“, sagte er leise. „Es tut mir leid.“

Ihre Lippen waren trocken. Sie fuhr mit der Zunge darüber und bemerkte, dass er diese winzige Bewegung genau verfolgte. „Ich bereue nicht, mit dir geschlafen zu haben“, flüsterte sie. „Wie kann ich etwas bereuen, was ich am liebsten sofort noch mal täte?“

Lautlos war er näher gekommen. Nur wenige Zentimeter trennten sie jetzt noch, aber er berührte sie nicht.

„Vielleicht stimmt das sogar, was du gesagt hast“, sinnierte er. „Vielleicht hast du mich heute Morgen wirklich verführt. Denn ich glaube, du willst mich schon wieder verführen, nicht wahr?“

„Was ist mit dem Mittagessen?“, hauchte sie. Sie verlor sich in der Glut seiner Augen, als er ihr immer näher kam, jedoch ohne sie zu berühren.

„Das kann warten.“ Er schaute auf ihren Mund.

Er wartet, dachte Carrie. *Er wartet, dass ich den ersten Schritt tue. Dass ich ihn anfasse und küsse. Dass ich ihn verführe.*

Aber er liebte sie nicht. Sie gefiel ihm, und er begehrte sie. Aber er liebte sie nicht. Und er hatte ihr klargemacht, dass er sich solche Gefühle für sie nicht gestatten würde. Nicht jetzt und auch nicht später. Das tat weh. Anscheinend hatte er seine Empfindungen tatsächlich so gut im Griff wie seinen Körper und …

Aber er hatte die Kontrolle verloren. Als sie am Morgen miteinander geschlafen hatten, da hatte Felipe die Kontrolle verloren. Konnte es nicht sein, dass ihm dasselbe auch auf emotionaler Ebene passierte?

Carrie wünschte sich, dass er sie liebte. Es war verrückt. Soweit sie das beurteilen konnte, würde er den Rest seines Lebens in einem Hochsicherheitsgefängnis verbringen. Oder sogar – oh Gott, nein! – in der Todeszelle, verurteilt wegen vorsätzlichen Mordes. Soweit sie das beurteilen konnte, war es durchaus möglich, dass er zweimal abgedrückt und den beiden Gangstern eine Kugel in den Kopf gejagt hatte. Oh, sie hielt ihn nicht für schuldig. Natürlich wollte sie nicht glauben, dass er zu so etwas fähig war. Aber sie wusste es letztlich nicht genau. Es gab keine harten Fakten, keine Beweise, die die Wissenschaftlerin in ihr überzeugt hätten. Außerdem würde es ihm vor Gericht auch nicht helfen, wenn sie an ihn glaubte.

Ja, vermutlich würde sie sowieso als unzurechnungsfähig gelten, weil sie davon träumte, dass dieser Mann sich in sie verliebte. Doch das war nun mal ihr größter Wunsch. Und sie dachte gar nicht daran, sich einfach hinzusetzen und aufzugeben und sich mit dem Hier und Jetzt zufriedenzugeben.

Zumindest konnte sie ihm etwas geben, das ihn an sie erinnerte. Das ihn sehr lebhaft an sie erinnerte – und zwar für den Rest seines Lebens.

Das Sonnenlicht, das durch die Fenster hereinfiel, tauchte Felipe in einen goldenen Schein. Er sah aus wie von einer anderen Welt. Seine langen dunklen Locken fielen ihm auf die breiten Schultern, seine glatte Haut schimmerte. Carrie fragte sich, ob dasselbe Licht ihre hellen Haare und ihre sanft gebräunte Haut wohl ähnlich vorteilhaft betonte. Sie fragte sich, ob sie auch nur halb so exotisch und aufregend wirkte wie er. Keine Frage: So wie er sie mit glühendem Verlangen in den Augen anschaute, *fühlte* sie sich immerhin aufregend und begehrenswert.

Aber wenn sie ihn verführen und ihm die Kontrolle über seine Gefühle entreißen wollte, dann musste sie handeln. Und zwar schnell, bevor der Mut sie verließ.

Mit einer einzigen raschen Bewegung zog sie sich das Hemd über den Kopf.

Sein leises Lachen zeigte ihr, dass er damit nicht gerechnet hatte. Gut so. Sie wollte ihn aus dem Gleichgewicht bringen, und sie wollte, dass das möglichst lange so blieb.

Schweigend musterte er sie, aber sein Gesichtsausdruck sprach Bände. Nur mit den Augen liebkoste er ihre Brüste und ihre Schultern. Sie fühlte sich ausgesprochen schön, weil er sie so ansah. Schön, sexy, mächtig und fähig zu nahezu allem. Es bestand keine Gefahr mehr, dass der Mut sie verließ. Sie hatte diese Sache angefangen und würde sie jetzt auch durchziehen.

Aber er fasste sie nicht an. Stattdessen rammte er die Hände tief in seine Hosentaschen, so als könnte er nur schwer die Finger von ihr lassen. Und plötzlich wurde ihr klar, was er da tat. Sie begriff, warum er sie nicht berührte.

Keine Reue.

Er wollte ihr keinen Grund geben, irgendetwas zu bereuen. Deshalb wollte er diesmal ganz sichergehen, dass eins absolut klar war: Sie hatte die Initiative ergriffen. Vielleicht würde sie es hinterher trotzdem bereuen – doch so würde er sich viel weniger schuldig fühlen.

Sie nahm seinen sauberen, frischen, männlichen Duft wahr. Seine Nasenflügel bebten, und sie wusste: Auch er konnte sie riechen. Sicher bemerkte er den schwachen Kräuterduft des Shampoos, mit dem sie sich die Haare gewaschen hatte. Den herbsüßen Duft der Sonnenmilch, die sie im Bad gefunden und als Ersatz für eine Feuchtigkeitscreme benutzt hatte. Den frischen Minzeduft der Zahncreme, mit der sie sich die Zähne geputzt hatte.

Felipe beobachtete, wie sie die Finger zum Bund ihrer Shorts wandern ließ. Langsam öffnete sie den Knopf. Ebenso langsam zog sie den Reißverschluss auf. In aller Ruhe. Sein Gesichtsausdruck war umwerfend. Jeder Muskel seines Körpers war vor Erwartung angespannt. Ganz offensichtlich musste er sich stark zusammenreißen, um nicht selbst Hand anzulegen und das Ganze zu beschleunigen.

Sie sah ihn an, als sie die Shorts über ihre Hüften gleiten ließ und sie leise raschelnd zu Boden fielen. Völlig nackt trat sie einen Schritt vor. Sie fühlte, dass sie rot wurde – und wusste, dass es auch ihm auffallen würde. Schon blöd, wenn man so helle Haut hatte …

Trotzdem stand sie hoch erhobenen Hauptes da und schaute ihn fest an. Die Hitze in seinen Augen näherte sich einer Kernschmelze. Dennoch ließ er die Hände in den Taschen und rührte sich nicht.

„Wir könnten erst essen", flüsterte sie und musste lächeln. „Bist du sicher, dass du keinen Hunger hast?"

Er fuhr sich mit der Zunge über die Lippen. „Nicht auf Reis." Kurz blickte er zu den goldbraunen Locken zwischen ihren Beinen, dann wieder in ihr Gesicht.

Deutlicher konnte er ihr nicht zeigen, was er wollte.

Glühende Hitze schoss durch ihren Körper. Carrie beugte sich vor, und im selben Moment verlor er die Kontrolle.

Er streckte die Hände nach ihr aus, stürzte sich förmlich auf sie, nahm sie auf die Arme und trug sie zu dem großen Holztisch hinüber.

Seine Hände und sein Mund waren überall. Er berührte sie, küsste sie, saugte an ihr, leckte an ihr. Sie schrie auf, als sie seine Zunge in ihrem Bauchnabel spürte. Der Schrei hallte in der Stille des Hauses. Sie versuchte sich aufzusetzen, aber er hielt sie fest. Offenbar hatte er sich in den Kopf gesetzt, sie mit der

Zunge so in den Wahnsinn zu treiben, wie sie das vorher mit ihm gemacht hatte.

Sie wand sich vor Lust und stieß dabei eine Zuckerdose vom Tisch, die krachend zu Boden fiel. Es war ihr egal. Ihr war eigentlich alles egal – abgesehen von einer Sache: dass sie mit diesem Mann schlief, den sie anbetete.

Sie machte sich am obersten Knopf seiner Shorts zu schaffen. Felipe rutschte näher an sie heran, um ihr das zu erleichtern. Als sie an dem Knopf herumfummelte, griff er nach ihrer Hand und führte sie zu seiner Erektion.

Dann öffnete er den Knopf selbst, anschließend den Reißverschluss, und die Shorts glitten zu Boden. Von irgendwo zauberte er ein Kondom herbei. Vielleicht war es wirklich Zauberei: Es hätte sie nicht gewundert, wenn er auch das beherrschen würde. Vielleicht stammte es aber auch aus den unergründlichen Tiefen seiner Geldbörse.

Und dann war er über ihr, drang in sie ein, füllte sie aus, nahm sie stürmisch. Er stöhnte und küsste sie zugleich. Und Carrie bewegte sich mit ihm zusammen in einem Rhythmus, der so alt war wie die Menschheit selbst.

Du wirst mich lieben, sagte Carrie ihm mit den Augen, den Händen, dem ganzen Körper. *Ich werde dafür sorgen, dass du mich liebst.*

Aber reden konnte sie nicht. Sie brachte kein Wort über die Lippen, geschweige denn vollständige Sätze. Sie konnte nichts tun, als seine Schultern zu umklammern und vor Lust zu stöhnen.

Felipe zog sich leicht zurück, um sie anzuschauen. In seinen Augen erkannte sie sein wildes Verlangen und seine Überraschung. Er sagte etwas. Auf Spanisch. Trotzdem verstand sie, was er meinte. Jetzt. *Jetzt!*

Jetzt, genau wie an diesem Morgen, konnte er sich nicht länger zurückhalten. Genau wie an diesem Morgen hatte sie ihn so weit getrieben, dass er sich ihr völlig hingab und jegliche Beherrschung verlor.

Dieses Wissen beflügelte sie. Heiße Lust durchtoste ihren Körper, als sie sich kurz darauf anspannte und zu einem Höhepunkt gelangte, der viel zu intensiv war, um echt zu sein. Aber er war echt. Wieder und wieder überlief es sie heiß und kalt, und vor ihrem inneren Auge sah sie ein Feuerwerk aus leuchtenden Farben. Sie schlang die Beine um Felipe, wollte ihn enger an sich ziehen. Noch enger, noch fester.

Sie hörte, wie er ihren Namen und etwas auf Spanisch rief. Gleich darauf ließ auch er sich von seinen Empfindungen mitreißen, während er weiterhin immer wieder in sie eindrang.

Dann war es vorbei. Carrie schloss die Augen, als Felipe den Kopf auf ihre Brust sinken ließ. Er rollte sich von ihr herunter, um sie nicht mit seinem Gewicht zu erdrücken, und zog sie rasch in eine zärtliche Umarmung. Oh, wie sehr sie ihn doch liebte.

Und so lagen sie beide auf dem Küchentisch.

Carrie musste lachen.

Sie lagen auf dem Küchentisch. Sie hatten sich gerade eben auf dem Küchentisch geliebt. *Himmel, hilf, wenn wir jemals in dieses Haus zum Essen eingeladen werden.* Carrie war klar, dass sie eine solche Mahlzeit niemals überstehen könnte, ohne in hysterisches Gelächter auszubrechen.

„Du denkst vermutlich an das Gleiche wie ich“, meinte Felipe und küsste sie auf die Stirn.

„Ein Abendessen hier“, sagte Carrie. „Mit den Marshalls.“

„Genau daran habe ich auch gerade gedacht“, gab er lachend zu.

„Ich frage mich, ob sie es merken werden. Einfach an … ich weiß nicht … an der sexuellen Aura, den kosmischen Erschütterungen, die von jetzt an von diesem Tisch ausgehen werden.“

„Hmm.“ Sanft berührte er ihre Brust.

„Oder vielleicht nutzen die Marshalls diesen Tisch genauso wie wir.“

Felipe lachte. Dann hob er mit einem Finger ihr Kinn an,

damit er sie auf den Mund küssen konnte. „Vielleicht auch nicht.“

Carrie schaute ihn an. „Das war toller Sex“, bemerkte sie. „Sind wir uns da einig?“

Er antwortete nicht. Jedenfalls nicht sofort. Dann endlich nickte er. „Ja, da sind wir uns einig.“

13. KAPITEL

Toller Sex.

Felipe ging einfach nicht aus dem Kopf, was Caroline gesagt hatte.

Toller Sex. Mehr war das nicht gewesen für sie?

Sie hatte sich am anderen Ende der langen Couch zusammengerollt und lag mit geschlossenen Augen da, den Kopf auf eines der Sofakissen gelegt. Im Schlaf sah sie aus wie ein Engel. Ihre Lippen waren leicht geöffnet, ihre langen Wimpern lagen wie kleine Fächer auf ihren Wangen, ihre Haare wirkten wie gesponnenes Gold. Bekleidet war sie mit einem alten weißen Frotteebademantel, der vermutlich Jim Keegan gehörte. Wenn sie damit aufstand, würde der Saum über den Boden schleifen wie die Schleppe eines Brautkleides.

Ein Brautkleid. Was für einen Anblick das bieten würde: Caroline in einem prächtigen weißen Kleid, die langen blonden Haare elegant hochgesteckt. Ein hauchdünner Schleier über ihrem Gesicht, der ihr schönes Lächeln nicht verstecken könnte.

Der Bräutigam war zu beneiden. Vor ihm lag ein Leben voller Lachen, Liebe und süßer Küsse. Mit ihren meergrünen Augen würde sie ihn nach jeder wunderbaren Liebesnacht schläfrig lächelnd anschauen.

Für Felipe hingegen hielt das Schicksal eine endlose Folge kalter, einsamer Nächte bereit – dazu immer neue Überwachungsaufträge und verdeckte Ermittlungen unter ständig wechselnden Namen. Er hatte keine echte Zukunft. Allerdings würden ihn immer noch Carolines meergrüne Augen anstrahlen, denn bis ans Ende seiner Tage würden sie ihn in seinen Träumen heimsuchen.

Plötzlich war ihm kalt, und er fühlte sich einsam. Er streckte ein Bein nach Carrie aus, um die Verbindung zwischen ihnen so lange wie nur irgend möglich aufrechtzuerhalten.

Den Fuß schob er unter ihren Bademantel. Er spürte ihre Wärme an seinen Zehen. Sie öffnete lächelnd die Augen, streckte die Hand aus und streichelte sanft sein Bein, während ihr die Augen wieder zufielen.

Toller Sex.

Es war unglaublich toller Sex gewesen. Tatsächlich hatte Felipe es in seinen Gedanken immer gern so genannt. Seinen früheren Freundinnen hatte er etwas von „Liebe machen“ erzählt, aber mit Liebe hatte das nie etwas zu tun gehabt. Höchstens mit seiner eher allgemeinen Liebe zu schönen Frauen. Sicher, als Teenager hatte er sich ein- oder zweimal eingebildet, verliebt zu sein. Das hatte jedoch entweder nicht lange vorgehalten, oder er hatte einen Korb bekommen. Sein gebrochenes Herz war allerdings schnell wieder geheilt. So schnell, dass er schon bald daran gezweifelt hatte, ob er wirklich so etwas wie Liebe empfunden hatte.

Im Moment fühlte er ein ganzes Bündel von Emotionen, das sich wie ein Klumpen in seiner Brust festgesetzt hatte. Und diese Gefühle waren anders als alles, was er jemals zuvor erlebt hatte.

Vielleicht ist es doch keine Liebe. Vielleicht irre ich mich.

Caroline seufzte und schlug erneut die Augen auf. „Wie spät ist es?“, murmelte sie.

Er brauchte nicht auf die Uhr an der Wand zu sehen. Der Sonnenstand am Horizont reichte ihm. „Kurz vor sechs.“

Sie gähnte und streckte sich, strich mit den Füßen über seine Beine und reckte die Arme zur Decke empor.

Dann verschränkte sie die Hände im Nacken und betrachtete ihn. Sie ließ ihre Zehen mit dem Stoff seiner Shorts spielen. „Was bedeutet ‚tey-yamo‘?“

Er erstarrte, und sein Herz schien ein paar Sekunden auszusetzen.

„Was hast du gesagt?“, fragte er.

„‚Tey-yamo‘“, wiederholte sie.

Te amo.

Ich liebe dich.

Es war ein Schock, aber er ließ sich nichts anmerken.

„Du hast das mehr als einmal gesagt“, fuhr sie fort. Sie ließ die Arme sinken und fummelte an dem Gürtel ihres Bademantels herum. Sein plötzliches Schweigen fiel ihr anscheinend auf. Doch offenbar wusste sie nicht, wie sie es deuten sollte. „Weißt du noch? Als wir *nicht* zu Mittag gegessen haben? Auf dem Küchentisch?“

Ihr Lächeln wirkte ein wenig schüchtern, ein bisschen frech und umwerfend bezaubernd.

„Ich erinnere mich an den Küchentisch.“ Bis in alle Ewigkeit würde er sich an den Küchentisch erinnern. Wahrscheinlich würde er sich noch daran erinnern, wenn er mit fünfundneunzig Jahren auf dem Sterbebett lag. Falls er denn so lange lebte.

„Ich habe mich nur gefragt, ob …“ Verstohlen musterte sie ihn.

Es war keine Koketterie, das war ihm klar. Sie versuchte nicht, besonders süß zu wirken. Ihre nervöse Schüchternheit war so echt wie die bezaubernde Röte, die so oft ihre Wangen überzog. Das stand so völlig im Widerspruch zu der Frau, die ihn heute Mittag in der Küche ganz schamlos und offen verführt hatte. Doch es überraschte ihn nicht. Carrie steckte nun mal voller Widersprüchlichkeiten und Überraschungen. Damit rechnete er inzwischen.

Sie atmete tief ein. „Ich habe mich gefragt, ob ‚Tey-yamo‘ ein Name ist. Vielleicht der Name einer ehemaligen Freundin. Oder einer nicht ganz so ehemaligen Freundin …?“

Felipe schüttelte den Kopf. „Das ist kein Name.“

„Was bedeutet es dann?“, hakte sie nach. Sie wiederholte es mehrmals, übte die ihr so fremden spanischen Wörter. „Spreche ich das richtig aus?“

Te amo.

Ich liebe dich.

Er konnte nur nicken. Hatte er ihr tatsächlich gesagt, dass er sie liebte?

„Was bedeutet es?“, fragte sie erneut.

Er räusperte sich. „Es ist … ziemlich schwer zu übersetzen.“

Er hatte ihr gesagt, dass er sie liebte, als er mit ihr geschlafen hatte. Er schloss die Augen und konnte das Echo seiner Stimme vernehmen. Ja, er hatte die Worte ausgesprochen. *Te amo.* Er hatte das wirklich gesagt.

Zwar hatte er Glück, dass er es in einer für Caroline unverständlichen Sprache getan hatte. Doch das täuschte nicht über den Umstand an sich hinweg: Er hatte sich verplappert. Schlimmer als das war allerdings die plötzliche Erkenntnis, dass diese Aussage der Wahrheit entsprach.

Er liebte sie.

Sie zog ihre Beine wieder unter den Bademantel und rückte ein Stück von ihm ab. Der plötzliche Verlust ihrer Wärme und des Gefühls von Nähe war zu viel für Felipe. Er packte sie und zog sie an sich, sodass sie zwischen seinen Beinen saß und den Rücken an seine Brust lehnen konnte. Dann schlang er die Arme um sie und drückte sie fest an sich.

Es ließ sich nicht länger leugnen. Er liebte sie.

Er war verloren.

„‚Tey-yamo‘“, wiederholte sie, und ihm krampfte sich das Herz zusammen. Sie wusste nicht, was sie da sagte. Und wahrscheinlich würde sie es gar nicht sagen, wenn sie die Bedeutung kannte. „Du kannst das echt nicht übersetzen?“

Er schüttelte den Kopf.

Welche Ironie, dass es diesmal genau andersherum war als sonst. Da saß er nun und war verliebt bis über beide Ohren – und sie hatte einfach nur „tollen Sex“ erlebt.

„‚Tey-yamo‘. Du warst … völlig ausgelassen, als du es zum ersten Mal gerufen hast“, sinnierte sie. Lächelnd fügte sie hinzu: „Ist das so was Ähnliches wie, lass mich überlegen … Yabba Dabba Doo?“

Felipe lachte, drückte sie noch fester an sich. Er liebte sie. Und er wünschte sich so sehr, dass sie ihn ebenfalls liebte. Aber wenn sie es tat – großer Gott, was für ein Schlamassel. Dann wären es zwei gebrochene Herzen statt einem. Denn er würde sie verlassen, wenn diese Sache überstanden war. Er *musste* sie verlassen. Er konnte nicht riskieren, sie in Gefahr zu bringen. Es wäre einfacher für sie, viel einfacher, wenn sie sich nicht in ihn verliebte und ihre Beziehung als eine Freundschaft mit tollem Sex auffasste.

„Ja", antwortete er, fasste nach ihrem Kinn und küsste ihre weichen Lippen. „Genau das bedeutet es. Yabba Dabba Doo."

Felipe erwachte um halb zehn. Caroline lag immer noch in seinen Armen.

Die Strahlen der Morgensonne stahlen sich an den Jalousien und Vorhängen vorbei ins Schlafzimmer, und das taten sie schon eine ganze Weile.

Noch nie war er so spät aufgewacht.

Nicht, dass ihn das überraschte. In den letzten Tagen hatte er so manches erste Mal erlebt.

So zum Beispiel, dass er hier mit der Frau lag, die er liebte. Liebte. Das war ein ganz gewaltiges erstes Mal.

Caroline schlief tief und fest. Er lächelte, obwohl sich ihm der Magen leicht verkrampfte und seine Schultern unglaublich verspannt waren. Beides war auf seine Grübeleien zurückzuführen. Sie schlief mit fest geschlossenen Augen und geballten Fäusten, als ob sie darum kämpfte, nicht aufzuwachen.

Am Abend zuvor hatte er sie lange wach gehalten. Und dann hatte sie ihn in der Morgendämmerung geweckt ... Sie war genauso unersättlich wie er.

Im grauen Zwielicht hatten sie gemeinsam das Schlafzimmer nach Kondomen abgesucht. Eins hatte er in der Geldbörse gehabt, und sein Bruder hatte ihm noch ein paar zugesteckt, kurz bevor sie das Rehazentrum verlassen hatten. Doch die waren längst verbraucht.

Felipe war schon bereit gewesen, irgendwas zu improvisieren oder – Himmel, hilf! – es ohne Kondom zu riskieren. Auch das wäre definitiv ein erstes Mal gewesen. Zum Glück hatte Carrie dann jedoch eine fast volle Schachtel gefunden.

Sie gehörten Jim und hatten gut versteckt im Unterschrank der Küchenspüle gelegen.

Felipe beschloss, alle mitzunehmen, wenn sie das Strandhaus verließen. Jim brauchte sie vorläufig sowieso nicht mehr, denn seine Frau Emily war im fünften Monat schwanger.

Erneut wandte er seine Aufmerksamkeit Caroline zu. Er betrachtete die Sommersprossen auf ihrer Nase und ihren Wangen. Unwillkürlich stellte er sich vor, dass sie mit seinem Kind schwanger war. Eine fast schon überwältigende Sehnsucht stieg in ihm auf. Er musste die Augen schließen und bewusst tief atmen, damit sie nachließ.

Das Baby würde ihm ähnlich sehen: dunkle Haare, dunkle Augen. Es wäre bestimmt groß, denn alle Salazars bekamen große Babys. Vielleicht wäre es sogar zu groß, um es sicher auszutragen. Caroline war so zierlich, dass ihn allein der Gedanke an eine Schwangerschaft und deren Risiken – für die er verantwortlich wäre – erschreckte. Wenn er sie schwängerte, würde er neun Monate in Angst verbringen. Angst, dass ihr etwas passierte. Angst, dass sie bei der Geburt starb.

Noch ein Grund mehr, ihr niemals seine Liebe zu gestehen. Noch ein Grund mehr, sie zu verlassen.

Aber nun erlebte Felipe ein weiteres erstes Mal: Er begann sich zu fragen, ob er die Kraft aufbringen würde und sie tatsächlich verlassen könnte, wenn es so weit war.

Jim Keegan war verheiratet. Natürlich machte er sich die meiste Zeit schreckliche Sorgen um Emily. Außerdem hatte er Vorsichtsmaßnahmen getroffen. Er hatte eine supermoderne Alarmanlage einbauen lassen und einen Hund von der Größe eines kleinen Pferdes angeschafft. Das Tier war so erzogen, dass es absolut zuverlässig das Grundstück bewachte. Wenn Jim bis spät in die Nacht arbeiten musste, fuhren Streifenwagen an seinem Haus vorbei. Felipe hatte selbst sehr oft spätabends nach Emily geschaut. Diesen Gefallen hatte er seinem alten Freund gern getan.

All diese Sorgen, all diese Vorsichtsmaßnahmen – und dabei

arbeitete Jim nur für die Mordkommission. Er ermittelte so gut wie nie verdeckt. Sein Job war nicht annähernd so gefährlich wie der von Felipe.

Wer Straßenbanden und Gangstersyndikate unterwanderte – wie Felipe das so ausgezeichnet konnte –, musste mit Racheakten rechnen. Er durfte sich nicht erlauben, das Leben zu führen, das er sich so sehr wünschte. Wenn er bei Caroline blieb, wäre er nie frei von Sorgen. Er könnte sich nicht konzentrieren und würde vermutlich umgebracht werden. Oder sie würde umgebracht werden. Und so wahr ihm Gott helfe, wenn ihr irgendetwas zustieß, würde er sich das nie verzeihen.

Nein. Wenn es so weit war, würde Felipe die Kraft finden, sie zu verlassen. Irgendwie würde er das hinkriegen.

Sein Bein schmerzte wieder, und er schloss die Augen. Caroline kuschelte sich an ihn. Er umarmte sie fester und atmete den süßen, so vertrauten Duft des Paradieses ein.

Es würde nicht leicht sein. Selbst wenn sie diejenige war, die sich umdrehte und ging, würde es nicht leicht sein. Leichter, ja, aber nicht leicht.

Nichts würde jemals wieder leicht sein.

Die Blutflecken hatten sich nicht ganz aus Carries Kleid auswaschen lassen, aber in dem blauen Blümchendruck fielen sie bei oberflächlicher Betrachtung kaum auf. Nachdem das Kleid nun trocken war, zog sie es wieder an. Trotz der Flecken passte es ihr sehr viel besser als alles, was in den Schränken dieses Hauses hing. Offenbar waren die Bewohner alle viel größer als sie.

Sie zog die Betten ab und steckte die Laken sowie die benutzten Handtücher in den Wäschesammler. Obenauf legte sie einen Zettel, auf dem sie sich dafür entschuldigte, die Sachen nicht gewaschen zu haben.

Felipe war in der Küche und wusch das Geschirr ab. Er war schon den ganzen Morgen seltsam still. Carrie wusste nicht, ob es daran lag, dass sie ihr Versteck verlassen mussten, oder an etwas anderem. Jedenfalls war er angespannt – stärker als sonst – und schien zu grübeln.

Nach dem Erlebnis auf dem Küchentisch war es beinah etwas enttäuschend gewesen, sich im Bett zu lieben. Aber nur beinah, denn es war trotzdem … fantastisch gewesen. Er hatte sie so langsam geliebt, so wunderbar langsam. Sie hätte geschworen, dass sie in seinen Augen Liebe gesehen hatte. Doch vermutlich hatte sie sich geirrt. Wahrscheinlich hatte sich nur das Kerzenlicht in ihnen gespiegelt.

Sie seufzte. Felipe blickte auf und lächelte gezwungen.

„Fertig zur Abfahrt?“, fragte er, trocknete sich die Hände an einem Geschirrtuch ab und hängte es an einen Haken neben der Spüle. Dann ging er zu ihr.

„Nein“, antwortete sie.

Er strich ihr sanft die Haare aus dem Gesicht. „Ich auch nicht. Aber wir müssen.“

Er trug die Jeans, das T-Shirt und die Jacke, die sein Bruder Rafe ihm geliehen hatte. Die Haare hatte er im Nacken zusammengebunden. Ohne die lose fallenden, langen schwarzen Locken wirkte sein Gesicht strenger und härter. Aber sein Blick war weich. Und seine Lippen waren noch weicher, als er sich vorbeugte und Carrie küsste.

„Wohin gehen wir?“, wollte sie wissen.

In diesem Moment huschte ein Schatten über sein Gesicht. Er wandte sich von ihr ab und schaute zur Tür, die nach draußen führte. „Zu einem Freund“, gab er vage Auskunft. „Ich muss mir die Haare schneiden lassen, um mein Aussehen zu verändern.“

Carrie streckte die Hand aus und berührte seinen Pferdeschwanz. „Kurz schneiden lassen?“ Ihre Enttäuschung war unüberhörbar.

Er lächelte amüsiert. „Was denn? Gefällt es dir etwa so lang, wie es ist?“

„Ja“, erwiderte sie, löste seine Haare aus dem Pferdeschwanz und strich mit den Fingern hindurch. „Ich finde es … sexy.“

„Hmm“, meinte er und schloss genießerisch die Augen. „Es

tut mir leid. Ich werde es aber nicht zu kurz schneiden lassen." Lächelnd betrachtete er sie. „Die Polizei hat zwei Sorten Bilder von mir – einmal mit langen Haaren so wie jetzt und einmal mit ganz kurzen Haaren. Weißt du, bis vor zwei Jahren habe ich das Haar immer sehr kurz getragen." Er musterte seine Kleidung und schnitt eine Grimasse. „Und so laufe ich normalerweise auch nicht herum. Ich habe immer Designeranzug und Krawatte bevorzugt."

Carrie lachte. Irgendwie konnte sie sich das nicht vorstellen, obwohl er den Smoking so selbstverständlich und locker getragen hatte ... „Das glaube ich dir erst, wenn du mir die Bilder zeigst."

Er rückte ein Stückchen von ihr ab und band sich die Haare wieder zusammen. „Wir müssen los."

Carrie sah zu, wie er die Küchentür öffnete. Sie wollte nicht hindurchgehen. Sie hatte Angst vor dem, was sie da draußen erwartete. Deshalb versuchte sie, Zeit zu gewinnen. „Was, wenn der Lieferwagen nicht mehr da ist? Wenn er abgeschleppt wurde?"

„Wir nehmen nicht den Lieferwagen."

„Nicht?"

Felipe griff nach ihrer Hand und führte sie zur Tür hinaus auf die rückwärtige Veranda. Dann schloss er ab und legte den Schlüssel zurück unter den Blumentopf. „Nein, wir nehmen Diegos Motorrad."

Sein ... Motorrad?

Carrie folgte ihm die Treppe hinunter und ums Haus herum zu einer frei stehenden Garage. Felipe zog das Garagentor hoch, und da stand es: eine gewaltige Maschine in glänzendem Chrom und Schwarz. Eine Harley-Davidson. Diegos Motorrad. Natürlich.

„Kannst du so etwas wirklich fahren?", erkundigte sie sich.

Er rollte die Maschine ins Sonnenlicht hinaus, machte die Garage zu und sah Carrie an. „Ja."

„Ich habe noch nie auf so einem Ding gesessen."

„Stell dir einfach vor, du reitest auf einem Pferd – mit einem starken Motor und einem schmaleren Sattel. Du bist doch geritten in Montana, oder?"

„Natürlich."

Er lächelte über den leicht beleidigten Unterton in ihrer Stimme. „Du weißt ja Bescheid: Wenn man ein Pferd rennen lässt, richtig rennen lässt, dann spürt man das in seinem Körper. Man bewegt sich zusammen mit ihm, denkt zusammen mit ihm, bildet eine Einheit mit ihm …"

Sie unterbrach ihn: „Du kannst reiten?"

„Mein Onkel Manny arbeitet auf der Pferderennbahn. Manchmal gehe ich heute noch hin und verdien mir ein paar Dollar, indem ich die Pferde bewege, die dort in den Ställen untergebracht sind."

„Ich weiß wirklich nicht gerade viel über dich, nicht wahr?"

Wieder huschte ein Schatten über seine Züge, und er schüttelte den Kopf. „Nein."

„Ich meine, ich hatte ja keine Ahnung … Bist du ein guter Reiter?"

„Ich glaube schon. Aber noch besser kann ich mit so etwas umgehen." Dabei schlug er mit der flachen Hand auf den Sitz des Motorrads.

Schließlich schwang er ein Bein darüber, setzte sich rittlings auf dieses Monster und steckte einen Schlüssel ins Zündschloss.

„Steig hinter mir auf", forderte er sie auf und reichte ihr einen der Helme, die am Lenker hingen. „Leg die Arme um meine Taille und halt dich gut fest. Wenn ich mich zur Seite neige, neigst du dich mit. Beweg dich im Einklang mit mir, verstehst du? Und pass auf deine Beine und Füße auf. Die Maschine wird sehr heiß."

Sie nickte und wollte sich gerade den Helm aufsetzen, als Felipe sie plötzlich an sich zog und sie küsste. Es war ein leidenschaftlicher Kuss, voller Sehnsucht und Verlangen, und dennoch unglaublich und schmerzlich sanft.

Carrie zitterten die Knie. Als er sie losließ, wäre sie fast gefallen. Er setzte ihr den Helm auf und schnallte ihn sicher fest.

Dann trat er den Starter durch und verzog das Gesicht. Offenbar tat die Belastung seinem Bein nicht gut. Dröhnend sprang die Maschine an. Bevor er seinen Helm aufsetzte, rief er: „Steig auf!“

Allzu begeistert von der bevorstehenden Motorradfahrt war sie nicht, aber nach einem Kuss wie eben wäre sie ihm vermutlich überallhin gefolgt.

Sie atmete tief durch und schwang ihr Bein über den Sitz. Ihr Kleid war für eine solche Fahrt nicht sonderlich gut geeignet. Damit der Rock nicht im Fahrtwind hochwehte, setzte sie sich auf den Stoff und schlang danach die Arme um Felipes Taille.

Als er langsam aus der Einfahrt fuhr, warf sie einen letzten Blick zurück auf das Strandhaus. Wie gern wäre sie mit Felipe für immer dort geblieben …

14. KAPITEL

St. Simone hatte sich in den zwei Tagen ihrer Abwesenheit kein bisschen verändert. Die Sonne schien immer noch vom vollkommen blauen Himmel, wärmte die rissigen Gehwege und die winzigen Häuschen entlang der Straße. Dieser Teil der Stadt wurde von den Touristen nie besucht.

Das Viertel war nicht etwa so gefährlich wie das, in dem sich Rafes Rehazentrum befand. Es war einfach nur deprimierend. Die Häuser waren kaum mehr als Strandhütten: Hätten sie am Wasser gestanden, hätten sie bezaubernd und malerisch gewirkt. Aber hier, mehr als eine Meile vom Meer entfernt, waren es trostlose, billig gebaute und schon wieder zerfallende Buden. Und an ihnen war deutlich zu erkennen, dass ihre Bewohner verarmt waren.

Felipe fuhr an den Straßenrand und stellte seine Füße am Boden ab, als sie zum Stehen kamen. Er schaltete den Motor aus. Die plötzliche Stille war eine Wohltat.

Carrie schob ihr Visier nach oben und sah sich um. Wer der Freund auch sein mochte, den Felipe besuchen wollte: Viel Geld hatte er jedenfalls nicht. Also handelte es sich mit Sicherheit nicht um Jim Keegan. Die Tochter der Leute, denen das Strandhaus auf Sanibel Island gehörte, wohnte wohl kaum in dieser Straße. Das konnte Carrie sich beim besten Willen nicht vorstellen.

Felipe nahm den Helm ab und drehte sich zu ihr um. „Wir sollten möglichst schnell reingehen“, sagte er. „Je weniger Leute uns sehen, desto besser.“

Steif kletterte sie vom Motorrad herunter, und er führte sie zu einem winzigen gelben Häuschen. Ein rostiger Drahtzaun umfriedete einen briefmarkengroßen Hof. Das Gartentor quietschte, als Felipe es aufstieß. Immerhin war der Hof sauber und ordentlich, im Garten blühten wunderschöne Blumen, das Haus war gut in Schuss und frisch gestrichen.

Felipe humpelte die Treppe hoch und klopfte an die Fliegengittertür.

Die Haustür schwang auf, und ein kleines sommersprossiges Gesicht spähte durchs Gitter.

„Daddy!“, rief der Junge, stürmte hinaus und sprang Felipe in die Arme.

Daddy?

Carrie starrte Felipe schockiert an, als die Tür zufiel. Ihre Blicke begegneten sich nur ganz kurz über dem knallroten Haarschopf des Kindes. Seine Miene war undurchdringlich.

„Oh mein Gott“, meldete sich eine weitere Stimme aus dem Dunkel hinter dem Fliegengitter. „Komm rein, aber schnell!“

Felipes Freund gab es also wirklich. Und er war eine Frau.

Sie war groß, fast so groß wie Felipe. Sie hatte elegante, beinah klassische Gesichtszüge, grüne Augen und lange gewellte rote Haare. Sie war eindeutig die Mutter des kleinen Jungen. Des kleinen Jungen, der Felipe gerade Daddy genannt hatte.

Großer Gott, war diese Frau etwa Felipes Ehefrau? Carrie stand völlig unter Schock. Erst jetzt wurde es ihr klar: Sie hatte ihn nie danach gefragt, ob er verheiratet war.

Die grünäugige Frau stieß die Fliegentür auf, zog Felipe und den Jungen ins Haus und ließ Carrie im Regen stehen. Natürlich nur im übertragenen Sinn, denn die Sonne schien warm auf sie herab.

Mit dem Jungen auf dem Arm stieß Felipe die Tür wieder auf. Er packte Carrie, zog sie ins Haus und schloss beide Türen hinter ihr.

Grünauge musterte sie mit einer Mischung aus Neugier und Feindseligkeit. Carrie konnte ihr das nicht verübeln. Sie würde auch feindselig reagieren, wenn ihr Mann seine Geliebte mit nach Hause brächte.

„Was willst du hier?“, fragte Grünauge. Ihre Stimme verriet, dass sie aus dem tiefsten Süden stammte. „Alle suchen nach dir. Erst vor ein paar Stunden war Jim Keegan hier.“

Felipe schloss die Augen. „Verdammt, wenn ich das gewusst hätte …"

Die junge Frau war umwerfend hübsch mit ihren langen schlanken Armen und Beinen und der blassen Hautfarbe. Sie trug einen Jeansrock und ein wollweißes Tanktop. Die Kleidung war an sich nicht besonders feminin, aber an dieser Frau wirkte sie großartig. Sie sah aus wie eine Tänzerin, groß und voller Anmut. Neben ihr kam Carrie sich vor wie einer der sieben Zwerge.

„Es tut mir leid", erklärte Felipe. „Ich weiß, dass ich dich in eine heikle Lage bringe. Aber ich wusste einfach nicht, wohin."

„Phil, wenn du mir mein Leben versaust, dann gnade dir Gott …"

„Billy, deine Mutter und ich müssen kurz miteinander reden", wandte Felipe sich an den Jungen. „Lässt du uns bitte einen Moment allein?"

Daraufhin löste sich der Kleine von Felipe. Neugierig musterte er Carrie, ging dann an ihr vorbei und setzte sich im Wohnzimmer aufs Sofa.

Felipe näherte sich Grünauge, legte die Hand auf ihre Schulter und redete leise auf sie ein. Carrie verstand nicht, was er sagte, aber sein Tonfall war besänftigend, beinah verführerisch.

Sie konnte es kaum ertragen, die beiden so miteinander zu sehen. Sie starrte auf die abgetretenen Dielen des Fußbodens, hörte Felipes Stimme aber natürlich trotzdem.

Ich weiß wirklich nicht gerade viel über dich, nicht wahr?

Nein.

Nein, wahrhaftig nicht. Sie kam sich vor wie eine Vollidiotin. Als sie aufblickte, stellte sie fest, dass der rothaarige Kleine sie beobachtete. Sie bildete sich ein, Verachtung und Ekel in seinem Blick zu erkennen.

Carrie bemerkte nun, wie Grünauge leise antwortete. Sie lenkte ihre Aufmerksamkeit wieder auf die beiden, die am anderen Ende des Zimmers ihren ganz persönlichen Friedensgipfel abzuhalten schienen.

Berührte er ihr Gesicht? Lag seine Hand noch auf ihrer Schulter, oder streichelte er ihr besänftigend den Arm? Beugte sie sich etwa vor, um ihn zu küssen?

Carrie konnte nicht anders. Sie musste zu Felipe hinüberschauen. Kaum hatte sie das getan, wünschte sie sich jedoch verzweifelt, dass sie es gelassen hätte. Denn Felipe berührte die rothaarige Frau tatsächlich. Er strich ihr sanft das Haar aus der Stirn. Carrie zog sich das Herz schmerzhaft zusammen, als sie sich daran erinnerte, dass er sie erst vor Stunden ganz genauso berührt hatte.

Wie konnte er nur? Wie konnte er bloß mit ihr schlafen, während in diesem kleinen Haus seine Frau und sein Kind darauf warteten, dass er heimkam?

Felipe blickte auf und ertappte sie dabei, wie sie zu ihnen hinüberstarrte. Carrie wandte sich hastig ab. Sie wusste, dass ihre Augen verrieten, wie verletzt und eifersüchtig sie war.

„In Ordnung“, meinte Grünauge, ging zum Sofa und nahm neben ihrem Jungen Platz. „Wie wär's, wenn du uns deiner Freundin endlich vorstellst?“

„Caroline“, sagte Felipe und trat an die Couch, „darf ich vorstellen: Jewel und Billy.“ Er setzte sich nicht, sondern blieb neben den beiden stehen.

Was für ein schönes Familienbild. In Carries Kopf drehte sich alles.

Sie suchte im Gesicht des Jungen nach Felipes Zügen, nach Ähnlichkeiten zwischen dem Kind und seinem Vater. Aber sie fand keine. Die roten Haare, die grünen Augen, die Sommersprossen – das alles hatte der Kleine von seiner Mutter. Die Nase wies ebenso wie sein Kinn und sein Mund mit beiden keinerlei Ähnlichkeit auf.

„Daddy, ich habe dich in den Nachrichten gesehen“, sagte Billy, und er wirkte plötzlich verängstigt und nervös. „Sie sagen, du bist böse.“

„Billy, still“, flüsterte Grünauge – Jewel. Der Name passte zu ihr.

„Nein, das ist schon in Ordnung“, wehrte Felipe ab. Er kniete sich vor den Jungen. „Du bist bestimmt sehr erschrocken, hmm?“

Billy nickte.

„Es stimmt nicht“, fuhr Felipe fort. „All der Blödsinn, den sie im Fernsehen und in den Zeitungen behaupten, stimmt nicht. Da hat jemand einen Fehler gemacht. Man schiebt mir die Schuld für etwas in die Schuhe, das ich nicht getan habe.“

„Du hast diese Männer nicht umgebracht?“, fragte der Junge.

„Nein, habe ich nicht. Und du weißt, dass ich dich niemals anlüge.“

„Ich weiß.“ Billy presste die Lippen fest zusammen und schaute auf seine Hände.

„Ich bringe das alles wieder in Ordnung“, erklärte Felipe. „Mach dir keine Sorgen.“

„Okay“, stimmte der Junge widerwillig zu.

„Geht's dir jetzt wieder besser?“

Billy schüttelte den Kopf.

Carrie schnürte es die Kehle zu. Felipe war so lieb zu dem Kind, redete ihm so gut zu, tröstete es. Es fiel ihr nicht schwer, sich vorzustellen, wie er auf dieselbe Weise mit ihr redete. Bei ihr hätte er allerdings auch nicht viel mehr Erfolg damit.

„Es tut mir leid“, murmelte Felipe und zog den Jungen in seine Arme. „Ich wünschte, ich könnte einfach mit einem Zauberstab wedeln und alles ungeschehen machen. Aber das kann ich nicht. Ich brauche Zeit. Kannst du mir ein bisschen Zeit lassen, Billy? Vielleicht noch eine Woche?“

Billy nickte, den Tränen nah. Er befreite sich aus Felipes Umarmung und rannte aus dem Zimmer.

Als Felipe ihm nachgehen wollte, hielt Jewel ihn zurück und meinte: „Lass ihn. Er weint nicht gern vor anderen. Er ist ja schließlich ein großer Junge, fast sieben. Er hat so schon genug Sorgen. Erspar ihm wenigstens diese Peinlichkeit.“

Felipe sah so aus, als wollte er selbst gleich in Tränen ausbrechen. „Es tut mir leid“, sagte er zu Jewel.

„Gegen wen du da auch ermittelst“, gab sie zurück, „du hast ihm ordentlich Angst eingejagt, hmm?“

„Ja.“ Er lachte kurz und humorlos auf. „Wir haben dafür gesorgt, dass sie vor Angst schlottern. Nicht wahr, Caroline?“

Sie antwortete nicht. Was sollte sie auch sagen? Im Grunde wollte sie nur eins: weg von hier. Raus aus der Tür, fort von Felipe Salazar, von seinen Lügen und Betrügereien. Andererseits hatte er ihr gegenüber ja nie behauptet, nicht verheiratet zu sein. Sie war so dumm gewesen, nie zu fragen.

„In den Nachrichten hieß es, du wärest angeschossen worden.“ Jewel strich sich die Haare hinter die Ohren. „Geht es dir gut?“

„Ich habe Schmerzen“, antwortete er. „Ich sollte mein Bein mindestens noch eine Woche schonen, aber das geht nicht. Ich habe nicht die Zeit dafür.“

Sie lächelte schief. „Das Gefühl kenne ich nur zu gut. Komm mit in die Küche. Du kannst eine Kleinigkeit essen, während ich dir die Haare schneide.“

Das war Carries Chance. Sie würde aufstehen und zu der Tür hinausgehen, durch die sie hereingekommen waren.

Aber Felipe nahm sie am Arm und zog sie mit sich in die winzige Küche.

„Ich brauche eine Badehose“, sagte er zu Jewel und drückte Carrie sanft auf einen Stuhl. „Und einen Badeanzug für Caroline.“ Er holte seine Geldbörse hervor und gab ihr einen Hundertdollarschein. „Gehst du bitte los und kaufst uns die Sachen? Caroline trägt Größe 5, und ich habe immer noch M. Such uns was Auffälliges, Jugendliches aus. Irgendwas, was Studenten heutzutage anziehen würden.“

„Darf ich dein Motorrad nehmen?“, fragte Jewel. Sie füllte eine Sprühflasche mit warmem Wasser und stellte einen der Küchenstühle mitten in den Raum.

„Na klar.“ Felipe setzte sich auf den Stuhl, und Jewel legte ihm ein Handtuch um die Schultern.

„Dann mach ich das gern. Weißt du, Phil, es tut mir richtig

weh, diese Haarpracht einfach abzuschneiden." Jewel sprühte die langen Locken mit Wasser ein.

„Ich brauche keinen Badeanzug", sagte Carrie, die endlich die Sprache wiedergefunden hatte. Allmählich verdrängte der Zorn ihre Benommenheit und Ungläubigkeit. Das war gut. Zorn tat nicht ganz so weh.

„Du musst endlich aus diesem Kleid raus", widersprach Felipe, während Jewel seine nassen Haare kämmte und sorgfältig teilte. „Die Polizei hat inzwischen sicherlich eine Beschreibung herausgegeben, was du an dem Abend getragen hast. Außerdem gehen wir an den Strand. Ohne Badeanzug fällst du dort auf."

„Du gehst vielleicht an den Strand", erwiderte Carrie, „aber ich nicht. Ich bin raus."

„Sei nicht albern …"

„Albern? *Albern?* Das hier ist albern, Detective. Hier so herumzusitzen wie …"

Jewel griff nach einer langen, sehr scharf aussehenden Schere und begann, Felipe das Haar zu kürzen. Lange dunkle Locken fielen auf den beigefarbenen Linoleumboden. Sie warf Carrie einen Blick zu. „Gefällt dir meine Küche nicht? Ich gebe ja zu, sie ist nicht unbedingt hübsch …"

Carrie beugte sich vor. „Ich sage es dir nur ungern, Schwester, aber Phil war untreu."

Jewel schnitt weiterhin seine Haare. „Also wirklich, böser Junge, du", sagte sie zu Felipe.

„Caroline …", setzte er an, doch Carrie fiel ihm ins Wort.

„Macht dir das nichts aus?", fragte sie Jewel.

Die andere lächelte und kürzte mit raschen Schnitten Felipes Haare um die Ohren herum. „Nö."

„Na schön, aber mir", erklärte Carrie kühl. „Und ich gehe jetzt."

Der Stuhl quietschte über den Boden, als sie ihn zurückschob, aufstand und aus der Küche eilte.

Felipe erhob sich ebenfalls. „Caroline, warte …"

Sofort legte Jewel die Schere weg. „Sieht ganz so aus, als wäre dies der richtige Moment für mich, um die Besorgungen für euch zu machen."

Carrie drehte sich zu Felipe um, als er ihr ins Wohnzimmer nacheilte und ihr Richtung Eingangstür folgte. „Und außerdem", erklärte sie, „bereue ich es. Ich bereue es sogar sehr. Ich bereue den Tag, an dem ich dich zum ersten Mal gesehen habe."

Jetzt hatte er es geschafft. Er hatte Caroline so weit, dass sie ihn verlassen wollte. Allerdings hatte er nicht erwartet, dass sie so wütend werden würde. So aufgebracht und so wild darauf, sofort zu gehen.

Er hatte keine Ahnung gehabt, dass sie so … eifersüchtig reagieren würde. Eifersüchtig? Ja, eindeutig. Sie war eifersüchtig auf Jewel. Großer Gott, möglicherweise mochte sie ihn viel mehr, als sie hatte erkennen lassen.

„Und", fuhr sie fort, „ich bereue es ganz besonders, dass ich so blöd war und mit dir geschlafen habe, du ehebrecherische Schlange!"

Felipe war schon als vieles bezeichnet worden, aber „ehebrecherische Schlange" war neu. Draußen auf der Straße röhrte Diegos Motorrad auf, als Jewel damit losfuhr.

Er lachte. Er konnte nicht anders. Zum einen lag das an ihren Worten. Zum anderen hatte es mit dem leichten Schwindel zu tun, der ihn erfasste, als er begriff, dass sie *eifersüchtig* war.

„Ach, du hältst das anscheinend für witzig?", fauchte sie. „Na schön. Ich gehe, und diesmal hältst du mich nicht auf."

Sein Lachen verstummte. Offenbar meinte sie es todernst. Und die Vorstellung, dass sie einfach gehen könnte, ernüchterte ihn auf der Stelle.

„Nein", sagte er. „Nein, es ist nicht … Caroline, ich habe dich getäuscht."

„Und ob du das getan hast, du Mistkerl!"

„Nein", wiederholte er und strich sich das frisch geschnittene Haar aus der Stirn. „Ich habe dich getäuscht, denn ich habe dich glauben lassen, dass mich mit Jewel mehr als Freundschaft verbindet."

„Es ist also nicht mehr als *Freundschaft*?", schoss sie zurück. „Aha. Aus lauter *Freundschaft* habt ihr also einen gemeinsamen Sohn?"

„Er ist nicht mein Sohn", erklärte er leise, während er ihr die letzten Schritte zur Tür folgte. „Er nennt mich Daddy, weil er sonst niemanden hat, den er so nennen kann. Und weil ich ihn liebe, als wäre er mein eigenes Kind."

Carrie erstarrte, die Hand auf der Türklinke. Sie sah ihn nicht an, aber er wusste, dass sie ihm zuhörte. Und es war gut, dass sie zuhörte. Denn gehen lassen würde er sie unter keinen Umständen.

„Ich bin Jewel zum ersten Mal begegnet, als sie siebzehn war", erzählte er nun. „Billy ist damals noch nicht ganz drei gewesen. Sie hatte gerade eine Entziehungskur hinter sich. Ihr Onkel wollte sie wieder von Crack abhängig machen, damit er weiter den Zuhälter für sie spielen konnte."

„Großer Gott!", platzte Carrie heraus, und sie schaute ihn endlich wieder an. Es war nicht zu übersehen, wie schockiert sie war.

„Ich habe dafür gesorgt, dass ihr Onkel ins Gefängnis gewandert ist", fuhr er fort, ohne die Stimme zu heben. „Sie und ich, wir wurden Freunde. Zu mehr ist es nie geworden. Wir sind Freunde. Ich habe nie mit ihr geschlafen. Ich wollte nie mit ihr schlafen. Ich liebe sie, aber ich bin nicht in sie verliebt. Verstehst du?"

In Carolines Augen schimmerten Tränen, aber sie wandte den Kopf ab. Anscheinend wollte sie nicht, dass er sie weinen sah. Sie war so zäh, so unabhängig – und zugleich so verdammt zerbrechlich. Sie nickte. Ja, sie verstand.

„Du musst mich für eine Idiotin halten", sagte sie schließlich. „Eine eifersüchtige Idiotin."

Eifersüchtig. Sie *war* eifersüchtig. Warum machte ihn das so glücklich? Es sollte ihm Sorgen bereiten. Er sollte eigentlich darüber nachgrübeln, ob sie nicht zu sehr an ihm hing. „Ich halte dich nicht für eine Idiotin“, gab er sanft zurück.

„Ich mich schon“, erwiderte sie und ging zurück in die Küche.

Felipe schloss kurz die Augen. Sie würde also nicht fortgehen.

Jedenfalls noch nicht jetzt.

„Na, alles wieder in Butter bei euch Turteltäubchen?“, wandte Jewel sich an Caroline, als sie gemeinsam in der Küche saßen.

Sie war vom Einkaufen zurück und hatte Felipes Haare fertig geschnitten. Jetzt war Felipe bei Billy, um sich von dem Jungen zu verabschieden.

Carrie trug den Badeanzug, den Jewel für sie besorgt hatte. Um genauer zu sein, trug sie einen äußerst knapp sitzenden, leuchtend bunt gemusterten Bikini. Wahrscheinlich sah sie damit aus wie eine College-Studentin. Darüber hatte sie einen Overall angezogen, den Jewel aus ihrem Schrank hervorgekramt hatte, und eine leichte Bluse aus hauchdünner Gaze. Die lange Hose war auf dem Motorrad bequemer und würde sie warm halten, wenn sie über Nacht im Freien blieben.

Carrie zuckte die Achseln. „Turteltäubchen? Mit Liebe hat unser Verhältnis nichts zu tun.“

„Also, ich schlafe nicht mit Männern, die ich nicht liebe“, meinte Jewel und nahm einen Schluck von ihrem Eistee. „Nicht mehr.“ Sie sah Carrie an. „Und ich glaube nicht, dass du das tust.“

Carrie schwieg und zeichnete mit dem Kondenswasser von ihrem Glas Muster auf den Tisch.

„Wie kommt es, dass du den Mann nicht liebst?“, wollte Jewel wissen.

Carrie schaute auf, direkt in die leuchtend grünen Augen der Jüngeren. „Liebst du ihn?“

Sie lachte. „Nein. Na ja, als ich Phil zum ersten Mal begegnet bin, war ich total in ihn verknallt. Aber das ist lange her.“ Jewel betrachtete sie aus dem Augenwinkel. „Trotzdem: Er *ist* der bestaussehende Mann auf Erden."

Carrie musste lächeln. „Amen. Aber mit dem Haarschnitt, den du ihm verpasst hast, sieht er aus, als wäre er gerade mal achtzehn. Ich fühle mich wie eine Alte mit einem viel jüngeren Liebhaber."

„Streich ihm einfach die Haare aus dem Gesicht. Nur wenn sie ihm in die Augen hängen, sieht er so jung aus."

„Du kannst das gut – Haare schneiden, meine ich."

„Danke." Das klang beinah schüchtern. „Ich habe damit angefangen, um nebenher ein bisschen Geld zu verdienen. Eigentlich drücke ich nämlich die Schulbank, drüben an der Staatsuni. Mein Hauptfach ist Wirtschaft, und im Nebenfach habe ich Spanisch. Aber ich schneide so gern anderen die Haare, dass ich möglicherweise sogar dabei bleibe. Mit dem Wirtschaftsdiplom kann ich vielleicht eines Tages einen eigenen Salon eröffnen."

„Du sprichst Spanisch?", fragte Carrie und beugte sich interessiert vor.

„Fast so gut wie ein Puerto Ricaner – das behauptet jedenfalls Mrs Salazar." Es klang ironisch, aber ein bisschen Stolz war auch herauszuhören.

„Weißt du, was ‚Tey-yamo' bedeutet?"

Jewel ließ beinah ihr Glas Eistee fallen. Sorgfältig stellte sie es vor sich ab. „Hat Phil das zu dir gesagt?", fragte sie verwirrt.

Carrie nickte. „Ich habe ihn gefragt, was es bedeutet. Er meinte, das sei sehr schwer zu übersetzen."

Jewel lachte. „Für Phil schon. Ja, es dürfte ihm äußerst schwer fallen, das zu übersetzen. Mit diesem speziellen Verb hat er so seine Schwierigkeiten."

„Okay, wir sollten jetzt los." Mit diesen Worten betrat Felipe die Küche. „Wir sind schon viel zu lange hier."

Sein Haar fiel ihm in die Stirn und reichte fast bis an die Nasenspitze. Mit diesem Schnitt wirkte er tatsächlich sehr viel jünger. Dazu die grell gemusterten Badeshorts, das weite T-Shirt und die billigen Strandsandalen – damit konnte er glatt als

Highschool-Schüler durchgehen. Immer vorausgesetzt, dass er das T-Shirt anbehielt und dadurch seine breiten Schultern und den athletischen Oberkörper verbarg. Und dass er sich das Haar ins Gesicht kämmte, um so die schmalen Wangen zu verstecken.

Er berührte Carrie leicht an der Schulter. Sie spürte seine Wärme durch den dünnen Stoff der Bluse.

Ihre eifersüchtige Reaktion auf Jewel war ihr immer noch peinlich. Dabei hatte er ihr doch überdeutlich klargemacht, dass sein Herz nicht Carrie gehörte. Dass er ihr nur das Hier und Jetzt geben konnte. Und es war durchaus möglich, dass er damit ihre gemeinsame Zeit im Strandhaus auf Sanibel Island gemeint hatte. Wenn sie so darüber nachdachte, dann war der Kuss, den er ihr vor der Abfahrt von dort gegeben hatte, vielleicht als Abschiedskuss gedacht gewesen.

Es war also vermutlich vorbei – zumindest dieser Teil ihrer Beziehung war vorbei. Und dennoch hatte Carrie sich benommen wie eine eifersüchtige, verschmähte Geliebte. Natürlich hatte nicht nur Eifersucht eine Rolle gespielt. Sie war auch wütend darüber gewesen, dass Felipe anscheinend mit ihr geschlafen hatte, ohne an seine Frau zu denken. Schockiert, entsetzt und zornig, dass sie sich so gründlich in ihm geirrt hatte. Der Mann, den sie zu kennen glaubte, würde seine Frau nicht betrügen. Er hätte sich vermutlich erst gar nicht auf eine Ehe eingelassen. Aber wenn er schon verheiratet war, würde er sein Ehegelübde halten.

Doch natürlich war Jewel nicht Felipes Frau. Sie war nicht einmal seine Geliebte, war es nie gewesen.

Also was nun?

Carrie hatte ihn erkennen lassen, wie eifersüchtig und verletzt sie gewesen war. Jetzt wusste er vermutlich, dass sie dumm genug gewesen war, sich in ihn zu verlieben. Wahrscheinlich würde er ihr nun genau dasselbe freundliche und sanfte Mitgefühl entgegenbringen wie dem kleinen Billy.

Großartig.

„Wir haben gerade über die Übersetzung interessanter spanischer Redewendungen gesprochen“, meinte Jewel zu Felipe. „*Te amo*, zum Beispiel.“

Seine Hand fiel von Carries Schulter. Sie sah sich zu ihm um und stellte fest, dass er Jewel anstarrte. Seine Miene wirkte plötzlich verschlossen.

Jewel lachte. „*Te amo* gehört wohl zu den Aussagen, die nur der Mensch erklären kann, der sie gemacht hat. Immerhin hängt die Bedeutung von der Situation ab, in der der Satz gefallen ist.“ Sie beugte sich zu Carrie hinüber. „Ich kann dir nicht sagen, was Felipe damit gemeint hat. Das kann nur er selbst.“

15. KAPITEL

Warum fahren wir eigentlich zum Strand?“, fragte Carrie, als sie sich den Motorradhelm aufsetzte. Felipe half ihr mit dem großen unhandlichen Rucksack, der ihre restliche Kleidung und ein paar Strandtücher enthielt.

„Wir werden Diego treffen“, antwortete er und setzte seinen eigenen Helm auf. „Als wir noch im Team arbeiteten, haben wir jeden Mittwochabend an derselben Imbissbude am Strand ein frühes Abendessen zu uns genommen. Ich hoffe, dass er auftaucht, denn heute ist Mittwoch. Ich muss mit ihm reden.“

„Und du bist sicher, dass dieser Diego nicht wieder irgendeine wunderschöne Frau ist?“, meinte Carrie trocken. „Denn wenn dem so sein sollte, möchte ich vorbereitet sein, damit ich dir wieder eine Eifersuchtsszene machen kann. Ich weiß, wie sehr dir das gefallen muss.“

Felipe legte die Arme um ihre Taille und zog sie fest an sich. „Es gefällt mir, wenn du eifersüchtig bist“, murmelte er. Wenn sie nicht schon beide die Helme getragen hätten, hätte er sie geküsst. So lächelte er sie nur an und strich ihr über den Rücken. „Aber nein, Diego ist keine Frau. Du hast ihn im Fernsehen gesehen. In der Nachrichtensendung. Weißt du noch?“

Carrie nickte. Sie wusste es noch. „Es tut mir wirklich leid wegen vorhin“, sagte sie leise. „Ganz ehrlich, Felipe, das wird kein zweites Mal passieren. Ich weiß, dass du mir nicht gehörst. Dass du mir nie gehören wirst. Wenn ich das wieder einmal vergesse, erinnere mich einfach daran.“

Sie war so schnell bereit gewesen, das Schlimmste von ihm anzunehmen. Allerdings hatte der kleine Billy ihn eben Daddy genannt, und sie hatte einfach bloß die logischen Schlüsse daraus gezogen.

Tatsache aber war, dass sie generell dazu neigte, an Felipe Salazar zu zweifeln. War er ein Mörder? Sie glaubte es nicht. Aber wenn auch nur das geringste Indiz auftauchte, das gegen ihn sprach, würde sie seine Unschuld vermutlich sofort wieder infrage stellen.

Und dennoch liebte sie ihn. Dieses seltsame übermächtige Gefühl ließ sie darüber hinwegsehen, dass der Mann wegen Mordes von der Polizei gesucht wurde.

Felipe ließ das Motorrad an, sie stieg hinter ihm auf und schlang die Arme um ihn. Langsam fuhr er zum Strand und achtete sorgsam darauf, niemals die Geschwindigkeitsbeschränkung in den Seitenstraßen zu überschreiten.

Als sie sich einem Streifenwagen näherten, verspannte Carrie sich. Aber Felipe wurde nicht langsamer. Er schien das Auto nicht einmal zu bemerken und blieb absolut ruhig. Unbehelligt überholten sie. Der Polizist schaute kein einziges Mal in ihre Richtung.

Und dann erreichten sie den Strand. Felipe stellte die Maschine ab, und gemeinsam gingen sie zu dem Imbiss hinüber.

Es war merkwürdig, sich im Freien zu bewegen. Jeder, der vorbeifuhr, konnte sie sehen. Allerdings waren sie von Scharen von Menschen umgeben, die genauso aussahen wie sie: junge Männer in grellbunten Badeshorts mit wirren Haarschöpfen und Sonnenbrillen. Junge Frauen jeder Form, Größe und Haarfarbe, die jede nur denkbare Bademode zur Schau stellten. Sie tummelten sich auf dem Platz um die Imbissbude herum, saßen in der Nähe auf ihren Strandtüchern oder hockten auf den Picknicktischen, die in diesem Strandbereich aufgestellt waren.

Das perfekte Versteck. Sie waren für jedermann zu sehen und zugleich bestens getarnt. Niemand würde auf die Idee kommen, sie ausgerechnet hier zu suchen.

Außer – hoffentlich – Jim „Diego“ Keegan.

Felipe entdeckte einen leeren Picknicktisch im Schatten in der Nähe eines öffentlichen Telefons. Er nahm Carrie an die Hand und zog sie dorthin. Dann setzte er sich statt auf die Bank auf die Tischplatte und lümmelte sich dort genauso lässig und entspannt wie die Jugendlichen ringsum. Carrie nahm neben ihm Platz.

„Du wirkst angespannt", murmelte er. „Sei ein bisschen lockerer. Und zieh den Overall und die Bluse aus. Du bist hier die Einzige, die vollständig angezogen ist."

Sie stand auf, zog die Hose aus, rollte sie zusammen und legte sie neben sich auf den Tisch. Die dünne Bluse knöpfte sie auf, behielt sie jedoch an.

„Entspann dich", flüsterte Felipe ihr ins Ohr. „Niemand wird hier nach uns suchen."

Sie versuchte, ihre Schultern zu lockern, aber das wollte nicht recht gelingen. Felipe legte den Arm um sie und zog sie an sich. Schließlich küsste er sie.

Das war kein kleiner, höflicher Kuss in aller Öffentlichkeit. Es war ein gewaltiger, alles verzehrender Kuss, der ihr die Knie weich werden ließ.

Kurz darauf löste er sich wieder von ihr, behielt sie aber im Arm. Sie schmiegte sich an ihn, war froh, dass er sie festhielt. Sonst wäre sie glatt vom Tisch geflossen.

Niemand beobachtete sie. Niemand in dieser Menschenmenge hatte mitbekommen, dass Felipe sie so geküsst hatte, als ob die Welt unterging.

„Viel besser", sagte er und strahlte sie an. „Jetzt hast du diesen hormongesättigten Glanz in deinen Augen wie alle anderen."

„Habe ich nicht", gab sie beleidigt zurück, wohl wissend, dass er recht hatte. Sie knuffte ihn in die Seite.

Lachend rückte er ein Stück von ihr ab, ließ dabei aber den Parkplatz nicht aus den Augen. „Hast du wohl. Weißt du, du siehst aus wie eine Sechzehnjährige in diesem Bikini. Das Ding ist gefährlich. Deinetwegen kriegt hier noch jemand einen Herzinfarkt."

„Tja, und du siehst so aus, als wärst du gerade mal alt genug, um zur Wahl zu gehen. Damit passen wir wieder zusammen."

Er nahm ihre Hand, spielte mit ihren Fingern. „Ich wünschte, ich hätte dich gekannt, als du sechzehn warst", sagte er, löste seinen wachsamen Blick vom Parkplatz und schaute ihr prüfend in die Augen. „Du warst vermutlich eins dieser wirklich intelligenten, begehrenswerten Mädchen. Ich wette, dir ist jeder Junge in der Highschool nachgestiegen."

Carrie lachte. „Ich war die totale Langweilerin. Mir ist niemand nachgestiegen."

„Ich wäre es."

„Du hättest mir Todesangst eingejagt." Sie lachte. „Das tust du immer noch."

Er sah wieder hinüber zum Parkplatz, kniff die Augen im hellen Sonnenlicht zusammen und suchte nach Jim Keegans Auto. „Tatsächlich?"

Ja, tatsächlich. Carrie hatte Angst. Er hatte ihr Herz erobert – und sie fürchtete, dass nichts mehr so sein würde wie vorher, wenn er sie verlassen hatte. Sie fürchtete, niemals einen Mann zu treffen, der dem Vergleich mit Felipe standhalten konnte. Sie fürchtete, dass sie ihn bis in alle Ewigkeit lieben würde. Immer noch lieben würde, wenn er längst fort war und sie längst vergessen hatte.

Und am meisten fürchtete sie sich davor, dass sie sich in ihm täuschte und er doch in die Spielplatzmorde verwickelt war.

Sie antwortete ihm nicht. Stattdessen sah sie sich um. Sie betrachtete die Wellen, die im Licht des späten Nachmittags glitzerten und an den strahlend weißen Sandstrand rollten.

„Ich mag Strände", meinte sie. „Weißt du, ich war schon achtzehn, als ich das erste Mal das Meer gesehen habe. Bis dahin kannte ich es nur von Bildern, aus Kinofilmen und Fernsehshows. Aus Wiederholungen von *Hawaii Fünf-Null*, *Miami Vice* oder *Flipper*. *Flipper* mochte ich ganz besonders. Sandy und Bud, erinnerst du dich? Also bin ich nach Florida gegangen, um dort zu studieren und am Meer sein zu können. Vor allem, um am Meer sein zu können."

Felipe hörte aufmerksam zu. Gleichzeitig beobachtete er das Kommen und Gehen auf dem Parkplatz, musterte die Leute, die vorübergingen. Doch wann immer er zu ihr schaute, erkannte sie an seinen Augen, dass er auf jedes ihrer Worte achtete. Das war ein schönes Gefühl, zu wissen, dass ihr jemand wirklich zuhörte.

„Zu Hause haben mich alle nur ausgelacht, weil ich Meeresbiologin werden wollte“, fuhr sie fort. „Jeder hat mir gesagt, dass Farmerstöchter aus Montana einfach keine Meeresbiologinnen werden können.“

„Warum nicht?“

Sie lächelte und strich ihm die Haare zurück. „Genau die Frage habe ich auch gestellt. Warum nicht?“ Sie zuckte mit den Achseln. „Niemand konnte mir darauf eine befriedigende Antwort geben, und deshalb bin ich jetzt hier. Eine Meeresbiologin aus Montana.“

Felipe umfasste ihr Gesicht mit den Händen und küsste sie. Sein Mund war so süß, seine Lippen waren so zärtlich. Carrie schlug das Herz bis zum Hals. Sie liebte ihn so sehr.

Er beendete den Kuss und sah ihr tief in die Augen.

Verlegen löste Carrie sich von ihm. Sie fürchtete, dass die Gefühle ihr deutlich anzusehen waren, und betrachtete angelegentlich ihre Zehen.

„Trägt das zu unserer Tarnung bei?“, fragte sie. „Wirken wir eher wie College-Studenten, wenn du mich küsst?“

„Das ist nicht der Grund, warum ich dich geküsst habe. Ich habe dich geküsst, weil ich es wollte. Denn wenn ich mit dir zusammen bin, Caroline, kann ich mich nicht mehr beherrschen. Ich habe keine Kontrolle über mich.“

Sie blickte auf. Nein, er lächelte nicht. Er machte keine Witze. Seine Miene war todernst, während er erneut den Blick über den Parkplatz schweifen ließ.

„Keine Kontrolle“, murmelte er, und die Muskeln in seinem Unterkiefer spannten sich an.

Carrie musterte ihn. Keine Kontrolle. Über seinen Körper? Oder über seine Gefühle?

Hoffnung keimte in ihr auf. Vielleicht konnte sie ihn ja doch dazu bringen, dass er sie liebte. Vielleicht …

Felipe war sich bewusst, dass er zu viel verraten hatte.

Caroline saß neben ihm und war tief in Gedanken versunken. Wie lange würde sie brauchen, um es herauszufinden – dass der Kontrollverlust, von dem er gesprochen hatte, mehr mit seinem Herzen zu tun hatte als mit seinen Hormonen?

Natürlich hatte ihre Eifersucht vorhin ihm bereits gezeigt, dass sie mehr für ihn empfand. Und früher oder später würde sie jemanden treffen, der ihr übersetzte, was *te amo* bedeutete. Dann würde sie Bescheid wissen.

Er liebte sie.

Was würde geschehen, wenn er ihr das sagte? *Ich liebe dich, aber wir können kein Paar werden, weil ich um deine Sicherheit fürchte.*

Sie würde lachen und ihn überreden, seine Befürchtungen zu ignorieren. Sie würde ihn davon überzeugen, dass seine Fantasie mit ihm durchging.

Und eines Tages würde ihm jemand wie Tommy Walsh nach Hause folgen. Und am nächsten Tag wäre Caroline tot.

Nein, er durfte ihr nichts verraten. Das Risiko konnte und durfte er nicht eingehen.

Sie bewegte sich leicht und legte den Kopf an seine Schulter. Felipe schlang seinen Arm um ihre Hüfte und staunte wieder einmal, wie gut sie beide doch zusammenpassten.

Als sie sein Knie streichelte, erwachte sofort das Verlangen in ihm. Heute Nacht. Heute Nacht würde sie wieder in seinen Armen liegen.

Wo auch immer das sein würde, denn sie hatten ja kein Dach über dem Kopf. Gott allein wusste, wo sie die Nacht verbringen würden. Vielleicht konnten sie in ein billiges Motel gehen, unter falschem Namen einchecken und das Zimmer in bar bezahlen. Doch wenn sie das taten, würde der Portier sie genau unter die Lupe nehmen. Und dann konnten sie nur darauf hoffen, dass er weder in die Zeitung geschaut noch die Nachrichten im Fernsehen gesehen hatte.

Andererseits verlieh ihm sein Haarschnitt schon ein gänzlich anderes Aussehen …

Plötzlich klingelte das öffentliche Telefon neben ihnen.

Wie der Blitz war Felipe auf den Beinen. Bevor der erste Klingelton verklungen war, hatte er bereits den Hörer abgenommen.

„Ja?“, meldete er sich.

„Wer ist die Blonde?“

Diego – Jim Keegan.

„Oh Mann“, stieß Felipe zutiefst erleichtert hervor. „Du ahnst nicht, wie schön es ist, deine Stimme zu hören.“

„Danke, ebenso“, gab Jim zurück. „Ich bin vorbeigefahren und habe dich gesehen. Aber gerade als ich anhalten wollte, war mir so, als würde mir ein Schatten folgen. Ich weiß nicht. Emily meint, ich leide an Verfolgungswahn, seit sie schwanger ist. Vielleicht hat sie recht. Trotzdem hielt ich es für klüger, vorsichtig zu sein. Verstehst du?“

„Von wo rufst du an?“, fragte Felipe und schaute hinüber zu Caroline. Sie beobachtete ihn und versuchte von ihrem Platz am Picknicktisch aus mitzuhören.

„Von einem öffentlichen Apparat in der Stadt. Wir haben eine sichere Leitung, Phil. Keine Bandaufzeichnung, keiner hört mit. Also spuck’s aus. Ich weiß, dass du diese Typen auf dem Spielplatz nicht umgebracht hast. Ich habe eine Unmenge Fragen. Fangen wir mit dem Mädchen an.“ Er lachte, und Felipe musste bei dem vertrauten Klang lächeln. „Als ich vorhin vorbeikam, habe ich gesehen, wie du dieser toll aussehenden Blondine eine Mund-zu-Mund-Beatmung gegeben hast. Wer ist sie?“

„Sie heißt Caroline Brooks“, antwortete Felipe und schaute wieder zu der toll aussehenden Blondine hinüber, von der die Rede war. Er senkte die Stimme, damit sie ihn nicht hörte. „Erinnerst du dich noch an die Lady, die ich im Sea Circus in den Kofferraum ihres Autos gesperrt habe?“

„Du machst Witze! Du hast danach ständig von ihr geredet. Emily war schon davon überzeugt, dass du noch in diesem

Jahr Einladungen zu eurer Hochzeit verschicken würdest. Seit wann triffst du dich mit ihr? Was läuft da zwischen euch? Hilft sie dir, dich zu verstecken?"

„Ich bin nie zu ihr gegangen und habe mich vorgestellt", gab Felipe zu. „Ich habe mich nie mit ihr verabredet." Dann erzählte er Jim, was im Schroedinger passiert war: dass Caroline rein zufällig an jenem Abend dort gewesen war und wie sie unbeabsichtigt seine Tarnung hatte auffliegen lassen.

Sein Freund schwieg eine Weile. „Also ist sie die Frau, mit der du das Restaurant verlassen hast", meinte er schließlich. „Deshalb kam ihr Name mir so bekannt vor. Wir haben noch kein Foto von ihr. Aber die Presseabteilung arbeitet daran, eins für die Presse aufzutreiben. Übrigens zusammen mit der Meldung, mein Freund, dass sie deine Geisel ist."

Felipe fluchte leise.

„Offenbar will ihr Liebster einen flehenden Appell an dich richten, damit du das Mädchen laufen lässt. Alle lokalen Sender werden …"

„Ihr Liebster?", unterbrach Felipe ihn.

„Oh, oh. Hat sie dir etwa nicht gesagt, dass sie in festen Händen ist?"

„Nein." Felipe wandte Caroline rasch den Rücken zu. Die plötzliche Eifersucht drehte ihm fast den Magen um, und er wollte verhindern, dass sie ihm seine Gefühle ansah. Liebster?

„So ein Fuzzi aus der Werbebranche. Er heißt … Warte eine Sekunde." Jim durchsuchte seine Notizen, denn Felipe hörte, wie Seiten umgeblättert wurden. „Robert Penfield. Der Dritte. Fette Geldbörse, magerer Verstand. Der Typ macht uns wahnsinnig, Phil. Er tingelt durch die Nachrichten und Talkshows, nutzt die Situation zu seinen Gunsten aus. Offenbar war er ebenfalls im Restaurant, als du – ich zitiere – Caroline entführt hast."

Du ehebrecherische Schlange … So hatte Caroline ihn genannt, als sie geglaubt hatte, dass er Jewel mit ihr betrogen hätte. Sie wäre nie so ausgeflippt, wenn auch sie auf zwei Hochzeiten tanzen würde und ihm einen Liebhaber verschwiegen hätte.

„Dieser Penfield ist nicht ihr Liebster", erklärte Felipe voller Überzeugung. „Eine Verabredung zum Essen vielleicht." Er wandte sich an Caroline. „Kennst du jemanden namens Robert Penfield?", fragte er sie.

Sie sah ihn verständnislos an.

„Den Dritten …?", fügte er hinzu.

Jetzt dämmerte es ihr. „Ich war mit ihm im Schroedinger zum Essen."

„Bist du vorher schon mal mit ihm ausgegangen?"

„Nein. Ich habe ihn erst am Nachmittag desselben Tages kennengelernt."

„Ich hatte recht", wandte Felipe sich wieder an Jim. „Eine Verabredung zum Essen."

„Er behauptet, ihr Verlobter zu sein."

„Sie hat im ersten Moment nicht mal seinen Namen wiedererkannt."

„Vielleicht ist das nur ein Beweis dafür, was für einen überwältigenden Eindruck du auf Frauen machst", zog Jim ihn auf. „Wenn du in der Nähe bist, ist der Alte gleich vergessen."

„Hast du sonst noch was für mich, Mann? Irgendwelche *guten* Nachrichten?"

„Nur schlechte. Äußerst schlechte."

Felipe wappnete sich innerlich.

Diego berichtete: „Die Polizei hat gerade den ballistischen Befund an die Presse weitergegeben. Die Kugeln, mit denen Tony Mareidas und Steve Dupree auf dem Spielplatz getötet wurden, stammen aus deiner Dienstwaffe."

„Oh Mann." Er schloss die Augen. Das waren wirklich schlechte Nachrichten.

„Wurde dir in den letzten Wochen je die Waffe abgenommen?", fragte Jim. „War sie mal für gewisse Zeit unauffindbar?"

„Nein."

„Vielleicht, als du geschlafen hast? Oder anderweitig, ähm, beschäftigt warst?"

„Nein. Sie liegt immer unter meinem Kopfkissen, wenn ich schlafe. Und ich habe allein geschlafen." Bis auf die letzten Nächte und hoffentlich die kommende Nacht ...

„Dann stimmt mein Verdacht", meinte sein Freund. „Richter hat einen Mann innerhalb der Polizei von St. Simone. Und der sitzt weit genug oben, um einen ballistischen Befund fälschen zu können."

„Ein Captain", sagte Felipe.

„Zu dem Schluss bin ich auch gekommen", stimmte Jim zu.

Felipe erzählte ihm von Richters Partner, dem geheimnisvollen Captain Ratte. „Ich konnte einen Blick in Richters persönlichen Terminkalender auf seinem Computer werfen. Er trifft sich morgen um halb vier mit diesem Captain Ratte."

„Wo?"

Felipe lachte, aber ohne jeden Humor. „Da liegt der Haken. Ich weiß es nicht."

Ein Vierzehn- oder Fünfzehnjähriger lungerte in der Nähe herum und wartete, dass das Telefon frei wurde. Felipe drehte sich zu ihm um und sah ihn unverwandt an. Innerhalb kürzester Zeit wurde der Junge nervös und verschwand.

„Okay, pass auf", sagte Jim. „Ich mache mich an die Arbeit und überprüfe ein paar Dinge. Das Problem an den Ermittlungen gegen Richter ist, dass ich nicht weiß, wer zum Teufel darüber Bescheid weiß und wer keine Ahnung hat. Und ich will nicht fragen. Ich will nicht, dass irgendwer erfährt, dass ich Bescheid weiß. Verdammt, ist das alles kompliziert. Obendrein fragt mich niemand, ob ich Bescheid weiß – denn die, die Bescheid wissen, wollen nicht, dass ich das erfahre." Er fluchte verärgert. „Phil, sollten wir nicht einfach das bekannt machen, was wir bisher wissen? Ich denke ernsthaft darüber nach."

„Noch nicht, Mann", wehrte Felipe ab. „Tu das noch nicht. Ich muss zuerst wissen, wer Richters Mann bei der Polizei ist. Vorher kann ich nicht riskieren, mich zu stellen. Und ohne mich hast du nichts in der Hand."

„Ich habe auch jetzt nichts in der Hand", erwiderte Jim. „Vielleicht sollten wir wirklich im Wespennest stochern, um herauszufinden, wer reagiert."

„Noch nicht", wiederholte Felipe. „Vielleicht in ein paar Tagen …"

„Ich mache mir Sorgen um dich, Phil."

„Ich komme schon zurecht", gab er zurück. Die ruhige Zuversicht in seiner Stimme war zumindest zum Teil nicht gespielt. „Tu bitte nichts, was dich – und Emily – in Gefahr bringt."

Jim Keegan schwieg, und Felipe erzählte ihm rasch von der Bandaufnahme, die er gemacht und in Rafes Lieferwagen liegen gelassen hatte. „Nur für den Fall der Fälle", fügte er hinzu.

Jim sagte immer noch nichts. Schließlich brach er das Schweigen und meinte: „Vielleicht solltest du abtauchen. Mach dich unsichtbar. Lass mich noch ein wenig herumschnüffeln. Ich habe schon alle Captains bei der Polizei überprüft bis auf Captain Swick und Captain Patterson. Was Patterson angeht, fällt es mir äußerst schwer zu glauben, dass er irgendwas mit Richter zu tun haben könnte. Er ist ein absolut anständiger Mensch. Swick dagegen …"

„Der mochte mich nie", warf Felipe ein. „Ich habe mitbekommen, dass er sich … abwertend über meinen … kulturellen Hintergrund geäußert hat. Um es mal diplomatisch auszudrücken."

„Er ist ein intoleranter Heuchler", entgegnete Jim unumwunden. „Aber das macht ihn nicht automatisch zum Verbrecher."

„Er wohnt irgendwo am Wasser, nicht wahr?" Bei genauerer Betrachtung war es schon seltsam, dass Donald Swick in einem sehr hübschen Haus direkt am Meer wohnte. Der Mann hatte zeitlebens bei der Polizei gearbeitet, und dafür war das Anwesen viel zu groß und zu teuer.

„Ja, an der Casa del Sol Avenue", antwortete Jim. „Seine

Frau ist nicht in der Stadt. Er schiebt im Moment zusammen mit Chief Earley Überstunden ohne Ende, um dich aufzuspüren. Die Medien fahren voll darauf ab: Captain Swick und Chief Earley, die modernen Unbestechlichen."

„Oh Mann, ich habe da so ein Gefühl, was Swick betrifft. Ich werde ihn überprüfen", meinte Felipe.

„Lass mich das machen. Halte du dich lieber im Hintergrund."

„Nein, irgendwas muss ich einfach tun. Du überprüfst Patterson. Ich sehe mir Swicks Haus an."

„Phil, dann such wenigstens ein sicheres Versteck für Caroline und lass sie da."

Diesmal schwieg Felipe für eine Weile. „Kannst du mir garantieren, dass Tommy Walsh sie nicht findet, wo immer ich sie auch verstecke?", fragte er schließlich. „Und kannst du mir auch garantieren, dass sie in ihrem Versteck bleibt, wenn ich eins für sie finde?" Er schüttelte den Kopf, obwohl ihm klar war, dass Jim es nicht sehen konnte. „Nein, Diego, sie bleibt bei mir. So weiß ich wenigstens, dass sie in Sicherheit ist."

Ausnahmsweise widersprach Jim nicht. Er lachte nur leise in sich hinein. „Es ist also passiert, hmm? Du hast endlich die passende Partnerin gefunden."

„Nein ..." Kaum hatte er es ausgesprochen, wurde ihm bewusst, dass es gelogen war. Diego hatte recht. Caroline war die einzige Frau, die er wollte. Die einzige Frau, die er jemals wollen würde. Wenn er sich von ihr verabschiedete, konnte er genauso gut gleich ins Kloster gehen.

„Oh, gut, und der Wahrheit ins Auge sehen kannst du auch nicht." Jim lachte. „Armer Hund, du hast nicht die geringste Chance."

Felipe griff auf seine Muttersprache zurück und verfluchte seinen besten Freund ebenso wortgewaltig wie leise.

Doch Jim lachte nur darüber. „Mach ihr einfach einen Heiratsantrag und bring's hinter dich", sagte er. „Du wirst überrascht sein, wie viel besser du dich fühlst, wenn du dich nicht mehr dagegen wehren musst."

„Das kann ich nicht, Mann. Das ist unmöglich. Du weißt, dass es unmöglich ist."

„Regel Nummer eins: Nichts ist unmöglich. Vergiss das nie. Der erste Schritt besteht darin, die Straßen von Richters Visage zu befreien und seine ganze Organisation mitsamt dem Mistkerl bei der Polizei hoppzunehmen. Danach kannst du die Sache mit Caroline regeln."

„Ja. Klar." Natürlich würde er die Sache regeln – indem er sie verließ. Einen anderen Weg gab es nicht.

Nachdem Jim in die Mordkommission versetzt worden war, hatte Felipe sich daran gewöhnt, allein zu arbeiten. Er hatte festgestellt, dass er das gern tat. Er war gern allein. Aber wenn er an eine Zukunft ohne Caroline dachte, fühlte er sich entsetzlich einsam. Nie zuvor hatte er sich einsam gefühlt. Doch jetzt wusste er, dass er sich nie wieder anders als einsam fühlen würde.

„Denk dran, wenn du ein Fahrzeug brauchst: Mein Autoschlüssel liegt wie immer auf dem rechten Vorderrad, und der Wagen steht auf dem Hof der Polizeiwache", erklärte Jim. „Ich werde dich morgen um diese Zeit auf diesem Telefon anrufen. Versuch, da zu sein."

„Ich werde da sein", versprach Felipe, „oder ..." Er beendete den Satz nicht, denn sie wussten beide, wie er zu Ende ging. Er würde da sein. Oder tot.

16. KAPITEL

Wem gehört dieses Haus?", flüsterte Carrie.

„Don Swick", antwortete Felipe. „Er ist Captain bei der Polizei."

Sie nickte. „Schönes Anwesen."

Das war es wirklich. Ein sehr schönes Anwesen.

Es lag direkt am Strand in einem Stadtteil, in dem eine solche Lage alles andere als billig war. Auf dem weitläufigen Grundstück stand ein großes einstöckiges Haus. Es war umgeben von einem gepflegten Rasen und zahlreichen Sträuchern, hinter denen sie sich verstecken konnten.

„Du glaubst, dieser Captain Swick ist dein Captain Ratte?", fragte sie.

Er nickte und bedeutete ihr, still zu sein, indem er ihr einen Finger auf den Mund legte.

Es fiel ihr schwer, Ruhe zu bewahren. Carrie war nervös. Verständlicherweise. Immerhin brach sie zum ersten Mal in das Haus eines Polizeibeamten ein. Um genau zu sein, brach sie überhaupt zum ersten Mal irgendwo ein.

Aber Felipe schien zu wissen, was er tat. Er benutzte eine winzige Taschenlampe, die er im Strandhaus gefunden hatte, um den Schaltkasten einer komplexen Alarmanlage zu untersuchen.

Mit einem Schweizer Offiziersmesser, das sie vorher noch gar nicht bei ihm gesehen hatte, machte Felipe sich an die Arbeit. Als sie ihm auf die Finger schaute, murmelte er: „Achte bitte auf die Straße, *querida*. Sag mir Bescheid, wenn ein Auto kommt."

Erneut nickte sie.

Sie stand Todesängste aus. Einerseits fürchtete sie, dass dieser Captain Swick wirklich Richters Partner war. Sie würden in höchster Gefahr schweben, wenn sie in sein Haus eindrangen. Andererseits fürchtete sie, dass er es nicht war. In dem Fall war dieser Einbruchsversuch vollkommen umsonst. Sie würden damit ihrem Ziel, Felipes Namen reinzuwaschen, keinen Schritt näher kommen.

„Ich hab's", sagte er gedämpft.

Carrie drehte sich um und sah, wie die Tür aufschwang.

Mit gezogener Waffe trat Felipe als Erster ein und ließ das Licht der Taschenlampe durch eine riesige Küche wandern. Diese Küche war fast doppelt so groß wie die im Strandhaus.

Carrie schloss die Tür hinter ihnen und folgte Felipe aus der Küche hinaus und durch einen langen Flur, der mit Teppichboden ausgelegt war. Sie kamen an einem Ess- und an einem Wohnzimmer vorbei. Beide Räume waren riesig, still, dunkel und teuer möbliert.

Es war unheimlich, sich auf diese Weise durch das Haus fremder Leute zu bewegen. Sicher, das Strandhaus hatte auch anderen gehört, aber dort hatten sie sich mit dem stillen Einverständnis von Jim Keegan aufgehalten. Hier waren sie ungeladene und unerwünschte Eindringlinge.

Sie folgte Felipe in ein gewaltiges Schlafzimmer. Im Kegel der Taschenlampe entdeckte sie ein ungemachtes Bett, einen überquellenden Schmutzwäschesammler und Kleidung, die achtlos über diverse Sessel geworfen war. Die Jalousien vor den Fenstern waren alle vollständig geschlossen. Es schien, als hätte Swick sich nicht die Mühe gemacht, sie morgens hochzuziehen.

Felipe ging zu der Lampe auf einem der Nachttischchen und schaltete sie an.

Auf der Fernsehkonsole lagen Kartons von einem chinesischen Lieferservice, daneben eine angebrochene Tüte Kartoffelchips und die Fernbedienung des Fernsehers. Bücher und Papiere stapelten sich auf der Hälfte des Bettes, in der Swick offenbar nicht geschlafen hatte.

„Er sollte besser aufräumen, bevor seine Frau nach Hause kommt", meinte Felipe. „Junge, was für ein Chaos."

„Wo fangen wir an?", fragte sie.

„Wir suchen nach einem Kalender, einem Terminplaner

oder etwas Ähnlichem, in dem für morgen irgendeine Besprechung vermerkt ist. Wir suchen nach Notizen, in denen Richters Name auftaucht. Oder Walsh, Mareidas, Dupree …"

„Wer?"

„Die Männer, die auf dem Spielplatz umgebracht worden sind."

„Oh." Carrie nickte. „Wie steht es mit Hinweisen auf die Firma, die als Tarnunternehmen für Richters illegale Geschäfte fungiert?"

„L&R Company", sagte er. „Gute Idee. Du wärst eine gute Polizistin geworden."

„Nein danke", gab sie trocken zurück. „Ich habe andere Vorstellungen von Vergnügen."

„Du würdest lieber in ein Bassin mit zwei Schwertwalen springen, richtig?", stichelte er.

„Stimmt. Ich würde Biffy und Louise jederzeit Lawrence Richter und Tommy Walsh vorziehen."

„Jeder so, wie er es mag", entgegnete er lächelnd. „Kann ich dich hier einen Moment allein lassen? Ich würde gern Swicks Büro suchen. Er muss irgendwo einen Schreibtisch oder so was stehen haben. Vielleicht ist der Terminkalender dort."

„Ja, geh nur", erwiderte sie und durchsuchte die Papiere auf dem Bett. Dann blickte sie auf. „Geh aber nicht zu weit weg."

„Keine Bange, das tu ich nicht." Er ging zu ihr und küsste sie, bevor er im dunklen Flur verschwand.

Swicks Büro konnte nur als Katastrophengebiet bezeichnet werden. Auf dem Schreibtisch türmten sich Papiere, Akten, Umschlagfetzen und Servietten mit daraufgekritzelten Notizen. Überall lagen Ordner herum, selbst auf der hypermodernen Stereoanlage und vor dem riesigen Fernseher.

Felipe schloss die Jalousien, zog die Vorhänge vor und schaltete die Schreibtischlampe an. Ihm war klar, dass sie wenig Zeit hatten und nicht mehr viel länger bleiben konnten. Rasch machte er sich an die Arbeit und begab sich auf die Suche nach etwas, *irgendetwas*, das Swick mit Richters Organisation in Verbindung brachte.

Auf Swicks Schreibtisch befanden sich die Unterlagen zu sämtlichen Fällen, die er in den letzten drei Jahren bearbeitet hatte. Wonach er sie geordnet hatte, war für Felipe nicht ersichtlich – jedenfalls nicht chronologisch oder nach dem Alphabet.

Unter einem zweieinhalb Jahre zurückliegenden Fall von Brandstiftung fand er einen Tischkalender. Er thronte auf einem schweren Marmorständer, und darin war jedem Tag eine ganze Seite gewidmet.

Schnell blätterte Felipe vor bis zum morgigen 20. Januar. Dem Tag, an dem Captain Ratte sich mit Richter treffen sollte. Und da stand tatsächlich etwas.

Ein Wort nur: *Golf.* Keine Zeitangabe, keine Ortsangabe.

War das eine Art Code, oder ging es tatsächlich um ein Golfspiel? Und wenn Letzteres der Fall war: Auf welchem der vielen Golfplätze in St. Simone sollte gespielt werden? Wo sollte das Spiel – und die Besprechung – stattfinden? Immer vorausgesetzt, Swick war wirklich der Captain Ratte, nach dem Felipe suchte. Immer vorausgesetzt, Golf stand nicht einfach nur für Golf.

Eine nach der anderen öffnete Felipe die Schreibtischschubladen. Darin herrschte dieselbe Unordnung wie im ganzen Zimmer. Er wühlte sie kurz durch, aber die Papiere und Akten darin schienen noch älter zu sein als die auf dem Schreibtisch.

Als er die unterste linke Schublade aufziehen wollte, stellte er fest, dass sie sich nicht öffnen ließ. Er zog kräftiger daran, denn möglicherweise klemmte sie bloß. Doch nichts rührte sich. Abgeschlossen.

Mit einem Brieföffner aus der obersten Mittelschublade versuchte Felipe, das Schloss zu knacken. Er schob die metallene Spitze zwischen Oberkante und Rahmen. Als das nichts brachte, benutzte er den Brieföffner als Keil und den Griff seiner Waffe als Hammer. Das Holz splitterte, und endlich gab sich die Schublade geschlagen.

Volltreffer!

Ganz unten in der Schublade lag ein dickes Kuvert, auf dem mit schwarzem Filzstift der Name *Salazar* stand.

Felipe nahm den Umschlag an sich und öffnete ihn.

Darin steckte eine unbeschriftete Audiokassette. Sonst nichts. Felipe hätte jedoch darauf wetten mögen, dass er auch nicht mehr brauchte. Schnell räumte er die Aktenordner von der Stereoanlage, legte die Kassette ein und drückte auf Play.

Einige Sekunden blieb es still. Dann meldete sich Lawrence Richters Stimme, aalglatt und eindeutig erkennbar.

„Ich habe ein Problem", sagte er. „Ein Disziplinproblem."

„Tony und Steve", antwortete Walshs Stimme. „Du willst sie aus dem Weg haben. Kein Problem."

„Für mich ist das sehr schwer", erklärte Richter. „Alfonse Mareidas war lange mein Freund."

„Al weiß, dass sein Junge so gut wie tot ist – seit durchgesickert ist, dass sein Sohn und Dupree einen Deal mit dem Staatsanwalt ausgehandelt haben", gab Walsh ungerührt zurück. „Wenn der Deal über die Bühne geht, würden alle deine Geschäfte auf der Westside platzen. Du selbst würdest zwar unbeschadet davonkommen, trotzdem wäre das ein Riesenschlamassel. Al kann dir nicht vorwerfen, dass du tust, was du tun musst."

„Was *du* tun musst", korrigierte Richter ihn ruhig.

„Natürlich."

„Mach es Al zuliebe kurz und schmerzlos, aber statuiere ein eindeutiges Exempel."

„Mit Vergnügen. Mareidas und Dupree sind so gut wie aus dem Spiel."

„Sorg dafür, dass Julia den Familien Blumen schickt", sagte Richter. Und damit war die Aufnahme zu Ende.

Ja.

Ja!

Dieses Band lieferte den Beweis, den Felipe brauchte, um

Richter und Walsh die Spielplatzmorde nachzuweisen und seinen Namen reinzuwaschen. Jetzt musste er nur noch beweisen, dass Donald Swick Captain Ratte war. Das jedoch war leider leichter gesagt als getan.

Felipe spulte das Band zurück und nahm es aus dem Abspielgerät.

„Felipe!“

Er blickte auf.

Caroline stand mit vor Angst weit aufgerissenen Augen in der Tür. „Gerade ist ein Auto in die Einfahrt gefahren. Ich habe Lichter gesehen und …“

Er stand auf und steckte die Kassette in die Gesäßtasche seiner Jeans. „Machen wir, dass wir hier wegkommen“, sagte er.

„Ich habe nichts gefunden“, gestand sie, als sie durch den Flur zur Küchentür rannten. „Ich bin nicht fertig geworden, aber …“

„Ich habe eine Kassette gefunden“, unterbrach Felipe sie. „Eine Aufnahme, wie Richter und Walsh die Spielplatzmorde planen.“

„Mein Gott“, hauchte Carrie.

Felipe bemerkte es eine Sekunde zu spät. Ein Ersatz-Laseralarm hatte sich eingeschaltet – vermutlich, weil die Hauptanlage länger als fünfzehn Minuten ausgefallen war. Caroline war vor ihm und griff nach der Türklinke, bevor er sie aufhalten konnte.

Die sich öffnende Tür unterbrach den Laserstrahl, und ringsum brach die Hölle los. Die Alarmsirene kreischte. Sie gab ein hohes, klagendes Geheul von sich, das ihnen beinah die Trommelfelle zerriss. Im Umkreis von einer Viertelmeile wurde nun jeder davon in Kenntnis gesetzt, dass es hier einen Einbruchsversuch gegeben hatte.

Felipe packte Carolines Hand und zog sie nach draußen.

Autoscheinwerfer erfassten und blendeten ihn.

„Keine Bewegung!“, donnerte eine Stimme. Swick. Es war Swick.

Doch er blieb nicht stehen.

„Ich sagte: Keine Bewegung!", wiederholte die Stimme.

Felipe gab Caroline mit seinem Körper Deckung, presste sie an sich und sprang ins nächste Gebüsch.

Ein Schuss übertönte kurz das unablässige Heulen der Alarmsirene.

Dann Swick: „Großer Gott, Chief, du hättest das Mädchen treffen können!"

„Fordere über Funk Verstärkung an", rief Chief Earley. „Jetzt sitzt der Hurensohn in der Falle."

Zweige und Ranken peitschten gegen Felipes Arme und Beine, als er und Caroline sich den leichten Abhang hinunterkämpften, der Swicks Grundstück vom Hof des Nachbarn trennte.

Überall in den Häusern ringsum gingen die Lichter an. Felipe versuchte, im Dunkel am Rand der Höfe zu bleiben. Er hörte Caroline keuchen. Er konnte ihre Angst beinah riechen. *Madre de Dios*, sie hätte angeschossen werden können! Sie konnte immer noch angeschossen werden.

„Kannst du schwimmen?", fragte sie ihn atemlos, während sie so schnell wie möglich über eine Rasenfläche rannten.

„Ja", stieß er hervor. In der Ferne heulten Polizeisirenen. Viele Sirenen, und sie kamen näher. Wenn sie nun wirklich in der Falle saßen …

„Wir sollten Richtung Wasser laufen", keuchte Caroline. „Zum Meer. Die Flut müsste uns nach Süden ziehen. Wir können die Küste entlangschwimmen."

Hoffnung durchströmte ihn.

„*Te amo*", rief er. „Ich liebe dich! Caroline, das ist genial!"

Sie schlugen einen Haken nach links, rannten nach Westen auf die Küste zu. In Felipes Bein pochte es heftig. Es tat sehr weh, aber er ignorierte den Schmerz. Das war jetzt egal. Alles war egal. Nur eins zählte: Er musste Caroline in Sicherheit bringen.

Ringsum wurden die Sirenen immer lauter.

Felipe konnte das Meer riechen, sah das Schäumen der Brandung im Dunkeln. Sie waren schon ganz nah. So nah. Nur noch eine Straße, die sie überqueren mussten. Nur noch ein gepflegter Rasen, dann wären sie am Strand …

Mit quietschenden Reifen schoss ein Polizeiwagen in die Straße, bremste und schnitt ihnen den Weg zum Meer und in die Freiheit ab.

Abrupt riss Felipe Caroline mit sich zu Boden. In der Dunkelheit zwischen den Büschen drückten sie sich ins Gras. Er spürte, wie ihr Herz raste. Sie atmete schnell.

„Ich bin in Position“, sagte der Polizist in sein Funkgerät. „Hier ist niemand zu sehen. Soll ich weiterfahren?“

„Bleib, wo du bist“, kam knisternd die Antwort. „Halte deine Waffe bereit. Der Verdächtige ist bewaffnet und gefährlich. Ich wiederhole: bewaffnet und gefährlich.“

„Was nun?“, hauchte Caroline.

Felipe entlastete sein verletztes Bein. „Ich werde mich ergeben“, flüsterte er.

„Nein!“

„Während der Typ mit mir beschäftigt ist“, fuhr er fort, ohne auf ihren heftigen Protest einzugehen, „schleichst du dich über die Straße. Sieh zu, dass du das Wasser erreichst. Bist du sicher, dass du gut genug schwimmen kannst?“

„Das mache ich ganz sicher nicht“, gab sie fest zurück. „Ich will nicht, dass du dich ergibst. Du hast selbst gesagt, dass du keinen Tag überlebst, wenn du in Schutzhaft genommen wirst.“

Er küsste sie. „Ich finde einen Weg“, meinte er. „Ich schaffe das, auch wenn alles dagegenspricht.“

„Felipe …“

„Caroline, ich lasse nicht zu, dass sie auf dich schießen!“

„Und ich lasse nicht zu, dass du dich für mich opferst!“

„Deine Sicherheit hat für mich höchste Priorität“, sagte er leise. „Mach es mir nicht schwerer als unbedingt nötig.“

„Wenn du dich ergibst, Mister“, erklärte Caroline entschlossen, „dann gehe ich mit dir. Wir bleiben zusammen.“

Es stand fest, dass sie nicht nachgeben würde. Auf keinen Fall.

Felipe fluchte im Stillen. Er musste einen anderen Weg finden.

Sanft berührte sie sein Gesicht, streichelte hauchzart seine Wange. Ihre blaugrünen Augen wirkten in der Dunkelheit farblos. Sie sah aus wie aus einer anderen Welt. Wie ein Engel.

Es war kaum mehr als ein Flüstern, als Caroline nun sagte: „*Te amo.* Ich liebe dich nämlich auch."

17. KAPITEL

Caroline rannte und rannte. Sie klammerte sich fest an Felipes Hand und kämpfte sich durch das sumpfige Unterholz.

Es war ihnen gelungen, sich von dem Streifenwagen wegzuschleichen. Sie nahmen den Weg zurück, den sie gekommen waren. Carrie hatte gehofft, dass sie weiter unten die Straße überqueren und doch noch ans Meer gelangen konnten. Aber es waren immer mehr Streifenwagen eingetroffen, deren Scheinwerfer die Straße und die angrenzenden Grundstücke ausleuchteten und die Flüchtlinge weiter zurücktrieben – fort vom Meer.

Bitte, lieber Gott, lass uns das Meer erreichen.

Plötzlich erstarrte Felipe. Mit ausgestrecktem Arm hielt er sie auf und lauschte angespannt in die Dunkelheit.

Sirenen. Sie hörte Sirenen. Rufe. Und …

Hunde. *Oh Gott, Hunde!* Jemand hatte die Tiere herbeigeschafft, die ihrer Spur mit der Nase folgen konnten. Sie bellten und jaulten aufgeregt in der Ferne.

Felipe war inzwischen schweißgebadet und humpelte ziemlich stark. Sein Bein musste ihm heftige Schmerzen bereiten. Ihre eigenen Beine taten ebenfalls weh von der Anstrengung. Allerdings hatte sie auch keine drei Tage alte Schusswunde, die alles noch schlimmer machte.

„Komm, weiter!“, sagte er heiser, und irgendwie schaffte er es, wieder loszulaufen.

Sie kamen nur etwa fünfzig Meter weit, dann standen sie vor einem fast vier Meter hohen Maschendrahtzaun.

Die Hunde kamen näher. Jetzt bemerkte Carrie außerdem einen Hubschrauber in der Ferne. Sie fluchte. Ein Hubschrauber mit Suchscheinwerfer würde sie problemlos auch im Wasser entdecken.

Wenn sie es jemals bis ans Wasser schafften.

Felipe dachte offenbar an das Gleiche. „Wenn wir das Meer

erreichen, müssen wir darauf vorbereitet sein, unter Wasser zu schwimmen“, sagte er.

Wenn? „Falls“ war wohl eher der richtige Ausdruck. Carrie konnte die salzige Luft bereits riechen. Das Meer befand sich jedoch irgendwo auf der anderen Seite dieses Zauns, der mehr als zweimal so hoch war wie sie.

Sie eilten am Zaun entlang. Er schien sich endlos in die Dunkelheit zu erstrecken.

Carrie hatte inzwischen jegliche Orientierung verloren. Sie hatte keine Ahnung, wo sie waren und in welche Richtung sie sich bewegten. Sie wusste nur eins: Das Meer war für sie außer Reichweite. Womöglich rannten sie schon lange im Kreis.

„Caroline“, keuchte Felipe, „kennst du den Zugangscode zur Alarmanlage des Sea Circus?“

Was? „Ja“, erwiderte sie. „Warum?“

Und dann begriff sie. Dieser Zaun umschloss das Gelände des Sea Circus. Gott, sie hatte nicht einmal geahnt, wie weit sie gekommen waren. Wenn sie weiter am Zaun entlanggingen, würden sie zu einem der drei Eingänge zum Park kommen. Dann könnte sie den Code eingeben, das Tor würde sich öffnen, und sie wären drin. Im Meerespark gab es Hunderte Plätze, an denen sie sich verstecken konnten. Und niemand würde erlauben, dass die Hunde den Park nach ihnen absuchten. Sie würden nur die Meerestiere aufscheuchen und gefährden.

Da war er, der Eingang, in hundert Metern Entfernung. Sie mussten einen Parkplatz überqueren, um ihn zu erreichen. Die Laternen waren ausgeschaltet, in der Dunkelheit würde niemand sie sehen. In diesem Bereich des Parks stand hinter dem Maschendrahtzaun außerdem eine gewaltige Holzwand. Wenn sie erst einmal drinnen waren, würde man sie von draußen nicht mehr entdecken können.

Ein Streifenwagen schoss auf der Straße mit etwa siebzig Meilen pro Stunde vorbei. Er fuhr in Richtung Swicks Haus.

Felipe rannte geduckt über den Parkplatz, Carrie folgte ihm sogleich.

Sie gab die Codenummer, mit der man den Alarm abschaltete, in die Zifferntastatur ein. Das Signal wechselte von Rot auf Grün. Gott sei Dank. Als Nächstes gab sie die Zahlenkombination ein, die das Tor öffnete. Beinah lautlos schwang es auf.

Eilig drückten sie sich durch das offene Tor. Auf der anderen Seite tippte Carrie schnell die Kombination ein, durch die es sich wieder schließen ließ und mit der auch der Alarm erneut aktiviert wurde. Das Signal blinkte kurz gelb auf, sprang dann auf Rot, wieder auf Gelb, auf Rot.

Was zum Teufel …?

Mit einem Mal flammten überall im Park Flutlichter auf. Sirenen heulten los, als der Alarm ausgelöst wurde.

„Ich habe alles richtig gemacht!“, rief Carrie. „Ich weiß, dass ich alles richtig gemacht habe. Jemand muss den Code geändert haben!“

Felipe packte sie an der Hand, und wieder rannten sie, diesmal durch den hell erleuchteten Meerespark.

Sie steuerten auf den Zaun zu, der das Parkgelände vom Strand dahinter trennte. Immer noch versuchten sie, das Meer zu erreichen, das ihnen den Fluchtweg versprach – trotz der Hubschrauber und ihrer Suchscheinwerfer.

Aber sie hatten nicht einmal die halbe Strecke zurückgelegt, als Carrie den Streifenwagen entdeckte, der am Strand schlitternd zum Stehen kam. Die Reifen ließen den Sand nach allen Seiten aufspritzen. Felipe sah den Wagen ebenfalls und bog nach links ab, tiefer in das Parkgelände hinein.

Überall um sie herum fuhren Polizeiwagen mit quietschenden Reifen an den Zaun heran. Felipe umrundete das Hauptaquarium und blieb dahinter stehen, um zu Atem zu kommen. Er hielt Carrie fest an sich gedrückt.

„Du musst dich verstecken“, sagte er. „Das war’s, Caroline. Sie haben mich. Lass mich wenigstens dich retten …“

„Darüber haben wir schon mal gesprochen“, gab sie scharf zurück. „Es hat sich nichts geändert.“

„Doch, das hat es. Sie wissen, wo wir sind. Wir sitzen in der Falle."

„Du versteckst dich mit mir", erwiderte sie, „oder ich verstecke mich gar nicht."

Seine Hand zitterte, als er sich das Haar aus dem Gesicht strich. „Verdammt, Caroline …"

„Ich kenne einen Platz, an dem niemand uns suchen wird", unterbrach sie ihn, nahm seine Hand und zog ihn mit sich über das Gelände. Und dann blieb sie stehen – direkt vor dem Bassin der Schwertwale.

Das Bassin der Schwertwale.

Hier wollte Caroline sich mit ihm verstecken.

Wenn Felipe danach gewesen wäre, hätte er laut losgelacht.

Draußen vor dem Zaun war die Polizei. Ein Riesenaufgebot an Polizisten – so viele, dass man sie trotz der Alarmsirenen hören konnte. Die Männer machten sich bereit, den Park zu betreten. Die Zeit rannte ihnen davon.

„Das ist Wahnsinn", sagte er.

„Nein, ist es nicht. Es gibt einen Platz im Becken, den man nicht einmal von der Sichtscheibe des Beobachtungsraums aus sehen kann. Darüber liegen die Planken eines Laufstegs. Wir können an der Wasseroberfläche bleiben und uns an der Bassinwand festhalten. Niemand wird uns dort finden."

„Außer den Schwertwalen", warf er ein, ließ sich aber doch von ihr durch eine Tür ziehen. *Zutritt nur für Personal* stand darauf.

„Wenn du im Wasser bist, musst du dich ruhig und langsam bewegen. Dann passiert dir nichts", erklärte Carrie. Sie führte ihn ein paar Stufen hinauf und durch einen Kontrollraum, in dem ein Mischpult mitsamt Mikrofon für die regelmäßigen Vorführungen stand. Ein kleines Fenster gab den Blick frei auf das Becken. Auf dem Sims davor stapelten sich Audiokassetten. „Biffy und Louise sind sehr sanfte Tiere."

„Caroline …"

„Vertrau mir." Sie drückte seine Finger. „Jetzt ist es an dir, mir zu vertrauen."

Sie zog ihn hinaus auf den Laufsteg, der entlang des Beckenrandes verlief. Er war feucht und glitschig. Felipes Augen weiteten sich, als er die beiden gewaltigen Tiere mit ihren geöffneten Mäulern und blitzenden Zähnen im Wasser entdeckte.

Sanft? Diese Viecher waren sanft?

„Der Lärm macht sie nervös", sagte Carrie. „Komm weiter." Sie setzte sich und ließ ihre Füße ins Wasser hängen. Dann ließ sie sich über den Rand des Stegs ins Becken gleiten.

Felipe hörte, wie die Haupteingangstür aufgerissen wurde.

Carrie beobachtete ihn, streckte ihm die Hand entgegen.

Vertrau mir.

Sie hatte ihm vertraut, als er sie in den Kriechkeller im Strandhaus gezerrt hatte. Seit ihrer schicksalhaften Begegnung im Restaurant hatte sie ihm immer wieder mit ihrem Leben vertraut. Wenn sie behauptete, dass die Schwertwale sanfte Tiere waren, dann musste es auch so sein.

Felipe nahm die Kassette aus seiner Tasche und hielt sie hoch, sodass Caroline sie sehen konnte. „Die kann ich nicht mit ins Wasser nehmen", meinte er. „Ich werde sie verstecken."

Sie lächelte. „Vor aller Augen."

„Richtig."

„Beeil dich."

Er beeilte sich. Im Kontrollraum deponierte er seine Kassette auf dem hinteren Ende vom Fenstersims, ganz unten in einem Stapel anderer Bänder.

Als er zurückkam, wartete Caroline am Rand des Beckens. Hinter ihr sprangen die Schwertwale wieder und wieder aus dem Wasser und verursachten mächtige Wellen.

„Schnell!", rief sie.

Felipe ließ sich ins Bassin gleiten, mit Stiefeln, Rucksack und allem. Das Wasser war kalt, kälter als erwartet. Und seine Kleider und Stiefel zogen ihn nach unten.

Wenigstens war unter der Wasseroberfläche der Alarm nicht

mehr so entsetzlich laut. Trotzdem: Für ein Meerestier, das an Stille gewöhnt war, musste er schrecklich laut und verwirrend sein.

Caroline schwamm vor ihm, er folgte ihr. Mit ihren langen blonden Haaren, die um ihren Kopf herum im Wasser trieben, sah sie aus wie ein Meereswesen. Wie eine Meerjungfrau oder eine Nixe, die ihn in den Tod locken wollte.

Aber das stimmte nicht. Sie wollte ihn vom Tod fortlocken und …

Felipe fand sich plötzlich Auge in Auge mit einem Schwertwal wieder und erstarrte. Das Tier öffnete sein Maul, als wollte es zubeißen. Felipe konnte sich nicht rühren. Seine Lungen drohten zu bersten, während er dem Wal in das glänzende Auge starrte.

Und auf einmal war Caroline neben ihm.

Sie berührte den Orca und gab ihm eine Art Zeichen. Danach ergriff sie Felipes Hand und zog ihn hinter sich her in Sicherheit. Unter dem Laufsteg tauchten sie auf.

Felipe klammerte sich an die Beckenwand und holte tief Atem. Wieder und wieder füllte er seine Lungen mit der kostbaren Luft. Caroline schwamm neben ihm, hielt ihn fest, strich ihm die nassen Haare aus dem Gesicht. Sie versuchte, ihn zu beruhigen und ihm flüsternd Mut zuzusprechen.

Kaum war er zu Atem gekommen, geriet das Wasser im Becken wieder in heftige Bewegung. Wellen schlugen ihm ins Gesicht.

„Was geschieht jetzt?“, keuchte er.

Carrie flüsterte ihm ins Ohr: „Ich habe Biffy gesagt, dass er weiter Luftsprünge machen soll. Das ist einer der Tricks, die wir ihnen beigebracht haben und die wir bei den Vorführungen zeigen. Wenn sie das tun, sehen sie besonders wild und gefährlich aus.“

„Dafür müssen sie sich nicht anstrengen“, murrte Felipe. Er fröstelte, als die kühle Nachtluft sein Gesicht streifte, und schaute nach oben. Der Laufsteg verlief keinen halben Meter über ihnen, und Wasser tropfte auf sie herab. Ihr Versteck war dunkel und eng. „Das macht dir nichts aus?", fragte er.

Caroline schüttelte den Kopf. „Nicht, wenn ich im Wasser bin. Solange ich meine Arme und Beine frei bewegen kann und mich nicht eingeengt fühle, ist alles in Ordnung."

Draußen im Park verstummte der Alarm. Die plötzliche Stille war sehr merkwürdig, sie lastete schwer und bedrohlich auf ihnen.

„Du hast genau richtig gehandelt, als Biffy sich dir genähert hat", sagte Caroline ihm beinah lautlos ins Ohr. „Du hast dich weder schnell bewegt, noch bist du in Panik geraten."

Unwillkürlich musste er lächeln. „Ich habe mich nicht schnell bewegt, weil ich mich gar nicht bewegen konnte", erwiderte er leise. „Ich war – wie sagt man so schön? – vor Angst erstarrt."

„Obwohl du solche Angst vor ihnen hast, steigst du trotzdem zu ihnen ins Becken?"

„Ich vertraue dir", gab Felipe zurück und sah ihr tief in die Augen.

Die Haare klebten ihr klatschnass am Kopf, und Wassertropfen hingen in ihren Wimpern. Sie sah so schön aus, so zierlich, so klein und zerbrechlich. Das war sie auch alles. Und zugleich war sie die zäheste und entschlossenste Kämpferin, der er jemals begegnet war. Heute Abend hätte er schon zweimal aufgegeben. Natürlich nur, um Caroline das Leben zu retten und ihr eine Chance zu geben, davonzukommen. Aber sie gab nicht auf. Sie würde nie aufgeben.

Und jetzt war er hier, im Becken der Schwertwale. Intensiver als jemals zuvor betete er in aller Stille dafür, dass sie es irgendwie doch schaffen würden.

Caroline hatte ihre Arme um ihn geschlungen und hielt ihn an der Wasseroberfläche. Denn obwohl er sich an der Beckenwand festhielt, zogen seine vollgesogenen Kleider, die Stiefel und der Rucksack ihn ständig hinab.

Felipe spürte die Muskeln in ihren Armen. Sie war unglaublich stark. Auch wenn sie klein war: Sie besaß ganz schön viel Kraft.

Jetzt beugte sie sich vor, um ihn zu küssen. Ihre Lippen, ihre Nase, ihr Gesicht waren kalt, aber ihr Mund war warm. Er schloss die Augen, verlor sich in ihrer Süße.

Aber dann löste sie sich von ihm, und er hörte Schritte auf dem Steg über ihnen.

Caroline bedeutete ihm, tief einzuatmen und sich unter die Wasseroberfläche sinken zu lassen. Als er die Wand losließ, sank er sofort bis zum Beckenboden. Sie griff nach seinen Händen, und der Auftrieb ihres Körpers zog ihn ein wenig höher.

Mit den Haaren, die wie ein goldener Schleier im Wasser trieben, sah sie wirklich aus wie eine Meerjungfrau. Eine Meerjungfrau im Overall. Sie lächelte ihn an. In diesem Moment liebte er sie so sehr, dass er hätte weinen können.

Te amo, hatte sie gesagt. *Ich liebe dich auch.*

Irgendwie hatte sie herausgefunden, was die spanischen Worte bedeuteten. Irgendwie hatte er sich verraten.

Seine Lungen begannen zu brennen, aber immer noch blieben Caroline und er unter Wasser. Er löste den Blick von ihr und schaute nach oben. Auf dem Laufsteg bewegten sich Schatten, die er so gerade eben durch die Ritzen zwischen den Planken erkennen konnte. Und sie bewegten sich fort von ihnen.

Auch Caroline sah hinauf. Dann schaute sie ihn wieder an, nickte und deutete mit dem Kopf nach oben. Sie half ihm beim Auftauchen, und ganz leise durchbrachen sie die Wasseroberfläche.

Felipe konnte Captain Swicks Stimme hören und ebenso die von Chief Earley. Er erkannte außerdem Captain Patterson und ein paar Detectives vom Vierten Bezirk.

Dann gesellte sich eine neue Stimme dazu: Jim Keegan.

„Die Hunde haben draußen vorm Zaun eine neue Spur aufgenommen, südlich vom Park“, sagte Jim. „Wir gehen davon aus, dass sie auf den Zaun geklettert sind und so den Park umrundet haben. Dadurch konnten die Hunde sie nicht aufspüren."

Swick fluchte ausgiebig und heftig.

„Deswegen haben wir zunächst ihre Spur verloren", fuhr Jim fort. „Aber der Hundeführer meint, dass er sie wiedergefunden hat. Wir haben hier eine Menge Zeit verloren, Sir. Sie haben jetzt einen mächtigen Vorsprung. Sollten wir uns nicht beeilen?"

„In Ordnung", gab Swick zurück. „Suchen wir weiter in südlicher Richtung. Alle raus hier."

Damit entfernten sich die Stimmen.

Felipe drehte sich um. Caroline sah ihn mit großen Augen an und flüsterte: „Jemand hat absichtlich die Hunde in die Irre geführt."

„Jim Keegan", erwiderte Felipe. „Diego. Er hat das für mich getan."

„Er muss wirklich an dich glauben", sagte Caroline leise.

Jims Loyalität war keine Überraschung für ihn. Immerhin waren sie seit Jahren Freunde. Caroline dagegen war noch vor wenigen Tagen bereit gewesen, ihm wegzulaufen und das Schlimmste von ihm anzunehmen. Aber jetzt war sie nicht nur bereit, ihm zu helfen und dabei ihr Leben zu riskieren. Sie vertraute ihm sogar so sehr, dass sie sich in ihn verliebt hatte.

Das war beflügelnd – und erschreckend zugleich.

Sie liebte ihn.

Das reichte, um ihm das Gefühl zu geben, dass ihm die ganze Welt gehörte. Wenn er denn in einer Welt gelebt hätte, die jemandem gehören konnte. Aber er tat es nicht. Es war umgekehrt. Er gehörte seiner Welt, seinem Leben, er war ihr Gefangener.

Caroline liebte ihn, aber er konnte ihr nichts dafür geben. Nichts außer Kummer und Leid.

Felipe hörte, wie die Polizisten den Park verließen. Das Tor wurde geschlossen, die Alarmanlage wieder aktiviert, und nach und nach gingen die Lichter aus. Nur die schwache Notbeleuchtung blieb eingeschaltet.

Trotzdem hielt er sich an der Wand des Schwertwalbeckens fest und hatte den anderen Arm um Caroline gelegt. Er lauschte und wartete ab. Sie mussten erst sicher sein, dass sie wieder allein waren.

18. KAPITEL

Im Kontrollraum gab es Handtücher.

Carrie zog sich bis auf den Badeanzug aus und trocknete sich ab. Sie benutzte ein zweites Handtuch für die Haare. Der kalte Betonboden unter ihren Füßen und die kühle Nachtluft ließen sie frösteln.

Felipe zog sich schweigend ebenfalls aus. Er wrang das Wasser aus seinen Jeans und breitete seine Sachen zusammen mit dem Inhalt des Rucksacks zum Trocknen aus.

Im schwachen Licht des Raumes warf er ihr einen Blick zu. Seine Miene war undurchdringlich. Eigentlich kein Wunder, dachte Carrie. Sie hatten gerade einen Triathlon bewältigt: laufen, schwimmen – und die verborgensten Gefühle bekennen. Nichts davon konnte ihm leichtgefallen sein. Vor allem, da ihm jetzt klar war, dass sie die Bedeutung seines „unübersetzbaren" spanischen Satzes kannte.

Te amo.

Sie hatte schon vermutet, dass es genau das hieß. Sie hatte geraten und gehofft. Aber erst als sie um ihr Leben gerannt waren, hatte er den Satz noch einmal gesagt. Und da hatte sie verstanden.

Te amo.

Ich liebe dich.

Carrie sah zu, wie Felipe sich vollständig entkleidete. Er trocknete sich schnell ab und schlang sich ein Handtuch um die Hüften. Immer noch sprach er kein Wort.

„Wie geht es deinem Bein?", fragte sie schließlich.

Er schob das Handtuch beiseite und drehte sich ihr zu, damit sie die Wunde begutachten konnte. Sie sah rot und entzündet aus. „Das Salzwasser im Becken hat gebrannt", erklärte er. „Sonst geht's mir gut. Ich hatte schon befürchtet, die Naht wäre bei der Rennerei aufgegangen. Aber sie hat gehalten." Er musterte sie. „Und du? Alles in Ordnung?"

Sie nickte. „Du willst wahrscheinlich so schnell wie möglich raus hier. Wir brauchen trockene Kleidung. Mein Neoprenanzug hängt im Delfinarium, ich gehe ihn schnell holen. Vermutlich finden wir hier auch einen, der dir passt. Der von George geht vielleicht. Oder Simons …"

„Nein", unterbrach er sie. „Nein, wir haben es nicht eilig. Ich würde darauf wetten, dass Tommy Walsh und seine Leute draußen vor dem Zaun warten – für den Fall, dass wir noch auf dem Gelände sind. Nein, wir bleiben heute Nacht besser hier und verschwinden morgen im Besuchergedränge."

Walsh. Draußen vor dem Zaun. Wartete auf sie. Carrie erschauerte und wickelte sich in ihr Handtuch ein. „Und morgen früh? Wird Walsh dann nicht immer noch nach uns Ausschau halten?"

„Ja. Wahrscheinlich schon. Genau wie die Polizei, zumal sie uns heute Nacht nicht finden werden."

Carrie schwieg. Sie musste diese Auskunft erst einmal verdauen. „Also", stellte sie schließlich fest und sah ihn an. „Du willst damit sagen, dass wir noch nicht außer Gefahr sind."

Er schüttelte den Kopf und strich sich die nassen Haare aus der Stirn. „Tut mir leid, aber du hast recht. Wir sind nicht außer Gefahr. Ich will dich nicht belügen, Caroline. Es besteht durchaus die Möglichkeit, dass wir es morgen früh nicht schaffen, unbemerkt rauszukommen. Wenn Walsh klug ist – und das ist er –, dann sorgt er dafür, dass an jedem Eingang ein Scharfschütze lauert. Und er stellt Leute auf, die nach uns – nach mir – Ausschau halten. Im Grunde stellt sich nur die Frage, wer mich zuerst entdeckt: Walshs Leute oder die Polizei."

Es war egal, wer ihn zuerst aufspürte. In beiden Fällen war er ein toter Mann. Wenn Walsh ihn zuerst entdeckte, würde er sofort umgebracht werden. Wenn die Polizei das Rennen machte, blieben ihm nur ein paar Stunden oder ein Tag mehr.

„Caroline", sagte er, und sie schaute direkt in seine nachtdunklen Augen. „Ich möchte dir das Band vorspielen."

Sie schüttelte den Kopf. „Hier gibt es keinen Kassettenrekorder."

Verdutzt sah er sich im Kontrollraum um. „So viel Audioausrüstung und kein Kassettenrekorder?“

„Der liegt im Hauptbüro. Eingeschlossen.“ Sie deutete auf die verschiedenen Instrumente im Kontrollraum. „Das hier sind alles Geräte für Unterwasseraufnahmen, für Tonaufzeichnungen und Filme. Sie haben keinen großen Wert, wenn man sie in einer örtlichen Pfandleihe zu Geld machen möchte. Die Kassettenrekorder dagegen verschwinden ziemlich oft.“

Er fluchte leise und bat gleich dafür um Entschuldigung. „Ich wollte, dass du dir das Band anhörst“, meinte er. „Es ist eine Aufzeichnung von einem Gespräch zwischen Lawrence Richter und Tommy Walsh. Richter gibt Walsh den Auftrag, Mareidas und Dupree umzubringen. Damit ist meine Unschuld bewiesen.“

Carrie nickte. „Ich glaube dir“, sagte sie leise. „Dafür muss ich mir das Band nicht anhören.“

Unvermittelt trat ein Schimmern in seine Augen. Er streckte die Arme nach ihr aus, zog sie an sich und hielt sie fest.

Morgen um diese Zeit war er vielleicht schon tot. Ein verrückter, erschreckender Gedanke. Und doch war es nicht besonders unwahrscheinlich, dass genau das schlimmstenfalls passieren konnte. Es war durchaus möglich.

Carrie spürte, wie ihr selbst Tränen in die Augen stiegen. Und sie wusste, dass sie nicht anders konnte. Sie musste aussprechen, was sie dachte. Denn eins war ihr klar: Vielleicht bekam sie nie wieder die Chance dazu.

„Ich liebe dich“, sagte sie.

Hörbar zog Felipe die Luft ein, so als hätten ihre Worte ihm wehgetan.

„Es tut mir leid, wenn du das nicht hören willst“, flüsterte sie und kämpfte erneut mit den Tränen. „Aber du sollst wissen, was ich für dich empfinde.“

„Ich hab’s gehört, als du es zum ersten Mal gesagt hast“, murmelte er. Sanft küsste er sie auf die Lippen. Dann löste er sich ein wenig von ihr, um ihr in die Augen zu schauen, und lächelte. Es war ein zittriges Lächeln, aber definitiv ein Lächeln. „Natürlich kannst du mit Recht annehmen, dass ich Schwierigkeiten mit der Übersetzung habe."

Carrie starrte ihn verblüfft an. Er machte einen Scherz. Irgendwie hatte er die Kraft gefunden, über etwas zu scherzen, das er so entsetzlich ernst und erschreckend fand.

„Ich erwarte keine Gegenleistung", versicherte sie ihm leise.

Schweigend wich er ihrem Blick aus.

Sie fügte hinzu: „Ich weiß es ja. Als du mir gesagt hast, dass du mich liebst – *te amo* –, meintest du das vermutlich nur für diesen Augenblick."

Er wollte etwas erwidern, doch sie legte einen Finger auf seine Lippen.

„Ist schon gut", fuhr sie fort. „Das ist mehr, als ich erwartet habe. Sage bitte nichts, wovon du glaubst, dass ich es hören möchte – bloß weil du meinst, dass du deine Versprechen sowieso nicht mehr halten musst."

Felipe schüttelte den Kopf. „Ich werde morgen nicht sterben. Sie kriegen mich nicht, und ich lasse auch nicht zu, dass sie an dich herankommen. Wir werden diesen Park lebend verlassen."

„Felipe, du hast gerade gesagt …"

„Dass ich dich nicht anlügen werde. Ich weiß. Aber du hast mir eins wieder mal klargemacht, *querida*: Ich habe einen sehr lohnenswerten Grund, am Leben zu bleiben."

Die Haare fielen ihm wieder ins Gesicht, und Carrie strich sie zurück. Er schmiegte seine Wange in ihre Hand. Dann ergriff er ihre Finger, führte sie an seine Lippen und drückte einen sanften Kuss auf ihre Handfläche.

Er liebte sie. Carrie musste daran glauben, dass er sie liebte, denn er sprach die Worte nicht aus. Oder konnte sie nicht aussprechen. Trotzdem sah sie die Wahrheit in seinen Augen, als er sie anblickte.

Und sie wollte daran glauben, dass sie den morgigen Tag überleben würden, weil Felipe das eben so wollte. Aber das

Einzige, was ihnen sicher zur Verfügung stand, war das Hier und das Jetzt.

„Kartoffelchips, Popcorn oder Salzbrezeln?", fragte Caroline.

Felipe betrachtete nachdenklich die Snack- und Kaugummiautomaten. „Wie viel Kleingeld haben wir?"

„Es reicht für zwei Tüten Knabberzeug und eine Dose Limo. Dann bleibt noch ein Vierteldollar über."

Angewidert schüttelte er den Kopf. Er hatte fast dreitausend Dollar in seiner Geldbörse – in großen Scheinen. Der kleinste Schein war ein Zwanziger, und die Automaten akzeptierten leider nichts Größeres als einen Fünfer. „Ich habe Hunger."

„Ich auch. Wir könnten einen der Automaten aufbrechen", schlug sie vor.

„Damit gleich morgen früh die Polizei auf der Matte steht und nachforscht?", gab er zurück. „Nein danke." Er lächelte. „Wir werden uns gegenseitig ablenken müssen, bis die Imbissbude aufmacht, oder?"

Caroline warf ihm einen Blick über die Schulter zu. Ein feines Lächeln spielte um ihre Mundwinkel.

Sie sah umwerfend aus in ihrem Neoprenanzug. Der hautenge dunkelblaue Einteiler betonte ihre Kurven aufs Vorteilhafteste. Der Reißverschluss saß vorn, und sie hatte ihn nicht ganz geschlossen. Ihre Haare waren inzwischen fast trocken. Ihre blonde Mähne fiel glänzend über ihre Schultern.

Sie wirkte tüchtig, beherrscht und ganz und gar weiblich.

„Kartoffelchips, Popcorn oder Salzbrezeln?", wiederholte sie geduldig ihre Frage.

„Ich nehme das Schwertfischsteak. Gegrillt. Mit Zitronenbutter, Ofenkartoffel und Salat des Hauses. Und dann möchte ich gern die Weinkarte sehen."

Carrie lachte. „Wir haben ein sehr gutes Root Beer im Angebot, gebraut im Dezember letzten Jahres."

„Wenn die Dame das empfiehlt, kann ich es wohl kaum ablehnen. Schließlich möchte ich nicht nur dieses Feinschmeckermahl mit ihr genießen. Ich hoffe auch, herauszufinden, was genau sie unter diesem Neoprenanzug trägt."

„Ah, verstehe. Ein Menü, das der Verführung dient. In dem Fall empfehle ich die Salzbrezeln."

Sie steckte die Münzen in den Geldschlitz und drückte ein paar Knöpfe. Der Automat spuckte zwei winzige Tüten Salzbrezeln aus.

„Wollen wir im Freien essen?", fragte sie und zog eine Dose Root Beer aus dem Getränkeautomaten. Sie reichte ihm die Dose und das Wechselgeld – einen Vierteldollar.

Felipe wusste genau, wofür er den brauchen konnte.

Neben den Snack- und Getränkeautomaten standen mehrere Kaugummi- und Süßwarenautomaten, die unter anderem billiges Spielzeug in durchsichtigen Kunststoffkugeln enthielten. Darunter Radiergummis mit aufgedruckten Sammelbildchen, Stempeltattoos mit Comicfiguren und billige Kunststoffringe.

„Wenn wir schon ein so feines Mahl genießen, sollte die Lady auch feinen Schmuck tragen", erklärte er feierlich, steckte den Vierteldollar in den Schlitz und drehte an der Kurbel. Die Maschine spuckte eine der Plastikkugeln aus. Mit großer Geste öffnete Felipe sie und reichte Caroline einen hellgrünen Kunststoffring.

Er war klein, passte aber beinah perfekt auf ihren Ringfinger.

Sie blickte ihn an, die meergrünen Augen geweitet.

Und plötzlich war das Ganze kein Spiel mehr. Plötzlich war es echt. Sie liebte ihn, und er hatte ihr gerade einen Ring geschenkt.

„Den behalte ich bis in alle Ewigkeit", flüsterte sie.

„So lang hält er nicht", warnte er. Er war voller Angst, dass er ihr das Herz brechen würde. Sein eigenes Herz bekam bereits die ersten Risse. „Der Kunststoff wird schnell brüchig."

„Nicht, wenn ich ihn gut pflege", widersprach sie. Sie reckte das Kinn vor, eine Geste der Entschlossenheit, die ihm bereits vertraut war.

„Das lohnt die Mühe nicht." Großer Gott, wenn seine Worte doch bloß nicht der Wahrheit entsprechen würden! Er wünschte sich, er hätte ein anderes Leben. Ein Leben, das er mit ihr teilen konnte. „Das Ding ist nichts wert."

„Ich weiß, was es wert ist", entgegnete sie leise. „Ich weiß ganz genau, was es wert ist."

Carrie erwachte vor Anbruch der Morgendämmerung.

Felipe schlief noch. Er lag lang ausgestreckt auf dem unbequemen Schlafsofa im Zimmer der Delfintrainer. Im Schlaf bewegte er sich, griff nach ihr und hielt sie fest an sich gedrückt.

Carrie fühlte sich sicher in seinen Armen, aber sie wusste, dass diese Sicherheit eine vorübergehende war. Schon bald mussten sie aufstehen und sich auf den Tag vorbereiten. Und damit auch auf Tommy Walsh und seine Scharfschützen sowie sämtliche Polizeikräfte von St. Simone.

Am Abend zuvor hatte Felipe von einem der öffentlichen Telefone an der Imbissbude Jewel angerufen. Per R-Gespräch. Sie hatte ihm erzählt, dass sie seinen Bruder besucht hatte.

Nach dem, was Rafe in Erfahrung gebracht hatte, hatte Lawrence Richter eine Million Dollar auf Felipes Kopf ausgesetzt. Und Tommy Walsh hatte jeden verfügbaren Mann auf die Straße geschickt, um nach ihm und dem Engel – also Carrie – Ausschau zu halten. Es ging das Gerücht, dass die Sache brandheiß werden würde. Wer Felipe Salazar zu Gesicht bekam, sollte am besten sofort in Deckung gehen, weil ihm im nächsten Moment die Kugeln um die Ohren fliegen würden. Rafe hatte Jewel gebeten, Felipe darüber zu informieren. Er sollte wissen, was ihn erwartete.

Was uns beide erwartet, dachte Carrie bei sich.

Jewel hatte Rafe dazu überredet, Felipe das Rehazentrum als sicheres Versteck anzubieten. Das war gut zu wissen. Sogar sehr gut zu wissen.

Felipe hatte ihr eigentlich nicht viel mehr als das erzählt, was Jewel ihm gesagt hatte. Doch Carrie wusste, dass Rafes Unterstützung – auch wenn dieser sich nur widerwillig dazu bereit erklärt hatte – ihm sehr wichtig war.

Außerdem hatte Felipe die Kassette erwähnt, die Richter und Walsh in Sachen Spielplatzmorde belastete. Er hatte Jewel erzählt, dass er sie unter dem Schlafsofa im Delfintrainerraum des Sea Circus versteckt hatte. Und er hatte sie gebeten, diese Information an Jim Keegan weiterzugeben. Sie sollte Jim persönlich ein entsprechendes Schriftstück übergeben, damit niemand etwas belauschen konnte.

Außerdem hatte er ihr aufgetragen, Jim zu bitten, ihn am heutigen Donnerstag um ein Uhr mittags in Rafes Wohnung anzurufen.

Richters Besprechung mit Captain Ratte war für halb vier angesetzt, also zweieinhalb Stunden später.

Ihnen lief die Zeit davon.

Felipe bewegte sich erneut. Carrie erkannte an seinem Atemrhythmus, dass er jetzt wach war.

„Guten Morgen“, flüsterte sie.

„Ist es schon Morgen?“, fragte er. Draußen war es noch dunkel.

„Fast“, gab sie zurück. „Es ist kurz vor fünf.“

„Wann öffnet der Park?“, murmelte er und strich sachte mit der Hand über ihre Hüfte.

„Um neun“, antwortete sie und schloss die Augen. „Aber die Mitarbeiter fangen schon zwischen halb sieben und sieben an.“

„Hast du Hunger?“, erkundigte er sich.

Sie lächelte. „Ich bin am Verhungern. Aber es dauert noch vier Stunden, bis die Imbissbude öffnet.“

„Hmm, ich schätze, es bringt nicht viel, wenn ich versuche, dich abzulenken …“

Carrie wandte sich ihm zu und betrachtete ihn. Dunkle Bartstoppeln bedeckten sein Kinn und seine Wangen, und seine Haare waren zerwühlt. So verschlafen sah er einfach zum Anbeißen aus. Ein Lächeln breitete sich langsam auf seinem Gesicht aus. Und dieses Lächeln enthielt ein Versprechen: Keiner von ihnen beiden würde auch nur an Essen denken – zumindest vorläufig nicht.

19. KAPITEL

An jedem Eingang des Parks standen vier uniformierte Polizeibeamte, dazu unzählige Polizisten in Zivil. Sie musterten die Gesichter der Leute, die den Park verließen – auf der Suche nach Felipe Salazar, dem verbrecherischen Polizisten.

Felipe warf einen Blick auf die Uhr über dem Haupteingang. Halb zwölf. Bis eben hatten die Leute nur vereinzelt den Park verlassen. Laut Caroline gingen die größeren Gruppen erst um die Mittagszeit, frühestens um kurz vor zwölf.

Er suchte den Parkplatz vor dem Haupteingang mit den Augen ab. Das war definitiv ihr Weg aus dem Sea Circus. An den beiden anderen Eingängen gab es offensichtliche Verstecke für Scharfschützen. Vor diesem Eingang lag nur der offene Parkplatz, der jetzt schon beinah überfüllt war. Keine Bäume, keine Büsche, keine Versteckmöglichkeiten außer endlosen Reihen parkender Autos.

Natürlich bedeutete das auch, dass Felipe und Carrie sich ebenfalls nirgendwo verstecken konnten, wenn sie erst einmal das Eingangstor hinter sich gelassen hatten.

Caroline saß neben ihm im Schneidersitz im Gras, ein Stück abseits der Wege, auf denen sich die Leute drängten. Sie trug Jewels Overall über ihrem Badeanzug, hatte die Hosenbeine bis zu den Knien aufgekrempelt. Die Haare hatte sie zu einem Zopf geflochten, statt sie wie üblich zu einem Pferdeschwanz zusammenzubinden. Felipe hatte ihr im Souvenirshop eine Sonnenbrille und eine Baseballkappe gekauft – im Park gab es zu viele Kollegen, die sie hätten erkennen können. Sie sah damit aus wie ein Teenager.

Als Felipe sie musterte, kam ihm eine Idee.

„Die Schulbusse auf dem Parkplatz", meinte er und beugte sich zu ihr hinüber. „Hast du zufällig gesehen, ob darunter eine Gruppe von Highschool-Schülern war?"

Caroline überlegte und kaute dabei auf ihrer Unterlippe.

„Ich habe ein paar ganz kleine Kinder gesehen. Erstklässler vielleicht. Und ein paar Ältere, vielleicht Zehnjährige." Sie wandte sich um und schaute durch den Zaun zum Parkplatz hinüber. „Da stehen heute wahnsinnig viele Busse. Da muss einer mit einer Highschool-Klasse dabei sein. Warum fragst du?"

„Wir gehen gemeinsam mit ihnen raus."

„Wenn es keine Oberstufenschüler sind, fallen wir auf", hielt sie dagegen. Hinter den dunklen Gläsern konnte er es nicht genau erkennen. Trotzdem wusste er, dass sie ihn sehr ernst anschaute.

„Drück uns die Daumen." Felipe gab ihr einen leichten Kuss. „Bisher hatten wir Glück."

Sie lehnte sich zurück und legte ihren Kopf auf seinen Schoß.

„Ich habe schreckliche Angst", gab sie zu und schaute zu ihm hoch. „Wir sitzen hier wie auf dem Präsentierteller. Die ganze Zeit denke ich: Irgendwer sieht mich. Irgendwer erkennt mich. Oder dich. Himmel noch mal, dein Gesicht war auf sämtlichen Fernsehsendern und in allen Zeitungen zu sehen."

„Die Menschen sehen, was sie zu sehen erwarten", entgegnete er. „Sie rechnen nicht damit, den meistgesuchten Mann von St. Simone zusammen mit der Delfintrainerin auf dem Rasen nahe dem Haupteingang des Sea Circus sitzen zu sehen. Sie rechnen eher damit, irgendeinen Teenie hispanischer Herkunft und seine hübsche Freundin im Schatten sitzen und die Zeit totschlagen zu sehen. Also sehen sie genau das." Er berührte ihre Wange, streichelte sie sanft mit den Knöcheln seiner Hand. Ihre Haut war so weich und zart.

„Vielleicht sollten wir uns trennen", schlug sie vor, „und uns um eins bei Rafe treffen."

„Nein!", sagte er heftiger als beabsichtigt. Er zwang sich zu einem Lächeln, um seiner Erwiderung die Schärfe zu nehmen. „Wir bleiben zusammen."

Sie schwieg, und er nahm ihre Hand.

„Ich habe immer noch Angst", flüsterte sie schließlich.

Felipe nickte. Ihm ging es genauso.

Während er in den blauen Himmel schaute, betete er im Stillen. Er betete, dass Caroline nichts passierte und er selbst sicher entkam. Und falls daraus nichts werden würde, betete er dafür, dass er seinen Tod akzeptieren konnte. Dass er in Frieden sterben konnte und in dem Bewusstsein, dass er sein Leben so gut gelebt hatte wie nur irgend möglich.

Aber stimmte das auch?

Unwillkürlich schoss ihm eine Frage durch den Kopf. Wie wäre sein Leben wohl verlaufen, wenn er an dem Tag, nachdem er Caroline Brooks in den Kofferraum ihres Wagens gesperrt hatte, zum Sea Circus zurückgegangen wäre und sich ihr vorgestellt hätte?

Hallo, ich heiße Felipe Salazar, und ich bin in Wirklichkeit Detective im Vierten Bezirk. Verzeihst du mir? Und gehst du mit mir essen?

Sie hätte beides getan. Vielleicht nicht an dem Abend, aber schließlich hätte sie ihm vergeben.

Und genauso, wie es in den letzten Tagen passiert war, hätte sie sich dann in sein Herz gestohlen.

Und dann …

Was wäre, wenn …?

Was wäre gewesen, wenn Felipe den Auftrag abgelehnt hätte, Richter zu überführen? Was wäre gewesen, wenn er stattdessen seinen dringend benötigten – und tausendfach verdienten – Urlaub angetreten hätte? Was wäre gewesen, wenn er diese Zeit, einen Monat oder vielleicht auch zwei, mit Caroline verbracht hätte? In einem ganz alltäglichen, *normalen* Leben? Wenn er sie zum Tanzen oder ins Kino ausgeführt hätte? Wenn er mit Zahnbürste und ein paar Sachen zum Wechseln in ihre Wohnung gezogen wäre? Und was wäre gewesen, wenn … ihm das *gefallen* hätte?

Was wäre, wenn sein Job nicht so gefährlich wäre? Wenn er eine Weile auf Einsätze als verdeckter Ermittler verzichtet hätte? Wenn er sich um die Versetzung in eine andere Abteilung bemüht hätte?

Er konnte sich diesen Felipe vorstellen. Diesen anderen Felipe, der weit mehr als fünfundzwanzig Cent für einen Ring ausgeben würde. Einen Ring, der weder aus Kunststoff noch grün war. Er konnte sich vorstellen, wie dieser andere Felipe Caroline Brooks zu einem unglaublich romantischen Essen einladen würde. Und wenn sie an dem kleinen versteckten Tisch saßen, würde er ihre Hand nehmen, ihr tief in die Augen schauen und …

Er konnte sich ihre Hochzeit vorstellen. Diego wäre sein Trauzeuge, würde ihm auf die Schulter klopfen und ihn umarmen. Würde sich freuen, dass sein bester Freund endlich auch gefunden hatte, was er selbst und seine Frau Emily miteinander teilten.

Felipe konnte sich vorstellen, auf ein eigenes Haus zu sparen. Ein Haus direkt am Meer, das Caroline so liebte. Er würde Blumen im Vorgarten pflanzen und ihr jeden Abend eine pflücken. Und sich jede Nacht in einem wunderbaren, vollkommenen Liebesspiel mit ihr vereinen und in ihren Armen einschlafen.

Er konnte sie sich vorstellen, wie sie sein Kind im Leib trug. Die alte vertraute Angst durchzuckte ihn, doch er verscheuchte sie. Es war gar nicht so selten, dass kleine Frauen große Männer heirateten. Vielleicht würde ihr Kind per Kaiserschnitt zur Welt gebracht werden müssen, vielleicht aber auch nicht. So oder so würde ihr die beste medizinische Versorgung zuteilwerden, und er würde sich liebevoll um sie kümmern.

In seinem Kopf lief die Zeit immer schneller ab. Jahre vergingen, ihre Kinder wuchsen auf, wurden groß und stark. Söhne, auf die er stolz sein konnte. Töchter mit seinen dunklen Haaren und Augen und dem schönen Lächeln ihrer Mutter. Sein Leben verschwamm zu einem Nebel aus Glückseligkeit und Liebe, aus Leidenschaft und Zärtlichkeit, aus Lachen und Liedern.

Felipe starrte zum knallblauen Himmel hinauf und gestattete sich, dieses Leben zu leben – das Leben, das er nicht gewählt hatte.

Das er niemals gewählt hätte, denn er hätte niemals den Auftrag abgelehnt, Richter zu überführen. Denn eins war ihm verdammt noch mal klar: Wenn er sich Richters Organisation nicht vorgenommen hätte, dann hätte es auch kein anderer getan. Und er hätte sich selbst nicht mehr im Spiegel ansehen können, wenn dieser Mann weiterhin frei herumlaufen und unschuldigen Menschen Schlimmes antun konnte.

Aber …

Da war noch etwas gewesen, ein Teil seines Tagtraums …

Er schloss die Augen, um die Bilder zurückzuholen und sich zu erinnern.

Was wäre, wenn er sich um die Versetzung in eine andere Abteilung bemüht hätte?

Felipe setzte sich mit einem Ruck auf.

Caroline, die zwischendurch eingedöst war, schrak zusammen. „Was ist los? Stimmt etwas nicht?“

„Nein, schon gut. Alles in Ordnung.“

Aber sein Herz hämmerte wie wild. Was wäre, wenn er sich in eine andere Abteilung versetzen ließ? Nicht, wenn er es getan hätte – sondern wenn er es jetzt tat? Verdammt, wenn er diesen Schlamassel überlebte, *musste* er sich einfach versetzen lassen. Das ging gar nicht anders. Nach dieser Aktion gab es keinen Gangsterboss, keinen Drogenhändler, keinen Kriminellen in ganz Florida, der ihn nicht jederzeit sofort erkennen würde. Wie auch immer er die Sache betrachtete, als verdeckter Ermittler für die Abteilung Organisiertes Verbrechen kam er nicht mehr infrage. Er war aufgeflogen, verbrannt. Er konnte höchstens in eine andere Stadt gehen, in einen anderen Bundesstaat. Aber das wiederum konnte er sich nicht vorstellen. St. Simone war sein Zuhause.

Er *würde* sich in eine andere Abteilung versetzen lassen.

Und was wäre, wenn er eine weniger gefährliche Arbeit aufnahm? Eine, die für Caroline weniger bedrohlich wäre? Eine, in der Racheakte und Vergeltungsschläge nicht der Normalfall waren?

Jim Keegan hatte das getan. Er hatte die Abteilung Organisiertes Verbrechen verlassen und war glücklich an seinem neuen Arbeitsplatz. Auch als Detective bewegte er immer noch eine ganze Menge.

Und wer sagte eigentlich, dass Felipe als Detective arbeiten müsste? Er könnte sich auch um Jugendliche kümmern und in die Fußstapfen seines Mentors Jorge Gamos treten.

Vor ihm eröffneten sich endlos viele Möglichkeiten.

Er schaute Caroline an, die ihn immer noch besorgt beobachtete.

Was wäre, wenn …?

„Was ist los?“, fragte sie.

Er wusste nicht, was er antworten sollte. Wo sollte er beginnen? Aber als er den Mund öffnete, kamen die Worte heraus, die er so lange nicht hatte aussprechen können. „Ich liebe dich“, sagte er schlicht.

Sie schwieg, sah ihn einfach nur an.

„Glaubst du …?“, begann er und musste sich räuspern. „Glaubst du, wenn das alles hier vorbei ist …?“

„Ja“, sagte sie ohne das geringste Zögern.

Felipe musste lächeln. „Du weißt doch gar nicht, was ich fragen will. Vielleicht wollte ich ja wissen, ob du Lust hast, dich vier ganze Wochen ununterbrochen von mir lieben zu lassen.“

Sie grinste ihn fröhlich an. „Das wäre mal ein Ja, das ich nicht bereuen muss.“

Als sie die Sonnenbrille abnahm, konnte er nur staunen über die Liebe, die er in ihren wunderschönen Augen sah.

„Wenn das hier vorbei ist, möchte ich Zeit mit dir verbringen“, erklärte er leise und ernst. „Ich will herausfinden, ob du mich auch dann noch liebst – ohne all die Intrigen und die ständige Gefahr.“

Es gab da jedoch eine große Unsicherheit, die sie beide lieber nicht erwähnten. Es musste heißen: *falls* sie beide noch am

Leben waren, wenn das hier vorbei war.

Aber Caroline dachte daran. Er sah es ihr an.

Sie dachte an den Tod. An seinen Tod. An ihren Tod.

Die Möglichkeit bestand, und sie war sehr real.

„Lädst du mich zum Essen ein, oder bittest du mich, bei dir einzuziehen?“, fragte sie. Mit ihrem lockeren Ton wollte sie den Schatten des Sensenmannes ignorieren, der bereits auf sie fiel.

Ihre Frage traf ihn unvorbereitet. Bei ihm einziehen? Seine Mutter würde einen Herzanfall bekommen, sein Vater würde sich im Grabe umdrehen. Aber Felipe hatte auch gar nicht an eine Essenseinladung gedacht. Doch woran hatte er gedacht?

Felipe wusste natürlich, woran er gedacht hatte. Er konnte es nur nicht über die Lippen bringen. Doch der Gedanke, nach dem heutigen Tag vielleicht nicht mehr am Leben zu sein, löste ihm schließlich die Zunge.

„Ich bitte dich“, sagte er langsam, „darüber nachzudenken, ob du ... eventuell ... Willst du mich heiraten? Meinen Namen annehmen, meine Kinder zur Welt bringen?“

Gott, das wünschte er sich so sehr. Er sehnte sich nach dem Leben, das er sich ausgemalt hatte, nach dem Sonnenschein und dem Lachen. Er sehnte sich danach, für immer die Wärme zu spüren, die Carolines Liebe ihm schenkte.

Allerdings ... es ließ sich nicht leugnen: Seine Chancen, diesen Tag nicht zu überleben, waren groß. Tommy Walsh oder einer seiner Leute würde ihm eine Kugel in den Kopf jagen, und das wäre es dann. Keine Hochzeit, keine Kinder, kein Lachen.

Er hätte die Ewigkeit – in Form ewiger Ruhe.

Und Caroline ... Oh Gott, Walsh würde auch sie umbringen.

Felipe schloss die Augen. Er ertrug es nicht, die Hoffnung in Carolines Gesicht aufstrahlen zu sehen.

Gott, gib mir die Kraft, in Würde zu sterben.

Allerdings stand eins für Felipe absolut und unumstößlich fest: Wenn er schon in den nächsten Stunden diese Welt verlassen musste, dann würde er dabei schreiend um sich treten und sich nach Kräften mit Händen und Füßen dagegen wehren.

Um sieben Minuten nach zwölf hörte Felipe sie kommen. Mindestens drei Busladungen Teenager zwischen fünfzehn und achtzehn strömten auf direktem Wege auf den Haupteingang zu. Hastig erhob er sich.

Caroline setzte sich auf. Er streckte ihr die Hand entgegen, um ihr auf die Beine zu helfen. Ohne sie loszulassen, führte er sie auf dem Pfad dem fröhlichen Lärmen und Lachen der Jugendlichen entgegen.

Es waren fast hundert Schüler in etwa hundert verschiedenen, grellbunten Shirts, in Jeans und mit Baseballkappen. Fast alle trugen Rucksäcke. Sie hörten Musik und redeten alle zugleich – miteinander, durcheinander.

Felipe und Caroline blieben mitten auf dem Weg stehen und ließen sich in die Menge aufnehmen. Wie eine Herde wilder Pferde teilte sich der Strom der Schüler und floss um sie herum.

Dann drehte Felipe sich um und ging auf den Eingang zu, in dieselbe Richtung und mit derselben Geschwindigkeit wie die Teenager. Es herrschte dichtes Gedränge. Als irgendwer mit Carrie zusammenstieß, legte er den Arm um sie und zog sie dichter an sich heran.

Sein Mund war trocken, während er die große Uhr über dem Haupteingang anstarrte.

Neun Minuten nach zwölf.

Waren dies die letzten Minuten seines Lebens?

Rings um sie schien keinem der Teenager aufzufallen, dass sich Fremde in ihrer Mitte befanden. Und wenn es ihnen auffiel, war es ihnen egal.

Als sie sich dem Eingangstor und damit den Ausschau haltenden Polizisten näherten, strich Felipe sich die Haare in die Stirn. *Bitte, lieber Gott, mach, dass das funktioniert.* Er wollte nicht sterben. Er wollte nicht, dass Caroline starb. Ohne sie auch nur anzuschauen, spürte er ihre Angst. Sie packte seinen Arm fester.

„Ich liebe dich“, hauchte er ihr ins Ohr. „Was immer geschieht, ich liebe dich. Vergiss das nie.“

„Meine Antwort lautet ja“, flüsterte sie zurück.

Er sah sie fragend an.

Sie erklärte: „Ich habe darüber nachgedacht. Ja, ich will dich heiraten.“

Ungläubig lachte er auf. „Caroline …“

„Bleib am Leben“, sagte sie. „Was immer geschieht, bleib am Leben.“

Er beugte sich vor und küsste sie auf die Lippen.

War das ihr letzter Kuss? Vielleicht.

Sie dachte dasselbe. Er konnte es ihr ansehen. Als sie sich an ihn klammerte, löste er sich sanft von ihr, um durch das Drehkreuz zu gehen. Hier ging es nur in eine Richtung: nach draußen. Er drehte sich um und wartete darauf, dass sie hinterherkam.

Nur etwa drei Meter hinter ihm standen Polizisten, deren bohrende Blicke er im Nacken spürte.

Bitte, lieber Gott …

Caroline kam durch das Drehkreuz, und ihr Lächeln strahlte hell wie die Sonne. „Komm schon, nimm mich huckepack, Carlos!“, rief sie so laut, dass die Polizisten sie hören mussten. Sie nahm die Baseballkappe ab und löste ihre Haare aus dem Zopf.

Felipe hatte kaum Zeit, sich darauf vorzubereiten. Schon sprang sie auf ihn zu und schwang sich auf seinen Rücken. Sie lachte laut und hielt sich an ihm fest. Felipe zwang sich, ebenfalls zu lachen. Jetzt waren sie einfach nur zwei Jugendliche, die ihren Spaß hatten.

Caroline beugte sich über Felipes Schulter, sodass ihre langen glänzenden Haare ihm teilweise ins Gesicht fielen. Mit Caroline auf dem Rücken ging er an den Polizisten vorbei. Die Beamten beachteten ihn überhaupt nicht.

Und schließlich waren sie auf dem Parkplatz. Sie hatten das Gelände des Sea Circus verlassen. Waren an der Polizei vorbei. Jetzt mussten sie sich nur noch Sorgen wegen Tommy Walsh machen.

Nur noch.

Felipe spürte, wie sich die Härchen in seinem Nacken aufrichteten. Unwillkürlich stellte er sich vor, dass irgendjemand ein Präzisionsgewehr auf seinen Kopf richtete. Er wurde unruhig und nervös.

Ihm blieb nur, zu beten. Hoffentlich wäre Caroline vernünftig genug und würde abhauen, wenn er getroffen wurde. Hoffentlich würde sie rechtzeitig von seinem Rücken abspringen, in Deckung gehen und sich in Sicherheit bringen.

Als der Strom der Teenager sich den wartenden Bussen näherte, ließ er Caroline herunter und zog sich mit ihr aus der Menge zurück. Sie duckten sich hinter eine Reihe geparkter Autos.

Carries Augen leuchteten, und sie atmete schwer. „Wir haben es geschafft."

„Bis jetzt", entgegnete er und suchte nach einem Automodell, das leicht kurzzuschließen war.

In der Nähe entdeckte er einen uralten weißen VW Käfer mit offenen Fenstern. Felipe öffnete die Tür. Einer Ahnung folgend, schaute er unter die Fußmatte, während Caroline auf den Beifahrersitz rutschte.

Unter der Matte lag jedoch kein Schlüssel. Also blieb ihm nur der schwierigere Weg. Oder auch nicht, dachte er bei sich, als er die Wagenschlüssel im Zündschloss entdeckte.

„Glaubst du, die wollen, dass das Auto geklaut wird?", fragte Carrie.

Felipe startete den Motor und versuchte, die Fenster hochzukurbeln. Schnell wurde ihm allerdings klar, dass es keine Scheiben zum Hochkurbeln gab. Die Fahrertür schloss ebenfalls nicht richtig. Sie wurde mit einem Stück Draht gesichert.

„Könnte sein", meinte er.

Trotzdem schien der Motor des alten Wagens einwandfrei zu funktionieren. Felipe fuhr vom Parkplatz herunter und bog auf die Hauptstraße ein.

Die Autos, die er im Rückspiegel beobachtete, sahen harmlos aus. Dennoch wurde er das Gefühl nicht los, dass Tommy Walsh irgendwo da draußen war und ihnen folgte.

Das war viel zu leicht gewesen. Viel zu einfach.

Und wenn man es mit Tommy Walsh zu tun hatte, war nie irgendetwas einfach.

20. KAPITEL

Highboy öffnete ihnen, als sie bei Rafe klingelten. Er sagte kein Wort. Für einen Mann seines Umfangs bewegte er sich unglaublich schnell: Er riss die Tür weit auf, zog sie beide ins Haus und knallte die Tür wieder zu.

Schweigend sah Carrie zu, wie Highboy jedes Schloss und jeden Riegel versperrte. Wahrscheinlich hätte er noch die Alligatoren in den Burggraben gelassen und die Zugbrücke hochgezogen, wenn er gekonnt hätte.

Dann endlich wandte er sich ihnen zu und machte den Mund auf. „Ich bringe euch nach oben in Raphaels Wohnung", sagte er. Seine Stimme klang seltsam hoch. „Je weniger Leute euch hier sehen, desto besser."

Wortlos folgten sie dem gewichtigen Mann die Treppe hinauf. Er klopfte leise an, und Rafe öffnete die Wohnungstür. Er trug nur Jeans. Carrie gab sich Mühe, nicht das riesige Drachentattoo auf seinem Oberarm oder die gezackte Narbe über seiner Brust anzustarren.

„Schau an, schau an", begrüßte Rafe sie. „Wenn das nicht das wandelnde Eine-Million-Dollar-Gewinnlos mit seinem blonden Engel ist." Er trat einen Schritt zurück, sodass sie eintreten konnten. „Kommt rein. Ihr seid mal wieder in den Nachrichten."

Der Fernseher lief, und tatsächlich prangte da am oberen Bildrand ein Foto von Felipe.

„Neuesten Informationen der Polizei zufolge beweist die ballistische Untersuchung, dass Tony Mareidas und Steve Dupree letzte Woche tatsächlich mit Salazars Dienstwaffe getötet wurden", meldete die Nachrichtensprecherin. „Des Weiteren wurde die Kopie eines Videos freigegeben, das der Polizei vor einigen Tagen anonym zugespielt wurde. Dieses Video wurde eindeutig am selben Abend aufgenommen, an dem die Morde stattfanden. Darauf sieht man Detective Salazar, wie er Mareidas und Dupree mit der Waffe bedroht. Schauen wir uns das Video an."

Carrie setzte sich aufs Sofa, den Blick fest auf den Bildschirm geheftet. Rafe und Felipe blieben stehen und verfolgten die Nachrichten aufmerksam.

Das Gesicht der Nachrichtensprecherin verschwand. Stattdessen war die körnige Aufnahme eines Amateurvideos zu sehen. Der Film zeigte drei Männer, die in einer nicht identifizierbaren Nebenstraße aus einer Haustür traten.

Im Fernsehstudio war das Bildmaterial bearbeitet worden: Die Bereiche um die Gesichter zweier der Männer waren aufgehellt worden. Auch ohne diese Bearbeitung konnte man Tony Mareidas und Steve Dupree klar erkennen. Der Film wurde angehalten, und in das Standbild wurden zwei beschriftete Fotos der beiden Männer eingeblendet. Keine Frage: Das waren wirklich Mareidas und Dupree.

Das Video lief weiter, und der dritte Mann drehte sich um. Er zielte mit einer Waffe auf die anderen beiden. Es war Felipe Salazar. An den breiten Wangenknochen, den Haaren und seiner Körperhaltung war er sofort leicht zu erkennen. Der harte Zug um seinen Mund war allerdings neu. Trotzdem war es Felipe.

Dann kam eine Werbepause.

„Was hat es mit diesem Video auf sich?", fragte Rafe schroff. In seinem Tonfall schwang derselbe Zweifel mit, der auch in Carrie aufstieg. „Mann, du hast gesagt, du hättest nichts mit diesen Morden zu tun!"

Felipe schüttelte den Kopf. „Das Video wurde vor Monaten aufgenommen, als Mareidas und Dupree erstmals in Schwierigkeiten geraten sind. Sie kamen bei Richter vorbei, aber der war nicht bereit, mit ihnen zu reden. Ich habe sie aus dem Haus begleitet und zu ihren Autos gebracht. Das war alles."

„Nach dem eingeblendeten Datum sind diese Aufnahmen letzte Woche gemacht worden", hielt Rafe dagegen und klang jetzt weniger zweifelnd als vielmehr ungläubig. „Hast du mich angelogen, kleiner Bruder?"

„Nein“, erwiderte Felipe, sah dabei jedoch zu Carrie. Mit den Augen flehte er sie an, ihm zu vertrauen und nicht den Glauben an ihn zu verlieren. „Ich habe diese Männer nicht umgebracht. Das war Tony Walsh. Den Beweis dafür liefert eine Audiokassette, die ich in Captain Swicks Haus gefunden habe.“

„Wo ist das Band?“, wollte sein Bruder wissen. „Spiel es mir vor.“

„Ich habe es im Sea Circus versteckt.“

Nun wandte Rafe sich an Carrie: „Hast du es dir angehört?“

Sie schüttelte nur den Kopf.

„Großartig“, stellte Rafe sarkastisch fest. „Es gibt also eine Bandaufnahme, die deine Unschuld beweist. Allerdings bist du leider der Einzige, der sie gehört hat. Wenn du mich fragst, klingt das ein bisschen zu praktisch.“

„Warum zweifelst du an mir?“, fragte Felipe leise.

Rafe deutete auf den Fernseher. „Du bist ganz offensichtlich mit diesen Männern zusammen gewesen – und zwar unmittelbar vor ihrem Tod.“

„Diese Aufnahme ist im Oktober entstanden“, konterte Felipe. „Ich habe die beiden nicht getötet.“

Carrie fuhr sich mit der Zunge über die Lippen. „Würdest du es uns denn erzählen, wenn du es getan hättest?“, fragte sie. Sie hatte „uns“ gesagt, nicht „mir“. Offenbar stand sie auf der Seite seines Bruders.

Felipe konnte seine Enttäuschung nicht verbergen. „Ach, *querida*, nicht einmal du glaubst mir?“

„Würdest du es uns erzählen?“, beharrte sie.

Er schüttelte den Kopf und lachte, aber ohne einen Funken Humor. „Vermutlich nicht.“

„Ganz bestimmt nicht“, warf Rafe ein und verschränkte die Arme vor der Brust.

Die Werbepause ging zu Ende. Die Nachrichtensprecherin tauchte wieder auf dem Bildschirm auf, und diesmal war hinter ihr ein Bild von Carrie zu sehen.

Die Sprecherin sagte: „Bis heute gibt es kein Lebenszeichen

von Caroline Brooks. Die junge Frau wurde vor vier Tagen im Restaurant Schroedinger von Salazar als Geisel genommen." Das Bild wechselte und zeigte einen Mann auf einer Pressekonferenz. Carrie beugte sich vor, um ihn genauer zu betrachten. „Trotz eines flehenden Appells von Carolines Verlobtem Robert Penfield hat Salazar seine Geisel nicht gehen lassen oder in irgendeiner Form Kontakt mit der Polizei aufgenommen."

„Der Engel hat also einen Namen", meinte Rafe, „und einen Verlobten?"

Robert Penfield? Ihr *Verlobter*? Carrie platzte beinah vor Empörung. „Ich bin mit diesem Mann ein einziges Mal ausgegangen", widersprach sie. „Er ist *nicht* mein Verlobter."

„Bist du sicher?", fragte Felipe und musterte sie intensiv, durchbohrte sie fast mit seinem Blick. „Schließlich glaubst du doch sonst alles, was du in den Fernsehnachrichten siehst, nicht wahr?"

Großer Gott, damit hatte er nicht ganz unrecht. Penfield hatte sich in der Sendung als ihr Verlobter ausgegeben – was nicht der Wahrheit entsprach. Und das bedeutete, dass auch die restlichen Informationen in dieser sogenannten Nachrichtensendung reine Fiktion sein konnten.

„Bitte", sagte Bobby Penfield III. unter Tränen in die Fernsehkamera, „bitte, Detective Salazar. Wenn Sie auch nur einen Funken Anstand haben, lassen Sie meine geliebte Caroline gehen."

Ach du Schande. Und ganz Florida glaubte nun allen Ernstes, dass sie diesen Typen heiraten würde …

„Trotz dieses Appells kam keine Reaktion von Felipe Salazar", fuhr die Nachrichtensprecherin ernst fort. „Und wir wissen nicht, ob seine Geisel überhaupt noch am Leben ist." Nach einer winzigen Pause sprach sie weiter. „Wir schalten jetzt in die Stadt zu Brett Finland, der mit dem neu ernannten Polizeichef Jack Earley spricht. Brett?"

„Danke, Mary", sagte der Reporter, und Carrie drehte sich zu Felipe um.

Er stand hinter dem Sofa, hatte den Blick auf den Bildschirm gerichtet und hörte dem Journalisten zu. Ganz sicher spürte er, dass sie ihn ansah, doch er schaute nicht einmal für eine Sekunde in ihre Richtung. Sein Gesicht war ausdruckslos, aber sie bemerkte die Anspannung in seinen Kiefermuskeln.

Sie hatte ihn damit verletzt und überrascht, dass sie den Fernsehbericht nicht rundheraus als Unsinn abgetan hatte. Verdammt, es hatte sie selbst überrascht, wie schnell sie an ihm gezweifelt hatte.

Salazars Geisel. Das war genauso lächerlich, wie als Penfields Verlobte bezeichnet zu werden.

Oder nicht?

Auf dem Bildschirm erschien Chief Earleys breites Gesicht. Er wirkte müde, angespannt und geistesabwesend. Der Reporter musste seine Fragen andauernd wiederholen.

Nach dem Interview fasste Brett Finland noch einmal zusammen: „Felipe Salazar aufzuspüren erweist sich als schwierig. Immerhin gehörte der Mann einst zu den besten Polizisten von St. Simone. Jack Earley hatte deshalb offensichtlich so manche schlaflose Nacht. Es handelt sich um seine erste wirkliche Herausforderung als neuer Polizeichef unserer Stadt. Begonnen hat Chief Earley seine Karriere als Gesetzeshüter in Vietnam. Als eine der legendären Tunnelratten der Marines war es seine Aufgabe, den Feind in seinem Tunnelsystem aufzuspüren und zu stellen. Einem solchen Mann sollte es nun also kein Problem bereiten, einen einzigen verbrecherischen Polizisten aufzuspüren. Mein Name ist Brett Finland, und ich berichte live aus der Stadt. Mary?“

„*Madre de Dios!*“, rief Felipe und starrte immer noch fest auf den Bildschirm. Dann sagte er in aufgeregtem Spanisch etwas zu seinem Bruder.

Rafe runzelte die Stirn, zuckte die Achseln und antwortete ebenfalls auf Spanisch. Er deutete auf die alten Zeitungen, die neben dem Fernseher lagen. Daraufhin hechtete Felipe förmlich übers Sofa und stürzte sich auf den Stapel. Er überflog die Kopfzeilen, suchte anscheinend nach einem bestimmten Datum.

„Was ist jetzt?“, fragte Carrie. „Was ist denn los?“

„Ich muss die Ausgabe finden, in der der Artikel über Chief Earley stand“, erwiderte Felipe, während er weiterwühlte.

„Warum?“, wollte sie wissen, erhielt aber keine Antwort.

„Ah, hier ist sie ja!“ Felipe setzte sich neben sie aufs Sofa, und sie rückte näher heran, um mitlesen zu können. Er faltete die Zeitung, sodass sie beide besser sehen konnten.

„Earley hat in Vietnam als *Captain* gedient“, meinte Felipe. Aus irgendeinem Grund elektrisierte ihn diese Nachricht. „Ja!“ Er drehte sich zu ihr um und schaute Carrie direkt an. „Begreifst du nicht?“

Sie schüttelte verwirrt den Kopf.

Er zeigte auf den Text. „Schau. Da steht es. ‚Jack Earley diente zehn Monate als Sprengstoffexperte in Vietnam. Er stieg in das Labyrinth unterirdischer Tunnel, in denen die Vietcong sich versteckten, und entschärfte dort Sprengfallen. Das war einer der gefährlichsten und erschreckendsten Jobs jenes Krieges und definitiv nichts für Ängstliche und Klaustrophobiker‘“, las Felipe laut vor und sah bei den letzten Worten zu Carrie. „Chief Earley und seine Leute wurden als Tunnelratten bezeichnet.“ Er schlug mit der Hand auf die Zeitung. „Captain Ratte. Earley ist Richters Captain Ratte.“

„Der Polizeichef?“ Carrie war schockiert. Das konnte unmöglich wahr sein.

Felipe warf einen Blick auf die Zeitanzeige des DVD-Players. Es war kurz nach eins. „Okay“, sagte er. „Pass auf, Diego wird jeden Moment anrufen …“

„Nein, wird er nicht“, fiel Rafe ihm ins Wort. „Er hat vor etwa einer Stunde Bescheid gegeben, dass er verhindert ist. Er meinte, dass er keine Gelegenheit zum Telefonieren haben würde, ohne dass ein Haufen Leute mithört.“

Felipe fluchte in sich hinein. „Oh Mann, ich hätte seine Hilfe wirklich brauchen können. Aber … na schön. Ich packe das trotzdem. Wir haben noch genug Zeit."

„Zeit wofür?", fragte Carrie.

„Wir fahren in die Stadt ins Polizeihauptquartier", gab Felipe zurück, „und folgen Earley zu seinem Treffen mit Richter." Er wandte sich an seinen Bruder. „Willst du mir immer noch helfen?"

„Selbst wenn du diese beiden Typen doch umgebracht haben solltest: Ich will nicht, dass du stirbst", erklärte Rafe.

„Das ist nicht die begeisterte Zusage, auf die ich gehofft hatte. Aber es reicht. Kannst du mir eine Kamera besorgen? Irgendwas Kleines, Unauffälliges?"

„Ich habe eine billige Kompaktkamera", sagte Rafe, ging zum Schrank und holte eine Schachtel heraus. „Sie funktioniert noch ziemlich gut, und es ist sogar eine Speicherkarte drin." Er nahm den kleinen schwarzen Apparat aus der Schachtel und reichte ihn seinem Bruder.

Felipe wandte sich ab und wollte schon gehen.

Sein Bruder hielt ihn am Arm fest. „Wenn du diese Typen wirklich umgebracht hast", sagte er, „hau lieber ab nach Mexiko."

„Ich habe sie nicht umgebracht."

Ohne darauf einzugehen, fuhr Rafe fort: „Wenn du nach Mexiko gehst, werden wir uns vermutlich nicht wiedersehen."

Felipe schüttelte den Kopf. „Wir sehen uns wieder."

„Wenn nicht", meinte Rafe, „sollst du wissen ... wie leid es mir tut, dass ich ... dass ich dich all die Jahre so enttäuscht habe, immer wieder."

Felipe schwieg. Carrie bemerkte das verräterische Schimmern in seinen Augen. Sie wandte sich ab, wollte nicht stören.

„Ich hoffe, dass du mir eines Tages vergeben kannst", sagte Rafe beinah unhörbar. „Und vielleicht, eines Tages, vergebe ich mir auch selbst. Was meinst du?"

„Vergib dir selbst, Raphael." Vor Rührung drohte Felipe die Stimme zu versagen. „Ich habe dir schon vor langer Zeit vergeben."

„*Gracias*“, murmelte Rafe. „Geh mit Gott.“

Felipe streckte ihm die Hand entgegen, und Rafe ergriff sie. Die beiden Brüder blieben einen Moment so stehen und schauten einander in die Augen.

Dann wandte Felipe sich ab und eilte zur Tür.

„Viel Glück“, flüsterte Rafe. „Und pass auf dich auf.“

Carrie folgte Felipe die Treppe hinunter. Er überprüfte im Gehen seine Waffe und kontrollierte, ob sie geladen war. Nachdem er sie zurück in den Bund seiner Jeans geschoben hatte, zog er das T-Shirt darüber.

„Felipe.“

Er sah sich kurz zu ihr um, ohne stehen zu bleiben. „Ja?“

„Sei mir bitte nicht böse.“

Vor der Haustür hielt er inne, hatte die Klinke bereits in der Hand. „Ich bin nicht böse. Nur … enttäuscht.“

„Es tut mir leid.“

„Wie kannst du mich heiraten wollen, wenn du mir nicht einmal vertraust?“, fragte er und schüttelte den Kopf. Bevor sie antworten konnte, fügte er hinzu: „Nein, sag nichts. Ich möchte es ehrlich gesagt gar nicht wissen.“ Er rieb sich die Stirn, als hätte er Kopfschmerzen.

„Ich stelle mir die ganze Zeit eine Frage: Was wäre, wenn ich mich in dir täusche?“, gab sie zu. „Ich sehe all diese Beweise gegen dich, und ich kann nicht anders. Ich komme ins Grübeln: Was, wenn ich mich in einen Mann verliebt habe, der mich belügt?“

Eindringlich musterte Felipe sie. In seinen dunklen Augen lag die Enttäuschung, die er kurz zuvor angesprochen hatte.

„Ich kann dir da nicht helfen, Caroline“, erwiderte er. „Das musst du mit dir selbst ausmachen. Aber lass mich wissen, wie du dich entscheidest. In Ordnung?“

„Felipe …“

„Jetzt müssen wir los“, unterbrach er sie und öffnete die Tür. „Bleib ganz dicht bei mir und steig schnell in den Wagen.“

Er ergriff ihren Arm. Gemeinsam traten sie in das helle Licht des Nachmittags hinaus, gingen die Stufen zum Gehweg hinunter.

Felipe spürte, wie seine Nackenhaare sich aufstellten. Irgendetwas stimmte nicht. Irgendetwas stimmte ganz und gar nicht.

Alles sah genauso aus wie bei ihrer Ankunft vor nicht mal einer Stunde. Immer noch spielten Kinder auf der Straße. Alte Männer saßen auf den Eingangsterrassen und unterhielten sich. Leute spazierten über die Gehwege, bewegten sich langsam im Sonnenschein.

Der alte weiße Volkswagen, den sie sich auf dem Parkplatz des Sea Circus „ausgeliehen" hatten, war eine Querstraße weiter geparkt. Felipe eilte darauf zu und versuchte dabei, Caroline mit seinem Körper abzuschirmen. Im Stillen betete er, dass sein Gespür für drohende Gefahr ihn diesmal täuschte.

Carolines Geständnis zu ihrem Verhalten in Rafes Apartment hatte ihn weit zurückgeworfen. Dass sie ihm immer noch nicht traute, schmerzte ihn mehr, als er gezeigt hatte. Sie braucht Zeit, rief er sich in Erinnerung. Mit der Zeit würde sie schon lernen, dass er wirklich der Mann war, als der er sich gab.

Bitte, Gott, gib mir die Zeit.

Aus dem Augenwinkel bemerkte er jetzt einen Schatten. Im selben Moment schien alles um ihn herum nur noch in Zeitlupe abzulaufen.

Er wandte den Kopf – und blickte direkt in die eiskalten blauen Augen von Tommy Walsh.

Und Tommy hatte seine Waffe gezogen. Er hielt sie unter einer Jacke versteckt, die er über seinen Arm gelegt hatte, und zielte damit direkt auf Caroline.

Hätte Tommy sie gleich hier auf der Straße vor all den Leuten umbringen wollen, dann wären sie schon tot. Dennoch war Felipe klar, dass Tommy sofort schießen würde, wenn er ihn provozierte. Aber er musste etwas tun. Jetzt sofort – denn Tommy rechnete damit, dass er erst einmal zögerte.

Und Felipe dachte gar nicht daran, zu zögern. Schließlich

stand Carolines Leben auf dem Spiel. Unter keinen Umständen würde er zulassen, dass Tommy sie umbrachte. Niemals.

Er stieß Caroline hinter sich, zog die Waffe, die in seinem Hosenbund steckte. In der Sekunde sah er, wie Tommys Finger sich bei seiner plötzlichen Bewegung um den Abzug krümmte. Aber Tommy bewegte sich in Zeitlupe. Felipe war schneller. Er zielte und drückte ab.

Der Lärm war unglaublich – genauso wie der Ausdruck völliger Verblüffung auf Tommy Walshs Gesicht, als der große Mann mit einem sauberen kleinen Loch mitten auf der Stirn zu Boden stürzte.

Denk nicht darüber nach, ermahnte Felipe sich selbst. *Du hast keinen Mann umgebracht, sondern ein Monster.* Später blieb noch genug Zeit, um sich den Kopf darüber zu zerbrechen, dass auch Tommy Walsh eine Mutter und vielleicht sogar eine Frau und Kinder hatte, die um ihn trauern würden. Später blieb genug Zeit – wenn Felipe jetzt cool blieb. Er musste sich darauf konzentrieren, Caroline und sich in Sicherheit zu bringen.

Irgendwer schrie – vielleicht war es Caroline. Und mit einem Mal drehte die Welt sich wieder in normalem Tempo.

Er stieg über Tommys Körper und das Blut, das auf den Gehweg strömte. *Cool bleiben, nicht das Blut beachten. Nicht nachdenken, einfach Caroline fortschaffen.*

Schnell riss er die Tür des VW Käfer auf und stieß Caroline in das Auto. Er hechtete über die Motorhaube, steckte den Schlüssel ins Zündschloss, legte den Gang ein und fuhr los. Er war schon halb die Straße hinunter, bevor er endlich die Fahrertür schloss.

„Mein Gott", keuchte Carrie. „Oh mein Gott! Du hast ihn umgebracht!"

„Schnall dich an", sagte Felipe ruhig, als hätte er nicht gerade erst einem Mann eine Kugel in den Kopf gejagt.

Er hatte einen Mann umgebracht.

Einen *unbewaffneten* Mann.

Mit erschreckender Klarheit erinnerte sie sich daran, wie überrascht sie gewesen war, als Felipe sie plötzlich am Arm gepackt hatte. Noch immer sah sie diesen furchtbaren, beinah unmenschlichen Ausdruck in seinen Augen vor sich, als er die Waffe gezogen hatte. In ihnen hatte eine kalte, unvertraute Wildheit gelegen, die sich auch in seinen Gesichtszügen gezeigt hatte. Mit gebleckten Zähnen, wie ein knurrender Wolf, hatte er das Leben eines Menschen ausgelöscht.

Wer war dieser Mann? Dieser Felipe Salazar?

Kannte sie ihn überhaupt? Sie wusste nur, dass sie ihn noch nie – wirklich niemals – von dieser Seite gesehen hatte.

Carrie war speiübel. Wie konnte Felipe jemanden töten und dann … einfach so tun, als wäre nichts geschehen? Er war über die Leiche gestiegen, als wäre sie nichts weiter als ein geplatzter Müllsack, ein lästiges Hindernis.

Es sei denn, er hatte schon vorher getötet. Möglicherweise machte es ihm nichts mehr aus …

Mein Gott, konnte es sein, dass er diese beiden Männer auf dem Spielplatz doch ermordet hatte?

Die Polizei hatte jede Menge Beweise gegen Felipe: Der ballistische Befund hatte gezeigt, dass aus seiner Waffe die tödlichen Schüsse abgegeben worden waren. Auf einem Video war zu sehen, wie Felipe die beiden Opfer mit der Waffe bedrohte. Zwar behauptete Felipe, dass der Film vor Monaten entstanden war und man den ballistischen Befund gefälscht hatte. Aber ballistische Untersuchungen wurden mit wissenschaftlicher Präzision vorgenommen. Es wäre nicht leicht, die Ergebnisse zu fälschen …

All ihre Zweifel und ihre Unsicherheit meldeten sich plötzlich zurück und trafen sie wie ein Faustschlag in den Magen.

Vielleicht hatte Felipe diese Männer getötet. Vielleicht war er derjenige, der sie mit einem Schuss in den Hinterkopf regelrecht hingerichtet hatte. Dieser Wilde von eben, dieser Mann mit den tödlich ausdruckslosen Augen – er sah ganz gewiss so aus, als wäre er zu einer solch schrecklichen Tat fähig.

Sie atmete tief durch. Angestrengt versuchte sie, ihre zitternden Hände unter Kontrolle zu bringen und die Tränen aufzuhalten, die ihr bereits über die Wangen flossen. In den letzten Tagen hatte sie auf ihr Herz gehört und die kalten Tatsachen ignoriert, die ihren Gefühlen für Felipe im Wege standen.

Aber jetzt gehörte auch ein sehr toter Mann zu diesen kalten Tatsachen, und sie konnte nicht länger die Augen davor verschließen.

„Geht es dir gut?“, fragte er, immer noch in diesem leisen, beinah unnatürlich ruhigen Tonfall.

„Nein. Ich möchte aussteigen.“

„Das werden wir gleich“, meinte Felipe und schaute in den Rückspiegel. „Ich möchte nur sichergehen, dass uns keiner von Tommys Leuten folgt. Aber wir sollten schnellstens diesen Wagen loswerden. Die Polizei wird danach suchen.“

In der Ferne hörte Carrie Polizeisirenen. Sie näherten sich, wurden lauter. Ein Streifenwagen fuhr mit etwa sechzig Meilen pro Stunde an ihnen vorbei.

Felipe bog in eine Seitenstraße ein.

„Nein“, erklärte Carrie. „Du verstehst mich nicht. Ich möchte aussteigen. Sofort.“

„Caroline, wir können jetzt nicht …“

„Nicht *wir* – nur *ich*. Ich will, dass du rechts ranfährst und mich aussteigen lässt.“

Sie spürte, wie er sich zu ihr umwandte und sie ansah, zum ersten Mal richtig ansah. Sie wich ihm aus, starrte auf ihre Füße.

„Das kann ich nicht“, erwiderte er.

Schließlich schaute sie ihn an. „Kannst du nicht, oder willst du nicht?“

Seine Kiefermuskeln arbeiteten wieder. Dieses Mal wich er ihrem Blick aus.

„Welchen Unterschied macht das schon?“, gab er zurück.

„Bin ich deine Geisel?“ Nur mit Mühe konnte sie das Zittern in ihrer Stimme unterdrücken. „War ich es die ganze Zeit?“

Er gab einen Ton von sich, der vielleicht ein Lachen sein mochte. „Was glaubst du?"

„Ich weiß es nicht." Sie wusste es tatsächlich nicht. Hatte er sie von Anfang an manipuliert und an der Nase herumgeführt? Waren seine Liebesbeteuerungen in Wirklichkeit nur leere Versprechungen gewesen, um ihr Vertrauen zu gewinnen und sie davon abzuhalten, wegzulaufen? Und was war mit ihren Gefühlen für ihn? War das wirklich Liebe – oder war es die seltsame Bindung, die eine Geisel zu ihrem Geiselnehmer entwickeln konnte?

„Bitte", sagte sie leise. „Wenn ich dir irgendetwas bedeute, lass mich bitte gehen."

Felipe schwieg und bog nach links in die MacCallister Street ein. „So", meinte er nach einer Weile. „Du hast dich entschieden, mir nicht zu vertrauen. Das ist schade."

„Bitte", wiederholte sie. „Beweise mir, dass ich nicht deine Geisel bin, Felipe. Lass mich gehen."

„So gern ich dir das beweisen würde", antwortete er, „noch lieber will ich, dass du am Leben bleibst. Und solange Lawrence Richter eine Bedrohung darstellt, bleibst du bei mir."

Sie schaute aus dem Fenster. Sprachlos, schweigend.

„Und jetzt denkst du: ‚Aha, ich bin also wirklich seine Geisel.' Aber ich sage es dir noch einmal, Caroline: Alles, was ich dir je erzählt habe, entspricht hundertprozentig der Wahrheit."

Sie schloss die Augen. „Ich weiß nicht mehr, was die Wahrheit ist." Sie kannte nur die Fakten. Sie hatte beobachtet, wie er ohne zu zögern einen Mann getötet hatte. Die ballistischen Untersuchungen hatten ergeben, dass seine Waffe die Tatwaffe war. Ein Video zeigte ihn mit den beiden Männern, kurz bevor man sie tot aufgefunden hatte.

Als sie an einer roten Ampel hielten, griff Felipe nach ihrer Hand. An ihrem Finger steckte noch der grüne Plastikring, den er ihr geschenkt hatte.

„Das hier ist die Wahrheit", erklärte er. „Mach die Augen

auf. Schau mich an!“

Sie drehte sich zu ihm um und sah ihm direkt in die Augen. Diesem Mann, den sie zu kennen geglaubt hatte – und den sie aber vielleicht überhaupt nicht kannte. Seine Züge waren ihr so vertraut: die breiten Wangenknochen, die schmalen Wangen, die lange elegante Nase, die vollen Lippen, die dunklen hypnotischen Augen. Sie hatte gemeint, ihn in all seinen Facetten erlebt zu haben. Sie hatte ihn entspannt gesehen und lachend, angespannt und besorgt, cool und gelassen, gedankenverloren, zornig, unglücklich, freudig erregt. Aber nie mörderisch. Zumindest nicht bis zu diesem Nachmittag.

Felipe nahm ihre Hand, die Hand mit dem Ring, und legte sie auf seine Brust, genau oberhalb seines Herzens.

„Das hier ist die Wahrheit, Caroline“, flüsterte er. „Aber wenn du diese Wahrheit nicht mehr willst …“

Sie schaute ihn an und bemerkte das Schimmern in seinen Augen. Doch er bewahrte die Kontrolle über sich. Schließlich legte er ihre Hand zurück auf ihren Schoß.

„Es ist schon fast überstanden“, sagte Felipe und legte den Gang ein, als die Ampel auf Grün schaltete. „Noch eine kleine Weile, und ich werde dich nicht mehr aufhalten. Dann kannst du gehen, wenn du willst.“

21. KAPITEL

Felipe machte seinen Job.

Er hatte den weißen Volkswagen in der Nähe vom Polizeiparkplatz des Vierten Bezirks abgestellt und Jim Keegans Auto auf dem Parkplatz gefunden. Der Schlüssel lag auf dem rechten Vorderrad, genau wie Jim gesagt hatte.

Jetzt saß er in Jims grauem Taurus vor dem Polizeihauptquartier und wartete darauf, dass Chief Earley zu seinem Treffen mit dem Gangsterboss Lawrence Richter aufbrach.

Ja, er machte seinen Job.

Er bemühte sich angestrengt, an nichts anderes zu denken als an die Fotos, die er von dem Treffen zwischen den beiden schießen wollte. Nicht an das kleine, endgültige Loch, das seine Kugel in Tommy Walshs Stirn hinterlassen hatte. Und schon gar nicht an Caroline Brooks.

Das war allerdings gar nicht so einfach, denn sie saß direkt neben ihm. Und er musste nicht nur seinen Job machen, sondern nebenbei auch noch aufpassen, dass sie ihm nicht weglief.

Sie waren wieder ganz am Anfang. Offensichtlich hatten ihre Zweifel und ihr Misstrauen im Kampf der Gefühle die Oberhand behalten. Und ebenso offensichtlich war ihre Liebe zu ihm nicht stark genug gewesen.

Das schmerzte ihn mehr, als er für möglich gehalten hätte.

Na schön. Er versuchte, sein Herz gegen sie zu verschließen, rein praktisch zu denken und sich nicht von dieser Sache berühren zu lassen. Dann würde er sich eben nicht in eine andere Abteilung versetzen lassen, sondern St. Simone den Rücken kehren. Was machte es schon, dass hier sein Zuhause war? Er hatte schließlich nicht sein gesamtes Leben hier verbracht. Seine Eltern waren hergekommen, um in St. Simone einen Neuanfang zu wagen. Und er würde nun irgendwo anders hingehen, um ebenfalls einen Neuanfang zu wagen. Es gab so viele Städte, in denen man sein Gesicht nicht kannte. Vielleicht konnte er nach New York gehen, in Diegos alte Heimat, und dort als Polizist arbeiten. Das war ein Job nach seinem Geschmack: ein Tanz auf dem Vulkan, ein Leben voller Risiken und Gefahren. Das passte doch zu ihm.

Mann, er sollte froh darüber sein. Hier war Caroline, bereit, ihn zu verlassen. Noch vor wenigen Tagen hatte er sich gewünscht, dass ihre Affäre genauso zu Ende gehen würde. Er brauchte sich nicht mehr um ihre Sicherheit zu sorgen. Er brauchte sich keine Gedanken mehr über die Einschränkungen zu machen, die eine dauerhafte Beziehung mit sich bringen würde. Mann, so kam er ganz leicht davon. Er hatte seinen Spaß gehabt. Hatte ein paar fantastische sexuelle Erfahrungen mit einer schönen, lebensfrohen, leidenschaftlichen Frau gemacht. Hinzu kam die befriedigende Gewissheit, ihr das Leben gerettet zu haben. Er sollte eigentlich mehr als willens und bereit sein, Caroline Brooks zu einer schönen Erinnerung verblassen zu lassen und so wie bisher weiterzuleben.

Ja, das sollte er. Doch er konnte es nicht.

In den letzten Tagen war etwas passiert. Etwas hatte ihm die Augen geöffnet und ihm gezeigt, dass sein Leben nicht gerade ein besonders erfülltes war. Ja, er bewirkte etwas auf der Straße. Ja, er war gut in dem, was er tat. Und ja, manchmal gefiel es ihm sogar. Aber das war längst nicht immer so – und in letzter Zeit überhaupt nicht mehr.

Die traurige Wahrheit war: Nicht etwas hatte ihm die Augen geöffnet, sondern jemand – Caroline Brooks. Sie hatte ihm all das gezeigt, was ihm bislang entgangen war. Sie hatte ihn dazu gebracht, sich in sie zu verlieben. Sie hatte ihm eine Zukunft gezeigt, die ein unglaubliches Glück für ihn bereithielt.

Unglaublich. Oh ja.

Als sie sich nun auf dem Beifahrersitz bewegte, musste er unwillkürlich zu ihr hinüberschauen.

Sie traute ihm nicht.

Er war zornig und verletzt. Ihr Misstrauen empfand er geradezu als beleidigend. Doch das wirklich Entscheidende war, dass all das ihn nicht davon abzubringen vermochte, sie zu lieben. Am liebsten wäre er vor ihr auf die Knie gefallen und hätte sie angefleht, ihm zu glauben. Nur sein Stolz hinderte ihn daran.

Er wollte sie lächeln sehen, wollte ihr süßes Lachen hören. Er wollte nur mit einem Blick in ihre Augen die Gewissheit haben, dass sie heute Nacht wieder in seinen Armen liegen würde und er in ihrer Wärme und Liebe geborgen wäre. Aber dafür bestand nicht die geringste Chance.

Am liebsten hätte er um all das geweint, was er verloren hatte. Um die Liebe, die sie ihm vermutlich sowieso nie entgegengebracht hatte.

Denn wie konnte sie ihn ehrlich lieben, ohne ihm zu vertrauen?

Sie war still und sehr blass. Seit sie in Jims Auto den Parkplatz verlassen hatten, hatte sie kein Wort mehr gesagt.

Doch jetzt schaute sie auf und sah ihn an. Das Misstrauen und die Beklemmung in ihrer Miene verätzten seine Seele wie Salzsäure. Aber er wandte sich nicht ab. Er konnte es nicht.

Vielleicht sollte ihn der Ausdruck in ihrem Gesicht eigentlich dazu bringen, sie weniger zu lieben. Aber vermutlich nicht.

„Wie viele Menschen hast du getötet?“, fragte sie.

Die Frage traf ihn unvorbereitet. Er hatte mit allem Möglichen gerechnet, aber nicht damit. Trotzdem antwortete er ehrlich: „Fünf. Tommy Walsh war der Fünfte.“

„Wie kannst du hinterher ruhig schlafen?“, wollte sie wissen. „Wie schaffst du das? Wie kannst du einfach weitermachen, wenn du weißt, dass du einem anderen das Leben genommen hast?“

Felipe schwieg eine Weile und überlegte, was er darauf erwidern sollte. Aber es gab nur eine mögliche Antwort, nämlich die Wahrheit.

„Du schläfst nicht“, sagte er schließlich und beobachtete dabei weiterhin den Eingang vom Polizeihauptquartier. „Jedenfalls zuerst nicht. Du liegst im Bett und grübelst. Gehst das Geschehen wieder und wieder in Gedanken durch. Willst herausfinden, was du falsch gemacht hast, an welchem Punkt du einen Fehler begangen hast. Und was du stattdessen hättest tun können, um die Sache zu einem anderen Ende zu führen. Und nach einer schlaflosen Woche fühlst du dich nur noch hundeelend, kommst nicht mehr mit dir selbst zurecht und gehst zum Polizeipsychologen. Und dann beginnst du mit der Aufarbeitung, bis du irgendwann die Entscheidungen akzeptierst, die du getroffen hast. Die Entscheidungen, die dazu geführt haben, dass du abgedrückt und dieses Leben ausgelöscht hast."

Er seufzte und fuhr fort: „Du sprichst mit Leuten, die dabei waren und die Schießerei miterlebt haben. Du verbringst viel Zeit mit demjenigen, dessen Leben du gerettet hast, weil du geschossen und getötet hast. Oder du begreifst, dass das Ganze nur auf eins hinauslief: Entweder du tötest selbst, oder du wirst getötet. Wenn der andere ein bisschen schneller oder schlauer oder geschickter mit der Waffe gewesen wäre, dann müsste deine Familie statt seiner eine Beerdigung ausrichten."

„Und wenn er gar keine Waffe gehabt hat?", flüsterte Caroline.

Felipe schüttelte den Kopf. „Sie sind alle bewaffnet gewesen. Der Erste war Benny Hammett, achtzehn Jahre alt. Fast noch ein Kind, aber total zugekokst. Er hatte sich die Pistole seines Vaters genommen und machte Zielübungen auf einige Kinder auf dem Spielplatz neben seinem Haus. Ein Kind war schon tot – es war erst vier –, zwei andere waren schwer verletzt. Die Sanitäter konnten nicht zu ihnen, um ihnen zu helfen. Das Einsatzkommando war bereits unterwegs. Dann traf Hammett ein viertes Kind, das sich hinter ein paar Büschen versteckt hatte. Ich bin einer der Polizisten gewesen, die vom Dach aus zu dem Fenster hinunterkletterten, hinter dem er gelauert hat. Wir konnten ihn überwältigen. Meine Kugel hat ihn getötet.

Dann war da Thomas Freeman, siebenundvierzig. Der nahm sein Jagdgewehr und ging damit zu der Firma, die ihn gerade entlassen hatte. Er tötete die Sekretärin seines Chefs und drohte damit, sämtliche Angestellten umzubringen. Als Lieferant getarnt ging ich rein und erschoss ihn, bevor er den Mann in der Poststelle abknallen konnte.

Hans Thorne, achtunddreißig, entflohener Häftling. Überfiel ein Kaufhaus, in dem Diego und ich uns zufällig aufhielten. Ich verhinderte, dass er Diego eine Kugel in den Kopf jagte.

T. J. Cerrone, dreiundzwanzig. Du hattest übrigens die Ehre, ihn im Sea Circus kennenzulernen. Wir wollten ihn wegen Drogenhandels verhaften. Doch er und seine Freunde beschlossen, aufs Gefängnis zu verzichten und lieber gleich zur Hölle zu fahren. Leider nahmen sie ein paar Freunde von der Polizei mit auf die Reise. T. J. schwang eine Uzi, als ich sein Leben mit meiner .45er beendete."

Felipe konzentrierte sich immer noch auf den Eingang zur Polizeistation. Allerdings spürte er, dass Caroline ihn musterte.

„Und Tommy Walsh?", hakte sie nach. „Wo war seine Waffe?"

Felipe wandte sich ihr zu. „Sie zielte auf dich", erklärte er, aber bemerkte den Zweifel in ihren Augen. *Madre de Dios*, wusste sie denn nicht, dass Tommy Walsh bewaffnet gewesen war? „Hast du sie nicht gesehen?"

„Nein."

„Du denkst also, ich würde einen Unbewaffneten umbringen?", fragte er ungläubig. Für was für ein Monstrum hielt Caroline ihn eigentlich?

„Das ist das, was ich gesehen habe."

Es brach ihm das Herz. „Vielleicht hast du bloß gesehen, was du sehen wolltest", sagte er leise. „Du hattest dich bereits entschieden: Ich bin schuldig und ein Mörder. Aber du irrst dich, und ich werde das beweisen. Und wenn es das Letzte ist, was ich in diesem Leben tue."

Wie betäubt starrte Felipe die Tür zur Polizeiwache an. Er hatte Caroline verloren. Er hatte ihr Vertrauen verloren. Wenn er es überhaupt jemals gehabt hatte.

Seine Freiheit, sein Ruf, sein Leben – alles hing jetzt von einer Sache ab. Seine Vermutung, dass Chief Earley Lawrence

Richters Partner war, musste richtig sein.

Gott helfe ihm, wenn er sich täuschte.

Zehn Minuten nach drei. Noch immer war Earley nicht zu seinem für halb vier anberaumten Treffen mit Lawrence Richter aufgebrochen.

Carrie riskierte einen Blick hinüber zu Felipe. Er wurde von Minute zu Minute angespannter, murmelte etwas auf Spanisch und sah zu ihr. Er machte sich jedoch nicht die Mühe, die Worte für sie zu übersetzen.

„Was ist, wenn du dich irrst?", fragte sie leise. „Was ist, wenn Earley nichts mit der Sache zu tun hat?"

„Dann fahre ich dich nach Montana, komme zurück und fange noch mal von vorn an. Wenn nicht Earley dieser Captain Ratte ist, dann ist es ein anderer. Früher oder später werde ich ihn finden."

Erneut betrachtete er aufmerksam den Eingang zum Polizeihauptquartier. Seine zusammengepressten Lippen verrieten seine wilde Entschlossenheit, doch sein Gesicht sah erschöpft aus. Seine dunklen Augen wirkten noch undurchdringlicher und geheimnisvoller als je zuvor.

Wo war seine Waffe?

Sie zielte auf dich.

Hatte er gelogen?

Er hatte mit einer solchen Überzeugung, mit absoluter Gewissheit gesprochen. Da musste eine Waffe gewesen sein. Sie hatte sie bloß nicht gesehen. Wenn er nicht Tommy Walsh getötet hätte, dann hätte Tommy Walsh sie getötet.

Was, wenn Felipe die Wahrheit sagte? Was, wenn er das die ganze Zeit schon getan hatte?

Alles, was ich dir je erzählt habe, entspricht hundertprozentig der Wahrheit.

Wenn das stimmte, dann hatte sie ihn mit ihren Zweifeln unglaublich enttäuscht.

Ihr Verstand lag im Clinch mit ihrem Herzen. Ihr Herz

wollte ihm glauben. Aber ihr Verstand konnte sich nicht vor den kalten harten Tatsachen verschließen.

Carrie wusste einfach nicht, was sie glauben sollte.

In dem Moment richtete Felipe sich auf und umfasste das Lenkrad mit beiden Händen. „Mein Gott“, sagte er.

„Ist er das?“ Sie versuchte, seiner Blickrichtung zu folgen. Sie sah niemanden auf dem Gehweg, der aussah wie Chief Earley.

„Es ist Lawrence Richter“, meinte Felipe. „Er geht rein.“ Er öffnete die Wagentür. „Komm.“

„Wir folgen ihm?“, rief sie. „In die Polizeistation?“

„Ja.“ Er nahm die Papiertüte, in der Rafes Kamera steckte, und griff nach Carries Handgelenk. Über den Sitz zog er sie zur Fahrertür aus dem Auto heraus.

„Weißt du, wie viele Polizisten in dem Gebäude sind?“, fragte sie ungläubig. „Willst du etwa geschnappt werden?“

„Ich werde nicht geschnappt“, gab er knapp zurück und zog sie über den Parkplatz hinüber zur Treppe, die zum Haupteingang hinaufführte. „Aber wenn irgendetwas passieren sollte, wirfst du dich hinter mir zu Boden. Geh in Deckung. Hast du verstanden?“

Caroline blieb stehen. Sie wollte nicht weitergehen. Ungeduldig wandte er sich zu ihr um.

„Felipe, geh da nicht rein“, bat sie ihn. „Irgendwer erkennt dich und …“

„Wie nett, dass du dir Sorgen um mich machst“, erwiderte er ausdruckslos.

„Ich mache mir nun mal Sorgen …“

Er packte sie an den Schultern. All die Gefühle, die er in sich verbarg, brachen mit Gewalt hervor. „Dann vertrau mir endlich, verdammt noch mal“, platzte er aufgebracht heraus. „Vertrau mir, Caroline, und begreife, dass ich da rein muss, wenn ich die Sache hinter mich bringen will.“

„Ich will nicht, dass du stirbst“, flüsterte sie. „Ich weiß nicht, was du getan oder nicht getan hast, wen du umgebracht oder nicht umgebracht hast. Ich weiß nicht, ob du mich von Anfang an nur benutzt hast. Ich weiß nicht, ob du ins Gefängnis wandern oder einen Orden bekommen solltest. Aber eins weiß ich: Ich will nicht, dass du stirbst."

Er berührte mit plötzlicher Zärtlichkeit ihre Wangen, und in seinen Augen lag eine tiefe Traurigkeit. „Ich habe wirklich keinerlei Kontrolle, wenn es um dich geht", murmelte er. „Ich sollte dich verachten, weil du deinen Glauben an mich verloren hast. Aber ich will dich einfach küssen, dich einfach nur berühren. Ich muss ein Volltrottel sein." Er schüttelte den Kopf. „Du kannst mir helfen, Caroline", fügte er leise hinzu. „Wir gehen da rein und wieder raus, und niemand wird davon erfahren. Ich muss das tun, und ich brauche deine Hilfe. Bitte."

Wenn sie ihm half, machte sie sich der Beihilfe schuldig. Dafür konnte sie zu einer Gefängnisstrafe verurteilt werden.

„Bitte", wiederholte er, und sie nickte. Ihre Belohnung war ein zaghaftes Lächeln. Es war nicht mehr als ein Schatten der überschäumenden Fröhlichkeit, die Felipe sonst an den Tag legte. „Stopf dir die Haare unter die Kappe", meinte er, „und beeil dich."

Sie kam seiner Aufforderung nach und versteckte ihr langes blondes Haar unter der Baseballkappe, die sie immer noch trug.

Das war verrückt. Felipe war verrückt. Sie war verrückt, dass sie mitmachte.

Er öffnete die Tür zur Eingangshalle und zog sie ins Gebäude.

Sie sollte schreien, weglaufen, irgendetwas tun, um Aufmerksamkeit zu erregen. *Hallo, ich bin die Geisel, nach der ihr schon die ganze Zeit vergeblich sucht!*

Felipe starrte hinüber zu den Aufzügen.

„Richter ist in einen gestiegen, der nach unten fährt", sagte er und ging mit ihr zu einer Tür, die laut Schild ins Treppenhaus führte. „Komm schon." Er zog sie hindurch und machte sich auf den Weg nach unten. „Schneller, ich will ihn nicht verlieren", sagte er zu Carrie und rannte die Stufen hinunter, wobei er immer zwei auf einmal nahm. Fehlte nur noch, dass er sie auf den Arm nahm, damit sie schneller vorankamen.

Bevor er die Tür im Keller aufstieß, blieb er stehen. Ganz langsam und vorsichtig öffnete er sie – gerade rechtzeitig, um zu beobachten, wie Lawrence Richter in aller Seelenruhe vorbeispazierte.

Sie folgten dem silberhaarigen Mann in eine öffentlich zugängliche Cafeteria. Und die Öffentlichkeit war hier tatsächlich in allen Größen und Formen versammelt. Das war gut. Hier saßen so viele merkwürdig aussehende Leute herum, dass niemand Felipe beachten würde.

Neben dem Eingang stand ein leerer Tisch an der Wand. Felipe nahm auf einem der Metallstühle Platz und brachte Carrie dazu, sich auf seinen Schoß zu setzen.

Sie wollte dort nicht sitzen, wollte ihm nicht so nah sein. Sie wollte nicht daran erinnert werden, wie er sie geliebt hatte. Also wehrte sie sich und wollte aufstehen, doch Felipe hielt sie fest.

„Tu bitte wenigstens so, als hättest du mich gern", flüsterte er.

Sie erstarrte. „Felipe …", setzte sie an.

„Pssst. Richter hat sich einen Kaffee geholt. Er wird sich gleich hinsetzen. Leg deinen Arm um mich, Himmelherrgott noch mal!"

Carrie legte den Arm um Felipes Schultern. Nein, sie wollte hier nicht so sitzen. Sie wollte ihm nicht so nah sein, wollte ihn nicht berühren. Sie wünschte sich, dass sie wieder im Sea Circus wäre. Oder allein auf ihrem Boot, nur Wasser und Himmel um sie herum. Oder – Teufel noch mal – zurück in Montana. Im Moment wäre sie überall lieber gewesen als hier.

Und das lag vor allem daran, dass sie sich zugleich danach sehnte, ihn zu küssen. Noch immer fühlte sie sich machtvoll und stark zu diesem Mann hingezogen. Noch immer liebte sie ihn – und ihre Empfindungen waren trotz allem stärker geworden.

Verstand gegen Herz. Es war alles eine Frage des Vertrauens. War Felipe der Spielplatzmörder? Carrie wollte es nicht glauben. Aber das reichte einfach nicht.

Felipe griff um sie herum und legte die Papiertüte auf die Tischplatte. Er bohrte ein Loch für das Objektiv in die Tüte und drehte sie so, dass Richters Tisch im Fokus stand.

Und dann, ohne Vorwarnung, küsste er Carrie.

Es war ein langer, tiefer, schmerzhaft inniger Kuss, der sie vollkommen überrumpelte, ihr die Knie weich werden ließ und sie noch mehr aus dem Gleichgewicht brachte, als sie ohnehin schon war.

„Tut mir leid", entschuldigte Felipe sich, noch bevor er sich ganz von ihr gelöst hatte. „Richter hat zu uns herübergesehen. Ich wusste nicht, was ich sonst tun sollte."

Oh. Das war gar kein Kuss gewesen. Sondern ein Ablenkungsmanöver. Eine Art Tarnung.

„Was tut er?", fragte Carrie, als sie endlich die Sprache wiedergefunden hatte. In ihrer Position auf Felipes Schoß wandte sie Richter den Rücken zu.

„Er hat eine Zeitung vom Tisch genommen", antwortete Felipe, griff unauffällig zu der Papiertüte mit der Kamera und schoss ein Foto von Richter. „Leg deinen Kopf an meine Schulter, dann kannst du ihn sehen. Aber starre ihn nicht an. Schau an ihm vorbei, nicht direkt zu ihm hinüber."

Carrie drehte sich leicht und schmiegte sich an ihn. Tatsächlich: Richter las Zeitung und nahm einen Schluck von seinem Kaffee.

Erneut drückte Felipe auf die Papiertüte. „Hast du das gesehen?", flüsterte er Carrie ins Ohr. „Er hat gerade einen Umschlag zwischen die Seiten der Zeitung gelegt."

Wirklich? Carrie hatte gar nichts bemerkt.

„Ich habe es fotografiert", sagte Felipe. „Jetzt warten wir, bis Earley aufkreuzt ... Ah, da ist er ja. Genau zur rechten Zeit."

Abgehetzt und sichtlich gestresst betrat Chief Jack Earley in einem weißen kurzärmeligen Hemd mit gelockerter Krawatte und seinem Sportjackett überm Arm die Cafeteria.

Felipe liebkoste Carries Hals und versteckte so sein Gesicht vor dem Mann, der die landesweite Fahndung nach ihm leitete.

Earley ging an ihnen beiden vorbei, vorbei auch an Lawrence Richter – der nicht einmal aufschaute – und hinüber zum Kaffeeautomaten. Lässig steckte er ein paar Münzen in den Automaten, drückte den Knopf für koffeinfreien Kaffee mit Zucker und ohne Milch.

Während der Becher sich mit dampfendem Kaffee füllte, stand Lawrence Richter auf. Er ordnete seine Krawatte und verließ seelenruhig den Raum.

„Er ist gegangen“, flüsterte Carrie. „Richter ist vor dem Treffen gegangen!“

„Er hat die Zeitung liegen lassen“, murmelte Felipe. „Der Umschlag liegt noch darin. Pass gut auf. Earley wird sie aufheben und mitnehmen.“

Kaum hatte er den Satz zu Ende gebracht, lief Earley an dem jetzt verlassenen Tisch vorbei. Einen Moment lang sah es so aus, als würde er einfach weitergehen. Dann blieb er jedoch stehen und überflog scheinbar interessiert die Überschriften des Sportteils.

Er warf einen Blick auf seine Uhr, als hätte er es eilig. Schließlich nahm er die Zeitung an sich und eilte aus dem Raum.

Sofort schubste Felipe Carrie von seinem Schoß, griff nach ihrer Hand und der Tüte mit der Kamera und folgte dem Polizeichef hinaus in den Gang. Jack Earley war etwa fünfzehn Meter vor ihnen.

Er stellte sich vor den Aufzug und drückte den Knopf. Nippte an dem Kaffee, verzog das Gesicht und beförderte den Becher samt Inhalt in den Mülleimer. Kurz darauf warf er auch die Zeitung hinterher.

„Ich hab’s“, flüsterte Felipe Carrie ins Ohr, hob die Papiertüte und hielt sie vor sich. „Er hat den Umschlag in seine Jackentasche gesteckt.“

„Ich habe nichts gesehen“, meinte sie.

„Das macht nichts. Ich habe ein Foto.“

„Und jetzt?“, erkundigte sie sich.

„Jetzt werden wir …“

„Himmel und Hölle, du bist es wirklich!“, donnerte plötzlich eine Stimme durch den Gang. Überall im Kellerflur drehten sich Köpfe nach ihnen um. Ein glatzköpfiger Mann in einem schlecht sitzenden Anzug wollte seine Waffe ziehen. „Felipe Salazar, du bist verhaftet!“

„Oder auch nicht“, sagte Felipe leise und drückte Carrie an sich. „Spiel mit.“

Ein Stimmengewirr erhob sich, Zivilisten versuchten sich in Sicherheit zu bringen, und Polizisten holten ihre Pistolen heraus.

Aber Felipe war ihnen allen einen Schritt voraus. Er hielt seinen Revolver bereits in der Hand. Langsam bewegte er sich rückwärts, bis er an die Wand neben der geschlossenen Aufzugtür stieß. Er warnte die Umstehenden: „Hände weg von euren Waffen. Ich will dem Mädchen nichts tun müssen.“

Spiel mit. Aber spielte er hier ein Spiel, oder meinte er es ernst? Es sah verflixt nach ernst gemeint aus. Alle im Gang standen wie erstarrt da.

„Ach, komm schon, Phil“, sagte der glatzköpfige Polizist und zerrte weiterhin an seiner Dienstwaffe. „Mach es uns nicht so schwer. Lass mich dich festnehmen. Ich sorge dafür, dass du anständig behandelt wirst.“

„Nimm die Hände hoch, Andy“, erwiderte Felipe. „Und tritt zurück!“

„Irgendwer soll bitte Jim Keegan benachrichtigen“, rief der Polizist namens Andy und hob seufzend die Hände. „Wir haben hier eine Geiselnahme.“ Er wandte sich wieder an Felipe: „Phil, das ist eine verdammte Sauerei.“

Alles geschah so schnell, dass Carrie der Atem stockte. Felipe drückte ihr den Lauf seiner Pistole in die Rippen. *Spiel mit.* Sie brauchte gar nicht so zu tun, als wäre sie verängstigt.

„Tommy Walsh hat Mareidas und Dupree umgebracht“, erklärte Felipe. „Nicht ich. Es geschah auf Lawrence Richters Befehl. Ich kann das beweisen."

„Richter?", fragte Andy. Er kniff die Augen zusammen und schien zu überlegen, wo er den Namen schon mal gehört hatte. „Du meinst den Typen, dem die Fischrestaurantkette gehört? Mein Cousin hat dort mal gegessen und sich Salmonellen eingefangen."

„Ja, die Restaurants gehören ihm. Und er ist der Chef eines größeren Verbrechersyndikats", führte Felipe aus. „Rate mal, wer noch mit drinsteckt." Er drehte sich zu Jack Earley um. „Sie dürfen als Erster raten, Chief."

Chief Earleys Gesicht war bleich. Er presste die Lippen aufeinander, sodass sie nur noch als schmaler Strich zu sehen waren. „Lass das Mädchen gehen, Salazar. Du willst doch nicht wirklich, dass sie dabei draufgeht, oder?" Zu seinen Leuten meinte er: „Er ist offensichtlich nicht ganz richtig im Kopf. Zieht euch zurück und schafft die Zivilisten hier raus."

„Ich habe Sie am Haken, Captain Ratte", sagte Felipe zu Earley. „Ich habe alle Beweise, die ich brauche. Wenn Jim kommt …"

Neben ihnen glitt die Tür des Lastenaufzugs auf, und darin stand der sichtlich überraschte Hausmeister hinter einem Transportwagen mit großen Mülltonnen.

Earley nutzte die Gelegenheit. Er sprang Felipe an, stieß ihn und Caroline in den Aufzug und folgte ihnen.

„Raus hier!", brüllte er den Hausmeister an, der zusah, dass er wegkam. „Dieser Mann ist verrückt! Alle raus hier!"

Felipe krachte hart gegen die Wand und fiel auf die Knie. Dabei riss er Carrie mit sich. Automatisch drückte er ab. Der Lärm war ohrenbetäubend. Carrie hörte sich schreien. Sie spürte, wie Felipe ihr mit seinem Körper Deckung zu geben versuchte.

Gott, jetzt war es so weit. Sie würden sterben.

Felipe hatte nicht getroffen.

Er hatte einen Schuss auf Earley abgeben können, aber er

hatte nicht getroffen. Die Kugel hatte sich in die schalldichte Innenverkleidung der Aufzugdecke gebohrt, als die Tür zugeglitten war.

Earley hatte sich hinter den Mülltonnen in der anderen Ecke des Lifts geduckt. Noch immer versuchte Felipe, Caroline abzuschirmen, aber das war sinnlos. Auf so kurze Entfernung würde er sie nicht schützen können.

„Leg die Pistole weg!", rief der Chief. „Runter damit. Sofort!"

Langsam ließ Felipe seine Waffe sinken. Ihm blieb keine andere Wahl. Nicht solange Earley direkt auf ihn zielte. Und auf Caroline.

Earley tastete nach der Steuerungstafel und drückte auf Stopp. Der Aufzug blieb auf dem Weg in den ersten Stock stehen.

„Heldenhaft zog Chief Earley Salazar und seine Geisel in einen leeren Aufzug, riskierte dabei um der Sicherheit der Leute willen sein eigenes Leben", sagte Earley, richtete sich auf und kam hinter den Mülltonnen hervor. Noch immer zielte er mit seiner eigenen Waffe auf Felipe. „Die Zeitungen werden sich überschlagen vor Begeisterung. Das hätte ich selbst nicht besser planen können. Leg die Pistole auf den Boden und schieb sie mit dem Fuß zu mir rüber."

Felipe kam der Aufforderung nach. Doch statt seine Waffe zu Earley zu schieben, gab er ihr einen Tritt, sodass sie unter den Transportwagen mit den Mülltonnen rutschte. Carolines Augen waren vor Angst weit aufgerissen. Sie ließ ihren Blick zwischen den beiden Männern hin- und herwandern.

„Es ist wirklich eine Schande, wenn ein guter Polizist zum Verbrecher wird", seufzte Earley kopfschüttelnd.

„Sie müssen es ja wissen", entgegnete Felipe. Er konnte in Earleys Gesicht sehen, was die Zukunft für ihn bereithielt. Es war nicht viel: Earley würde ihn erschießen, dann würde er Felipes Waffe nehmen und Caroline erschießen. Und Felipe konnte nichts dagegen tun.

Oder etwa doch?

Jim Keegans Regel Nummer eins: Nichts ist unmöglich.

Felipes Regel Nummer eins: Wenn du sterben musst, wehr dich wenigstens.

Der große Lastenaufzug maß etwa 2,40 Meter mal 2,10 Meter. Der Transportwagen mit den Mülltonnen blockierte eine Ecke.

„Lass deine Geisel los“, befahl Earley, als Felipe langsam aufstand und Caroline mit sich auf die Beine zog.

„*Te amo*“, sagte Felipe zu Caroline und streifte ihre Wange mit seinen Lippen. „Geh hinter den Tonnen in Deckung“, hauchte er ihr ins Ohr.

„Wie rührend“, meinte Earley ungeduldig. „Und jetzt lass sie los.“

Felipe gab Caroline einen Schubs, stieß sie weg von Earley, hin zu den Mülltonnen. Im selben Moment stürzte er sich auf Earley. „Runter mit dir! In Deckung!“, schrie er Caroline zu.

Ein Schuss löste sich, als er Earley mit der Faust ins Gesicht traf. Der Polizeichef versetzte ihm einen Hieb, und er sah, wie Blut an die Aufzugwand spritzte.

Felipe war getroffen worden. Wo, wusste er nicht. Er wusste nur, dass die Kugel nicht tödlich gewesen war. Er lebte noch. Und solange sein Herz schlug, würde er wie der Teufel persönlich kämpfen, um Caroline das Leben zu retten.

Erneut schlug er zu. Earley flog die Waffe aus der Hand, sie landete in einer Ecke.

Der Chief wehrte sich und versuchte, an seine Pistole heranzukommen. Er benutzte die Arme wie einen Schläger und schlug damit hart auf Felipes Schulter.

Oh Gott, jetzt wusste er, wo ihn die Kugel getroffen hatte. Wieder und wieder boxte Earley ihn auf die verletzte Schulter, und vor Schmerz wurde Felipe fast schwarz vor Augen. Trotzdem gelang es ihm irgendwie, den Älteren zu treten. Sein Fuß traf Earleys Knie, und der Chief ging knurrend zu Boden. Allerdings rappelte er sich schnell wieder auf und nahm die Haltung eines Straßenkämpfers ein.

„Keine Bewegung!“, rief Caroline hinter den Mülltonnen. „Ich sagte: Keine Bewegung! Verdammt noch mal!“

Mit Felipes Waffe in der Hand erhob sie sich. Earleys Pistole lag hinter ihr auf dem Boden.

Der Chief richtete sich auf und nahm beide Hände hoch, als sie abwechselnd auf ihn und Felipe zielte.

„Gute Arbeit, Miss“, sagte Earley und machte einen Schritt auf Felipe zu. „Jetzt haben wir ihn.“

„Rühren Sie sich bloß nicht!“, warnte Caroline ihn, und Earley erstarrte.

„Sie machen Witze, oder?“, fragte er und deutete auf Felipe. „Der da ist der bekannte Verbrecher. Er ist ein Entführer und ein Mörder. Er hat Sie als Geisel genommen, und Sie waren die ganze Zeit in seiner Gewalt.“

Caroline schaute von Earley zu Felipe.

Felipe sagte kein Wort. Was sollte er auch sagen? Er sah sie nur an. *Vertrau mir.*

Eindringlich betrachtete sie ihn. Sie suchte offenbar in seinen Augen nach Antworten, nach der Wahrheit. Er hoffte, dass sie sie sehen konnte. Die Antwort lag offen vor ihr, für immer in sein Herz geschrieben.

Te amo.

Ich liebe dich.

Earley bewegte sich vorwärts. „Geben Sie mir die Waffe, Miss.“

Blitzschnell wandte sie sich ihm zu und zielte auf den Polizeichef von St. Simone. „Kommen Sie keinen Schritt näher, Mister, oder ich drücke ab“, meinte sie ernst.

Erleichterung durchströmte Felipe. Caroline hatte auf ihr Herz gehört. Sie vertraute ihm.

Er schwankte leicht. Seine Knie fühlten sich seltsam an, irgendwie weich. Erst jetzt wurde ihm bewusst, dass seine Schulter stark blutete. Blut rann ihm am Arm hinunter und tropfte von seinen Fingerspitzen auf den Fußboden.

„Du bist verletzt“, sagte Caroline zu Felipe, ohne den Blick von Earley zu wenden. Ihre Stimme zitterte leicht, ihre Hände waren jedoch ruhig. „Ist es schlimm?“

Felipe schüttelte den Kopf. „Ich werd’s überleben.“ Er ging zu ihr und streckte die Hand aus, um seine Waffe wieder an sich zu nehmen.

Sie schaute ihn an. „Ich auch. Dank deiner Hilfe, glaube ich.“

„Hände auf den Kopf“, befahl Felipe dem Chief. „Hinsetzen. Dorthin. In die Ecke.“

„Damit kommst du nicht durch“, erwiderte Earley.

„Wollen wir wetten?“, gab er zurück.

Über ihnen schaltete sich die Lautsprecheranlage ein.

„Hier spricht Detective Jim Keegan vom Vierten Bezirk“, meldete sich eine vertraute Stimme. „Felipe, bist du da? Benutz das Telefon in der Schalttafel.“

Die metallene Schalttafel öffnete sich quietschend, und Felipe nahm den roten Hörer. „Diego?“

„Phil! Ja! Ich habe einen Schuss gehört und fürchtete … Ist alles in Ordnung?“

„Ich bin getroffen worden“, antwortete Felipe, „aber ich habe Captain Ratte in die Enge getrieben.“

„Jack Earley?“

„Richtig.“

„Der Polizeichef.“

„Ja.“

Jim Keegan lachte. „Hast du Beweise?“

„Ja. Fotos, die zeigen, wie er Schmiergeld von Lawrence Richter annimmt.“

„Na, wenn das nicht fein ist“, meinte Jim. „Das und die Audiokassette, die du für mich im Sea Circus versteckt hast, sollten ausreichen. Statt als verbrecherischen Polizisten werden dich alle bald als Helden der Stadt bezeichnen. Und ich sorge dafür, dass die Jungs Richter und seine Bande festnehmen.“

„Großartig. Aber ich habe hier ein Problem. Andy und sämtliche Polizisten des Vierten Bezirks warten nur darauf, mich wegzupusten, sobald die Aufzugtür aufgeht.“

„Fahr nach oben in den ersten Stock“, wies Jim ihn an. „Captain Swick wartet dort auf dich. Ob du’s glaubst oder nicht: Er gehört zu den Guten. Deswegen war das Band in seinem Besitz, auf dem Walsh und Richter die Spielplatzmorde planen. Er wollte damit deine Unschuld beweisen, sobald die Zeit dafür gekommen wäre. In diesem Fall ist er auf deiner Seite gewesen. Er hatte Earley schon eine Weile in Verdacht.“

Felipe löste die Stopp-Taste aus ihrer Arretierung, und mit einem Ruck fuhr der Lift an.

„Behalten Sie Ihre Hände auf dem Kopf“, warnte Caroline den Chief.

„Es ist noch nicht vorbei“, zischte Earley.

„Doch“, widersprach Felipe. „Ist es.“

Und dann öffnete sich die Aufzugtür.

Felipe saß auf dem Boden in der Eingangshalle, lehnte sich an die Wand neben den Aufzügen und wartete auf den Krankenwagen.

Ein Mann, den Carrie als Andy erkannte, sowie zahlreiche andere Polizeibeamte kümmerten sich um ihn. Sie versuchten, die Blutung an seiner Schulter zu stoppen.

Earley war abgeführt worden. Draußen versammelten sich Reporter für eine gewaltige Pressekonferenz. In wenigen Stunden würden sämtliche Nachrichtensender und Zeitungen hinausposaunen, dass Felipe Salazar keine Bedrohung für die Gesellschaft darstellte. Seine Unschuld war erwiesen. Sein Name würde reingewaschen werden.

Carrie beobachtete, wie Felipe sich in der Halle umsah. Offenbar suchte er nach etwas oder nach jemandem. Er suchte nach ihr. Schließlich erblickte er sie und entspannte sich daraufhin sichtlich.

Er schaute ihr in die Augen, und sie entdeckte den Schmerz darin. Auch sein verkniffener Mund verriet, dass er Schmerzen hatte. Seine Schulter quälte ihn viel mehr, als er sich anmerken ließ. Verdammt, soweit sie wusste, tat ihm auch das verletzte Bein noch weh.

Der Krankenwagen war unterwegs. Gleich würden die Sanitäter eintreffen und Felipe ins Krankenhaus bringen.

Was dann? Konnte sie dann gehen? Sollte sie einfach die Polizeistation verlassen, ein Taxi nehmen und nach Hause in ihre Wohnung fahren?

Andy näherte sich ihr. „Ähm, entschuldigen Sie. Sie sind Caroline, richtig?“

Sie nickte.

„Ähm, Phil lässt fragen, ob Sie vielleicht kurz zu ihm kommen könnten, bevor Sie gehen.“

Bevor Sie gehen. Felipe ging davon aus, dass sie sich davonmachte. Dass sie ihn verließ. Es war vorbei. Alles war vorbei. Einschließlich der Zukunft, die sie miteinander hätten haben können. Sie selbst hatte das kaputtgemacht mit ihren Zweifeln und ihrem Misstrauen.

Trotzdem zwang sie sich zu einem Lächeln, während sie auf Felipe zuschritt.

Die anderen Polizisten zogen sich taktvoll zurück.

„Du hast mir vertraut“, sagte Felipe und sah von seinem Platz zu ihr hoch. Er klopfte mit der Hand auf die Bodenfliesen, und sie setzte sich im Schneidersitz zu ihm.

„Eine Zeit lang habe ich das nicht getan“, erwiderte sie und musterte verlegen ihre Hände auf ihrem Schoß. Sie schaffte es nicht, ihm in die Augen zu sehen.

„Aber als es wirklich wichtig wurde …“, murmelte Felipe. Seine sanften Worte schienen sie zu streicheln. „… da warst du für mich da.“

„Nein“, widersprach sie und schloss die Augen. „Du warst für mich da. Die ganze Zeit hast du mich geschützt. Du hast dein Leben für mich riskiert.“

„Das habe ich sehr gern getan.“

„Ich habe dich enttäuscht.“ Ihre Stimme zitterte, aber sie konnte nichts dagegen tun.

„Es war sehr schwer für dich, mir zu vertrauen", meinte er freundlich. „Bei der Ausgangssituation …" Er schüttelte den Kopf. „Ich nehme es dir nicht übel, Caroline."

Carrie nickte, konnte ihn noch immer nicht anschauen. „Es tut mir so leid."

„Mir auch."

„Es hätte richtig gut werden können, nicht wahr?" Sie riskierte einen kurzen Blick in sein Gesicht. Seine dunklen Augen blickten ernst und verrieten nichts.

Langsam nickte er. „Ja, es hätte bemerkenswert gut werden können."

Er saß einfach da. Nichts wünschte sie sich im Moment sehnlicher, als dass er die Arme nach ihr ausstreckte, sie berührte, sie an sich zog. Oder wenigstens den unverletzten Arm um sie legte. Aber dazu würde es nicht mehr kommen. Ihre Liebesgeschichte war zu Ende. Sie hatte sie umgebracht, sie hatte sie mit ihrem Misstrauen erstickt.

„Und jetzt?", fragte sie leise.

Er hob den unverletzten Arm und streckte ihr die Hand entgegen. „Hallo. Ich heiße Felipe Salazar", sagte er, „und ich bin Police Detective im Vierten Bezirk. Zurzeit arbeite ich für die Abteilung Organisiertes Verbrechen, allerdings mache ich das nicht mehr lange. Ich denke darüber nach, mich als städtischer Jugendarbeiter zu bewerben." Dann zog er ihre Finger an sich und küsste jeden einzeln. „Du musst die faszinierendste Frau sein, die mir je begegnet ist. Gehen wir heute Abend gemeinsam essen?"

Tränen schossen ihr in die Augen, und Hoffnung erfüllte ihr Herz. „Du willst noch mal von vorn beginnen?", flüsterte sie.

„Ich möchte liebend gern noch mal von vorn beginnen. Gehst du heute Abend mit mir essen?"

„Oh, Felipe, kannst du mir wirklich verzeihen?"

„Wenn wir noch mal von vorn beginnen", erklärte er mit einem feinen Lächeln, „dann gibt es nichts zu verzeihen." Seine so lebendigen dunklen Augen ruhten voller Wärme auf ihr.

„Obwohl wir uns gerade erst begegnet sind – wäre es unverschämt von mir, dich um einen Kuss zu bitten?"

Mit zittrigem Lächeln schüttelte sie den Kopf.

Er beugte sich vorsichtig vor, wobei er versuchte, seine verletzte Schulter zu schonen. Carrie kam ihm entgegen. Und schließlich trafen ihre Lippen aufeinander. Der Kuss war so süß, so rein und zärtlich, dass ihr schon wieder Tränen in die Augen schossen.

„Das könnte die kürzeste Brautwerbung in der Geschichte der westlichen Welt werden", hauchte Felipe, und Verlangen glomm in seinen Augen auf.

„Das hoffe ich doch", gab Carrie zurück.

Sanft berührte er ihre Wange und sah sie prüfend an. „Caroline, die Sache hat einen Haken. Man wird mich in Schutzhaft nehmen, denn als Kronzeuge gegen Richter und Earley kann mir bis zum Abschluss des Prozesses nur so meine Sicherheit garantiert werden. Zu deinem eigenen Schutz solltest du bei mir bleiben. Richter könnte sonst auf die Idee kommen, sich über dich an mich heranzumachen. Aber die Entscheidung liegt bei dir. Wenn du nicht willst, kann ich dich nicht sehen, bis alles vorbei ist. Das kann neun oder zehn Monate dauern. Oder länger."

Sie schwieg für einen Moment. Sie würde ihn fast ein ganzes Jahr lang nicht sehen? „Ich müsste meine Arbeit aufgeben", gab sie schließlich zurück.

„Du kannst dich beurlauben lassen", schlug er voller Hoffnung vor. Er beugte sich vor, um sie noch einmal zu küssen. „Deine Stelle kriegst du bestimmt wieder, wenn du zurückkommst."

„Zurück von wo?"

Er lächelte. „Keine Ahnung. Wohin möchtest du denn?"

Carrie erwiderte sein Lächeln. Ihr Herz war erfüllt von Liebe zu Felipe Salazar, der Manns genug war, um ihr eine zweite Chance zu geben. „Irgendwohin, wo wir mit dem Boot rausfahren können", meinte sie. „Irgendwo ans Meer."

„Ich kenne da ein tolles Strandhaus auf Sanibel Island", sagte Felipe. „Es gehört Freunden von mir. Und obwohl wir letztlich wohl weiter wegmüssen von St. Simone, wäre das Strandhaus vielleicht ein guter Anfang."

Carrie küsste ihn. Sie schloss die Augen und genoss die Süße seiner weichen Lippen. „Es wäre ein perfekter Anfang."

– ENDE –

Lesen Sie auch:

Susanne Schomann

Eine Spur von Lavendel

Ab April 2013 im Buchhandel

Nachdem er einige Minuten untätig in der Eingangshalle gewartet hatte, erschien Linda auf dem obersten Treppenabsatz, verharrte dort oben eine Sekunde und kam dann zögernd zu ihm herunter. Seine erste Reaktion – ein warmes Prickeln, das ihm beim Anblick dieser Frau über den Rücken lief – überraschte ihn. Er registrierte dennoch sofort, dass sie heute kein Schwarz trug, sondern eine enge, verblichene Jeans und ein lavendelfarbenes T-Shirt. Trotz dieser legeren Kleidung wirkte sie überraschend elegant, aber gleichzeitig auch zart und ungeheuer jung.

„Herr Hellberg, was kann ich für Sie tun?"

Wie er es erwartet hatte, war der Blick aus ihren Augen ebenso kühl wie der Klang ihrer Stimme.

„Entschuldigen Sie die Störung, aber ich musste einfach noch einmal herkommen, Frau Michaelsen. Hätten Sie vielleicht einige Minuten Zeit für mich?"

Linda musterte ihn kurz, bevor sie mit erhobenem Kopf an ihm vorbeiging und ihn mit einer Handbewegung in das Wohnzimmer bat. „Bitte." Sie deutete auf die ausladende Couchgarnitur und setzte sich.

Alexander nahm ihr gegenüber Platz und verschränkte seine Hände. „Sie haben mich nicht angerufen", stellte er lakonisch fest und verfluchte sich sofort wieder dafür.

„Ich sagte Ihnen ja bereits, dass ich sehr gut alleine zurechtkomme, Herr Hellberg."

Es kostete ihn eine ordentliche Portion Konzentration, ihr weiterhin direkt in die Augen zu sehen. „Ich habe mich heute mit einem Kollegen unterhalten, der den Mord an Frank untersucht. Er hat mich auf den neuesten Stand der Ermittlungen gebracht."

Linda Michaelsen zog missbilligend ihre Stirn kraus. „Soweit ich es weiß, gibt es keinen neuesten Stand, weil Ihre Kollegen noch immer auf der Stelle treten. Außerdem", fuhr sie fort, „wusste ich nicht, dass auch Sie sich mit dem Tod meines Mannes befassen."

Er winkte ab. „Nein, ich gehöre auch nicht direkt zum ermittelnden Team, aber ich bin ebenfalls bei der Mordkommission. Da ich früher sehr eng mit Frank befreundet war, hat mich mein Kollege sozusagen zur Sache vernommen."

„Herr Hellberg, das, was Sie offenbar einmal mit meinem Mann verbunden hat, liegt doch sehr lange zurück. Was sollten Sie über Frank sagen können? Und vor allem, warum sind Sie hier?"

Sein Blick strich unweigerlich über ihren Mund, während sie sprach. Er spürte ein Kribbeln in seiner Unterlippe und zog sie kurz zwischen seine Zähne. Lindas goldene Augen ruhten erwartungsvoll auf seinem Gesicht. Ihm wurde heiß. Er öffnete den Reißverschluss seiner Jacke und schluckte trocken. „Sie wussten niemals, wohin Frank ging, wenn er das Haus verließ?"

Was er hier tat, war vollkommen verrückt, und das wusste er.

„Haben Sie vor, mir jetzt noch einmal all die enervierenden Fragen zu stellen, die ich Ihren Kollegen bereits einige Male beantwortet habe?" Linda erhob sich abrupt.

Automatisch stand auch Alexander auf. Sie ging hinüber zur Terrassentür und wandte ihm den Rücken zu. Er folgte ihr und blieb direkt hinter ihr stehen. Sein Blick fiel auf ihr Haar, das seidig glänzend auf ihre schmalen Schultern fiel. Reflexartig schob er die Hände tief in seine Hosentaschen, um so den übermächtigen und aberwitzigen Drang besser bekämpfen zu können, dieses wundervolle Haar zu berühren.

„Ich kann nicht verhindern, dass ich mir meine Gedanken mache, Frau Michaelsen. Auch ich bin Polizist, und ich habe Ihnen bereits beim letzten Mal gesagt, dass Frank trotz allem ein wichtiger Teil meines Lebens geblieben ist. Egal, ob wir in den vergangenen Jahren noch Kontakt hatten oder nicht. Sein furchtbarer Tod ist mir sehr nahegegangen, das versichere ich Ihnen."

Ihre offenkundige Ablehnung machte ihn plötzlich wütend, und dadurch fand er für einen kurzen Moment zu seiner abgeklärten Professionalität zurück. Seine Stimme wurde eine Spur härter. „Ich verstehe es nun einmal nicht, dass eine Ehefrau nicht weiß und offenbar auch nicht wissen will, mit wem und wie ihr Mann seine Freizeit verbringt, wenn er das Haus verlässt."

Sie schoss zu ihm herum, blitzte ihn aus wütenden Augen an und machte damit seine gerade zurückerlangte Selbstsicherheit wieder zunichte. „Es ist mir verflucht egal, ob Sie das verstehen oder nicht, Herr Hellberg! Was mich betrifft, sind Sie jedenfalls ein vollkommen Fremder, und mein Leben geht Sie überhaupt nichts an!" Sie betonte jedes einzelne Wort. Der Zorn verlieh ihren Wangen einen rosigen Hauch.

„Sie sind …"

Mein Gott!

Beinahe hätte er etwas sehr Dummes gesagt. Ihr Anblick raubte ihm sprichwörtlich den Atem, und sein Gehirn funktionierte nicht mehr richtig. In diesem Moment erschien sie ihm unbeschreiblich anziehend – und es dauerte einige Sekunden, bevor er sich dieses Gefühl selber eingestand. Langsam zog er seine Hände aus den Taschen seiner Jeans und ballte sie zu Fäusten. Sein Puls beschleunigte sich, und er wandte sich rasch von ihr ab, um sich nicht auch noch lächerlich zu machen, indem er sich verriet. Es ist einfach töricht, sagte er sich, dass ich so stark auf diese vollkommen fremde Frau reagiere. *Töricht und dumm!*

Linda konnte nicht wirklich sagen, warum plötzlich ihre Wut verrauchte, während sie ihm ins Gesicht gestarrt hatte. Seine rauchgrauen Augen hatten sich wie unter einem stechenden Schmerz kurz zusammengezogen, bevor er sich von ihr abgewandt hatte. Eine Art Schuldbewusstsein drängte sich in ihren Kopf, und sie suchte verwirrt und ergebnislos einen Grund dafür.

„Es … ähm … es tut mir leid, Herr Hellberg. Ich habe mich offenbar gehen lassen. Ich wollte Sie auf keinen Fall so anfahren. Das war äußerst ungerecht von mir. Es ist nur …" Ihre

Stimme begann leicht zu zittern und wurde eine Spur leiser. „Es ist im Augenblick alles nicht so einfach für mich."

Sofort drehte Alexander sich wieder zu ihr herum und folgte seinem Gefühl. Er griff nach ihren Händen und hielt sie in den seinen fest. „Dann lassen Sie sich doch einfach ein wenig von mir helfen. Es würde mir wirklich viel bedeuten", sagte er so sanft, wie es ihm möglich war.

Linda blickte zu ihm auf und studierte sein Gesicht. Es wirkte überraschend offen, und sein Blick war ruhig auf sie gerichtet. Der Mann strahlte Wärme, Stärke und vor allem Ehrlichkeit aus. Sie fühlte, wie sie unter seinem dunklen Blick eine Sicherheit empfand, die ihr schon seit ihrer Kindheit nicht mehr vertraut war. Unwillkürlich huschte ein sanftes Lächeln über ihr Gesicht.

Dieses unerwartete Lächeln brachte Alexander vollkommen aus dem Konzept, und es blieb ihm nichts anderes übrig, als es zu erwidern.

Verlegen entzog ihm Linda ihre Hände und trat einen Schritt zurück. „Wie wäre es mit einer Tasse Kaffee?", fragte sie nahezu beiläufig, als wäre er ein alter Bekannter und gerade erst angekommen. „Bevor Sie kamen, wollte ich mir gerade einen aufbrühen."

Verwirrt räusperte er sich. „Sehr gern, danke."

„Kommen Sie. Wir trinken ihn in der Küche."

Alexander folgte ihr durch die Eingangshalle zur anderen Seite des Hauses. Die Küche passte zum Rest der Villa: ein riesiger Raum mit einer weißen, sehr schlichten, aber unübersehbar teuren Einbauküche. Der Fußboden und die Arbeitsflächen waren aus dem gleichen rosafarbenen Marmor wie im Wohnzimmer. Linda Michaelsen wirkt verloren und zweifellos deplatziert in diesen übergroßen Räumen, befand er.

Er ließ sich auf einem der hohen Hocker des Küchentresens nieder und schaute zu, wie sie mit geübten Griffen die Kaffeemaschine in Gang setzte. Anschließend nahm sie zwei weiße Porzellanbecher aus einem der Schränke und kam ebenfalls zum Tresen herüber. Ihm gegenüber rutschte sie auf einen der Hocker. Bevor er es schaffte, dagegen anzukämpfen, musste er schmunzeln.

„Ja, ich weiß, es sieht jedes Mal urkomisch aus, wenn ich mich auf eines dieser monströsen Dinger setzen will. Ich bin eben ziemlich kurz geraten."

„Tut mir leid. Ich wollte nicht ..."

Sie winkte ab und schenkte ihm ein weiteres Lächeln. „Machen Sie sich nichts daraus, aber zur Strafe werden Sie gleich den Kaffee holen, wenn er fertig ist, damit ich nicht noch einmal auf diesen Berg klettern muss."

Sein breites und einnehmendes Grinsen wirkte befreiend auf beide.

„Abgemacht."

Nachdem beide Becher gefüllt waren, prosteten sie sich wortlos zu. Der Kaffee tat Alexander gut, obwohl er von der bleiernen Müdigkeit, gegen die er noch vor weniger als einer halben Stunde gekämpft hatte, inzwischen nichts mehr bemerkte.

„Erzählen Sie mir von Charlotte, Linda." Er empfand eine fast alberne Befriedigung dabei, sie mit ihrem Vornamen anzusprechen.

Ihre Miene wurde ernst, aber ihr Blick blieb zu seiner großen Erleichterung freundlich. „Nun, sie ist ein Teenager. Was erwarten Sie?"

„Das ist eine recht schwierige Zeit für alle Eltern. Haben Sie große Probleme mit ihr?"

Sie dachte einen Moment ernsthaft darüber nach, ihn einfach anzuschwindeln, doch letztendlich entschied sie sich dagegen. „Es ist in der letzten Zeit nicht immer einfach mit ihr, denn sie hat den Eigensinn und den sprichwörtlichen Dickschädel ihres Vaters geerbt. Ich muss zugeben, dass ich mich manchmal etwas überfordert fühle, aber im Grunde ist sie ein liebes Mädchen und ... Ich bin auch sehr stolz auf sie. Sie ist sehr gut in der Schule."

„Gymnasium?"

„Ja, sie ist jetzt in der neunten Klasse."

Eine Weile schwiegen sie, und Alexander füllte unaufgefordert ihre leeren Kaffeebecher nach. „Darf ich Sie noch etwas über Frank fragen, Linda?"

Sie überlegte kurz und nickte schließlich. „Sie würden es ja doch tun, oder? Früher oder später, meine ich."

Das klang fast, als hätte sie sich bereits mit seiner Anwesenheit in ihrer Nähe abgefunden. Er lächelte zufrieden in sich hinein.

„Wie war er so als Vater?"

Lindas Gesicht veränderte sich fast unmerklich. „Wollen Sie eine ehrliche Antwort, Alexander?"

Seinen Vornamen aus ihrem Mund zu hören, bereitete ihm fast noch mehr Vergnügen, als den ihren auszusprechen. Wieder spürte er diese unwillkommene Hitze in sich aufsteigen. Er setzte seinen Kaffeebecher an die Lippen und nickte.

Linda rutschte nervös vom Hocker und lehnte sich stehend gegen die Schmalseite des Küchentresens, sodass sie ihm jetzt um einiges näher war. Ihr Duft stieg ihm in die Nase. Wieder dieser Hauch von Lavendel. Leicht blumig, ungeheuer feminin und betörend. Seine Kehle wurde trocken und seltsam eng.

„Frank war ein lausiger Vater. Mehr ist dazu kaum zu sagen. Ich schätze, Charlotte war ihm ebenso egal wie … ich."

Sein vernebelter Verstand brauchte eine Weile, um sie richtig zu verstehen und die damit verbundene Kettenreaktion in seinem Gehirn zu verarbeiten.

„Das klingt sehr bitter, Linda."

„Das ist nun einmal die kalte Wahrheit. Sie wollten doch sicherlich keine beschönigende Lüge hören, oder?"

„Nachdem Sie mir vorhin fast die Tür vor der Nase zugeknallt haben, wundere ich mich nun allenfalls über Ihre schonungslose Offenheit."

Sie duftete wirklich himmlisch, und er rückte unauffällig noch ein Stück zu ihr hin.

Linda blickte versonnen und unverwandt auf ihre Hände, die ineinander verschränkt auf der Marmorplatte des Tresens lagen, deshalb bemerkte sie es zunächst nicht.

„Das entspricht eben meiner Natur. Es liegt mir nicht, einen einmal gefassten Entschluss rückgängig zu machen. Ich habe mich überzeugen lassen, mit Ihnen zu reden, und das tue ich jetzt, Alexander." Sie blickte zu ihm hoch und sah sein Gesicht unerwartet dicht vor sich. Plötzlich schien der Raum um sie herum förmlich zu vibrieren.

Sie fühlten es beide.

Seine dunklen Augen hielten für mehrere Sekunden ihren Blick fest, und er registrierte darin ebenso eine gewisse Überraschung wie auch eine unübersehbare Panik. Sie atmete hörbar aus und machte einen großen Schritt von ihm weg.

Für einen kurzen Moment hatte er geglaubt, sein Herz werde aussetzen. Seine Hand war bereits auf dem Weg zu ihrem Kopf gewesen, um endlich dem verrückten Bedürfnis nachzugeben, ihr Haar zu berühren, bevor sie so ruckartig zurückgewichen war.

„Ich glaube, Sie sollten jetzt besser gehen", durchbrach ihre zitternde Stimme die verlegene Stille zwischen ihnen.

Er räusperte sich, aber die ungeheure Spannung wollte noch immer nicht nachlassen. „Ja, ich … Das sollte ich wirklich." Er stand auf und machte instinktiv einen Schritt auf sie zu. Linda hob abwehrend beide Hände und schüttelte leicht ihren Kopf.

„Bitte, Alexander, geh jetzt."

Unschlüssig blickte er sie einen Moment lang an. „Darf ich wiederkommen?"

Während sie ihm noch den Rücken zuwandte, nickte sie stumm.

Er fand allein den Weg hinaus.

Zwei ganze Tage und Nächte hielt er sich zurück, dann gab er seinem inneren Drang schließlich doch nach und rief Linda an. Sie war sofort am Apparat.

Er meldete sich mit seinem Namen, doch sie antwortete nicht. Also redete er einfach drauflos. „Linda, ich wollte Sie … dich fragen, ob … Wie wäre es mit einem guten, italienischen Essen? Heute Abend?"

Sie blieb noch einen weiteren Augenblick stumm, bevor er endlich wieder ihre sanfte Stimme hörte. „Ja, warum nicht. Ich würde mich freuen."

Das klingt zwar schon wieder ein bisschen distanziert, aber sie hat schließlich zugestimmt, überlegte er. „Darf ich euch um halb acht abholen?"

Wieder Stille.

„Uns?"

„Ich dachte, vielleicht würde deine Tochter gerne mitkommen. Die machen eine sensationelle Pizza da."

Er lauschte auf ihren Atem und berauschte sich daran. Diese Reaktion stufte er sofort als äußerst übertrieben ein und schüttelte über sich selbst den Kopf.

„Ich werde Charlotte fragen, Alexander."

„Bis heute Abend, Linda. Ich freue mich."

„Ja."

Das Klicken in der Leitung teilte ihm mit, dass sie aufgelegt hatte. Alexander hielt noch einige Augenblicke den Hörer in der Hand, bevor er ihn zurück auf die Ladestation gleiten ließ. Er schloss kurz die Augen und atmete bewusst einige Male tief ein und aus.

Sie ist seine Frau.

Nein, sie war seine Frau, verbesserte er sich in Gedanken.

Suzanne Brockmann
Nicht ohne Risiko
Band-Nr. 25646
8,99 € (D)
ISBN: 978-3-86278-501-8
eBook: 987-3-86278-573-5
304 Seiten

Suzanne Brockmann
Gefährliche Enthüllung
Band-Nr. 25604
8,99 € (D)
ISBN: 978-3-86278-338-0
eBook: 978-3-86278-432-5
304 Seiten

Suzanne Brockmann
Im Netz der Schwarzen Witwe
Band-Nr. 25580
8,99 € (D)
ISBN: 978-3-86278-301-4
eBook: 978-3-86278-386-1
304 Seiten

Cherry Adair
Wie ein reißender Sog
Band-Nr. 25643
8,99 € (D)
ISBN: 978-3-86278-498-1
320 Seiten

Cherry Adair
Im Meer des Skorpions
Band-Nr. 25618
8,99 € (D)
ISBN: 978-3-86278-460-8
368 Seiten

Cherry Adair
In gefährlicher Strömung
Band-Nr. 25592
8,99 € (D)
ISBN: 978-3-86278-318-2
368 Seiten

„Provokant, rasant geplottet und ein perfektes Personenszenario!“ *Publishers Weekly*

Band-Nr. 25651
8,99 € (D)
ISBN: 978-3-86278-507-0
560 Seiten

Lisa Jackson:
Flammennächte/
Eiskalte Versuchung

– Flammennächte –

Verbittert, ein harter Zug um den Mund: Fast hätte Tessa den Mann nicht wiedererkannt, der sie einst geliebt hat. Fast ist sie überzeugt, dass Denver McLeans Gefühle für sie zu Asche geworden sind – genau wie seine Ranch. Dass er sie für die Brandstifterin hält ist einfach unfassbar! Fast will Tessa ihn verloren geben. Aber nur fast …

– Eiskalte Versuchung –

Für die Fotografin Melanie haben die Vergangenheit und der Schmerz einen Namen: Gavin Doel. Als der Skiprofi jetzt nach einem Sportunfall nach Hause kommt, weiß sie: Ihr größtes Geheimnis ist in Gefahr, jeder Blick könnte sie verraten – sie muss Gavin meiden! Doch dann wird ausgerechnet sie zum Shooting mit dem berühmten Sohn der Stadt geschickt.